ETZELPASS

Dieses Buch ist ein Roman. Handlungen und Personen sind frei erfunden. Ähnlichkeiten mit lebenden oder toten Personen sind nicht gewollt und rein zufällig.
Im Anhang findet sich ein Glossar.

SILVIA GÖTSCHI

ETZELPASS

Kriminalroman

emons:

© Emons Verlag GmbH
Cäcilienstraße 48, 50667 Köln
info@emons-verlag.de
Alle Rechte vorbehalten
Umschlagmotiv: Montage aus mauritius images/
enricocacciafotografie, Christian Birkholz/Pixabay.com
Umschlaggestaltung: Nina Schäfer, nach einem Konzept
von Leonardo Magrelli und Nina Schäfer
Umsetzung: Tobias Doetsch
Gestaltung Innenteil: DÜDE Satz und Grafik, Odenthal
Lektorat: Irène Kost, Biel/Bienne, Schweiz
Druck und Bindung: sourc-e GmbH, Köln
Printed in Europe 2025
Erstausgabe 2021
ISBN 978-3-7408-1262-1
Originalausgabe
2. Auflage

Unser Newsletter informiert Sie
regelmässig über Neues von emons:
Kostenlos bestellen unter
www.emons-verlag.de

Die automatisierte Analyse des Werkes, um daraus Informationen
insbesondere über Muster, Trends und Korrelationen gemäß
§ 44b UrhG (»Text und Data Mining«) zu gewinnen, ist untersagt.

Wir sind nicht allein.
Sie sind hier, aber wir können sie nicht sehen.
Wir sind ihre Diener, wir sind ihre Sklaven.
Wir sind ihr Eigentum … wir gehören ihnen.

Robert Morning Sky

Die grösste Täuschung liegt darin,
das unfassbar Böse nicht für möglich zu halten.

Unbekannt

«Exitus.» Ein Wort, das messerscharf den frühen Morgen zerriss. Der Amtsarzt sah auf seine Armbanduhr. «Fünf Uhr und dreizehn Minuten.»

Abschied, Erlösung.

Das Lebensende.

Auf einmal ist es da, unwiderruflich. Der Schalter auf «Aus» gekippt. Der Nullpunkt.

Anthony spürte, wie sich sein Herzmuskel zusammenzog und er nicht das Geringste dagegen tun konnte. Aus seinen Augen löste sich eine Flut von Tränen. Alles, was sich in den letzten Tagen und Wochen angestaut hatte, brach in diesem Moment Bahn. Er wandte sein Gesicht ab und verharrte still, vergass sogar zu atmen, um nicht überzuschnappen. Nur die Stimme seines Sohnes vermochte ihn aus dieser Starre zu erwecken.

«*Mammina*, hast du bemerkt, Tinka ist vom Teufel besessen.»

«Scht ... sei leise. Deine Mutter ist eingeschlafen. Der liebe Gott hat sie zu sich geholt.»

Der Arzt warf Anthony, die Brauen hebend, einen Blick zu, der alles sagte, und wies auf seinen Sohn, der neben dem Totenbett stand. «Sie sollten ihn jetzt aus dem Zimmer bringen.»

Anthony wischte sich über die Augen, gebot sich zur Beherrschung. Er nahm den Kleinen sanft am Arm. «Komm, ich mache dir eine heisse Schokolade.» Noch einen letzten Blick auf das Antlitz seiner Frau, die aussah, als schliefe sie. Trotz der vergangenen dramatischen Stunden hatte sie ihr Engelsgesicht behalten. Es sah blass aus, und um den Mund hatte sich ein heller Schatten wie ein Dreieck gelegt. Anthony bekreuzigte sich und dachte an die Heilige Dreifaltigkeit. Es musste ein Zeichen des Himmels sein. Eine letzte Hoffnung, dass alles gut würde.

«Ja, mit ganz viel Zimt, wie *Mammina* es immer macht.» Der Kleine ging vor ihm aus dem Schlafzimmer Richtung Küche.

Dann drehte er sich nach seinem Vater um. «Hast du Tinkas Augen gesehen?»

«Was ist mit ihren Augen?» Anthony ging zum Kochherd und setzte Milch in einer Pfanne auf. Vor zwei Monaten war ihnen ein Kätzchen zugelaufen. Anthony hatte gezögert, das Tier bei sich aufzunehmen. Als er jedoch die glänzenden Augen seines Sohnes gesehen hatte, konnte er dem Betteln nicht widerstehen.

«Sie hat Augen wie der Teufel.»

Anthony war es nicht recht, wenn der Kleine diesen Vergleich zog. «Viele Katzen haben eine schmale, senkrechte Pupillenform, aber deswegen sind sie lange nicht vom Bösen besessen.»

«Seit Tinka bei uns ist, geht es *Mammina* schlecht.»

«Jetzt geht es ihr gut. Sie ist im Himmel und musiziert mit den Engeln.»

«Darf ich mein Büsi trotzdem behalten?»

Anthonys Gedanken kreisten um seine Frau, die nicht einmal den dreissigsten Geburtstag erlebt hatte. Was hatten sie Pläne geschmiedet, damals, als sie sich das Jawort gegeben hatten. «Natürlich darfst du es behalten.»

«Auch wenn es vom Teufel besessen ist?»

«Es ist nicht vom Teufel besessen.» Um dem Satz die negative Kraft zu nehmen, bekreuzigte Anthony sich ein weiteres Mal. Das, was seine Gedanken beherrschte, lag ihm schwer auf der Zunge. «Jetzt ist es vorbei.» Er musste sich zusammenreissen, um nicht laut zu weinen. Nicht vor seinem Sohn. «*Mammina* muss nicht mehr leiden.»

EINS

Klara von Weissenburg schrak aus dem Tiefschlaf auf. Etwas hatte sie geweckt. Sie schlug die Augen auf, starrte zur Decke und an die Reliefs, deren Konturen sie nicht sah, die Rosette über dem Lüster. Es blieb nebulös, wie immer, wenn sie nachts abrupt aus ihren Träumen fuhr. Neben ihr schnarchte Adrian. An das sägende Geräusch hatte sie sich gewöhnt, seit Jahren schon. Es gehörte zur Nacht wie der Wellenschlag des Obersees, den sie, je nach Richtung des Windes, mal lauter, mal leiser vernahm. Manchmal hätte sie am liebsten ein Kissen genommen und es ihrem Mann auf das Gesicht gedrückt. Dann überlegte sie sich, dass ihr etwas fehlte, würde sie ihre morbiden Gedanken in die Tat umsetzen.

Adrian drehte sich unüberhörbar auf die Seite, als hätte er Klaras Unruhe gespürt. Doch dieses Feingefühl billigte sie ihm nicht zu.

«Was ist?», fragte er schlaftrunken.

«Riechst du das auch?» Klara wusste jetzt, woran sie erwacht war.

«Ich rieche nichts. Das bildest du dir bloss wieder ein. Schlaf weiter. Oder nimm eine deiner Beruhigungspillen, Herrgott Sakrament!»

«Es brenzelt.»

Noch waren die Nächte nicht kalt genug, dass man hätte heizen müssen. In den Wintermonaten lag ständig der Geruch von Feuer in der Luft, von den umliegenden Kaminen und den zum Teil alten Öfen. Die Häuser waren renovationsbedürftig; das Odeur verbrannten Holzes gehörte in der kalten Jahreszeit dazu. Heute war der neunzehnte September, und es passte nicht.

Klara verliess trotz Adrians Bemerkung das Ehebett. An Schlaf war nicht mehr zu denken. Sie war hellwach. Seit ihrer Hochzeit vor rund vierzig Jahren wohnten sie in diesem Haus, seit fünf Jahren zusammen mit einer sechsköpfigen Familie aus Kroatien und einem lesbischen Liebespaar.

Im Dunkeln tastete sie sich zum Fenster vor, das seeseitig lag und bei Tag eine wunderschöne Aussicht bot: auf den Obersee und das Dorf Busskirch, das zum Gemeindegebiet Rapperswil-Jona gehörte, auf der anderen Seeseite. Bei klarem Wetter war vom nördlich gelegenen Fenster aus sogar ein Stück der historischen Wegführung von Pfäffikon nach Rapperswil zu erkennen, der Steg, der im Jahr 2001 neu errichtet worden war.

Der Morgen konnte noch nicht angebrochen sein. Halb vier zeigte der Wecker, dessen Zifferblatt schwach leuchtete. Klara schob die Vorhänge zur Seite, öffnete den zweiten Fensterflügel. Der Brandgeruch hatte an Intensität zugenommen. Sie sah auf den See, der schwarz vor ihr lag, die Strasse unbeleuchtet. Die Lichter wurden während der Nacht gelöscht, eine Idee des Gemeindepräsidenten, der sich das Sparen zur Aufgabe gemacht hatte. Neulich hatte er Flugblätter verteilt und auf seine ökologische Ader hingewiesen.

Ein rötlicher Schimmer hatte sich ausgebreitet, ein kaum wahrnehmbares Flackern, als tanzten Schattengestalten die Gestade entlang. Klara lehnte über den Fenstersims. Die Luft war kühl, und die Vorboten des Herbstes machten sich nachts schon bemerkbar, auch wenn der Sommer noch präsent war. Ein sonniger Tag reihte sich an den andern.

«Klara!»

Sie drehte sich zu Adrian um. «Hier stimmt etwas nicht.»

«Komm ins Bett. Es ist Sonntag. Was sollte denn nicht stimmen? Du machst mich nervös mit deiner Herumhopserei.»

«Es riecht nach Verbranntem.»

«Miran wird den Ofen eingeheizt haben. Du kennst ihn ja. Samira friert bereits beim ersten kühleren Windhauch.» Adrian zog demonstrativ das Duvet über sich, begleitet von einem Schnauben und Grunzen.

«Überzeuge dich selbst.» Klara warf einen Blick auf die rechte Seite, wo das Hotel Rössli lag. Dort hatten sie gestern gebratenes Felchenfilet an Safranschaumsauce gegessen. Einmal die Woche gingen Klara und Adrian ins Restaurant, weil sie die Wirtsleute gut kannten, frischen Fisch mochten und sich freuten, den Schickimickis von den «Inseln» drüben den Platz streitig zu machen.

Die Kapelle gegenüber schien heller als üblich. Ob der Sigrist aufgrund des Eidgenössischen Bettages eine Beleuchtung installiert hatte? An Weihnachten, Ostern und am 1. August, dem Schweizer Nationalfeiertag, hatte er seine Gemeinde mit seltsamen Lichtinstallationen überrascht. Die einen fanden es fortschrittlich, die andern blasphemisch.

Das Dach der Kapelle war von einem roten Nebelkranz überzogen, als trüge es einen Heiligenschein. Klara trat vom Fenster weg, nicht sicher, ob sie sich den nächtlichen Spuk bloss einbildete. «Um Gottes willen, ich glaube, die Kapelle brennt.»

Adrian sprang auf, ging Richtung Fenster und stiess Klara weg. Er wollte sich offenbar selbst davon überzeugen.

Wie immer, dachte Klara bitter, ihr glaubte er nie. «Wir sollten die Feuerwehr rufen.» Sie versuchte, trotz ihrer Aufregung Ruhe zu bewahren.

Die Flammen mussten bereits an den Dachbalken nagen. Ein inneres Glühen hatte die Kapelle erfasst. Durch jede Ritze funkelte es orangerot. Noch schien das Kapellendach dem Feuerteufel standzuhalten. Klara hielt den Atem an. Vom Feuer war sie bereits als Kind fasziniert gewesen. In jedem morschen Holzgebäude sah sie einen bevorstehenden Raub der Flammen. Sie sei pyromanisch veranlagt, sagte dann Adrian – das Netteste, was er dazu zu bemerken hatte.

Unter lautem Getöse brachen Balken ein. Es regnete Ziegel auf die Strasse, und fast explosionsartig stach eine Feuersäule gegen den Himmel.

Adrian stolperte aus dem Schlafzimmer. «Ich rufe die 118 an.»

Weiterhin überwältigt schaute Klara den Flammen zu, die aus dem Dachstock züngelten. Der See entlang des Ufers lag blutrot wie glühende Lava. Der Morgen war gerettet. Sie würde heute gratis und franko eine Sondervorstellung haben.

* * *

Das Handy klingelte mit dem Ton eines alten Telefons. Valérie Lehmann fuhr über den Touchscreen, meldete sich. Es war sieben Uhr. Sie hatte gerade eine Tasse Kaffee vor sich, heiss und stark, und kostete den ersten Schluck.

«*Maman.*»

«Colin?» Es war Wochen her, seit sie ihren Sohn gehört, geschweige denn, gesehen hatte. «Schon wach?» Colin gehörte zu denen, die an einem Sonntag gern bis am Mittag schliefen. Unter der Woche musste er früh aufstehen, was an und für sich eine Heldentat war. «Schön, dass du mich anrufst. Wie geht es dir?» Valérie sah aus dem Fenster.

«Mam, bist du zu Hause?» Colin klang nicht so, wie sie es von ihm kannte. Welche Laus war ihm bloss über die Leber gelaufen?

«Wir frühstücken, wenn Emilio zurück ist. Er ist kurz zum Bäcker gefahren.» Über den schattigen Dächern lag der Pilatus im warmen Septemberlicht.

«Kann ich zu euch kommen?»

Die Gedanken jagten durch Valéries Kopf. Der Sonntagmorgen war ihr heilig. Auf diesen Tag freute sie sich immer. Während des Tages war Sport angesagt. Eine Radtour, Joggen oder bei schlechtem Wetter Auspowern im Fitness-Center. Heute stand eine Wanderung auf den Jochpass auf dem Programm. Anfahrt über die Melchsee-Frutt und Rückkehr via Engelberg.

«Natürlich.» Sie dehnte das Wort. «Zum Nachtessen, ist das ein Vorschlag? Emilio hat ein Filet im Teig versprochen. Für vier Personen sollte es reichen.»

Colin lebte seit Sommer vergangenen Jahres mit seiner Freundin in Wollerau. Sie hatten dort eine Wohnung gemietet, schienen glücklich zu sein. Für Valérie bedeutete keine Nachricht immer eine gute Nachricht. Sie hatte sich daran gewöhnen müssen, dass die jungen Leute andere Prioritäten setzten, als Eltern zu besuchen. Valérie war froh, hatte Colin jemanden an seiner Seite, nachdem seine Kindheit und die Jugend nicht das Gelbe vom Ei gewesen waren.

«*Maman*, ich bin bereits in Küssnacht. Ich muss noch etwas

erledigen. In zehn Minuten bin ich bei dir.» Valérie vernahm sein Atmen. «Ich …» Sie glaubte, eine erste Unsicherheit daraus zu hören. «Ich komme allein. Angela und ich … wir haben uns probehalber getrennt.»

Probehalber? Bevor Valérie etwas erwidern konnte, hatte Colin aufgelegt. Sie starrte auf das Display, fühlte gerade einen stechenden Schmerz auf Brusthöhe. Obwohl Colin nichts dazu gesagt hatte, spürte sie, wie schlecht es ihm ging. Er war neunzehn und im letzten Jahr seiner Ausbildung in der IT-Branche, die er in Freienbach absolvierte. Natürlich hatte sie es kommen sehen. Angela war über zehn Jahre älter als Colin. Mit dreissig hatte man andere Ambitionen, als einen jungen Freund zu bespassen. Vielleicht dachte sie an Kinder und an eine Familie. Da passte Colin definitiv nicht hinein.

Als im Entrée die Tür ging, hatte Valérie ihren ersten Kaffee bereits getrunken. Sie wusste nicht, ob sie Zanetti einweihen wollte. Colin war *ihr* Sohn. Nach den jahrelangen Kämpfen um das Sorgerecht glaubte sie, alleinigen Anspruch auf ihn zu haben. Aber dies hatte sie sich bereits vor einem Jahr abschminken müssen. Colin lebte sein eigenes Leben, und Zanetti bekundete volles Verständnis dafür. «Hättest du etwas dagegen, wenn uns Colin heute besucht?» Valérie wusste, wie wichtig der freie Sonntag auch für Zanetti war. Er tat bereits genug für Colin, war ihm ein guter Freund, beriet ihn auch in Lebensfragen, von Mann zu Mann.

Zanetti legte Zopf und Buttergipfel auf den Frühstückstisch. «Ich glaube, damit wird nichts. Ich muss gleich weg nach Hurden.»

Valérie setzte sich. Es war, als kehrten die Geister aus einer Vergangenheit zurück, die sie erfolgreich in die Schublade der Vergessenheit geschoben hatte.

Hurden lag am Obersee. In Richtung Altendorf befanden sich die Villen der Reichen auf künstlich angelegten Inseln. Valérie erinnerte sich gut an diese Gegend. Willy Lehmann, ihr Ex, hatte dort ein Grundstück kaufen wollen, kurz vor ihrer Hochzeit. Es gab dort gleich drei Bootshäfen und mehrere Anlegestellen. Ein prädestinierter Ort, um seine Luxusjacht vor Anker zu legen. «Was ist passiert?»

«Die Kapelle hat gebrannt. Es gibt einen Toten.»

«Ausgerechnet am Bettag.» Valérie entnahm den Papiersäcken Zopf und Buttergipfel.

«Was ist so speziell an diesem Tag?», wunderte sich Zanetti.

«In vielen Kantonen der Schweiz wird er mit Karfreitag, Ostersonntag, Pfingstsonntag und dem Weihnachtstag gleichgestellt. In meiner Heimatgemeinde Fully ist er ein hochheiliger Sonntag.» Valérie legte die Gipfeli in den Brotkorb. Den Zopf schnitt sie auf einem Holzbrett auf. «Ein Kurzschluss?», sinnierte sie. Das wäre die logischste Ursache gewesen.

«So weit ist die Feuerwehr noch nicht. Ich habe mit dem Kommandanten gesprochen. Das Dach sei vollständig zerstört.»

Valérie blieb am gedeckten Tisch sitzen. «Zeit für einen Kaffee wirst du wohl noch haben. Auf fünf Minuten früher oder später kommt es nicht an. Bis Hurden ist es schätzungsweise eine Stunde Fahrt.»

«Rund fünfzig Kilometer. Ich habe die Strecke auf dem Navigationsgerät bereits eingegeben. Ich melde mich, sobald ich mehr weiss.» Den Kaffee, den Valérie für ihn aus der Maschine gelassen hatte, liess Zanetti stehen. Natürlich: Der Staatsanwalt war konsequent.

Valérie betete im Stillen, dass man sie nicht aufbieten würde. Falls es ein Fall für «Leib und Leben» war, wollte sie Louis Camenzind den Vorrang lassen und hoffte, ihr Chef Gian Luca Caminada sah das auch so. Dann war da noch Fabia Ulrich, die erst kürzlich zum Leutnant vereidigt worden war. Es war an der Zeit, dass sie mal die Zügel in die Hand nahm.

Kaum hatte sich der Gedanke verflüchtigt, schellte das Mobiltelefon. Valérie meldete sich.

«Gian Luca.» Caminadas Stimme drang heiser an ihr Ohr. «Sorry, die Störung.»

«Der Kapellenbrand in Hurden, vermute ich.» Valérie überlegte, wie sie ihrem Chef den Vorschlag unterbreiten sollte, Louis hinzuschicken. Hurden lag am Ende ihrer Welt. Auf jedwede

Erinnerung an Willy hatte sie keine Lust. Und diese würde unweigerlich kommen, sobald sie die Seedammstrasse befuhr. Hätte sie damals Willys Charakter durchschaut, wäre ihr vieles erspart geblieben. Erschrocken über ihre Gedanken, willigte sie ein, nach Hurden zu fahren, nachdem Caminada ihr unmissverständlich klargemacht hatte, dass er sie auf diesen Fall ansetzen wolle.

«Ich möchte, dass du die Ermittlungen leitest. Der Gerichtsmediziner ist mit seiner Equipe bereits vor Ort. Der Kriminaltechnische Dienst sollte demnächst eintreffen.»

«Du gehst definitiv von einem Fall aus? Könnte es nicht auch ein Unfall gewesen sein?»

«Du kennst das Prozedere», antwortete Caminada. «Auch bei Unfällen mit Todesfolge sind wir gefragt.»

Valérie erhob sich, ging zum Küchenfenster und sah auf den Parkplatz, wo sie gerade noch die Rücklichter von Zanettis Audi sah. Er schien sehr in Eile und preschte davon. Hätte er bloss fünf Minuten gewartet, hätte Valérie mit ihm fahren können. Leicht verärgert schrieb sie Colin eine Nachricht auf WhatsApp mit dem Vermerk, sie wisse nicht, wann sie zurück sei, und dass er es sich gemütlich machen solle. Sie sah auf die Uhr. Eigentlich hätte er längst hier sein sollen. Ob ihm etwas dazwischengekommen war? Von welchem Termin in Küssnacht hatte er gesprochen? So früh und an einem Sonntag? Valérie ging grübelnd in den ersten Stock, wo die Schlafzimmer lagen. Sie hatte bereits geduscht und zog sich nun an. Vielleicht hätte sie sich mehr um Colin kümmern und ihn mal anrufen müssen. Die Arbeit auf dem Polizeikommando war eine Ausrede nicht wert. Valérie hatte sich nicht aufdrängen wollen, nachdem Angela ihren Sohn dermassen in Beschlag genommen hatte. Plötzlich war Valérie nicht mehr in Colins Mittelpunkt gestanden. Die gemeinsamen Mittagessen waren stets weniger geworden, bis sie ganz ausblieben. Wenn Colin jemanden um Rat fragte, war es Zanetti. Selbst Anrufe erreichten immer nur ihn. Mit Gruss an *Maman*. Angela, die Solaringenieurin, die Lady mit der 1000er-Kawasaki, eine Mischung aus Rockerbraut und sanftem Mädchen – ein Dorn in Valéries Auge. Sie hatte sich auch nach gut einem Jahr längst nicht an Colins Freundin gewöhnt. Dass die beiden sie nicht mehr besuchten, war wohl Valéries Einstellung gegenüber dem jungen Paar geschuldet. Colin musste ihre Abneigung gespürt haben und hatte sich entsprechend rar gemacht.

Sie wurde älter. Die herangewachsene Generation machte es ihr nicht leichter.

Sie setzte sich in ihren Audi TT, sass einfach ruhig da. Sie wartete in der Hoffnung, Colin könnte im nächsten Moment in ihre Strasse einbiegen. Seit einem halben Jahr gehörte ihm ein zehnjähriger Subaru Impreza, den er auf dem Occasionsmarkt günstig hatte erwerben können. Sein ganzer Stolz. Die Fahrstunden im letzten Sommer hatte Angela finanziert, was Valérie in den falschen Hals geraten war. Sie verstand nicht, weshalb Colin sich so abhängig machte. Sie startete den Motor, fuhr zügig an und zweigte auf die Grepperstrasse ab.

※※※

Da war dieser Brandgeruch. Er setzte sich an ihren Nasenschleimhäuten fest. Das Feuer war gelöscht, seit knapp zwei Stunden, erfuhr Valérie von Caminada, der bis zum Hals in einem hellblauen Vliesanzug steckte. Der stolze Bündner, den man an seinem Dialekt erkannte. Er habe sich gut in Schwyz eingelebt, hatte er letzthin verraten. Nur seine Frau Menga habe nach wie vor damit zu kämpfen. Den Anschluss an die hiesige Gemeinschaft habe sie noch nicht geschafft. Vermutlich wollte sie nicht.

«Ich dachte, du kommst mit Emilio.» Er reichte ihr die Hand zum Gruss.

«Er war schon weg, als ich deinen Anruf bekam», wich Valérie aus. «Was haben wir?»

«Um zehn vor vier ging eine Meldung bei der Notrufzentrale der Feuerwehr ein. Fünfzehn Minuten später war das erste Löschfahrzeug vor Ort. Ihm folgten weitere zwei Wagen. Es habe gedauert, bis der Brand gelöscht war.»

«Und der Tote? Wann wurde er entdeckt?»

Caminada wiegte seinen Kopf. «Um zwanzig vor fünf. Er lag unter den heruntergefallenen Trümmern.»

«Das ist mehr als eine halbe Stunde nach Eintreffen der Feuerwehr. Man ging also nicht davon aus, dass sich in der Kapelle jemand aufhalten könnte?» Ein Stromstoss schoss durch ihren Körper. War etwas schiefgelaufen?

«Die Feuerwehrmänner mussten sich zuerst einen Weg durch die Flammen bahnen», sagte Caminada und schwächte Valéries Verdacht ab, man könnte etwas versäumt haben. «Einer von ihnen wurde mittelschwer verletzt.»

«Schlimm?»

«Ich kenne keine Details.»

Valérie schob die Gedanken beiseite und nahm einen Augenschein von der Umgebung. Drei Feuerwehrautos, der Kleinbus der Einsatzleitung der Feuerwehr und zwei Streifenwagen sowie der Camion der Kriminaltechniker versperrten den Zugang auf den Platz vor der Kapelle. An diese, welche sich direkt am Ufer des Obersees befand, mochte sich Valérie kaum erinnern. Umgeben von Kastanienbäumen, die wie durch ein Wunder nichts abbekommen hatten. Ihre Blätter, bereits verfärbt, flatterten im Wind wie Hunderte von Kolibris im Schwirrflug. Auch das Fischerhäuschen nebenan war unversehrt geblieben. Die filigranen Netze hingen zum Trocknen an den Leinen. Das Kapellendach dagegen war komplett eingebrochen. Der Turm, schief jetzt ob der Hitze und der fehlenden Stützen, stach wie ein Mahnmal in den Himmel. Die einst hellen Mauern waren verschmutzt von Russ und Wasser. Die Tür stand offen. Valérie überging die Plastikabsperrung, sah das ganze Ausmass der Katastrophe.

«Wenn Sie dort reinwollen, müssen Sie sich einen Schutzanzug überziehen», sagte jemand an ihrer Seite. «Und ganz sicher einen Helm. Der Rest des Daches ist einsturzgefährdet. Der KTD ist drin und sichert mit grösster Vorsicht Spuren.»

Valérie wandte sich nach der Stimme um.

«Richard Bussmann, Feuerwehrinspektor.» Der Mann im dunklen Anzug mit gelben Leuchtstreifen schenkte ihr ein kurzes Lächeln. «Und Sie sind sicher Valérie Lehmann. Wir hatten noch nicht das Vergnügen, uns kennenzulernen. Ich arbeite erst seit Mai im kantonalen Führungsstab. Man hat mich aber darüber informiert, dass Sie kommen.» Er reichte ihr einen blauen Overall und einen Helm. «Endlich bekommt die engagierte Kriminalistin ein Gesicht.» Er sah sie aufmunternd an.

Nach Lachen war Valérie nicht zumute. Man hatte einen Menschen, der sich während des Brands im Innern der Kapelle aufgehalten hatte, ignoriert. Man hätte auf jeden Fall schneller reagieren sollen. Ihr lag es auf der Zunge, Bussmann darauf anzusprechen. Sie unterliess es. Es würde sich später die Gelegenheit bieten, ihre Frage zu stellen. «Darf ich mir den Ort trotzdem ansehen?» Valérie zog den Overall an und die Füsslinge über ihre Schuhe. Sie band ihre Haare zusammen und steckte sie unter die Kapuze. Darüber stülpte sie den Helm. «Mir wäre lieber, wir hätten uns unter anderen Umständen kennengelernt.»

Sie wartete Bussmanns Erwiderung nicht ab und betrat die Kapelle. Ein Bild der Verwüstung erwartete sie. Zerschlagene Balken, einige von ihnen angesengt. Verkohlte Dachstreben und Ziegelstücke hatten einen Teil der Gebetsbänke unter sich begraben, die ihrerseits Feuer gefangen hatten. Sie waren zum Teil oder ganz verbrannt. Über dem Altar lag etwas, das einmal ein Tuch gewesen sein musste, zerfetzt und dunkel verfärbt. Die Butzenscheiben der spitzbogigen gotischen Fenster waren zersprengt von der Hitze des Feuers. Ein Scherbenregen hatte sich ausgebreitet. Der Fussboden stand unter Wasser. Von den seitlichen Mauern tropfte es. Und in all dem Gewirr bewegten sich lautlos Franz Schulers Leute wie Soldaten auf einem Schlachtfeld. Die Atmosphäre erinnerte an die apokalyptischen Bilder eines Bombeneinschlags.

Valérie sah nach oben. Der blaue Himmel, wie eingekerbt von den schwarz verfärbten Skeletten zerstörter Streben, wie ein Hohn im Angesicht von Tod und Verderben. Der Turm mit den zwei Glocken neigte sich verdächtig zur Seite. Instinktiv wich Valérie nach links aus, in die Nähe der Wand. Über ihr ragte eine Madonnenfigur, die kaum etwas von dem Feuer abbekommen hatte. Valérie dachte an die Schwarze Madonna in der Klosterkirche Einsiedeln, die ebenso einem Brand getrotzt hatte, und es schauderte sie.

Caminada war Valérie gefolgt. Er wies auf die Erhöhung im Boden vor dem Chor. «Dort lag das Opfer. Der erste Feuerwehrmann, der es gefunden hatte, stellte seinen Tod fest, was der Gerichtsmediziner nach seiner Ankunft bestätigte. Nun ja, es war ziemlich klar.»

«Was?»

«Dass er tot war.»

«Weiss man, wer es ist?» Die Vorstellung, das Opfer könnte im Feuersturm umgekommen sein, liess Valérie erneut frösteln. In ihrer beruflichen Laufbahn hatte sie nie mit Brandopfern zu tun gehabt. Der Gedanke, Res Stieffel würde sie wie üblich in die Rechtsmedizin ordern, jagte ihr das nackte Grauen über den Rücken. Andererseits würde sie auch diesmal nicht darum herumkommen, in die Universität zu fahren.

«Er wurde bereits identifiziert», sagte Caminada. «Von Vikar Huwiler. Er war hier, nachdem der Rössli-Wirt ihn angerufen hatte.»

«Wo befindet er sich jetzt?» Valérie verliess die Kapelle. Solange der KTD arbeitete, kam sie sich deplatziert vor. Schulers Team hatte längst mit der forensischen Untersuchung begonnen. Seite an Seite arbeitete es sich mit den Brandermittlern durch die Verwüstungen.

«Die Ambulanz hat Herrn Huwiler mitgenommen. Das Desaster war zu viel für den Vikar. Er hatte einen Schwächeanfall und wurde zur Beobachtung ins Spital Lachen gebracht.»

«Hoffentlich erholt er sich schnell.» Valérie entledigte sich des Overalls und der Füsslinge, drückte beides zusammen und entsorgte es in der Abfalltonne der Feuerwehr. Sie sah sich um, suchte nach Zanetti, sah ihn jedoch nirgends. Er musste einen Grund haben, dass er ihr auswich. «Gibt es Zeugen?»

«Louis und Fabia befragen gerade die Anwohner.»

«Und Emilio?»

«Er ist unterwegs nach Biberbrugg, war bloss kurz hier, um

einen Augenschein zu nehmen. Er hat das Ermittlungsverfahren eingeleitet und wird heute Nachmittag um halb zwei auf dem Stützpunkt sein.»

Valérie kam sich übergangen vor. In der Kapelle hatte sie nichts mehr zu suchen, der Leichnam war weg. Louis und Fabia hatten einen Teil ihres Jobs bereits übernommen, und Vikar Huwiler befand sich im Spital. «Du hast mir noch nicht gesagt, wer der Tote ist.»

Caminada fuhr sich mit der Hand über Wange und Kinn, auf dem Bartstoppeln sprossen. Vermutlich hatte er nicht einmal Zeit gefunden, sich zu rasieren. «Zahir Kälin. Er ist Sigrist der Gemeinde Freienbach und zuständig für die fünf Dörfer Bäch, Freienbach, Hurden, Pfäffikon und Wilen.»

Valérie machte einen Schritt auf ihren Wagen zu, im Begriff, wegzufahren. Ein seltsames Gefühl bemächtigte sich ihrer. Sie vermochte nicht, es einzuordnen. Unschlüssig blieb sie stehen. Sie musste unbedingt Louis und Fabia sprechen und in Erfahrung bringen, was es mit den Zeugen auf sich hatte. Sie hatte Mühe damit, richtig in die Gänge zu kommen. Sie liess sich durch die Gedanken an Colin ablenken. Auf dem Weg nach Hurden hatte sie vergebens versucht, ihn zu erreichen. Ihre Nachrichten auf seiner Combox blieben unbeantwortet. Hoffentlich machte er keinen Blödsinn, weil Angela ihm womöglich das Herz gebrochen hatte. Als er seine Freundin kennengelernt hatte, war er sehr verliebt gewesen und mit ihr unverhältnismässig schnell zusammengezogen. Natürlich hatte Valérie es vorausgesehen, wenn sie es genau nahm, dass das nicht gut gehen konnte.

Jemand rief ihren Namen. Valérie drehte sich um. Louis und Fabia kamen auf sie zu.

«Schon fertig?», fragte sie.

«Erst begonnen», sagte Fabia. «Eine furchtbare Sache ist das.» Sie wies entsetzt Richtung Brandruine. «Wer tut so etwas und zündet ein Gotteshaus an? Die Kapelle ist über fünfhundert Jahre alt. 1497 wurde sie errichtet zu Ehren der Heiligen Dreifaltigkeit, Unserer Lieben Frau und der Apostel Petrus und Paulus.»

«Du kennst dich so gut aus?» Valérie amüsierte sich. Fabia

machte nie einen Hehl daraus, wie religiös sie war und was ihr der katholische Glaube bedeutete. Wahrscheinlich kannte sie die Bibel auswendig.

«Steht auf der Tafel ausserhalb der Kapelle», frotzelte Louis und entkräftete Valéries Vermutungen. Er zündete sich eine Zigarette an.

«Hast du noch nicht genug vom Rauch?» Fabia wedelte mit der rechten Hand vor ihrem Gesicht umher. «Weder Schäden durch Kriegswirren noch die Plünderung während des Franzoseneinfalls hatten sie dermassen beschädigt.» Sie war untröstlich. «Da waren sicher Vandalen am Werk.»

«Stand sie nicht einmal kurz vor dem Abriss? Nach dem Einfall der Franzosen 1798 wurde sie notdürftig wiederhergestellt. 1860 holte man beim Bischof in Chur eine Erlaubnis für den Abbruch der Kapelle ein.» Louis verschränkte besserwisserisch die Arme und stiess Rauch aus.

«Steht auch auf der Tafel», entgegnete Fabia düpiert. «Es gab einen Spendenaufruf für die Renovation. Die Hurdener setzten sich für ihre Kapelle ein.» Plötzlich riss sie ihre Augen weit auf. «Die Hurden-Kapelle steht an bester Lage. Sie wird wenig besucht, also ist sie für viele Zeitgenossen überflüssig. Vielleicht wurde das Feuer absichtlich gelegt. Schau dir die Nobelvillen auf der anderen Seite an. Die Grundstücke hier sind begehrt.»

«Habt ihr brauchbare Zeugenaussagen?» Valérie liess von diesem für sie heiklen Thema ab. Sie verabscheute Spekulationen und wollte lieber auf die Resultate der Brandermittler und der Rechtsmedizin warten.

«Wir sind auf dem Weg zu Herrn und Frau von Weissenburg», sagte Louis. «Sie haben die Feuerwehr über den Brand informiert.»

«Das war um zehn Minuten vor vier.»

«Exakt. Als die Feuerwehr eintraf, habe das Dach in Vollbrand gestanden.»

Valérie fragte sich erneut. «Was hatte der Kirchendiener zu so früher Morgenstunde in der Kapelle zu suchen? Habt ihr darüber schon etwas vernommen?»

«Nein, vorab haben wir mit dem Rössli-Wirt gesprochen, weil er uns über den Weg lief.»

«Okay, dann werde ich jetzt zu den von Weissenburgs gehen.» Valérie warf Fabia einen Blick zu. «Begleitest du mich?» Und an Louis gerichtet, sagte sie: «Wir sehen uns heute um halb zwei zu einer ersten Besprechung im Sitzungszimmer auf dem Stützpunkt in Biberbrugg. Bis dahin überprüfe sämtliche Zeugen, hol dir Hilfe bei den Polizisten, die herumstehen.» Sie machte eine Handbewegung in Richtung Fischerhäuschen, vor dem sich eine Gruppe Uniformierter aufhielt. «Je früher wir die Anwohner befragen können, umso genauere Aussagen bekommen wir.»

«Das heisst, dass ich vorher das Befragungsprotokoll eintippen sollte, von wegen Sitzung.» Louis äugte zu Fabia hinüber, die ihr Gesicht demonstrativ abwandte, und warf den Zigarettenstummel auf den Boden.

Valérie überlegte. «Das hat Zeit. Ich wäre froh, könntest du die Benachrichtigung über den Tod von Zahir Kälin seinen Hinterbliebenen überbringen. Caminada kann dir die Adresse aushändigen.»

Die Wohnung der von Weissenburgs lag unter dem Dach eines älteren Hauses, das schätzungsweise aus dem frühen zwanzigsten Jahrhundert stammte. Einen Lift gab es nicht. Valérie und Fabia stiegen wortlos über eine knarzende Treppe nach oben im Mief eines schwach beleuchteten Treppenhauses und gelangten auf jedem der Stockwerke auf ein Podest, das mit verdorrten Pflanzen, Kehrichtsäcken und schmutzigen Schuhen zugemüllt war. Nur ganz oben fehlten diese Dinge gänzlich, und ein Schild unterhalb des Türspions hiess Gäste willkommen. Das Haus wollte nicht zum Mondänen dieses Ortes passen.

Kaum an der Sonnerie geläutet, ging die Tür mit Schwung auf, und auf der Schwelle baute sich ein Mann auf, der das Pensionsalter längst überschritten haben musste. Valérie schätzte ihn auf über siebzig. Er war etwas übergewichtig und hatte schlohweisses Haar und Augen, die wie schwarze Lackkugeln in den Höhlen lagen.

Valérie wies sich aus. «Valérie Lehmann von der Kantonspolizei Schwyz, das ist meine Kollegin Fabia Ulrich. Es geht um den Kapellenbrand. Dürfen wir reinkommen?»

Jemand schloss ein Fenster. Ganz klar war das Einrasten des Riegels zu vernehmen.

«Es wird auch langsam Zeit, dass sich jemand herbemüht.» Von Weissenburg streckte die Hand zum Gruss aus. Er hatte einen festen Druck und liess Valérie kaum mehr los. «Man hat uns wieder nach oben geschickt und uns gebeten, hier auf Sie zu warten.» Er stiess die Tür bis zum Anschlag auf. «Das war vor gut drei Stunden. Bitte, treten Sie ein.»

«Adrian, wer hat geläutet?» Aus der Richtung, in der Valérie das Wohnzimmer vermutete, hörte sie ein Rascheln.

«Die Polizei ist endlich da, Klara. Wir kommen in die Stube.» Es klang wie eine Warnung. Als von Weissenburg in der Folge zögerte und das Rascheln im Wohnzimmer noch verstärkt wurde, vermutete Valérie, Frau von Weissenburg könnte etwas zum Verschwinden bringen, das die Polizei nicht zu sehen bekommen durfte.

Die Erscheinung unter dem Türrahmen bestätigte diese Vermutung nur bedingt. Frau von Weissenburg hielt einen Karton in den Händen, nicht von schwerem Gewicht; sie jonglierte ihn mit Leichtigkeit. «Guten Morgen.» Sie huschte an Valérie vorbei und peilte die Küche an, welche durch eine Milchglastür vom Wohnzimmer abgetrennt war. Sie stellte den Karton ab, schob ihn mit dem Fuss hinein. «So, da bin ich. Ich musste endlich die Bastelarbeit wegräumen. Gestern waren unsere Enkelkinder da. Nach ihrem Weggehen sieht es meist chaotisch aus bei uns.» Frau von Weissenburg warf ihrem Mann einen verschwörerischen Blick zu. «Wollen wir uns in die Stube setzen?»

Valérie betrat den Raum und staunte über die moderne Einrichtung. Zwei weisse Ledersofas standen sich gegenüber, getrennt durch einen rechteckigen Glastisch, auf dem, wenn sie genau hinsah, der Abdruck von Kinderhänden zu sehen war. Ein mannsgrosser Elefantenfuss im Tontopf stand neben einem Fenster. Die linealischen Laubblätter, die in der Menge einmal mehr gewesen sein mussten, hingen schlaff daran. Gegenüber befand sich ein weisses Fernsehmöbel mit einem Flachbildschirm, der fast die ganze Wand einnahm.

Valérie blieb stehen, derweil Fabia sich vor das zweite Fenster stellte. Sie vergewisserte sich, ob man die Kapelle von hier aus zu sehen vermochte. Herr und Frau von Weissenburg setzten sich auf das eine Sofa. Sie legten synchron die Hände auf ihre Knie und musterten die Besucherinnen. Im Gegensatz zu ihrem Mann hatte die Frau pechschwarze Haare, vermutlich gefärbt. Ein verzweifelter Versuch, ihrem Älterwerden ein Schnippchen zu schlagen.

«Sie haben heute Morgen um zehn vor vier die Feuerwehr über den Brand informiert», begann Valérie, nachdem sie einen Schreibblock aus ihrer Jackentasche hervorgeholt hatte. Sie schlug den Block auf und setzte die Mine ihres Kugelschreibers auf das leere Blatt an. «Wann genau haben Sie das Feuer entdeckt?»

Die Köpfe der Befragten drehten sich zueinander um. «Um halb vier», sagte Herr von Weissenburg.

«Es war wesentlich später», widersprach ihm seine Frau im Ton der Überzeugung.

«Nein, du hast mich um halb vier geweckt wegen des Brandgeruchs, erinnerst du dich?»

Sie hatten sich vorher also nicht abgesprochen, ging Valérie durch den Kopf. Frau von Weissenburg machte einen zerstreuten Eindruck.

«Haben Sie das Feuer von diesem Fenster aus gesehen?» Fabia wandte sich an die von Weissenburgs.

«Nein, das war oben. Unser Schlafzimmer liegt bei den Mansarden.»

«Ist Ihnen jemand aufgefallen, der zu der Zeit die Kapelle verlassen hat?»

«Ich habe nicht darauf geachtet.» Frau von Weissenburg blieb ruhig sitzen.

Ihr Mann dagegen schlug das linke über das rechte Bein. Es sah aus, als empörte er sich. «Klara kann Feuer nicht widerstehen.»

Valérie wechselte den Blick zwischen den beiden Leuten. Für sie war dieses Faible nichts Neues. Feuer faszinierte so manchen Erdenbürger. Warum nicht auch Frau von Weissenburg? Nach dem ersten Schreck musste wohl die Faszination obsiegt haben. «Gab es deshalb eine Verzögerung zwischen Ihrer Feststellung und dem Anruf an die Feuerwehr?»

«Adrian hat angerufen … Ich glaube, *er* hat gezögert.»

«Das stimmt nicht», widersprach Herr von Weissenburg.

Valérie befürchtete, dass sie so nicht weiterkam. Sie fing Fabias Achselzucken ein und war sich nicht schlüssig, ob hier gerade etwas vertuscht oder verschwiegen oder bloss eine Zwistigkeit unter den Eheleuten ausgetragen wurde.

«Wir befürchteten, dass sich das Feuer beim Kapellendach auf unser Haus ausbreiten könnte.» Herr von Weissenburg übernahm die Gesprächsführung. Er hatte seine rechte Hand auf den Arm seiner Frau gelegt und kniff ihn, wenn sie bloss den Mund aufmachte. Valérie entging diese Geste nicht. «Kann sein, dass wir ein wenig gewartet haben … Verstehen Sie uns nicht falsch. Wir standen unter Schock. Da kann sich eine Sekunde zu Minuten ausdehnen. Ich habe die Feuerwehr angerufen. Danach den Rössli-Wirt.»

«Das deckt sich mit seiner Aussage.» Fabia stiess sich von der Wand ab.

Valérie hatte das bange Gefühl, auf Granit zu beissen.

«Es gab einen Toten, oder?» Herr von Weissenburg hielt den Arm seiner Frau weiterhin im eisernen Griff.

«Darüber können wir nicht reden», sagte Valérie. «Es ist Bestandteil laufender Ermittlungen.»

«Der Rössli-Wirt hat ihn gesehen.» Herr von Weissenburg streckte seinen Rücken durch, wie zum Zeichen, Mitwisser von etwas Geheimnisvollem zu sein. «Es sei Zahir Kälin, der Sigrist.»

Valérie liess sich ihre Überraschung nicht anmerken. «Kannten Sie ihn näher?» Jedes noch so kleine Detail an seiner Reaktion konnte wichtig sein.

«Jein!», kam es aus beiden Mündern gleichzeitig.

«Was heisst das konkret?»

«Wir kannten ihn vom Sehen», sagte von Weissenburg. Er hielt das Zepter wieder in der Hand. «An den Feiertagen verblüffte er uns jeweils mit seinen Lichtanimationen. Er hatte halt etwas absonderliche Ideen, die Gemeinde in die Kapelle zu locken. Die Oberbonzen von den Inseln dort drüben», er fuhr seinen Arm aus und hätte seine Frau fast geschlagen, «sieht man sonst nie in einer Messe. Aber wenn es funkelt und glimmert, kommen die jungen Mütter noch so gern mit ihren Kindern und ergötzen sich daran. Das ist für die pure Unterhaltung.»

«Ist nicht der Vikar zuständig?», fragte Fabia.

«Wofür?»

«Für die Feierlichkeiten.»

«Der Vikar ist ein konservativer Mann. Das Umsetzen von modernen Ideen hat er Kälin überlassen.» Von Weissenburg zog seine Hand zurück. «Oder wie beurteilst du es, Klara?»

«Na ja, immerhin hat er es geschafft, mit seiner Phantasie auch junge Leute in die Kirche zu holen.»

«War für den heutigen Bettag etwas vorgesehen?», fragte Valérie. «Haben Sie Kenntnis davon?»

«Also, aufgefallen ist uns nichts. Wir hatten uns noch gewundert. Vor einem Jahr, also am Bettag, hat Kälin die strassenseitige Fassade der Kapelle mit einer Leinwand überziehen lassen und einen Film darauf gezeigt. Halb Hurden war da ... Vor allem die Insulaner.»

«Was für einen Film?», fragte Valérie und machte emsig Notizen.

«‹Jesus Christ Superstar›», sagte von Weissenburg. «Aber was dieser Streifen mit dem Bettag zu tun hatte, das wissen die Götter.»

＊＊＊

«Die ersten Resultate aus der Rechtsmedizin sind eingetroffen», verkündete Valérie am frühen Nachmittag im Sitzungszimmer, in welchem sich ein Dutzend Leute eingefunden hatte. Caminada und Zanetti waren zugegen sowie Henry Vischer, der Polizeipsychologe. Die geplanten Sonntagsaktivitäten hatte Valérie ins Kamin streichen müssen, auch Louis und Fabia hatten ihre Pläne geändert. Valérie hatte sich gewünscht, sie im Ermittlungsteam dabeizuhaben. Louis hatte sich zuerst quergestellt, weil er mit seiner Freundin Carla Benizio eine Reise ins Bündnerland geplant hatte. Eine Art Friedenserklärung aufgrund ihrer täglichen Streitereien, hatte er durchblicken lassen. Auf Valéries Bitte hatte auch er kurzfristig umdisponiert.

Valérie fächerte die von Stieffel übermittelten Dokumente auseinander, die sie vor der Besprechung bereits gelesen hatte. «Das Opfer heisst Zahir Kälin. Er war wahrscheinlich nicht an den Folgen einer Rauchvergiftung gestorben, wie wir zuerst annehmen mussten. Gemäss Legal-Inspektion ist eine Verletzung am Hinterkopf die mögliche Todesursache. Vermutlich durch einen harten Gegenstand. Ob ein Balken Verursacher war, wird zurzeit abgeklärt.»

«Mit dem Feuer wollte man offensichtlich einen Mord vertuschen», sagte Fabia. «Ein Mord an einem Gottesmann», worauf Louis ihr belustigt entgegensetzte, dass ein Sigrist eher ein Lakai sei.

«Ich gehe davon aus, du hast seinen Lebenslauf bereits gecheckt sowie allfällige Hinterbliebene ausfindig gemacht.» Valérie spürte die Spannung, die sich seit dem Morgen zwischen Fabia und Louis aufbaute. Das, was vor zwei Jahren passiert war, hatte sich bislang keinen Weg aus ihren Köpfen gebahnt. Sie hatten vergessen, es zu thematisieren, und es würde wohl latent vorhanden bleiben – die Affäre zwischen ihnen.

«Jep. Kälin hinterlässt eine Frau und zwei Kinder.»

«Hast du sie aufgesucht?»

«Sie waren nicht zu Hause», sagte Louis. «Von einer Nachbarin erfuhr ich, dass sie am Freitag verreist seien.»

«Wohin?

«Das konnte sie nicht sagen.»

«Würdest du dich bitte darum kümmern?» Valérie atmete tief durch. «Danke», setzte sie nach, und ihr Blick traf sich mit dem von Louis. Er lächelte ihr zu und nickte. «Es könnte ein Unfall gewesen sein. Wie wir von Zeugen wissen, war Kälin bekannt dafür, an den Kirchenfesten mit Lichtanimationen aufzutrumpfen. Vielleicht hatte er diesmal etwas in der Kapelle vorbereitet, das mit Feuer zu tun hat.»

«Das ist anzunehmen», sagte Schuler. «Eine Feuerschale wurde sichergestellt.»

«Ein Feuer in der Kirche?», fragte Louis. «Würde wohl eher zur Osternacht passen. Aber anscheinend hatte Kälin grosse Freude an Licht. Ein Feuerchen während der Bettags-Messe wäre mal ganz was Neues gewesen.»

«Wir müssen uns sämtliche Elemente in der Umgebung der Hurden-Kapelle näher ansehen», sagte Valérie, «den Zustand des Toten, die Leute, die ihn näher kannten oder mit ihm zu tun hatten. Wir müssen den Tatort finden, falls er nicht in der Kapelle umgekommen ist, und die Befragungen ausdehnen bis hinüber zu den Inseln.» Valérie richtete sich an Franz Schuler, den Leiter des KTD, und erwartete ein Wunder von ihm. Dass er vorwärtsgemacht hatte und brauchbare Ergebnisse liefern konnte. Natürlich war es zu früh für solch weitreichende Schlüsse. Dennoch hoffte Valérie auf einen Erfolg. «Gibt es nebst der Feuerschale erste Informationen?» Sie deutete auf eine Kassette, die er vor sich auf den Tisch gestellt hatte. Die rot angesengte Farbe schimmerte durch einen Asservatenbeutel.

Schuler räusperte sich hinter vorgehaltener Hand. Es fiel Valérie auf, dass der dominante Ehering fehlte. «Diese lag unter den Trümmern des Altars. Sie war unverschlossen, der Deckel war zu. Ein Glück. Somit blieb deren Inhalt unversehrt.» Er zog sie aus dem Plastiksack. «Sie wurde bereits auf Fingerabdrücke überprüft. Die Auswertung steht noch aus.» Er hob den Deckel an, griff nach einer Papierrolle und legte diese vor sich hin.

«Kein Geld?», fragte Louis offensichtlich enttäuscht.

Schuler rollte das Papier auf und beschwerte es an den Längsseiten mit je einem Wasserglas.

«Was. Ist. Das?» Valérie konnte sich nach diesem Anblick keinen Reim auf irgendetwas machen. Sie erhob sich, ging um den Gemeinschaftstisch herum und stellte sich hinter Schuler.

Sie sah ihm über die Schultern. Das Bild war nicht scharf, eine Zeichnung, wahrscheinlich fotografiert und auf ein gewöhnliches A4-Papier kopiert. Es zeigte die heilige Maria. Auf dem rechten Arm hielt sie das Jesuskind, in ihrer anderen Hand lag ein Stab, genauso vergoldet wie die Krone auf ihrem Haupt. Mit Ausnahme der Krone, des Stabs, eines Bogens unterhalb des wallenden Gewands und blauer Wolken, auf denen sie stand, verschwand die Zeichnung fast in einem verblassten Grau. Dennoch ging von ihr etwas Kraftvolles aus, auch die angedeuteten Flammen rings um die Figur wirkten prägnant. Sie konnten ein Feuer darstellen oder die Aura der heiligen Maria, wobei Valérie Letzteres vermutete und Ersteres nicht ausschloss. «Hat man diese Zeichnung in der Hurden-Kapelle gesehen? Könnte eine Wandzeichnung sein.»

«Oder ein Heiligenbild, wie man es früher in den Gebetsbüchern mitgetragen hat», insistierte Fabia. «Einfach stark vergrössert.»

«Nein, in der Hurden-Kapelle hing sie mit Bestimmtheit nicht.» Der Polizeifotograf verwies auf die Pinnwand, an die er ein paar Fotos bereits angeheftet hatte. «Vom Eingang gesehen rechts befand sich die Kreuzigung Christi mit den beiden Frauen Maria und Maria Magdalena. Das Wandbild wurde durch das Wasser verwüstet. Auf der gegenüberliegenden Wand thronte die Gottesmutter mit dem Jesuskind, eine Statue. Sie blieb praktisch unversehrt. Wir haben einen Abgleich mit vorhandenen Fotos aus der Zeit vor dem Brand gemacht. Uns ist aufgefallen, dass das Kreuz, das an der Decke vor dem Altar hing, fehlt. Dabei handelt es sich um ein hölzernes Kruzifix. Um es von seinem Platz herunterzuholen, bedurfte es mit Sicherheit einer Leiter. Von einer Leiter war jedoch weit und breit keine Spur. Und das Kreuz ist definitiv weg.»

«Könnte es nicht während des Brands runtergestürzt sein?», fragte Valérie, der die Verwüstung der Kapelle präsent war.

«Wir haben nirgends ein Kreuz gefunden, auch kein verbranntes», informierte Schuler.

«Vikar Huwiler, der uns darauf eine Antwort liefern könnte», sagte Louis, «befindet sich nach wie vor in Spitalpflege. Vor morgen Abend sei er nicht zu sprechen. Er wüsste sicher mehr darüber. Vielleicht hatte er es selbst entfernt, und die Kassette war Bestandteil seiner Messe für den Bettag.»

«Aber es muss doch jemanden geben, der über die Kapelle Bescheid weiss.» Fabia war entsetzt und abgelenkt. «Wer dort zur heiligen Messe geht, weiss doch, was an den Wänden hängt oder hingemalt ist.»

«Gewiss», sagte Louis, «aber kaum jemand wird sich Gedanken darüber machen, wie man ein Kreuz vom unteren Dachbalken holt. Ob es seit Längerem fehlt, darüber kann uns nur Vikar Huwiler etwas sagen.»

«Oder jemand, der es für eine Restauration abgeholt hat.» Valérie wollte sich nicht länger mit der Frage um das verschollene Kreuz beschäftigen und beauftragte Fabia, dies abzuklären. «Im Moment hat der Tod des Sigristen höchste Priorität.» Sie kehrte an ihren Platz zurück und liess den Blick über die Köpfe schweifen. «Haben die Zeugenbefragungen zu brauchbaren Resultaten geführt?»

«Wir müssen die Aussagen zuerst vergleichen und auswerten.» Louis schnappte sich ein Sandwich, das auf dem Tisch in einem Korb lag. «Viel Brauchbares war nicht darunter.»

Während einer Viertelstunde hörte sich Valérie die protokollierten Informationen einiger Hurdener an. Mit Ausnahme der von Weissenburgs und des Rössli-Wirts hatten alle geschlafen, bis sie vom Horn der Feuerwehreinsatzwagen aufgeweckt wurden. Niemand wollte explizit etwas Verdächtiges am Vorabend gesehen oder gehört haben. Damit hatte Valérie rechnen müssen. Hurden galt als verschlafenes Dorf. Knapp dreihundert Einwohner waren gemeldet. Es existierten ein Hotel und zwei Restaurants, die hauptsächlich während des Tages Touristen anlockten. Die Reichen zogen sich in der Regel zurück oder richteten ihr Leben auf die Stadt Zürich aus. Wieder wandte sie sich an Louis. «Hast du etwas über den Sigrist herausgefunden, was für unsere Ermittlungen wichtig sein könnte?»

«Im Moment dürfte es schwierig sein.» Louis strich sich nervös über seine Haare, die er in letzter Zeit wieder hatte wachsen lassen. «Da Sonntag ist, sind die Ämter geschlossen, wo ich eine Auskunft über Zahir Kälin hätte einholen können. Wir müssen bis morgen warten.»

Auch Valérie befürchtete, dass ihr die Hände für den Moment gebunden waren. Sie musste die Resultate der Brandermittler abwarten. Von Res Stieffel hatte sie erst einen kurzen Bericht erhalten, der nicht viel aussagte. Alles schien noch offen. Er wollte sich nicht festlegen.

«Okay, konzentrieren wir uns wieder.» Valérie straffte den Rücken. «Finden wir heraus, ob es in letzter Zeit ähnliche Vorfälle in Kirchen, Kapellen und an heiligen Stätten gegeben hat. In der Schweiz wohl kaum, denn eine solche Nachricht hätte uns erreicht. Dehnen wir die Suche über die Grenze aus.»

«Augenblick mal …» Caminada erhob seine Stimme. «Du gehst von einer Serie aus?»

«Mein Bauchgefühl …» Valérie schluckte es hinunter. Die Art, wie die Tat ausgeführt worden war, liess sie Schlimmes ahnen. Vorläufig wollte sie es für sich behalten. «Ich möchte sicher sein, dass wir nichts übersehen. Es geht mir darum, herauszufinden, ob wir es eventuell mit einem Nachahmer zu tun haben. Wir haben noch zu wenig, um richtig loszulegen. Aber irgendwo müssen wir beginnen.»

ZWEI

Valérie war früh auf dem Sicherheitsstützpunkt in Biberbrugg eingetroffen. Der Morgen begann zu dämmern, und der Parkplatz vor der Kantonspolizei war kaum besetzt. Sie stieg aus und liess ihren Blick über den Kreisel und die Brücke schweifen, über die die Schwyzerstrasse führte. Ein Zug aus Richtung Einsiedeln fuhr in den gegenüberliegenden Bahnhof ein. Das Quietschen der Bremsen war bis hierher zu hören. In der Ferne zeichnete sich der üppige Wald ab, der die «Hohe Rone» wie ein dunkelgrüner Mantel umschloss.

Sie hätten sich wieder versöhnt, hatte Valérie von Colin erfahren. Sehr überzeugt hatte es jedoch nicht geklungen. Auf die Einladung zum Filet Wellington hatte er verzichtet, welches Zanetti wegen der fehlenden Zeit sowieso nicht zubereitet hatte, und Valérie auf die nächste Woche vertröstet, in der er sich wieder bei ihr melden wollte. Das Ganze schien ihr zu suspekt, um es auf Eis zu legen. Vielleicht müsste sie sich überwinden und mit Angela reden.

Valérie begab sich zum Gebäude, blieb vor dem Eingang kurz stehen und sah die Fassade hoch. In den Fenstern spiegelte sich der erwachende Tag, die Wolken am Himmel, die einen Wetterumschlag ankündeten. Für den Nachmittag war Regen angesagt.

Im Frühling vor fünf Jahren hatte Valérie den Stützpunkt zum ersten Mal betreten. In der Zwischenzeit war viel geschehen. Sie hatte sich von Willy Lehmann scheiden lassen, ihre ausgewanderte beste Freundin Katja an Südafrika verloren, eine verrückte Staatsanwältin kennengelernt und erlebt, wie diese den Job aufs Spiel gesetzt und ihn schlussendlich verloren hatte. Ihr Platz war für Emilio Zanetti, ihren Nachfolger, frei geworden und hatte Valéries Leben eine glückliche Wende gegeben. Und Colin hatte den Weg zu seiner Mutter zurückgefunden. Dass Valérie angekommen war, konnte sie von sich nicht behaupten. Seit sie mit Zanetti zusammenlebte, hatte sich Routine eingeschlichen, nicht beruflich, so doch privat. Ihre freie Zeit war vorgegeben: essen, schlafen, Sport – in *der* Reihenfolge. Manchmal lagen auch Ferien drin, doch meistens waren diese nicht sehr entspannt, weil ihr Job ihnen oft zu viel abverlangte und sie beide nicht einfach einen Schalter umkippen und darauf hoffen konnten, alles zu vergessen. Ein letztes verlängertes Skiwochenende hatten sie Ende Februar in der Lenzerheide verbracht und die Sommerferien getrennt beziehen müssen, weil Zanetti mit einem Fall gefordert war. Sie waren deshalb in ihrem Mietshaus in Küssnacht geblieben und hatten von da aus ein paar Ausflüge unternommen.

Valérie wünschte sich manchmal mehr Abwechslung. Das Spontane fehlte ihr. Einmal im Leben wieder etwas Verrücktes tun wie in ihrer jungen und unbeschwerten Zeit. Es gab Momente, in denen sie die Frau beneidete, die sie einmal gewesen war. Die junge Jurastudentin, die sich endlich von ihrer Vergangenheit in Fully losgerissen hatte. Das Studium in Zürich, ihre Freunde, durchtanzte Nächte und solche, in denen sie bis zum Morgengrauen am Pult gesessen und gelernt hatte.

Zanetti sah es anders. Er war ein Mensch, der Strukturen und Ordnung in seinem Leben brauchte. Nach der unregelmässigen Arbeit kam er gern nach Hause und liebte nichts so sehr, wie sich in die Horizontale zu legen und Musik zu hören. Zugegeben, er war noch immer ein phantastischer Liebhaber und ein ausgesprochen guter Koch. Und doch hatte Valérie das Gefühl, das Leben schramme an ihr vorbei.

Sie öffnete die Tür und betrat den dahinterliegenden Flur. Der Korridor gähnte ihr leer entgegen, und in der Luft lag der flüchtige Geruch nach Kaffee. Sie drückte den Lichtschalter. Kaltes Neon füllte den Raum aus, liess weder eine Ecke noch einen Winkel im Schatten zurück. Valérie ging zum Lift. Sie fuhr hoch. Auch auf ihrer Etage begegnete ihr niemand. Es war halb sieben, und einige Mitarbeiter hatten sich bereits in ihre Büros zurückgezogen.

Ihr Büro lag Richtung Osten mit Blick auf einen Teil des

Waldes und den Fluss Alp. Die Sonne war im Begriff, durch die Wolken über die Baumspitzen zu klettern. Ein Goldton ergoss sich über das Grün, in das sich sanfte Spuren herbstlich getönten Laubs mischten. Die ersten Bodennebel waberten über das Wasser, das träge vor sich dahinplätscherte.

Sie hatte sich längst an ihren Arbeitsplatz gewöhnt. Er vermittelte ihr die Ruhe, die sie draussen nicht fand. Der Blick ins Grüne wirkte wie Meditation. Die seltsamen Erscheinungen wie zu Anfang ihrer Zeit im Kanton Schwyz waren nicht mehr aufgetaucht. Valérie hatte den Boden unter den Füssen wiedergefunden, nicht zuletzt auch wegen Zanetti.

Valérie setzte sich ans Pult, versuchte die Dinge des Vorabends in ihr Gedächtnis zu rufen. Louis hatte endlich Frau Kälin sprechen können und ihr die Nachricht vom Tod ihres Mannes überbracht. Er hatte Valérie spätabends darüber informiert, dass er zusammen mit Vischer bei ihr gewesen war. Man habe sie mit der Ambulanz abholen müssen, weil sie zusammengebrochen war. Für die zwei kleinen Kinder sei kurzfristig Frau Kälins Mutter eingesprungen. Es gab viele unbeantwortete Fragen, die Valérie klären musste. Was wusste zum Beispiel die Witwe über ihren verstorbenen Mann? Ob es Anzeichen gegeben hatte, dass ihm jemand schaden wollte? Sie griff nach dem Telefonhörer auf der Festnetzstation und wählte Louis' Handynummer.

Louis meldete sich mit belegter Stimme. «Sag nicht, dass du bereits auf dem SSB bist. Ich dachte, ich sei früh dran.»

«Bist du unterwegs?»

«In zehn Minuten werde ich dort sein.»

«Das trifft sich gut. Hast du etwas von Frau Kälin gehört?»

«Ja, ich hatte gerade ein Telefon mit ihrer Mutter. Sie teilte mir mit, dass es ihrer Tochter den Umständen entsprechend besser gehe, was immer das heisst. Gestern hatte sie wie ein Tier geschrien. So etwas habe ich nie zuvor erlebt. Sie sei wieder zu Hause.»

«Wir werden gleich zu ihr fahren. Wartest du unten auf dem Parkplatz auf mich?»

«Und wann findet das Briefing statt?»

«Am frühen Nachmittag reicht. Ich werde das Wichtigste in einer Rundmail mitteilen.»

Louis räusperte sich ein paarmal.

«Alles okay?» Valérie kannte Louis mittlerweile so gut, dass er ihr nichts vormachen konnte.

«Ja.»

«Aber?»

Er druckste herum. «Ich hatte wieder mal Zoff mit Carla.»

«Das scheint zur Gewohnheit zu werden.» Valerie erinnerte sich an vor vier Wochen, als Louis mit einem kleinen Koffer im Büro eingetroffen war, nachdem er von zu Hause Reissaus genommen hatte. Er hatte in seinem Büro übernachtet, auf einer Matte, die man beim Campieren benutzte. Mit Ausnahme von Valérie und der Zugehfrau hatte niemand davon erfahren.

«Zumindest einmal im Monat wird's so richtig heftig», sagte Louis. «Carla ist dann so was von wankelmütig. Heute Morgen flippte sie dermassen aus, dass ich die Wohnung ohne Frühstück verliess.»

«Wir können unterwegs Kaffee trinken», schlug Valérie vor und empfand Mitleid für ihren Kollegen.

«Lass gut sein. Ich habe bereits ein Sandwich verdrückt.»

«Ich bin in ein paar Minuten unten. Wir können auf dem Weg nach Pfäffikon weiterreden.» Nachdenklich legte Valérie den Hörer zurück. Ohne Louis vermochte sie sich den Polizeialltag nicht mehr vorzustellen. Wenn es ihm schlecht ging, litt auch sie. Sie mochte seinen subtilen Humor und seine Gutmütigkeit. Er wollte es vor allem seiner Freundin Carla immer recht machen und nahm einiges von ihr in Kauf. Wie oft hatte er sein Herz bei Valérie ausgeschüttet. Carla war jung, eigenwillig und kompromisslos. Valérie hatte sie im Verdacht, dass sie Louis ausnutzte. Dies vor ihm zu äussern, fand sie jedoch unangebracht. Es war seine Sache.

Auf dem Korridor begegnete sie Caminada, der offenbar zu ihr wollte. Sein Büro lag einen Stock höher, direkt über Valéries.

Er schwenkte eine Zeitung vor seinem Gesicht, schien aufgebracht. «Diese Schlagzeilen haben mir den Tag verdorben.»

«So schlimm?» Valérie schloss ihr Büro ab. Hinter dem Ärger musste etwas anderes stecken.

«Ich habe keine Ahnung, weshalb der Boulevard immer so schnell zu solchen Schlüssen gelangt.» Caminada reichte ihr das Blatt, wischte mit der Hand über den Titel. «Gut vierundzwanzig Stunden sind vergangen, und die Journalisten liefern bereits eine Erklärung für den Brand in Hurden. Gestern ging ein Dreizeiler an alle Medien raus, von dem hier», Caminada tippte auf das Papier, «war nie die Rede.»

Valérie erhaschte einen Blick auf die roten Lettern, während sie nach der Zeitung griff. «‹Feuerwehr und Polizei zu spät eingetroffen›. Die spekulieren. Das darf man nicht allzu ernst nehmen.»

«Jemand will uns wieder mal ans Bein pinkeln.»

Valérie las die Schlagzeile unterhalb des reisserischen Titels. «‹Erste Pläne für eine Überbauung in Hurden aufgetaucht›. ‹Wurde das Feuer deshalb gelegt?›» Sie suchte nach dem Kürzel unter dem gesamten Text und atmete erleichtert auf. Der Bericht ging nicht auf Carlas Konto. Jemand anderer musste seine morbide Phantasie ausgelebt haben. Solche Berichte griffen der Polizei meist vor, verunsicherten die Leute und sorgten für Falschannahmen. «Von dem Toten steht hier dagegen nichts.» Valérie drückte Caminada die Zeitung in die Hand. «Ich fahre jetzt gleich zur Witwe des Toten. Anschliessend werde ich Res Stieffel besuchen.» Sie hatte seine Notiz per WhatsApp bekommen, mit der Bitte, sie möge sich vor dem Mittag bei ihm melden. «Es wird meine erste Brandleiche sein.»

※※※

«Wie geht es Ihnen heute?»

«Ich habe ihn wieder gesehen.» Elisha sagte es, bevor er auf dem Sitz Platz genommen hatte. Das weisse Leder verströmte einen eigenartigen Geruch. Der Sessel war unbequem, wie ein Klotz mit Vertiefung und einer Rückenlehne, die sich von den Seitenlehnen in der Höhe kaum unterschied. Wer hier sass, durfte sich offensichtlich nicht wohlfühlen. Ein Designerstück, wie alles in diesem Raum. Spartanisch eingerichtet, schnörkellos auch das Fenster, an dem keine Vorhänge hingen.

Elisha verzichtete auf die Liege, die ihm Dr. Frigo angeboten hatte. Er war weder zum Vergnügen noch zur Entspannung hier. «Ich habe ihn in Rapperswil gesehen und bin ihm über den Holzsteg bis nach Hurden gefolgt.»

«Wollen Sie ihn mir noch einmal beschreiben?»

«Das habe ich bereits letzte Woche getan.» Elisha zweifelte an Dr. Frigos Kurzzeitgedächtnis.

«Es hängt von Ihren Wahrnehmungen ab.» Dr. Frigo setzte ein gefrorenes Lächeln auf. «Die sind nicht immer gleich.»

Elisha war sich nie sicher, ob er seinem Mentor zu hundert Prozent vertrauen konnte. Ein Restrisiko blieb, dass dieser der gleichen Spezies angehörte, die ihn verfolgte. «Es sind die Augen», sagte er.

«Beschreiben Sie mir die Augen», forderte Dr. Frigo ihn auf. «Was ist anders als bei gewöhnlichen Augen?»

Die Lehne drückte und schmerzte im Rücken. Vielleicht hätte Elisha sich ausnahmsweise auf die Liege legen und Dr. Frigos Einladung annehmen sollen. Auf die weiche Unterlage, die ihm etwas Linderung verschafft hätte. Noch waren die Narben frisch von seiner Selbstkasteiung. Wie tausend Nadeln quälten ihn die Wunden. Einmal in der Woche schlug er sich mit einer Peitsche den Rücken blutig. Ein Schmerz, der alles andere übertünchte. Nach der Folter ging es ihm jeweils besser, und er schaffte es, die Zeit danach entspannter zu bewältigen. Eine Gnadenfrist, die alles Schlechte ausblendete. Eine Nichtzeit zwischen den Zeiten. Gut, dass Dr. Frigo es nicht wusste. Er vermochte ihm zwar in die Seele zu blicken, der Körper jedoch war ihm fremd. «Er hat Augen wie eine Echse, deren Pupillen eine senkrechte, schlitzartige Form aufweisen.»

Dr. Frigo wartete mit einer Erwiderung. Elisha fühlte sich genötigt, seine Beobachtungen mit einer Ergänzung zu untermalen. Dass er es genau gesehen hatte. Die grün-braune Iris mit der lang gezogenen Pupille. Er schwieg, weil er nicht wollte, dass

Dr. Frigo ihn als Idioten sah. Die Sitzungen bei ihm hinterliessen einen schalen Nachgeschmack. Jedes Mal, wenn Elisha den Therapieraum verliess, klebte das Gefühl an ihm, Dr. Frigo nähme ihn nicht ernst. Manchmal verschrieb er ihm neue Medikamente, deren Wirkung er in Frage stellte.

Der Raum war abgedunkelt. Draussen schien die Sonne. Ihre Strahlen erreichten die halb heruntergelassenen Markisen und malten Streifen an die Wand. Ein Bild von Chagall hing dort. Ein fliegender Engel auf düsterem Grund. Elisha konnte sich nicht erklären, weshalb er sich von diesem Bild dermassen angezogen fühlte. Schon während der letzten Therapie hatte er immerzu dieses Gemälde anstarren müssen. Es war, als spiegelte dieser Engel sein eigenes Leben. Abgehoben von allem, nicht wirklich da.

«Haben Sie ihn so genau angesehen?» Dr. Frigo riss ihn aus seinen Gedanken.

«Er stand direkt vor mir. Und ich weiss, es war *kein* Mensch.»

✳✳✳

Mathilda Kälin sass vornübergebeugt und mit abgestützten Ellenbogen am Küchentisch. Ihr Kopf lag schwer auf ihren Händen. Alles, was um sie herum geschah an diesem Morgen, fühlte sich wie etwas Surreales an. Das mochte an den Medikamenten liegen, die sie auf Anraten ihres Arztes geschluckt hatte, damit ihre Gedanken nicht explodierten. Nein, nichts war erträglicher geworden; sie nahm es bloss gelassener wahr. Die Rückkehr aus Lugano, der Besuch der Polizei, die Hiobsbotschaft, der Zusammenbruch – alles schien in weiter Ferne zu sein. In einer anderen Welt, in einem fremden Leben. Sie starrte auf das Fotoalbum vor ihr, das sie auf der Seite ihres Hochzeitstages aufgeschlagen hatte. Sie wollte sich Zahirs Gesicht vor Augen führen. Seine ausgeprägten Züge, die hellen Iriden, die einen eigenartigen Kontrast zu seiner dunklen Haut bildeten. Mathilda hatte vergessen, wie Zahir aussah. Während der ganzen Nacht hatte sie vergebens und verzweifelt nach den Erinnerungen an sein Aussehen gesucht. Zahir war aus ihrem Gedächtnis verschwunden wie der Mond hinter den Wolken, dessen Bahn sie eine Zeit lang verfolgt hatte. In vergangener Nacht.

Mathilda vermochte nicht, sich zu rühren. Es war ihr, als hätte jemand sie in Ketten gelegt. Ihre Füsse standen wie angenagelt auf dem Boden. Ihr ganzer Körper war steif.

Camenzind hätte den Satz nicht beenden müssen. Bereits die ersten zwei Worte hatten verraten, dass etwas Schreckliches geschehen sein musste. Als Zahirs Name im Zusammenhang mit einem Kapellenbrand fiel, hatte sich Mathilda an der einen Seitenlehne des Sofas festgekrallt, um nicht laut zu schreien. Sie hatte den Schrei zuerst innerlich ausgestossen, bevor er ungehalten ihrem Mund entfuhr. Ein stechender Schmerz hatte ihn begleitet, etwas, das sich wie ein Zerbersten anfühlte. Als bräche etwas in ihr entzwei. Dann die Ambulanz, ihre Mutter, die unverzüglich hergefahren war. Ein Film lief in ihr ab, und sie schaute zu.

«Mathilda?» Mutter stand plötzlich da, sah über ihre Schultern auf das Fotoalbum und die aufgeschlagene Seite. «Valérie Lehmann von der Kripo Schwyz ist da, zusammen mit Herrn Camenzind, den du ja schon kennst.»

Mathilda kehrte in die Gegenwart zurück. Sie wollte niemanden sehen, weder hören noch reden. Wollte sich bloss an den Erinnerungen festhalten, welche den Schmerz stetig vergrösserten, und erfahren, wie weit sie damit gehen konnte, bis sie vor Gram wiederholt zusammenbrach. Denn das, was gerade geschah, hielt kein normaler Mensch aus.

Sie war jetzt eine Witwe wie die alte Frau in der Wohnung nebenan, die ihren Mann vor einem halben Jahr verloren hatte. Sie trauerte noch immer. Ihr Lebensgefährte war dement und über achtzig gewesen, der Tod eine Erlösung.

Mathilda schluchzte auf. Sie selbst war keine vierzig. Ihre Kinder waren zwei und drei Jahre alt. Sie sah keine Zukunft, nicht heute. Jeder Gedanke an den nächsten Tag drohte sie in einen Abgrund zu reissen, aus dem es kein Entrinnen geben würde. Sie hatte ihren Mann verloren und damit ihr ganzes Leben.

Die Frau unter dem Türrahmen hatte eine Narbe im Gesicht.

Es war das Erste, was Mathilda missfiel. Die Narbe passte nicht. Auf dem Gesicht eines Mannes hätte sie sie eher akzeptiert. Aber nicht bei ihr.

«Valérie Lehmann», sagte die Frau. «Das ist mein Kollege Louis Camenzind. Er war gestern kurz hier.»

Kurz, dachte Mathilda verbittert. Diese kurze Zeit hatte gereicht, um ihr Lebenskonstrukt zum Einsturz zu bringen.

«Fühlen Sie sich in der Lage, uns ein paar Fragen zu beantworten?»

«Habe ich eine Wahl?»

«Mathilda», sagte Mutter. «Es ist wichtig.»

«Wichtig?» Mathilda schluchzte erneut auf. Sie konnte es nicht kontrollieren. Ihr Körper wollte ihr nicht gehorchen. «Ich habe Zahir verloren. Was ist denn jetzt noch wichtig?»

«Ich werde mich um die Buben kümmern.» Mutter führte Kovu und Kito aus der Küche. Die Jungs waren zu klein, um zu begreifen, was geschehen war. Vielleicht spürten sie es.

Mathilda presste ihre Arme um ihren Körper. Würde sie die Kraft haben, ihren Kindern weiterhin eine gute Mama zu sein? Keine einzige Träne löste sich. Sie hatte nicht weinen können und wunderte sich. Der Schmerz war in ihr gefroren, einem Eisberg gleich, der weit hinabreichte in unergründliche Tiefen. Sie hätte doch weinen *müssen*.

Camenzind blieb stehen. Valérie Lehmann setzte sich an ihre Seite. «Erzählen Sie mir von Ihrem Mann.» Sie wies auf das Fotoalbum. «Ist er das?»

«Zahir.» Mathilda schwieg eine Zeit lang. «Meine erste und einzige Liebe.» Sie spürte den Kloss im Hals. Er wuchs ins Unermessliche. Sie schluckte ein paarmal, räusperte sich. «Der Vater meiner Kinder.»

«Er ist Schwarzer?»

Mathilda sah Valérie Lehmann an, dass es sie überraschte.

«Kälin?», fragte Valérie Lehmann nach.

Als hätte in dieser Frage eine Abneigung gelegen. Nein, so schätzte sie die Polizistin nicht ein. «Seine Eltern haben ihn adoptiert, als er ein Baby war.»

«Hat er Geschwister?»

«Nein.»

«Wie ist Ihr Mann aufgewachsen?»

«Wohlbehütet.» Wenn Mathilda von Zahirs Leben erzählte, würde sie sich ein wenig entspannen. Es fühlte sich so an, als würde sie aus einem Buch vorlesen, zurückkehren in eine Vergangenheit, die so vielversprechend gewesen war. Die Hochzeit, die Geburt ihrer Söhne. Die Reise nach Kenia, ins Land von Zahirs Herkunft. Schöne Ziele hatten sie gehabt. Kleine glückliche Momente. Und sie hatten sich geliebt. «Seine Eltern, die vor einem Jahr im Abstand von zwei Monaten verstorben sind, wollten, dass Zahir studiert. Nach dem Gymnasium ging er nach Fribourg und begann dort ein Theologiestudium … auf Wunsch seines Vaters.» Was wäre gewesen, wenn sich Rolf Kälin damals nicht durchgesetzt hätte? Wieder musste Mathilda sich räuspern, bevor sie wie ein Roboter weitersprach. «Zahir hat es abgebrochen und eine dreijährige Lehre in der Bank absolviert. Er merkte aber bald, dass auch das Bankwesen nichts für ihn war. Er … Er war mehr für das Handwerkliche. Trotzdem machte er einen guten Abschluss und bewarb sich danach in einer Schreinerei für eine zweite Lehre. Sein Hobby machte er zum Beruf. Er hat den Tisch und die Stühle im Wohnzimmer selbst hergestellt.»

Valérie Lehmann und Camenzind sahen beide gleichzeitig in Richtung Wohnzimmer, als müssten sie sich von den Antworten ablenken, dem Unglaublichen, welches dunkel zwischen ihnen stand. Zahirs Tod und die Hinterbliebenen, Mathilda und ihre Söhne. «Nach der Lehre arbeitete er drei Jahre als Schreiner. Leider …», sie musste sich anstrengen, um den Satz zu beenden, «… hat er durch einen Unfall zwei Finger verloren. Für ihn war es furchtbar, und er wollte den Beruf nicht mehr ausüben. Der Kreis schloss sich: Letztendlich landete er in der Kirche, wie sein Vater es gewünscht hatte. Nicht als Priester, sondern als Sigrist.»

«Seit wie vielen Jahren führte er dieses Amt aus?» Valérie Lehmann griff sich an die Narbe. Ob sie sie spürte unter ihren Fingerspitzen? Warum hatte sie sie nicht wegoperiert?

«Seit vierzehn Jahren. Er arbeitete bereits in der Kirche, als wir uns kennenlernten. Im nächsten Monat wäre er sechsundvierzig geworden. Wir sind … waren fünf Jahre verheiratet.» Mathilda fuhr mit ihrer Hand über das Fotoalbum und das Bild von ihrer Hochzeit. Immer wieder wischte sie darüber, als könnte sie es zum Verschwinden bringen. Sie rubbelte jetzt, zerkratzte das Foto, auf dem sie und Zahir zu sehen waren. Wie er sie küsste im Blumenregen vor der Kirche.

Camenzind machte emsig Notizen, derweil Valérie Lehmann ihre Hand nahm. «Bitte zerstören Sie die Fotos nicht. Behalten Sie die Erinnerung an Ihren Mann. Später könnten Sie es bereuen.»

Was hatte sie getan? Was hatte sie bloss getan? Mathilda sah auf die defekte Fotografie. Zahirs Gesicht war weggerubbelt. Sein Gesicht, das sie sich nicht real vorstellen konnte.

«Hatte Ihr Mann Feinde?», fragte Camenzind.

Vielleicht musste er diese Frage stellen. Wahrscheinlich stellte er immer die gleichen Fragen, wenn es darum ging, sich ein Bild des Toten zu machen. Ein Bild, das nichts mit einem Foto zu tun hatte. Ein inneres Bild war es. «Feinde?» Mathilda stiess das Wort laut aus. «Wer hat die nicht, wenn er einer Minderheit angehört?» Natürlich glaubte ihr der Polizist kein Wort. «Mittlerweile herrscht in der Schweiz ein multikulturelles Miteinander. Die Ausgrenzungen sind heute zwar nicht vorbei, aber weniger geworden. Zweit- und Drittgenerationen sind integriert, manche besitzen den Schweizer Pass. Je näher man an einer Grossstadt lebt, umso grosszügiger gehen die Menschen miteinander um. Ist doch so, oder?» Sie musterte Camenzind, der einen asiatischen Einschlag hatte. Er würde es sicher verstehen. «Aber in Innerschwyz, wo die Kälins früher gelebt haben, hat Zahir als Exot gegolten. Und allem Exotischen gilt es, mit Vorsicht zu begegnen. Kälins sind aus diesem Grund nach Ausserschwyz gezogen, in die Gemeinde Pfäffikon, wo alles nicht so streng und so konservativ ist.» Mathilda relativierte: «Seit er als Sigrist arbeitete, akzeptierten ihn die Leute.»

«Gab es Dinge aus der Vergangenheit, die ihn eingeholt haben könnten?», fragte Camenzind.

Mathilda schüttelte den Kopf.

«Hat er sich für seine Wurzeln interessiert?»

«Er hat sich für das Land interessiert, aus dem er kam. Es war auch für unsere Söhne wichtig.»

«Und seine biologischen Eltern?»

«Seine Eltern waren Rolf und Ursula Kälin.»

«Er wollte nicht erfahren, woher er stammt?», doppelte Camenzind nach, was Valérie Lehmann mit einem verkniffenen Gesicht quittierte.

«Ich weiss nicht, ob er heimlich Nachforschungen angestellt hat.» Mathilda fiel wieder ins Bodenlose. Ihre Eltern waren vorerst dagegen gewesen, als sie ihnen unterbreitet hatte, sie habe sich in einen Mann verliebt, dessen Wurzeln in Kenia lagen. Das könne nicht gut gehen, eine solche Ehe sei von vornherein zum Scheitern verurteilt. Als ihre Enkel Kovu und Kito zur Welt gekommen waren, hatte sich ihre Abneigung ins Gegenteil gekehrt. Heute vergötterten sie die Kleinen, vor allem ihre Mutter hatte den Narren an den beiden gefressen.

«Kennen Sie den Grund, weshalb Ihr Mann so früh die Wohnung verliess?» Valérie Lehmann sah sie fragend an. «Hat er sich dahingehend geäussert?»

«Er ging oft früh weg, das war nichts Neues. Zudem kann ich Ihnen beim besten Willen nicht sagen, welche Zeit am Sonntag war, als er aufstand, da ich mit unseren Jungs im Tessin weilte.»

Der Gedanke, wie Zahir umgekommen war, raubte Mathilda den Atem. Er sei Opfer eines Brandes geworden, hatte Camenzind ihr mitgeteilt. Gestorben in einem Feuer, das morgens um halb vier ausgebrochen war. Was hatte Zahir zu so früher Stunde in der Kapelle gesucht? Vielleicht hatte man ihn verwechselt, und der Tote war gar nicht ihr Mann. Mathilda versuchte, sich an dieser Option festzuklammern wie eine Ertrinkende an einem Strohhalm. «Kann ich ihn sehen?», fragte sie deshalb.

Die Polizisten warfen einander Blicke zu, die nichts Gutes verhiessen.

«Ich würde ihn nicht wiedererkennen, ist es das?» Mathildas Stimme stockte.

«Ihr Mann wurde bereits identifiziert», sagte Valérie.

«Hat er fest gelitten?»

«Frau Kälin», Valérie Lehmann hatte sich erhoben, «wir können davon ausgehen, dass Ihr Mann bereits tot war, bevor es brannte.»

«Man hat mir gesagt, er sei ermordet worden?»

«Es ist nicht zu hundert Prozent sicher. Es könnte auch ein Unfall gewesen sein.» Valérie legte ihr den Arm auf die Schultern. «Ich verspreche Ihnen, wir werden alles tun, um es aufzuklären.»

∗∗∗

Valérie hatte ein mulmiges Gefühl. Die Begegnung mit Mathilda Kälin hatte sie emotional mehr gefordert als angenommen. Bislang hatte sie sich einen klaren Kopf attestiert, wenn sie solch schreckliche Nachrichten überbringen und Fragen stellen musste, die einen neuen Fall betrafen.

Zahir Kälin war ein unbescholtener Bürger gewesen, der sich zeit seines Lebens nichts hatte zuschulden kommen lassen. Ob ihn die Vergangenheit eingeholt hatte? Die Tatsache, dass er ein Waisenkind aus Kenia gewesen war, bevor Rolf und Ursula Kälin ihn adoptierten? Valérie hatte Louis damit beauftragt, auf der Einwohnergemeinde Freienbach Akteneinsicht in Zahir Kälins Schriften zu verlangen. Die Papiere über die Adoption mussten irgendwo noch liegen. Nach dem Tod der Eltern sicher bei den Unterlagen deren Sohnes. Und wenn nicht, musste Louis über das Bundesamt für Justiz gehen, um an die Dokumente zu gelangen. Internationale Adoptionen wurden in Zusammenarbeit der Zentralen Behörden der Kantone und des Bundes erreicht. Die Adoption musste in einer Zeit erfolgt sein, in der die kenianische Zentralbehörde Adoptionen aus ihrem Land zuliess. Valérie wusste, dass das heute nicht mehr der Fall war. Kenia hatte alle hängigen Adoptionsverfahren gestoppt und nahm bis auf Weiteres keine neuen Gesuche entgegen.

Sie hatten einen Blick in Kälins Büro geworfen, einen Laptop und zwei Ordner mitgenommen, die seine Witwe schweren Herzens aus den Händen gegeben hatte.

Valérie war auf dem Weg nach Zürich zur Rechtsmedizin und stand nun im Stau. Um halb zwei hatte sie einen Termin in der Pathologie bei Res Stieffel. Sie hatte damit rechnen müssen, dass er sie dabeihaben wollte. Die Legal-Inspektion hatte er bereits am Sonntag durchgeführt, die nichts Aussagekräftiges zutage gebracht hatte, ausser der Vermutung, dass Kälin durch einen Schlag auf den Hinterkopf getötet oder bewusstlos geschlagen worden war. Die Autopsie wollte Stieffel in Valéries Anwesenheit vollziehen.

Was würde sie beim Gerichtsmediziner erwarten? Er sprach von Mord. Valérie fröstelte trotz des Sonnenscheins, der ins Wageninnere drückte. Der Zürichsee zu ihrer Rechten glitzerte. Noch waren viele Boote draussen. Deren Besitzer genossen die letzten warmen Tage im Jahr. Der Altweibersommer gab sich alle Ehre. Valérie streckte sich und sah sich auf dem Rückspiegel kurz an. Auch ihr Sommer würde bald vorbei sein, wenn sie nichts dagegen unternahm.

Sie bog ins Areal der Rechtsmedizin ein. Diese lag auf dem Gelände der Universität Zürich. Valérie musste den Parkplatz zweimal umkreisen, bis jemand ein Parkfeld verliess und sie ihren Wagen in die Lücke stellen konnte. «Reserviert für Ärzte». Ja, prost. Sie legte zur Sicherheit ihre Parkberechtigung auf das Armaturenbrett. Sie konnte es sich nicht leisten, ihren TT vom Abschleppdienst abholen zu lassen. Einmal hatte gereicht. Sie erinnerte sich mit einem Schmunzeln an den Tag zurück, als man ihren Wagen hatte abtransportieren wollen. Stieffel hatte sich damals für sie mächtig ins Zeug gelegt. Himmel, war das peinlich gewesen.

Sie fand Stieffel im Foyer, wo er sich mit einer fremden Frau unterhielt und Kaffee trank.

Er sah auf, stellte den Pappbecher auf einen Stehtisch und kam ausholenden Schrittes auf sie zu. «Valérie, schön, hast du dich überwunden.» Er zog sie zum Stehtisch. «Darf ich euch bekannt machen? Das ist Dr. Anna Smola, eine unserer hervorragendsten Wissenschaftlerinnen der Forensik.»

Valérie reichte ihr die Hand zum Gruss. «Entschuldigen Sie meine Verspätung. Ich habe die Zeit der Hinfahrt zu knapp bemessen. Auf der Strasse ist der Teufel los.»

Anna Smola war von kleiner Statur, kaum eins sechzig, mit keckem Gesicht und kurzen Haaren, die ihr etwas Spitzbübisches anhaften liessen.

«Dann können wir beginnen?» Anna Smola wartete Stieffels Bemerkung nicht ab, drehte sich um und schritt auf eine Tür zu, hinter der ein langer Korridor lag. Die Forensikerin hinterliess den Eindruck, in Eile zu sein. Eine gewisse Arroganz war nicht zu übersehen.

Valérie kannte sich aus. Sie war oft hier gewesen, in den Katakomben der Toten, in den heruntergekühlten Räumen und in einer Welt, in der Emotionen keinen Platz fanden. Was hier unten lag, war tote Materie, waren seelenlose, anonyme Körper. Lebensgrosse Puppen, eine Art Dummys – nur dieser Gedanke liess sie den nächsten Schritt tun. Valérie folgte Anna Smola.

Stieffel holte sie ein. «Sicher hast du mehr von mir erwartet. In den letzten zwei Tagen hatten wir zu tun. Ein Verkehrsunfall im Zürcher Oberland hat uns gleich drei Leichen auf einmal beschert.»

«Ich habe davon gehört. Schreckliche Sache.»

«Zudem der Tod eines Ehepaares im Altersheim. Die Hinterbliebenen haben einen entsprechenden Antrag gemacht und bei der Staatsanwaltschaft eine Obduktion erwirkt. Du weisst ja, wie das so läuft. Uns geht die Arbeit nicht aus. Ich freue mich, dass du da bist.» Seine Erwartungshaltung war gross. Dass Valérie bei der Obduktion dabei war, hatte sich mit der Zeit so eingespielt. Dass sie noch immer darunter litt, wollte er nicht einsehen. Für sie war es alles andere als Routine.

«Ich weiss nicht, ob ich es durchstehe. Vielleicht sollte ich besser auf die Resultate warten.»

«So schnell geht das nicht.» Stieffel hatte die Garderobe erreicht. Er angelte nach einem Plastikpaket mit dem sterilen Anzug und reichte es Valérie. «Du beweist immer wieder, wie stark du bist.» Er selbst zog sich einen wasserabstossenden Mantel und eine Haube an.

Valérie fühlte sich unter Druck und hoffte, Stieffel würde sie nicht mit Anna Smola vergleichen.

Die Leiche lag auf einem Chromstahltisch unter einem grünen Tuch im Neonhell des Sektionssaales. Auf der Stahlbrücke befanden sich Klingen, eine Sonde, zwei Scheren sowie stumpfe und spitze Pinzetten. Daneben zwei Sägen. Werkzeuge für die Sezierung. Instrumente für das letzte Tabu. Valéries Blick blieb an einer der Sägen hängen, während Anna Smola im Begriff war, ein Wachstuch vom Körper des Toten zu ziehen.

«Ich muss dir unsere Vorgehensweise nicht erklären», sagte Stieffel. «Du könntest mir bald assistieren.»

Valérie sah nicht, ob er unter der Gesichtsmaske lachte oder ernst blieb. Als er sich ans Kopfende des Schragens begab, strömte der Geruch von Formaldehyd in ihre Richtung. An diesen penetranten Geruch gewöhnte sie sich nie.

«Du wirst den T-Schnitt setzen», sagte sie, überrascht über sich selbst, wie sehr sie die Sicht auf den freigelegten Körper ertrug. Valérie schluckte leer, gebot sich zur inneren Ruhe. Rote Hautstreifen und schwarze verkohlte Stellen, die sich gelöst hatten, nicht sicher, ob Reste von Kleidung noch vorhanden waren, sowie erdbeergrosse Brandblasen waren auf dem gesamten Leichnam verteilt. Eine zerfurchte Landschaft des Grauens. Das Gesicht schien als einziger Körperteil unversehrt. Augen und Mund waren geschlossen. Der dunkle Teint wies lediglich ein paar Flecken auf. Ein Wunder nebst all dem Vernichteten. Valérie atmete heftig aus. Sie hätte es nicht ertragen, wäre bloss *ein* Sinnesorgan zerstört gewesen. Vikar Huwiler hatte Kälin demzufolge identifizieren können. Möglicherweise würde der Anblick auch Mathilda Kälin nicht erspart bleiben. Trotzdem wollte sie es nicht in Betracht ziehen. Die Frau machte gerade viel durch.

«Was ist mit seinem Gesicht?» Valérie konzentrierte sich nur darauf. Es erschien beinahe friedlich. Keine vor Schreck aufgerissenen Augen, weder ein sich abzeichnender Schrei noch eine Mimik, die bewies, dass Kälin im Schock erstarrt wäre.

«Er hat mit Sicherheit nichts mehr gespürt.» Stieffel hob behutsam den Kopf des Toten an. «Komm», forderte er Valérie auf. «Sieh dir die Wunde am Hinterkopf an.»

Schwarz gekrauste Haare klebten über einem blutverkrusteten Loch, das einen Teil des Schädelknochens freilegte. Ein vermutlich kantiger, harter Gegenstand habe diesen Zustand verursacht, war das Einzige, was Valérie anhand der vorausgegangenen Legal-Inspektion wusste.

«Ist das die definitive Todesursache?»

«Die Computertomografie hat ergeben, dass mehrmals auf ihn eingeschlagen wurde. So, wie es aussieht, kontrolliert und gezielt …»

«Was heisst das im Klartext?»

«Mindestens zehnmal an der immer gleichen Stelle. Wahrscheinlich hatte das Opfer schnell den Tod gefunden.»

«Aber du bist dir nicht sicher.»

«Nie zu hundert Prozent. Deswegen obduzieren wir ihn. Erst die innere Leichenschau und insbesondere die Untersuchung der Lunge wird letztendlich Aufschluss darüber geben, ob er *vor* dem Brand gestorben ist. Sicher aber ist, dass der Gegenstand aus Holz war.» Stieffel sah sie durch seine Schutzbrille kritisch an. «Bist du bereit?» Er setzte das Skalpell unterhalb des linken Schulterblatts an.

«Nein, ich werde draussen warten.» Valérie schloss die Augen und wandte sich ab. Es wäre ihre erste Brandleiche gewesen. Diesen Anblick wollte sie sich ersparen.

«Geh nicht weg.» Stieffel wollte offensichtlich, dass sie blieb. Dass er sadistische Züge hatte, war ihr neu.

«Habt ihr sein Blut untersucht?», fragte sie, obwohl sie nicht damit rechnete, von Stieffel eine Antwort zu bekommen. Valérie wollte den finalen Schnitt hinauszögern. Trotz Anna Smolas Anwesenheit hatte noch immer Stieffel das Sagen.

«Selbstverständlich haben wir das Blut untersucht, Rückstände davon. Die Hitze hat die Körperflüssigkeiten zum Verdampfen gebracht, das Blut war geronnen. Wir haben aber weder Kohlenstoffmonoxyd in einer tödlichen Konzentration nachweisen können, noch hat das Blut erhöhte Anteile von weissen Blutkörperchen aufgewiesen. Das heisst, dass er während des Brands nicht mehr geatmet hat. Die Lunge wird uns die Bestätigung liefern.»

«Gab es Anzeichen für eine Betäubung des Opfers?»

«Nein, nichts dergleichen.»

«Alkohol?»

«Negativ.»

Valérie drehte sich langsam um. Anna Smola verdeckte die Sicht auf die Thorax-Vorderseite und damit auf ihr Arbeitsfeld. Valérie kannte theoretisch jeden Schritt der Sektion. Sämtliche Organe wurden aus dem Körper gelöst und in der Folge einzeln untersucht.

Etwas klatschte in eine Organschale. Vielleicht bildete es sich Valérie ein. Sie wandte sich erneut ab. Die blosse Vorstellung, was dort am Stahltisch vor sich ging, liess ihren Puls rasen. Je mehr sie sich ihrer Phantasie hingab, umso mehr rebellierte ihr Magen. Sie riss sich zusammen. Weder vor Stieffel noch vor Anna Smola wollte sie sich eine Blösse geben. Und es würde vorübergehen. Sie lenkte sich mit Gedanken an Colin ab, entspannte sich dadurch nicht besser. Seit seinem Anruf am Sonntagabend war Funkstille. Valéries Anrufe nahm er nicht entgegen. Eine Eigenart, die Willy an sich hatte. Ihr Ex-Mann hatte sich oft verleugnet und sein Smartphone auf stumm gestellt.

Weder Stieffel noch Smola hatten den Körper geöffnet. Offensichtlich respektierten sie ihre Bedenken.

Valérie atmete erleichtert aus. «Ich warte draussen.» Schweisstriefend verliess sie den Sektionssaal.

Zwei Stunden später sassen sie in Stieffels Büro. Anna Smola hatte sich verabschiedet.

«Und?» Valérie legte ihre Hände um den Kaffeebecher, froh

darüber, sich an etwas festhalten zu können. Das schwache Zittern ignorierte sie, den trockenen Gaumen. «Gibt es neue Erkenntnisse?»

«Keine Russpartikel in der Luftröhre», vermeldete Stieffel. «Auch die Lunge ist frei davon. Um jedoch sicherzugehen, dass wirklich keine Rückstände vorhanden sind, muss ich das Ganze mit dem Rasterelektronenmikroskop untersuchen.»

«Das ist dann wohl nur noch pro forma für den Abschlussbericht», vermutete Valérie. «Sonst noch etwas?»

«Du hast sein Gesicht gesehen. Es ist praktisch unversehrt», sagte Stieffel. «Ihm fehlen zwei Finger.»

«Ein Unfall, was ich von Frau Kälin weiss.»

«An den Beinen haben wir es mit einer Verbrennung sechsten Grades zu tun.»

«Das heisst?»

«Nebst der Zerstörung von Haut und Muskelgewebe sind Schäden an den Knochen erkennbar. Als wir am Sonntagmorgen den Leichnam bargen, wunderten wir uns, wie er dort gelegen hatte.»

«Ungewöhnlich?»

«Im wahrsten Sinne des Wortes. Welche Schlüsse die Brandermittler daraus gezogen haben, entzieht sich bislang meiner Kenntnis. Der Körper lag unter versengten Balken, die vom Dach gestürzt waren.»

«Man hat ihn also erst in die brennende Kapelle gebracht, als er bereits tot war», folgerte Valérie.

«Genau, das war auch mein erster Gedanke. Oder man hat ihn dort niedergeschlagen, bevor die Kapelle angezündet wurde. Aber wie gesagt, das ist die Aufgabe deiner Kollegen.»

Valérie trank den Kaffee aus und erhob sich. «Schickst du mir dein Protokoll so früh wie möglich zu?» Sie vermochte nicht, länger hier sitzen zu bleiben. Sie brauchte Bewegung, eine neue Aufgabe, um ihrer inneren Unruhe Meister zu werden. Immer wieder zogen die Bilder des schrecklich entstellten Leichnams an ihrem geistigen Auge vorbei.

«Und wann gehen wir wieder einmal miteinander essen?»

Klar, diese Bemerkung musste kommen. Valérie hatte den Gerichtsmediziner immer wieder auf später vertröstet, mit Ausreden, die ihr langsam ausgingen. Irgendwann würde sie nicht mehr darum herumkommen, Stieffels Einladung anzunehmen. «Ich überlege es mir.»

* * *

Chiara Cottichini sah auf die Uhr. Früher Nachmittag war es, und das milde Wetter lockte zum Spaziergang. Seit Fay bei ihr lebte, war sie gezwungen, nach draussen zu gehen. Die Australian-Shepherd-Hündin hatte wieder Sinn in ihr Leben gebracht, welches nach einem vorerst glamourösen Anfang zum Scheitern verurteilt gewesen war. Chiara war Italienerin und stammte aus Bologna. Vor zwanzig Jahren hatte sie einen Schweizer geheiratet und dadurch die schweizerische Staatsbürgerschaft erlangt. Nach der Scheidung war sie im Heimatland ihres Ex-Mannes geblieben und hatte die Wohnung in Einsiedeln gefunden. Einsiedeln war ihr wichtig. Die barocke Klosterkirche in ihrer Nähe zu wissen, empfand sie als Glücksfall, denn sie war ein gläubiger Mensch und eine praktizierende Christin.

Fay galt als bewegungsfreudiges Tier. Chiara hatte die Hündin von klein auf, als sie ein dreimonatiger Welpe gewesen war. Sie war ihr ans Herz gewachsen, und Chiara hatte sie, so gut es ging, erzogen. Trotzdem war Fay eine kleine Terroristin geblieben. Sie schliss Vorhänge und knabberte Möbel an, was aber eher an der Erziehung ihrer Herrin lag. Chiara hätte mit Fay die Hundeschule besuchen sollen, hatte es jedoch versäumt. Jetzt war es zu spät.

Sie sicherte die Daten auf ihrem Rechner. Sie hatte geschrieben, war trotzdem nicht zufrieden. Manchmal sass sie minutenlang am gleichen Satz, fragte sich, weshalb sie sich das antat. Ihre Arbeit als Serviceangestellte im Restaurant Tulipan dagegen mochte sie, denn diese brachte sie mit Leuten in Kontakt, den sie in ihrem Büro zu Hause nicht hatte. Ihr Fünfzig-Prozent-

Arbeitspensum liess ihr genügend Freiheit, um sich ihrem Hobby zu widmen: Sie schrieb an einer Familienchronik, die ihren Anfang in Bologna hatte. Die örtliche Distanz zwischen Einsiedeln und ihrem Geburtsort schaffte ihr die nötige Weitsicht, ihr Projekt voranzutreiben. Auf ihrem Pult stapelten sich alte Zeitungen, Bücher aus dem letzten Jahrhundert und ein Sammelsurium an Namen und Adressen, die sie im Verlauf ihrer Recherche anging. Alles stagnierte. Ein Ende war bis heute nicht in Sicht. Die Arbeit war aufwendig, die Motivation fehlte zurzeit.

Auf dem Etzel fand sie einen Parkplatz, auf den sie ihren Fiat fuhr, ihren kleinen Italiener, in den sie mit ihrer Körpergrösse knapp hineinpasste. Sie hatte den Original-Cinquecento aus dem Nachlass ihrer Eltern retten können. Nichts sonst hatte sie interessiert. Weder die alten Möbel, die heute ein Vermögen wert waren, noch ein Gartenhaus, in dem sie als kleines Mädchen gespielt hatte. Zu sehr waren diese Dinge mit schrecklichen Erinnerungen an ihre Kindheit und Jugend behaftet. Sie hatte einen Schlussstrich gezogen, als sie heiratete. Und dann war alles anders gekommen.

Das Hochdruckwetter lockte Mensch und Tier nach draussen. Fay sprang aus dem Wagen, kaum hatte Chiara geparkt und die Autotür geöffnet. Die Hündin kannte den Weg, der Chiara immer zuerst zur Kapelle Sankt Meinrad führte. Bevor sie sich mit Fay auf den Wiesen austobte, besuchte sie die Kapelle für ein stilles Gebet. Diese stand erhöht oberhalb des Gasthauses, eingebettet ins Grün eines moderat ansteigenden Hügels am Rand eines Waldes, der bis hinunter nach Pfäffikon reichte. Sie fiel durch ihre Schlichtheit auf, ein sandfarbener Bau mit einem Zwiebeltürmchen und zwei Glocken.

Als Chiara die Tür erreichte, kam ihr ein Mann entgegen. Er grüsste nicht, hielt nicht einmal die Tür. Diese war schwer und ächzte in den Angeln.

Nicht fluchen! Nicht hier. Niemals.

Das Innere wirkte hell, im Gegensatz zu anderen Tagen. Die

Sonne, die bereits tiefer im Zenit stand als im Hochsommer, sandte Strahlen durch das Fenster. Über den Holzbänken tanzten Staubpartikel im Sonnenlicht. Es roch nach kaltem Weihrauch. Chiara tunkte den Daumen ins Weihwasserbecken. Sie zeichnete ein Kreuz auf die Stirn, auf das Kinn und die Brust, während sie zur vordersten Bankreihe ging. Sie kniete sich nieder und betete das Vaterunser. Sich beim Herrgott zu bedanken war ein immer wiederkehrendes Ritual geworden, nachdem sie ihre Krebserkrankung, vielleicht nur vorübergehend, aber für den Moment doch, überwunden hatte. Dankbarkeit und Demut gehörten mittlerweile zu ihrem Leben. Als sie mit ihrem Ex-Mann Pino zusammen gewesen war, hatte sie manches Mal nicht gewusst, wie sie sich benehmen wollte. Sie hatten jeden Tag zu einem Fest der Begierde und Übertreibung gemacht, Geld verschwenderisch ausgegeben und ebenso Dinge des täglichen Bedarfs verramscht, ausgetauscht oder weggeworfen. Alkohol und andere Drogen waren ihre ständigen Begleiter für abartige Sexspiele gewesen – eine Trotzreaktion auf die Erziehung ihrer Eltern. Sie hatte mehr als bloss gelebt, hatte überbordet, sich an den Grenzen zum Infantilen bewegt. War Frau gewesen und Kind geblieben – bis dass der Krebs kam.

Zuerst die schmerzhafte Biopsie. Der Schock. Später die Operation, die Chemotherapie. Tage voll von Elend und sie wie zerschlagen, Schwindel und Erbrechen und die Angst davor, eines Tages nicht mehr aufzuwachen, begleitet mit dem Gefühl der Einsamkeit. Chiara hatte alles verloren. Ihren Mann, ihre Villa in Locarno, den Glauben ans Leben. In der Zeit ihrer grössten Not hatte Pino sie verlassen und wenig später die Scheidung eingereicht. Geblieben war die Hoffnung, dass ihre Gesundheit wieder zurückkehrte.

Irgendetwas war anders als sonst. Chiara sah sich um und kam nicht sofort darauf. Links vor dem schmiedeeisernen Gitter, das den Gebetsraum zum Altar abgrenzte, befand sich der Kerzenständer, ein dunkles Gestell mit fünf übereinander angebrachten Reihen und mit Halterungen, die unregelmässig mit Kerzen bestückt waren, Flammen in flüssigem Wachs. Jedes Mal, wenn sie hier war, zündete Chiara eine Kerze an. Zum Gedenken an ihre Familie in Bologna, an das Schreckliche, das sie damals von zu Hause weggestossen hatte. Der Bruch mit den Eltern, der Streit mit ihrem Vater.

Daneben waren die Kasse und der Vermerk, wofür das Geld gesammelt wurde. Rechts des Gitters stand ein schlichter Ständer mit einem Pflanzentopf, aus dem ein Lavendelstock wuchs. Das Bild hinter dem Altar war dasselbe wie immer. Rechts davor die Statue des Einsiedlermönchs Adalrich, die Jahr und Tag hier stand. Links hätte Sankt Meinrad stehen sollen, der in der Hand eine Märtyrerpalme hielt. An seiner Stelle lehnte ein Kreuz, das nicht zum Gesamtbild passte.

«Das gibt's doch nicht.» Chiara sah sich um. Sie war allein in diesem heiligen Raum und sich absolut sicher, dass letzte Woche nichts am Zustand des Altars verändert gewesen war. Wer hatte so eine absurde Idee gehabt, die Figur gegen ein Kreuz auszutauschen? Es störte ihre Ordnung, die Gewohnheit, dass alles so bleiben sollte, wie sie es in Erinnerung hatte. Sie erhob sich, schritt bis zum Tor und streckte den Kopf, so weit es ging, durch das Gitter. Sie entdeckte eine rote Pfütze unterhalb des Kreuzes und erschrak. Das war Blut. Frisches Blut. Chiara torkelte rückwärts und landete auf der vordersten Bank. Sie brauchte eine Weile, bis sie zur Besinnung kam.

Draussen wartete Fay. Sie sprang hoch, als sie ihre Herrin erkannte, und strangulierte sich ob der Freude über das Wiedersehen fast selbst. Chiara fuhr ihrer Hündin über das schwarz-braun-weisse Fell, löste die Leine und liess sie los. Fay preschte übermütig zum Parkplatz zurück.

Es liess ihr keine Ruhe. Chiara überlegte, wen sie informieren konnte, ohne ausgelacht zu werden. Nicht jeder konnte mit ihrer Religiosität umgehen. Noch weniger damit, dass sie regelmässig zur Kirche ging und jeden Sonntag die heilige Messe besuchte. Ihre jüngeren Arbeitskolleginnen hielten sich fern von Kirchen, eine unter ihnen war aus der katholischen Gemeinschaft ausgetreten und zahlte keine Kirchensteuern mehr. Das vermochte Chiara nicht nachzuvollziehen. Die Diskussion über Glauben und Nichtglauben war ausgeartet. Die Kollegin hatte darauf bestanden, eine Atheistin zu sein. Atheisten seien genauso gläubig wie Gläubige, hatte Chiara ihren Standpunkt verteidigt. «Sie glauben, an nichts zu glauben.»

Chiara beobachtete, wie jemand in der Gartenwirtschaft den Sitzplatz verliess, und ergatterte sich diesen. Sie setzte sich unter den Sonnenschirm und liess die Umgebung auf sich einwirken, bis ihr Herz normal schlug und sie sich etwas beruhigte. Hier oben auf dem Etzel war ein besonderer Kraftort, und täglich neu schöpfte sie von dieser Energie. Sie bestellte einen Ristretto und ein Glas Wasser und erkundigte sich nach der Chefin des Restaurants. Fay war inzwischen zurückgekehrt und legte sich zu Chiaras Füssen in den Schatten.

«Sie haben mich gesucht?» Vor ihr baute sich eine mollige kleine Frau auf.

Chiara war baff. So schnell hatte sich keiner je um sie gekümmert. Für gewöhnlich stand sie hintenan, musste froh sein, wenn man ihr ein wenig Aufmerksamkeit schenkte.

«Ach, Sie sind es, Frau Cottichini. Schön, Sie wieder einmal zu sehen. Wie geht's denn Ihrer Fay?» Die Wirtin hatte die Hündin entdeckt. «Soll ich ihr einen Napf mit Wasser holen?»

Chiara hatte vergessen, wie vernarrt sie in Fay war. «Manchmal ist sie ein Monster. Ja, gern, Wasser täte ihr gut.»

«Ist etwas nicht in Ordnung?» Die Wirtin schien sie mit ihrem Blick zu durchbohren. «Sie sind ja ganz aufgeregt.»

«Es ist alles okay, bis auf das eine.» Chiara wartete, bis sie die volle Aufmerksamkeit der Wirtin hatte. Fay lenkte sie ab. «Ich war vorher in der Kapelle. Mir fiel auf, dass eine Statue beim Altar fehlt. An ihrer Stelle steht ein Kreuz. Und da … Da ist viel Blut. Wissen Sie zufällig, wem ich das melden kann?»

Die Wirtin sah sie an, als zweifelte sie an ihrem Verstand. «Der Sigrist ist dafür zuständig. Ich glaube, Zahir Kälin ist sein Name.»

***

Valérie war zurück in Biberbrugg. Sie hatte ernsthaft in Erwägung gezogen, noch einmal zu Mathilda Kälin zu fahren, um ihr die abschliessende Nachricht um den gewaltsamen Tod ihres Mannes persönlich zu überbringen. Sie hatte aber zu viel Zeit in der Rechtsmedizin verbracht. Ihr Team wollte endlich den Einsatzplan für die nächsten Tage in Empfang nehmen.

Louis fing sie ab, bevor sie das Sitzungszimmer betrat, in dem sie auf fünf Uhr ein Briefing anberaumt hatte. Er sah müde aus, hatte Augenringe. Valérie brauchte nicht nach dem Grund zu fragen.

«Soeben hat uns die Meldung ereilt, dass in der Sankt-Meinrad-Kapelle auf dem Etzel eine Statue fehlt», sagte er.

«Ach, und dafür habt ihr Zeit?» Valérie war für Spässe nicht aufgelegt.

«Die Figur ist weg, aber dafür befindet sich dort ein Kreuz.»

Valérie blieb stehen. «Du denkst, es könnte das Kreuz aus der Hurden-Kapelle sein?»

«Möglich wäre es.»

«Wer verfügt über eine solch absurde Idee, das Kreuz zu versetzen? Und wo könnte die Statue sein?» Diese Frage stellte sie vor allem sich selbst. «Wenn dem so ist, müssen wir sofort hin.»

«Ich habe bereits jemanden von der Streife aufgeboten.»

Valérie spürte ein eiskaltes Schauern über den Rücken. Sie hoffte, dass ihre Leute ausser dem Kreuz nicht auf etwas anderes stossen würden.

«Du siehst nachdenklich aus.» Louis zog die Augenbrauen hoch. «Vermutest du dasselbe wie ich?»

«Dass es dort einen Toten gibt», sagte Valérie.

«Die Kapelle fällt unter die Schirmherrschaft des verstorbenen Sigristen, wenn man es so nennen darf.»

«Wir müssen mehr über ihn und seine Familie erfahren. Hattest du schon Zeit, dich mit seinem Lebenslauf auseinanderzusetzen?»

«Ich arbeite noch daran. Bis jetzt habe ich allerdings nichts Verdächtiges gefunden.»

«Und der Laptop?»

«Ist beim IT-Müller wegen des Passwortes.»

Valérie musste Prioritäten setzen. «Lass uns zuerst die Sitzung abhalten.»

«Wir haben es mit einem Mord zu tun», sagte sie wenig später im Sitzungsraum. «Es besteht kein Zweifel. Soeben habe ich von der Brandermittlung den Bescheid erhalten, dass das Feuer absichtlich gelegt worden war. Es sei Brandbeschleuniger in Form von Ethanol verwendet worden. Um das Dach in Brand zu setzen, habe man zudem eine Art Steinschleuder benutzt, um entzündete kleine Strohballen auf die Balken zu torpedieren. Und niemand will davon etwas bemerkt haben.»

«Das zeugt von einem einfallsreichen Täter», sagte der Polizist neben Fabia. «Haben nicht Asterix und Obelix mit solchen Geschossen hantiert?»

«Einfallsreich, ja.» Valérie musste sich ein Lachen verkneifen. «Wo kann man allenfalls solch kleine Ballen kaufen? Das ist hier die Frage. Ich höre das heute zum ersten Mal. Das Bild hier», sie heftete ein Foto an die Pinnwand, «haben wir vom Kriminaltechnischen Dienst erhalten. Es zeigt einen solchen Ballen, den man ausserhalb der Kapelle sichergestellt hat. Er hat einen Durchmesser von zehn Zentimetern. Selbst für die Feuerwehr ist diese Art von Brandstiftung neu.»

«Es zeugt davon, dass wahrscheinlich mehrere Täter am Werk waren», folgerte Louis.

«Oder alles war akribisch geplant und vorbereitet.» Valérie überlegte. «Die Strohballen könnten vom Täter auch selbst hergestellt worden sein.» Sie sah in die Runde. «Weiss man Näheres über die seltsame Zeichnung aus der Kassette?»

«Ich bin im Internet auf einen Historiker gestossen», vermeldete Fabia. «Ich habe ihm die Kopie des Bildes zugeschickt. Er nimmt sich der Sache an. Er meint, dass es sich bei dem Bild um etwas Sakrales handelt.»

«So weit waren wir auch schon. Wir brauchen neue Erkenntnisse.»

Valérie sandte Louis einen verkniffenen Blick zu. Ihr fiel seine traurige Mimik auf, die nicht zu seiner Bemerkung passte. Eines war klar: Er hatte sich im Ton vergriffen. Sie ahnte, warum. Etwas schwelte bei ihm zu Hause, und er versuchte, dem Frust auf diesem Weg Luft zu machen.

Louis verschränkte die Arme und murmelte ein «Entschuldigung».

«Gut, dann hätten wir das auch geklärt.» Natürlich war nichts geklärt. Sie würde Louis in nächster Zeit ins Gebet nehmen müssen. Es lag Valérie viel daran, in ihrem Team eine respektvolle Atmosphäre beizubehalten, wie das bis anhin der Fall gewesen war. Sie hatten genug um die Ohren. Privates hatte bei der Polizei nichts zu suchen, wenigstens nicht, solange sie an einem Fall dran waren wie dem aktuellen. «Wann können wir mit konkreten Resultaten rechnen, Fabia?»

«Ich werde ihn einfach wieder anrufen.»

«‹Einfach wieder› reicht mir nicht. Je schneller wir Informationen haben, umso besser.»

«Okay, dann morgen. Ich muss ihm ja ein wenig Zeit lassen.» Fabia verschanzte sich hinter ihren Dokumenten.

Valérie verkniff sich eine despektierliche Bemerkung. Fabia hatte zwar den Grad eines Leutnants, aber ihr fehlte manchmal der Drive. Nicht, dass sie phlegmatisch gewesen wäre, das hätte Valérie von ihr nicht behaupten können. Es gab etwas, das sie in ihren Entscheidungen bremste. «Gut, widmen wir uns dem Modus Operandi. Was hat zur Tat geführt? Welche Bedingungen waren für den Täter notwendig? Gab es ähnliche Fälle, in denen Feuer ein Thema war? Da wir zurzeit noch recht wenig haben, müssen wir uns vorerst auf den Tag beziehen. Ob der Eidgenössische Bettag für ihn eine Bedeutung hat? Was bedeutet für ihn das Kreuz? Hat es etwas mit seiner Vergangenheit zu tun?»

«Und wie willst du dies bewerkstelligen?» Wieder Louis, der ihre Zweifel offenbar bemerkt hatte. «Wir haben einen toten Sigrist mit afrikanischen Wurzeln; ein unkonventioneller Zeitgenosse, der mit seltsamen Aktionen für Furore gesorgt hat. Seine Installationen und Dekorationen zu den verschiedenen

Kirchenfesten hatte er in allen Kirchen seiner zugeteilten Dörfer angebracht.»

«Aber deswegen bringt man ihn doch nicht um», intervenierte Fabia.

«Habe ich das gesagt?» Louis schluckte leer. «Wir sollten unser Augenmerk auf das Marienbild, das versetzte Kreuz und die verschwundene Statue richten. Könnte doch ein Zeichen sein, eine Art Symbol. Es ist übrigens die Figur des Sankt Meinrad.»

«Er war ein Eremit, auf den die Gründung des Klosters Einsiedeln zurückgeht. Er verstarb am 21. Januar 861», sagte Fabia.

Valérie hatte ein ungutes Gefühl. «Seit den Morden in Einsiedeln hat es im Kanton Schwyz nichts Ähnliches mehr gegeben. Ich darf nicht daran denken, dass das Morden weitergehen könnte.»

«Dein Bauchgefühl?», fragte Fabia halb belustigt.

«Nein. Ich möchte nicht darauf zählen, dass in dieser beschaulichen Welt auf dem Land solch abscheuliche Verbrechen stattfinden.»

«Ich glaube nicht, dass es an der Topografie liegt», meinte Louis. «Es ist der allgemeine Zustand unserer Gesellschaft, die solche Kreaturen hervorbringt.»

«Könntest du konkreter werden?» Fabia fühlte sich offenbar angesprochen.

«Abwesende Mütter, fehlende Mutterliebe.»

«Stopp!» Fabia ärgerte sich sichtbar. «Falls du meine Situation meinst, das geht dich einen Scheiss an.»

Valérie ergriff das Wort. Sie fühlte sich verpflichtet, die Richtung, in die das Gespräch führte, zu unterbinden. Fabia war mittlerweile eine Vollzeitpolizistin, Louis in der Hierarchie gleichgestellt. Ihr Mann Michael blieb zu Hause und erzog die Mädchen Olivia und Charlotte. Die Kindertagesstätte hatten sie gekündigt, weil sie zu teuer war. «Der KTD hat in der Meinrad-Kapelle Proben von der Blutlache, die unter dem Kreuz war, genommen. Schuler hat mir ein schnelles Resultat versprochen. Machen wir uns an die Arbeit und an die Abklärungen. Bis morgen will ich alle Pendenzen erledigt auf dem Tisch haben.

Wir haben bereits darüber gesprochen, welche. Ich erhalte ab sofort alle Informationen und werde über die hinterste und letzte Ermittlungstätigkeit auf dem Laufenden gehalten. Ich selbst werde nicht untätig sein. Morgen um dieselbe Zeit treffen wir uns wieder hier.» Sie schickte ein Lächeln in die Runde. «Gutes Gelingen.»

DREI

Seit fünfzig Jahren stand Milena Rossi im Dienst ihres geschätz-
ten Pfarrers und Seelsorgers Armando Negroni. Ein halbes
Jahrhundert kochte sie für ihn, pflegte Haus und Garten und
hatte immer ein offenes Ohr für ihn. Seit fünfzig Jahren kam
Pfarrer Negroni pünktlich zum Nachtessen. Immer um halb
sechs sass er am Tisch, faltete die Serviette auf seinem Schoss
auseinander und schenkte sich ein Glas Rotwein ein. Kurz nach
seiner Pensionierung hatte er Milena gebeten, ihm beim Essen
Gesellschaft zu leisten. Früher war das nie der Fall gewesen,
als hätte er Angst davor gehabt, sie könnte ihm unangenehme
Fragen stellen, was seine Arbeit betraf. Der gestrenge Pfarrer,
dem im Religionsunterricht auch mal die Hand ausgerutscht war,
wenn er einer Horde ungezogener Jugendlicher hatte gerecht
werden müssen, war in seinem Alter von achtzig Jahren sanfter
geworden. Milena, selbst schon siebzig, stellte keine Fragen.
Wenn Pfarrer Negroni gut aufgelegt war, erzählte er von sich
aus. Sie war eine gute Zuhörerin.

Gestern, am Montag, war er zum ersten Mal nicht zum Essen
erschienen.

Milena war nervös. Bislang hatte sie sich auf den Pfarrer verlassen können. Er war dankbar für jedes Abendessen, das sie ihm
kredenzte.

Die Jahre hatten auch vor ihr nicht haltgemacht. Vieles, was
sie sich als junge Frau vorgestellt hatte, war nicht eingetroffen.
Eigentlich gar nichts. Ihre Eltern waren krank geworden, als sie
achtzehn war. Vater war früh gestorben, die Mutter pflegebe-
dürftig gewesen. Milena hatte in Lugano eine Lehre als Hoch-
bauzeichnerin abgebrochen und war fortan für ihre Mutter
da gewesen bis zu ihrem Tod. Per Zufall hatte sie die Stelle als
Köchin und Haushaltshilfe in einem Pfarrhaus in Einsiedeln
entdeckt, im Amtsblatt war sie ausgeschrieben gewesen. Man
hatte eine Italienisch sprechende Frau gesucht. Milena hatte

sich beworben und bald darauf den Vertrag unterzeichnet. Sie hatte damals nicht damit gerechnet, fast ihr ganzes Leben im Dienst der katholischen Kirche zu stehen. Vor fünfzig Jahren hatte sie sich keine Gedanken gemacht, war nur unendlich froh gewesen, einer Arbeit nachgehen zu können, auch wenn sie dafür ihr geliebtes Tessin hatte verlassen müssen. Kochen und Gartenarbeiten fielen an, das Messgeschirr reinigen, Pfarrer Negroni pflegen, wenn er wegen einer Grippe im Bett lag. Milena war die gute Seele in der Kirchgemeinde, die rechte Hand des Pfarrers. Und sie hatte, was ansonsten die Nonnen ausführten, die Oblaten selbst gefertigt – aus Weizenmehl und Wasser. Im Keller standen ein Feuchtofen und Stanzeisen mit drei verschiedenen Sujets, die seit einiger Zeit nun brachlagen. Milena ging heute nur noch in den Keller, wenn es nicht zu umgehen war.

Sie hatte «Coniglio in umido con polenta» gemacht, welches zu den Spezialitäten des Tessins zählte. Ein Kaninchenragout mit Polenta, Pfarrer Negronis Leibspeise. Um neun Uhr am Abend hatte sie die zwei Schüsseln mit Frischhaltefolie zugedeckt und unangerührt in den Kühlschrank gestellt.

Am Morgen war der Pfarrer noch nicht da. Sein Bett war unbenutzt.

Allmählich machte sich Milena ernsthaft Sorgen. Es war noch nie vorgekommen, dass Pfarrer Negroni über Nacht wegblieb, ausser in den Ferien. Gelegentlich unternahm er lange Spaziergänge, um, wie er sagte, Busse zu tun. Dass er in seinem Leben mit persönlichen Verfehlungen in Konflikt geraten war, ahnte Milena seit Langem. Nein, sie wusste es sogar. Manchmal sass er nachdenklich in seiner Klause, die dem Pfarrhaus angebaut war, und liess deswegen das Mittagessen aus.

Milena war froh, durften sie nach Pfarrer Negronis Pensionierung im alten Pfarrhaus wohnen bleiben. Sein Nachfolger hatte damals eine Unterkunft im Kloster Einsiedeln bekommen. Milena nannte eine kleine Wohnung unter dem Dach ihr Eigen. Sich zurückzuziehen, war ihr immer ein grosses Anliegen gewesen. Pausen von all dem Heiligen. In jeder freien Minute las sie und hatte sich damit abgefunden, dass ihre Freizeit zwischen den Buchdeckeln stattfand.

Sie hielt die Warterei nicht aus. Allerlei abstruse Ideen geisterten ihr durch den Kopf. Dass der Pfarrer womöglich gestürzt war und sich nicht mehr aufrichten konnte. Manchmal klagte er über die schwindende Kraft in seinen Beinen. Oder noch schlimmer: Er hatte einen Unfall gehabt und lag jetzt im Krankenhaus.

Vor dem Mittag rief Milena im Spital Einsiedeln an. Sollte Pfarrer Negroni etwas passiert sein, dann sicher im nahen Umkreis ihres Wohnorts. Sie wurde dreimal weitergeleitet, bis sie den diensthabenden Arzt auf dem Notfall am Apparat hatte. Er meldete sich kurz angebunden.

«Milena Rossi am Telefon. Ich bin die Haushälterin von Pfarrer Armando Negroni aus Trachslau. Seit gestern Abend ist er verschwunden. Ich befürchte, er ist verunfallt. Ich wollte bloss sichergehen, dass er nicht im Spital liegt.»

Eine gefühlte Ewigkeit vernahm sie bloss ein hektisches Atmen. «Wir haben keinen Neuzugang mit diesem Namen, aber das hätte Ihnen die Dame am Empfang auch mitteilen können.» Der Mann schien unter Zeitnot zu leiden. «Ich rate Ihnen an, sich mit der Polizei in Verbindung zu setzen.» Er verabschiedete sich wider Erwarten höflich.

Vielleicht sollte sie ihn suchen und den gleichen Weg gehen, den Pfarrer Negroni jeweils unter die Füsse nahm. Er spazierte mit wenigen Ausnahmen vom Pfarrhaus bis zur Kirche Sankt Stefan, wo er sich einem stillen Gebet hingab, und von dort zur Alten Post. Er bestieg den Bus und fuhr nach Einsiedeln ins Kloster, wo er sich mit seinem guten Freund, Pater Kasimir, traf. Manchmal nahmen sie gemeinsam das Mittagessen ein, bevor Pfarrer Negroni sich auf den Weg zurück nach Trachslau machte. Milena war die Telefonnummer von Pater Kasimir nicht bekannt. Um sie herauszufinden, dazu fehlte ihr die Geduld. Sie wählte die Notrufnummer der Schwyzer Kantonspolizei.

✳ ✳ ✳

An diesem Morgen lagen sie sich wieder in den Armen, leidenschaftlicher denn je. Erst noch hatten sie sich gestritten. Louis hatte Carla vorgeworfen, sie habe unberechtigterweise Mitteilungen herausgegeben, die sie auf seinem Laptop gefunden hatte.

«Ich schwöre, ich habe nichts dergleichen getan.» Sie schnurrte wie eine Katze, wenn er ihr mit den Fingern über das Gesäss fuhr. «Es stand ja nicht einmal mein Kürzel unter dem Bericht.» Sie wusste also, worum es ging.

Louis drehte sie auf den Rücken. Wenn er die Augen schloss, war sie seine Geliebte, die Frau, mit der er alt werden wollte. Sein Liebesleben war, seit er sich erinnern konnte, nie in ruhigen Bahnen verlaufen. Vielleicht hatte er stets die Messlatte zu hoch angesetzt. Schönheit, Intelligenz *und* Seelenverwandtschaft bei ein und derselben Frau zu erwarten war ein Wunschdenken. Carla nahm ihn ein, mit Haut und Haaren. Sie forderte, wo andere gaben. Doch dieses Ungleichgewicht nahm er in Kauf. Jeder Streit war einmal zu Ende. Oft ging es um Lapidares, was den Haushalt betraf, wer was zu erledigen hatte. Die Versöhnung fand ohne Ausnahme im Bett statt.

Er mochte ihre seidigen Haare, von denen stets der Duft nach Sommer ausging. Er liebte ihren Körper. Perfekt war er nicht, aber sinnlich. Es lag daran, dass Carla sich so akzeptierte, wie sie war. Sogar ihren Charakter fand Louis spannend, der in den letzten Monaten einige Turbulenzen zutage gefördert hatte. Der wunde Punkt in ihrer Beziehung war nach wie vor ihr Job bei der Boulevardzeitung. Sie hoffte noch immer auf einen Aufstieg zur Redaktionsleiterin. Es gab noch andere Anwärter, und der aktuelle Leiter war ein Sesselkleber, der mit dem Chef in gutem Einvernehmen stand.

«Ich muss wieder einmal einen Aufhänger haben», sagte Carla, während Louis erregt nach der körperlichen Vereinigung suchte. Auch darin war sie einsame Spitze. Er liebkoste sie, glaubte, sie verginge vor Verlangen, lechzte danach, ihn endlich in sich zu spüren. Und dann: Peng! Als würde sie vor ihm eine Tür zuschlagen. Natürlich passierte das nicht mit Absicht. Sie war einfach so.

Louis liess von ihr, fiel rücklings auf das Laken. Carla war in Gedanken nicht bei ihm.

«Was ist?», konnte sie dann fragen, erstaunt über seine Reaktion.

Er verliess wortlos das Bett, verschwand im angrenzenden Badezimmer. Irgendwann war genug. Er stellte sich unter die Dusche und legte Hand an sich.

Er war im Begriff, sich abzutrocknen, als der Ton seines iPhones Valéries Anruf anmeldete. Louis hatte ihr die Timba-Trommel zugeordnet. Nachdem er gestern Überstunden geschoben hatte, war abgemacht, dass er heute erst vor dem Mittag nach Biberbrugg fuhr. Er berührte den Touchscreen und meldete sich.

«Störe ich?»

Louis wollte sich nicht anmerken lassen, in welch depressiver Stimmung er sich befand. Da lag das schönste Geschöpf im Schlafzimmer, und er durfte es nicht besitzen. Carla setzte Prioritäten. Je nach beruflicher Herausforderung stand Louis immer an zweiter Stelle. «Nein, ich habe gerade geduscht.»

«Ich brauche dich. Wann rechnest du, bist du hier?»

«Spätestens um elf. Was liegt vor?» Louis ahnte, die Sache mit dem Kreuz in der Sankt-Meinrad-Kapelle könnte sich in eine unangenehme Richtung weiterentwickelt haben. Die Spurensicherung war noch am Abend auf dem Etzel gewesen. Das Kreuz hatten sie nach Schindellegi gebracht, wo es auf Fingerabdrücke untersucht wurde.

«Soeben ist eine Vermisstenanzeige bei uns eingegangen», sagte Valérie. «Der pensionierte Pfarrer Armando Negroni aus Trachslau wird seit gestern Abend vermisst. Gemäss seiner Haushälterin ist er weder dement noch sonst wie verwirrt. Er sei nicht zum Nachtessen erschienen. Das sei in fünfzig Jahren noch nie vorgekommen.»

«Jetzt reimst du dir wohl etwas zusammen.» Er wickelte sich in sein Badetuch und ging in die Küche. Louis ahnte, dass es mit dem ausgiebigen Frühstück nichts wurde, und drückte einen Kaffee aus der Maschine.

«Ich wollte, ich könnte dem gelassen entgegensehen. Was mich verunsichert, ist die Tatsache, dass es sich beim Vermissten um einen Pfarrer handelt. Sozusagen aus der gleichen ‹katholischen Familie› wie der Sigrist Zahir Kälin.»

«Mach dich nicht verrückt. Gibt es etwas, das deinen Verdacht untermauert?» Louis klemmte das iPhone zwischen Kinn und rechte Schulter und rubbelte sich trocken. Als er in der Nacht nach Hause gefahren war, hatte er ähnliche Gedanken gehabt. Die Kapellen Hurden und Sankt Meinrad hatten Gemeinsamkeiten, die sie noch nicht hatten erkennen können. Er war sich absolut sicher. Die Kassette mit dem Bild der Gottesmutter fehlte irgendwo. Oder nur das Bild, eventuell ein Wandbild, welches der Täter fotografiert und später in der Hurden-Kapelle deponiert hatte. Das Kreuz von der Hurden-Kapelle hatte er in die Sankt-Meinrad-Kapelle transportiert und die Statue ersetzt. Eine aufwendige und komplizierte Vorgehensweise, die viel Zeit in Anspruch genommen haben musste. Die Statue dagegen würde, war sich Louis sicher, irgendwo wieder auftauchen. Wenn er der Chronologie der Taten folgte, würde dies auch bei den Kapellen der Fall sein. Die Kirche Sankt Johannes Baptist und die Bruder-Klausen-Kapelle bei Egg vor Einsiedeln waren die nächsten auf dem Pilgerweg.

«Ich habe bereits ein paar Kollegen aufgeboten», sagte Valérie, «um die von Pfarrer Negroni bevorzugten Spazierwege abzusuchen. Wenn du jetzt in Rickenbach wegfährst, könntest du in knapp einer halben Stunde auf dem SSB sein. Chiara Cottichini, die das Kreuz entdeckt hat, und Milena Rossi, die Haushälterin des verschollenen Pfarrers, sind hier. Ich möchte, dass du bei der Befragung dabei bist oder selbst eine übernimmst.»

Louis trank im Stehen den Kaffee. «Ich werde mich beeilen.» Damit beendete er den Anruf und ging ins Schlafzimmer, wo sich Carla auf dem zerknautschten Deckbett räkelte.

Sie sandte ihm einen lasziven Blick zu. «Geht's um euren neuen Fall?»

Es war heikel, darüber zu sprechen. Im Moment hatte Louis keine Lust auf irgendein Gespräch mit Carla. Er wollte sie ein bisschen zappeln lassen. «Ich werde dich darüber informieren, sobald wir damit an die Öffentlichkeit gehen.»

***

Der Hund fiel ihr als Erstes auf. Als Valérie das Befragungszimmer betrat, versperrte er ihr den Weg zum Tisch. Sie erschrak heftig und vermochte nicht nachzuvollziehen, warum man diesen Köter nicht draussen vor der Tür gelassen hatte. Es roch nach nassen Hundehaaren.

«Sie tut nichts», sagte die Frau auf dem Stuhl, der Valéries Reaktion aufgefallen sein musste. «Fay ist ein friedliebendes Tier, manchmal sehr übermütig. Doch sie ist müde. Ich habe sie heute Morgen bereits über den Etzelpass gehetzt.»

Tatsächlich liess sich «die Hündin», wie Valérie korrigiert worden war, nicht aus der Ruhe bringen. Sie blinzelte sie bloss mit einem Auge an. Valérie schritt zum Tisch und legte Akten ab. «Sie müssen Frau Cottichini sein.» Die Frau war um die vierzig, dünn und hochgeschossen wie ein Spargel. Entweder machte sie Sport bis zum Gehtnichtmehr, oder sie litt unter einer gesundheitlichen Störung, was Valérie eher in Erwägung zog. Ihre Bewegungen waren ungelenk. Trotz ihres ausgemergelten Körpers ging etwas von ihr aus, das an eine verflossene Schönheit erinnerte. Ihre halblangen Haare hatten den Glanz verloren, in den dunklen Augen lag jene Melancholie, die von einer tiefen Traurigkeit zeugte. Ein einschneidendes Ereignis hatte im Leben der Frau seinen Tribut gefordert.

Die Frau nickte. «Chiara Cottichini.»

«Sorry, dass Sie warten mussten.» Valérie installierte das Aufnahmegerät. «Und danke, dass Sie so schnell vorbeikommen konnten. Ich werde unser Gespräch aufnehmen.»

«Ist das die Regel?» Cottichini klang verunsichert.

«Es erleichtert einiges. Im Moment fehlt mir zudem eine Protokollführerin.»

«Ich verstehe.» Ein scheues Lächeln umspielte den weich gezeichneten Mund.

«Sie besuchen die Kapelle Sankt Meinrad regelmässig?»

«Das ist richtig. Ich bin praktisch jeden Tag auf dem Etzel. Fay braucht Auslauf. Ich mag die einsamen Wege und verschlungenen Waldpfade. Dann besuche ich jeweils auch die Kapelle. Ich bin …» Sie hielt inne. «Ich bin sehr gläubig.» Nach ihrer Sprechpause fragte sie: «Was ist denn passiert? Es muss einen Grund geben, warum ich hier bin. Ist es wegen der verschwundenen Statue?»

«Diese hat nicht erste Priorität, wohl aber das Blut.»

«Schrecklich.» Chiara Cottichini verzog ihr Gesicht zu einer Grimasse. «Was hat das zu bedeuten? Steht das etwa im Zusammenhang mit dem Kreuz?»

«Der Kriminaltechnische Dienst hat Proben davon genommen.» Valérie griff nach ihren Dokumenten. «Fällt Ihnen dazu etwas ein?»

«Nein, was sollte mir denn einfallen? Vielleicht hat man jemanden ermordet und ihn weggebracht.» Chiara Cottichini bekreuzigte sich.

Valérie blätterte die Dokumente durch, bis sie auf die Kopie des Marienbilds stiess. Sie breitete sie vor Chiara Cottichini aus. «Kommt Ihnen diese Zeichnung bekannt vor?» Valérie rechnete nicht damit. Es wäre auch zu schön gewesen. Aber wie sie ihr Gegenüber einschätzte, hatte Chiara Cottichini möglicherweise eine Ahnung von Heiligenbildern.

«Das ist eine Fotografie, oder?», fragte sie, gefasster jetzt.

«Sie wurde vermutlich in einer Kirche oder Kapelle aufgenommen.»

«Da schaut sie aber grimmig. Ich meine, die Maria. Ja, sie kommt mir bekannt vor.»

«Sie kennen das Bild?» War es ein erster Silberstreifen am Horizont? Valérie wartete gespannt auf ihre Antwort.

«Ich habe es schon gesehen.» Cottichini überlegte. Ihre Stirn warf Falten, was die letzten anmutigen Züge zum Verschwinden brachte. «Nur fällt mir nicht ein, wo.»

Valérie wollte sie nicht länger quälen. «Das hat Zeit. Eventuell erinnern Sie sich zu einem späteren Zeitpunkt daran. Möchten Sie etwas zu trinken?»

«Nein, danke, geht schon. Ich hatte meinen Ristretto schon im Gasthaus Sankt Meinrad. Die Wirtin bereitet ihn jeweils extra für mich zu. Ich trinke nur Ristretto.» Cottichini sah nach ihrer Hündin, die tief zu schlafen schien. Sie hatte die Schnauze halb geöffnet. Eine Reihe spitziger Zähne schimmerte unter der Zunge durch wie der Zaun einer Miniatur. Es sah aus, als lächelte sie.

«Sagt Ihnen der Name Zahir Kälin etwas?»

«Er ... war der Sigrist für die fünf Dörfer der Gemeinde Freienbach. Ich habe gelesen, dass er beim Brand in Hurden umgekommen sei.»

Natürlich waren in den Medien längst Namen gefallen. Ein Sigrist war nicht bloss ein Mensch, er war im weitesten Sinn eine öffentliche Person. Ein schwarzer Sigrist fiel auf. Nebst seinen aussergewöhnlichen Aktionen, was die Installationen zu den Feiertagen betraf, hatte er sich gern unter Leuten gezeigt, was der Rössli-Wirt wiederholt bestätigt hatte. Valérie hatte es im Protokoll gelesen. «Haben Sie ihn persönlich gekannt?» Sie wollte das Eisen schmieden, solange es heiss war. «Sind Sie ihm erst kürzlich begegnet?»

«Nein, ich bin ausser auf dem Etzel und im Restaurant Tulipan in Einsiedeln, wo ich halbtags arbeite, nie wirklich draussen.» Sie seufzte, was sich wie ein Pfeifen anhörte. «Ist das wichtig?»

Valérie hätte gern mehr erfahren, wie die Frau lebte, wenn sie nicht gerade mit ihrem Hund spazieren ging. «Sie arbeiten im Service?»

«Ja, seit meiner Scheidung vor vier Jahren. Ich bin eine treue Seele, wie Sie sehen.»

«Ein Fünfzig-Prozent-Job, sagten Sie?» Valérie versuchte, auf die diplomatische Art mehr aus der Frau zu holen.

«Ich schreibe an einer Familienchronik», kam es zögerlich aus ihrem Mund. «Über meine Familie, die in der Emilia-Romagna angesiedelt ist. Mütterlicherseits», betonte sie und winkte ab. «Ach, das ist nicht wichtig. Ich vergeude bloss Ihre Zeit damit.»

«Wann erscheint das Buch?»

«Das kommt darauf an, wie ich vorwärtskomme. Meine

Krankheit hat mich in die Knie gezwungen, aber sie war ausschlaggebend, warum ich überhaupt mit der Recherche begonnen habe. Ich hatte Brustkrebs. Ich will wissen, ob das in den Genen liegt.»

Valérie spürte den Stich in ihrer Mitte. Trotzdem wollte sie den Grund für ihre Nachforschungen nicht glauben. Steckte möglicherweise etwas anderes dahinter? «Das tut mir leid. Ist es vorbei?»

«Es ist nie vorbei. Es kann jederzeit wieder ausbrechen.» Chiara Cottichini rutschte auf dem Stuhl hin und her. Ihr war offensichtlich nicht mehr wohl in ihrer Haut.

Valérie sah ein, dass sie mit den Fragen zu weit gegangen war. Doch die Antwort darauf erklärte alles, glaubte sie zumindest. Vor ihr sass eine einsame Frau, die sich an ein wenig Aufmerksamkeit klammerte. «Es gibt noch einen anderen Grund für Ihre Geschichte, nicht wahr?»

«Warum meinen Sie?» Chiara Cottichini gab sich überrascht.

Dennoch glaubte Valérie, sie hätte bloss auf ihre Frage gewartet. «Ihre Krankheit, und was ist der andere?»

«Eine Familiengeschichte. Aber wie gesagt, ich stehe noch ganz am Anfang.»

Inzwischen war Fay erwacht. Sie juckte auf, ging auf ihre Herrin zu und strich ihr um die Beine. Die Hündin muss einen sechsten Sinn haben, ging Valérie durch den Kopf. «Eine letzte Frage: Ist Ihnen in der Zwischenzeit eingefallen, wo Sie die Marienzeichnung gesehen haben?»

«Nein, tut mir leid. Aber ich werde mich melden, sollte ich mich daran erinnern.»

❊❊❊

Zwei Zimmer nebenan sass Louis Milena Rossi gegenüber. Sie war eine kleine, rundliche Frau mit roten Pausbacken, bei denen er nicht wusste, ob sie von ihrer Nervosität herrührten oder von dem ersten Schluck Alkohol an diesem Vormittag. Sie hatte eine eigenartige Ausdünstung, die an abgestandenes

Bier erinnerte. Sie trug Jeans und Pulli und darüber eine Jacke, die ihr mit Sicherheit eine Nummer zu klein war. Sie hatte eine Kunstlederhandtasche bei sich, die sie fest an sich drückte, als könnte jemand sie ihr entreissen. Ihre grauen Haare trug sie offen. Sie fielen ihr über die Schultern, standen etwas ab wie durcheinandergebrachtes Stroh.

«Erzählen Sie mir, wie Pfarrer Negroni drauf war, bevor er das Haus verliess.» Louis schob ein Mikrofon in Milena Rossis Nähe.

«Wie immer. Er sagte, dass er seine Füsse vertreten wolle. Das war am frühen Nachmittag. Ich hatte ihm ein belegtes Brot eingepackt. Untertags isst er nie viel. Manchmal auswärts im Kloster, bei Pater Kasimir. Am Abend koche ich. Das war in den letzten fünfzig Jahren ein fester Bestandteil. Das Nachtessen war Pfarrer Negroni heilig.»

«Machte er nie Ferien?»

«Oh doch. Er reiste einmal im Jahr nach Fuerteventura. Ein Freund von ihm hat dort ein Haus in der Nähe von Pájara. Aber auch in den Ferien musste er essen.»

«Sie haben ihn begleitet?»

«Ich bin wie sein Schatten.» Milena Rossi schloss ihre Augen, als überlegte sie, dass das so nicht stimmte. «Ich verfolge ihn natürlich nicht überallhin.»

«Hat er gesagt, wohin er geht?»

«Nein. Ich nahm an, dass er seinen gewohnten Weg zur Alten Post marschierte, dort den Bus bestieg und nach Einsiedeln fuhr.»

«Immer?»

«Manchmal wird er andere Wege eingeschlagen haben. Aber sie endeten meistens in Einsiedeln. Ich meine, seit er pensioniert ist. Er hat jetzt viel Zeit.»

«Wen, ausser Pater Kasimir», Louis schrieb «pensioniert und viel Zeit» auf, «könnte er denn noch besucht haben?»

«Manchmal traf er sich mit dem Besitzer des ‹Goldapfels›, das ist eine Bäckerei an der Hauptstrasse. Und ihm gehört auch das Lebkuchenmuseum an der Kronenstrasse. Wenn er dort war, kam er meistens mit ein paar alkoholischen Getränken für seinen Vorrat zurück.» Milena Rossi schmunzelte. «Auch ein Pfarrer ist ein Mensch. Kennen Sie den Ur-Rosoli?» Bei dessen Erwähnung erhellte sich ihr Gesicht. «Es ist eine Einsiedler Spezialität mit fünfundzwanzig Volumenprozent Alkoholanteil. Man sagt ihm eine heilende Wirkung nach ... Ein gesegneter Gesundheitstrank», fügte sie lächelnd hinzu.

Louis kam nicht umhin zu denken, dass Milena Rossi diesen Schnaps gern trank. Er hatte den Namen des Bäckers notiert, auch den von Pater Kasimir. «Fällt Ihnen noch etwas dazu ein? Wo könnte Pfarrer Negroni noch gewesen sein?»

«Vielleicht in der Bibliothek der Stiftung des Kunst- und Architekturhistorikers Dr. Werner Oechslin. Der Pfarrer liebt das Odeur alter Bücher und Schriften und fachsimpelt gern mit den Mitarbeitern.»

«Geht er dort oft hin?»

«Ich weiss es nicht. Ich achte nicht immer darauf, was er von seinen Ausflügen erzählt. Na ja, er wiederholt sich oft.»

«Könnte es sein, dass er gestern weitergefahren ist als nur bis nach Einsiedeln?»

«Das kann ich mir in seinem Zustand nicht vorstellen. Er hat Probleme mit den Beinen. Es ist ihm immer wichtig, im Tal zu bleiben, wo man ihn kennt und allenfalls nach Hause bringen kann, sollte er selbst einmal nicht in der Lage sein.»

Louis schlug einen schmalen Ordner auf. Darin waren einige Angaben über Pfarrer Negroni bereits enthalten. Eine Kollegin hatte Vorarbeit geleistet und ein paar Notizen über die Vita des Pfarrers eingeheftet. 1941 in der Nähe von Bologna geboren, zogen seine Eltern mit ihren zwei Söhnen sechzehn Jahre später nach Bellinzona. Ihre Mutter war Schweizerin, was die Umsiedlung von Italien in die Schweiz offenbar vereinfacht hatte. Nach der Matura studierte der junge Armando Theologie und Hebräisch in Fribourg, sein Bruder ging zurück nach Norditalien. Über ihn wusste man nichts. Nach dem Studium arbeitete Armando als Kaplan, bevor er 1971 in Trachslau zum Pfarrer geweiht wurde. 2006 ging er offiziell in Rente. Louis reichte das

Dokument Milena Rossi. «Das ist alles, was wir über ihn wissen. Ich gehe davon aus, es gibt einiges im Leben des Pfarrers, was nicht schwarz auf weiss steht. Wenn Sie Ergänzungen anbringen könnten, bin ich Ihnen sehr dankbar.»

Milena Rossi überflog das Geschriebene. «Er erteilte Religionsunterricht. Daran mag ich mich gut erinnern. Er bereitete Zweitklässler auf ihre erste heilige Kommunion und die Erneuerung des Taufgelübdes vor und ebenso Jugendliche auf die Firmung.» Sie sah sich um, als würde sie sich gestört fühlen. «Unter uns gesagt», sie flüsterte: «Pfarrer Negroni galt als sehr strenger Religionslehrer. Es gab oft Tränen. Vor allem mit den Jungs ging er nie zimperlich um. Böse Zungen behaupten, er habe Ungehorsam mit Schlägen bestraft.»

Bei Louis schellten die Alarmglocken. «Gab es Übergriffe?»

«Übergriffe?» Milena Rossi verzog ihren Mund zu einer Schnute. «Sie meinen, ob er die Buben missbräuchlich angefasst hat?»

«Genau das meine ich.»

«Das dagegen traue ich ihm nicht zu. Aber es gibt etwas, worüber er nie sprach.»

«Das wäre?»

«Sagte ich gerade: Er hüllte sich in Schweigen.»

**

«Sind Sie ihm wieder begegnet?» Dr. Frigo war es offensichtlich ein grosses Anliegen, mit ihm zu sprechen. In dieser Woche sass Elisha bereits zum zweiten Mal in seinem Therapiezimmer.

«Ich sehe ihn oft.»

«Wo genau?»

«Überall. Es ist nicht bloss einer. Es werden immer mehr.»

«Erinnern Sie sich, wann Sie so einer … Kreatur zum ersten Mal begegnet sind?»

Elisha sah sich um, unfähig, schnell eine Antwort zu geben. Dr. Frigo hatte das Bild mit dem Engel entfernt und an seiner Stelle einen Spiegel aufgehängt. Keine Ahnung, was er damit bezwecken wollte. Der Arzt hatte einstweilen seltsame Ideen. «Ich weiss nicht genau, wann es begonnen hat. Irgendwann war es da, hat mir den Schlaf geraubt. Seither liege ich jede Nacht wach.»

«Nehmen Sie die Medikamente nicht ein?»

Medikamente. Er traf ihn an einem wunden Punkt. «Sie glauben mir nicht, ist es das?»

Dr. Frigo schwieg, wie er das oft tat, als wären ihm die Wörter ausgegangen. Er war etwa in seinem Alter mit bereits angegrauten Haaren und einer ordentlichen Statur. Es war sicher nicht leicht, Patienten wie Elisha zu beraten. Dass er ihn nicht für voll nahm, konnte er manchmal spüren. Er warf ihn in den gleichen Topf wie die Wahnsinnigen, die Manisch-Depressiven und Männer mit Burn-out. Elisha hatte nichts von alldem. Manchmal hatte er Angst.

«Es ist an der Zeit, dass Sie mir Ihre Geschichte erzählen», sagte Dr. Frigo.

«Meine Geschichte? Ich habe keine Geschichte. Ich lebe in der Gegenwart. Was gestern war, ist vergessen, und das Morgen kenne ich nicht.»

An Geduld mangelte es dem Arzt nicht. Er hatte Zeit, auch wenn Elisha schwieg. Neunzig Minuten waren abgemacht. Egal, ob man redete oder nur still dasass. Er hatte einen Wecker aufgestellt, der unablässig tickte. Manchmal ging Elisha dieser Ton gehörig auf die Nerven. Es gab Zeiten, da beruhigte er ihn oder versetzte ihn in eine Art hypnotischen Zustand.

«Sie haben viele Geschichten. Erst kürzlich haben Sie davon erzählt. Erinnern Sie sich nicht?»

Elisha nickte. Zu mehr war er nicht fähig.

«Bestimmt können Sie mir etwas aus Ihrem Leben erzählen. Zum Beispiel, wo Sie letzte Woche waren. Was haben Sie gemacht? Hat Ihnen diese Tätigkeit gefallen? Was haben Sie dabei gespürt?»

Elisha streckte seinen Rücken. Letzte Woche? Das war lange her. Er würde sich anstrengen müssen, um nur einige Bilder daraus aus seinen Tiefen zu holen. «Ich muss aufpassen, wo ich hintrete.»

«Fürchten Sie sich dabei?»

«Ich lasse es nicht zu.»

«Manchmal muss man sich seinen Ängsten stellen. Und es gibt Wege, um aus dem Dilemma zu kommen.»

«Ich schlafe sehr schlecht.»

«Ihr Zimmer liegt ruhig. Sie hören Musik. Sie haben einen Fernseher. Und das Malen hilft Ihnen, sich aus den Schatten zu erheben. Ich habe Ihr letztes Bild gesehen. Es zeigt bereits einen Fortschritt. Machen Sie weiter. Wenn Sie sich beschäftigen, werden Sie in den normalen Alltag zurückfinden.»

«Ich bin mir nicht sicher. Als ich eines Morgens aufwachte, war das Duvet weg. Nachts hatte ich gespürt, wie etwas es mir vom Leib zerrte.»

«Sie müssen versuchen, die eingebildeten Dinge zu ignorieren.»

«Ich glaube nicht, dass ich es mir einbilde. Einmal zog jemand an meinen Füssen. Und als ich die Augen aufschlug, stand wer am Bett … mit diesem unheimlichen Blick. Schmale, senkrechte Pupillen hatte er. Nein, ich bilde es mir nicht ein. Sie sind hier. Sie sind alle hier …»

✳ ✳ ✳

Über den mit Kies belegten Parkplatz ging Valérie zum Pfarrhaus, wo sich ein schmaler Weg abzeichnete. Es befand sich in Pfäffikon, unweit der römisch-katholischen Kirche, des Friedhofs und einer weitläufigen Wiese, an deren Ende die Bahnlinie Zürich–Chur lag. Der Blick auf den Zürichsee blieb verwehrt wegen alter, knorriger Bäume. Der Wind fuhr in die Baumkronen und erzeugte ein mächtiges Rauschen. Der nächtliche Regen hatte Abkühlung gebracht und eine aufgewühlte Decke düsterer Wolken, an deren Rändern ein paar Sonnenstrahlen vergebens versuchten, sich hervorzukämpfen. Manchmal blitzten sie grell auf wie Schwerter eines himmlischen Heeres. Die Umgebung des Hauses beeindruckte durch einen gepflegten Garten und einen properen Vorplatz. Das Grün an dessen Rand war im Wettstreit zwischen hell und dunkel an diesem stürmischen Tag.

Valérie betätigte die Klingel und wartete, bis die Tür geöffnet wurde. Unter dem Rahmen erschien eine junge Frau in hippen Kleidern: dunkelblaue Latzhose und ein Tanktop. Nicht das, was sich Valérie unter einer Pfarrhaushälterin vorgestellt hatte. Sie konnte allenfalls gut zwanzig sein. Ihre rotblonden Haare reichten ihr bis über die Schultern, auf deren linker Seite ein Herz mit Totenkopf tätowiert war, und umrahmten ein mit Sommersprossen übersätes Gesicht. Dass die Frau attraktiv war, offenbarte sich erst nach längerem Betrachten. Ihr sympathisches Lachen steckte an, und die Stimme am Telefon nahm Formen an.

«Ich bin Valérie Lehmann. Wir haben miteinander telefoniert.»

«Ach ja, Sie sind das. Treten Sie ein.» Die Frau nannte ihren Namen. «Ich bin die gute Fee des Vikars.»

Valérie zeigte auf den Totenkopf. «Damit?»

«Auch damit.»

Valérie betrat ein Entrée, das die Grösse des Hauses erahnen liess. Eine Garderobe, an der ein dunkler Mantel hing, ein nussbaumfarbener Schrank und ein Schirmständer wirkten etwas verloren. Dagegen war die weisse Wand mit sakralen Bildern beinahe überfüllt. Die Schwarze Madonna in Lebensgrösse nahm den Platz neben einer Tür ein. Beim Durchgang zum Wohnzimmer hing ein Kruzifix. Die Anwesenheit der jungen Haushälterin war die einer Ausserirdischen. Wusste der Kuckuck, warum sie diesen Beruf gewählt hatte. Valérie rätselte im Stillen. Vielleicht war sie Studentin und verdiente sich damit ihr Studium.

Die Frau ging voraus zu einem Sofa, auf dem ein Mann mittleren Alters sass, offensichtlich Vikar Huwiler. Ein kleiner Mann, keine eins sechzig gross. Als er sich erhob, reichte er Valérie bis zum Kinn. Dennoch umfing ihn eine Aura, die Valérie zum Frösteln brachte. Seine Augen glichen einem klaren Gewässer, umrahmt von einem hellen Wimpernkranz, was die Haarfarbe bloss vermuten liess. Sein Schädel war kahl. Die ganze Physiognomie verriet nichts über sein Wesen. Doch Valérie hatte sich ein erstes Bild gemacht, vorgestern, als man sie über den

Zusammenbruch des Vikars informiert hatte. Ein zartbesaiteter Gottesmann mit einer verletzlichen Seele. Sich ihn als Priester und Seelsorger vorzustellen, der den Mitmenschen Trost und Kraft spendete, vermochte Valérie in dem Moment nicht, als er sie mit hoher Stimme begrüsste.

Er setzte sich wieder. «Meine Haushälterin hat Ihren Besuch angekündigt. Nehmen Sie Platz, bitte.»

Valérie blieb stehen, sah sich diskret um. Das Wohnzimmer war spartanisch eingerichtet, mit einfachen Möbeln bestückt, ein Bund roter Astern als Farbtupfer in diesem eher düsteren Interieur. «Ich muss Ihnen zum Vorfall vom letzten Sonntag ein paar Fragen stellen.»

«Ich bin noch immer zutiefst erschüttert.» Vikar Huwiler liess seine Arme seitlich an sich hinabsinken. «Zahir war ein guter Mensch.»

Valérie rückte nun doch einen Stuhl zurecht und setzte sich. Sie holte ihren Schreibblock aus der Tasche. «Er hat mit aussergewöhnlichen Installationen für Aufmerksamkeit gesorgt.»

«Damit hat er auch junge Leute zu den Messen geholt. Die Kapelle in Hurden war nicht das einzige Gotteshaus, das er mit stimmungsvollen Beleuchtungen zum Strahlen brachte. Seine Lichtanimationen sind in ganz Freienbach bekannt. Er war ein farbiger Mensch, im wahrsten Sinn des Wortes. Dank unseres Budgets für Kunst und Kultur konnten wir ihn in seinen Ideen unterstützen.»

«Könnte das jemandem in den falschen Hals geraten sein? Im Vergleich zu anderen Religionen ist die katholische Kirche nicht bekannt dafür, mit farbenfrohen Sujets und Beleuchtungen zu protzen. Ich gehe davon aus, dass es unter den Gläubigen ein paar Moralisten gibt, die diese übertriebenen Dekorationen nicht mögen.»

«Die Zeiten haben sich geändert. Heutzutage muss man sich etwas einfallen lassen, um den Menschen die Kirche näherzubringen.»

«Mit Konzerten zum Beispiel?» Valérie erinnerte sich an ein Plakat, das sie neulich in einer Unterführung gesehen hatte. Es warb für ein Rockkonzert in einer Kirche. Der Name der Kirche fiel ihr nicht ein.

«Es finden immer wieder klassische Konzerte in Kirchen statt.» Vikar Huwiler überlegte. «Auch Gospelchöre treten auf.»

«Rockbands?»

«Anscheinend sei die Akustik unschlagbar.» Vikar Huwiler kniff den Mund zusammen, als hätte er sich mit seiner Bemerkung versündigt.

«Wie gut kannten Sie Zahir Kälin?»

Vikar Huwiler wurde zusehends nervöser. «Muss ich davon ausgehen, dass ich auch in Lebensgefahr schwebe? Ich wollte am Sonntag die heilige Messe zum Bettag feiern. Kann es sein, dass der Anschlag mir gegolten hat?»

«Warum? Hätten Sie anstelle von Zahir Kälin so früh am Morgen in der Kapelle sein müssen?»

Er schluckte leer. «Nein, natürlich nicht.»

«Aber Sie können sich einen Reim darauf machen, weshalb Ihr Sigrist dort war?»

«Nein. Ich weiss auch von keinem Sonntag, am dem er so früh unterwegs war. Für gewöhnlich war er um sieben Uhr vor Ort, begann mit seiner Arbeit. Er war zuständig für die Kirchen und Kapellen in der Gemeinde Freienbach. Darunter fällt auch die Kirche Sankt Peter und Paul auf der Insel Ufenau. Insgesamt sind das zehn Kapellen und drei Kirchen.»

«Aber am Eidgenössischen Bettag war Zahir Kälin ausschliesslich für die Hurden-Kapelle zuständig?»

«Es war die letzte Kapelle, die er für die Messe vorbereiten musste. Die anderen Gotteshäuser hatte er in den Tagen davor geschmückt.»

«Womit geschmückt?»

«Mit Blumenarrangements.»

«Worin bestand seine Arbeit?»

«Kirchen, Kapellen und Gemeinderäume reinigen. Altartücher auswechseln, Kerzen erneuern, Gebetsbücher auf Schäden untersuchen, Weihwasser auffüllen, Opferstöcke leeren, um nur einige zu nennen. Er dekorierte die Gotteshäuser für Gottesdienste, Taufen, Trauungen und Abdankungen. Darunter fallen auch Aussenarbeiten.»

«Warum war an diesem Sonntag die Kapelle in Hurden nicht dekoriert?»

«Gut möglich, dass er deswegen so früh vor Ort gewesen war. Er hatte sicher wieder etwas Spezielles vorbereitet. Ich liess ihn stets gewähren. Vielleicht auch etwas mit Blumen ... Ich weiss es nicht.»

«Ähnliches haben die Kriminaltechniker nicht gefunden.»

«Das ist sonderbar. Aber wie gesagt, Zahir durfte selbst entscheiden, wie er das Gotteshaus dekorieren wollte. Er hatte freie Hand. Aber dem Anlass entsprechend musste es sein.»

«Eine Feuerschale am Bettag?»

«Es war seine Idee, muss etwas mit seinen Wurzeln zu tun haben. Wir haben es nie thematisiert.»

«Es war *Ihre* Messe.»

«Man darf nicht immer alles hinterfragen.» Der Priester wandte den Blick kurz ab.

«Er stand vierzehn Jahre im Dienst der Kirche.»

«Das entzieht sich meiner Kenntnis. Ich kam vor sechs Jahren nach Pfäffikon. Und mein Vorgänger ist verstorben. Er kann Ihnen keine Auskunft darüber geben.»

«Sie hatten also keinen engen Kontakt zu Kälin?»

«Nein. Er war verheiratet und hatte Familie. Da liegen die Bedürfnisse anders.»

«Hm. Zahir Kälin hat Theologie studiert wie Sie.»

Wenn Vikar Huwiler überrascht war, liess er es sich nicht anmerken. Doch Valérie liess sich nicht täuschen. In den Jahren ihrer Tätigkeit hatte sie ein Gespür dafür bekommen, wenn jemand verunsichert war oder eine Wahrheit zurückhielt. «In der Kapelle hing ein Kreuz ...»

«Ja, das Kruzifix. Ein Kreuz aus Holz mit ... unserem Herrn ... Jesus Christus.» Eine stockende Stimme. «Warum *hing*?»

«Man hat es entfernt.»

«Wie entfernt?» Vikar Huwiler erblasste. Er legte seine Hände ineinander, als wollte er beten.

«Man hat es von der Decke geholt und aus der Kapelle getragen, wahrscheinlich vor dem Brand. Denn es ist unversehrt. Wissen Sie etwas darüber?»

«Sie sprechen in Rätseln. Ich kann mir zudem nicht vorstellen, wie man so ein Kreuz von der Decke nimmt. Es war am Bogen beim Durchgang zum Altar befestigt.»

Valérie merkte, dass sie bereits zu viel gesagt hatte. «Wie ist es mit der Kapelle Sankt Meinrad?» Sie kehrte sich vom Thema ab. «Zelebrieren Sie dort auch Messen?»

«Ich wechsle mich mit Kollegen ab.» Vikar Huwiler kniff die Augen zusammen, worauf man bloss die hellen Wimpern sah. «Ist etwas mit der Meinrad-Kapelle?»

«Heute erschien ein Statement der Polizei dazu in den Medien. Vielleicht haben Sie es in den Nachrichten gehört. Das Kreuz aus der Hurden-Kapelle wurde in die Sankt-Meinrad-Kapelle versetzt.» Sie machte eine Pause, liess den Satz nachwirken. «Dagegen fehlt die linke Statue, die sich ansonsten dort befindet.» Das Blut erwähnte sie nicht.

«Der heilige Sankt Meinrad ist weg? Wie erklären Sie sich das?»

«Wir haben gewisse Theorien. Ich kann jedoch nicht darüber sprechen.» Valérie sah den Vikar eindringlich an. Über sein Gesicht fiel ein Schatten. «Fällt Ihnen dazu etwas ein? Gibt es möglicherweise eine Verbindung zwischen den beiden Kapellen? Existieren Zusammenhänge zwischen dem Kreuz und der Statue?»

«Der heilige Meinrad, nach dem die Kapelle benannt ist, war ein Eremit», erwiderte Vikar Huwiler verdattert. «Ich kann mir nicht erklären, weshalb an seinem Platz ein Kreuz stehen sollte.»

«Eine Verbindung im übertragenen Sinn?» Valérie ging zu weit, das wusste sie. Aber sollten diesbezügliche Fragen vonseiten Caminada und Zanetti auftauchen, konnte sie bestätigen, sie abgeklärt zu haben. Und solche Fragen würden mit Sicherheit gestellt werden. «Hatte zum Beispiel Sankt Meinrad eine Bedeutung für Zahir Kälin?»

Vikar Huwiler seufzte ergriffen. «Er wird ihm sicher etwas

bedeutet haben, wie allen Gläubigen in unserer Gegend. Aber solche Sachen hat er nie an die grosse Glocke gehängt. Zahir war ein stiller Mensch. Er ging vollkommen auf in seiner Kunst.»

Valérie notierte: «erste Ungereimtheit. War Kälin so still, wie ihn der Vikar beschreibt?»

«Haben Sie Kontakt zu Pfarrer Armando Negroni?»

«Ist er Geistlicher von hier?»

«Er ist Pfarrer im Ruhestand. Der Name sagt Ihnen nichts?»

«Nein.»

«Erinnern Sie sich, wann Sie Zahir Kälin das letzte Mal gesprochen haben?»

«Am Freitagmorgen in der Kirche von Pfäffikon. Leider nur kurz. Er schien sehr in Eile.»

«Worüber haben Sie sich unterhalten?»

«Über eine Beerdigung, die er auf den Montag hätte vorbereiten sollen.»

«Wo bezog Zahir Kälin die Blumen für die Dekoration?»

«In verschiedenen Blumenläden in der Umgebung.»

* * *

Wenige neue Erkenntnisse waren das Fazit am späten Nachmittag. Valérie war nach Biberbrugg zurückgefahren, wo sie sich mit Henry Vischer, dem Polizeipsychologen, verabredet hatte. Sie brauchte Unterstützung, wollte jedwede Aspekte von einer psychologischen Seite ausleuchten. Mit all dem, das sie an Informationen und Auswertungen hatte, konnte sie noch nicht viel anfangen. Die Brandermittlungen waren nicht fertig, und Stieffels Abschlussbericht war nicht eingetroffen. Es würde einige Zeit dauern, bis die Informationen komplett waren.

Auf ihrem Pult lag das Protokoll des KTD. Valérie überflog es, fand nichts, das ausschlaggebend gewesen wäre. Eindeutige Spuren existierten nicht. Aufgrund des Aufgebots an Feuerwehr und Polizei hatte man keine brauchbaren Reifenspuren herauskristallisieren können, die nicht den anwesenden Wagen zugeteilt werden konnten. Die Spuren in der Kapelle waren lediglich Beweis für Brandstiftung. Was fehlte, war die menschliche DNA eines Unbekannten. Wenn man sie je eruieren konnte, dann sicher nicht von heute auf morgen. Das Blut in der Meinrad-Kapelle, von welchem man eine Probe genommen hatte, war nicht menschlichen Ursprungs. Von welchem Tier es stammte, war bis anhin nicht bekannt. Ob es ein Zufall war? Valérie dachte eher an eine Verschandelung. Jemand, vielleicht derjenige, der das Kreuz und die Statue getauscht hatte, musste es ausgeleert haben. Ein weiteres Zeichen?

Einzig die rote Kassette war fester Bestandteil der Beweismittel. Deren Inhalt fehlte nirgends. Es war bloss eine Bildkopie, deren Herkunft lag im Schatten. Auf dem Weg von Pfäffikon nach Biberbrugg hatte Valérie noch einmal mit Vikar Huwiler telefoniert. Sie war ohne nennenswerte Erkenntnisse aus seinem Haus gegangen, hatte in dem Moment, in dem sie vom Parkplatz fuhr, das bange Gefühl gehabt, nicht alle Fragen gestellt zu haben. Vikar Huwiler hatte sie zum Gehen gedrängt. Augenscheinlich war es ihm nicht gut gegangen, oder er hatte sich mit seiner plötzlichen Unpässlichkeit vor weiteren Antworten drücken wollen. Valérie hatte ihn nach der Kassette gefragt. Er hatte keine Ahnung.

Valérie startete ihren Rechner und setzte sich auf den Bürostuhl. Während ihrer Abwesenheit waren einige Mails eingetroffen. Unter ihnen auch eine Nachricht von Fabia. Es war die einzige Mail, die Valéries Neugier weckte. Ihre Kollegin hatte einige Abklärungen anstellen müssen, unter anderem über die Herkunft des Marienbildes. Möglicherweise hatte sie Erfolg gehabt. Andererseits hätte sie das per Anruf mitteilen können. Valérie öffnete die Mail. Fabia schrieb, dass sich der Historiker endlich gemeldet habe. Er sei ein Mitarbeiter der Bibliothek Dr. Werner Oechslin in Einsiedeln, und zufällig sei ihm das Bild ein Begriff. Valérie scrollte nach unten. Die Bildkopie befand sich im Text, und darunter stand, es handle sich dabei um die Madonna mit Kind im Strahlenkranz nach einem Vorbild des früheren Heiligenbilds in der Kapelle «Heilig Hüsli», welche seit dem 16. Jahrhundert am Brückenkopf des Holzstegs am Obersee von Rapperswil nach Hurden stehe.

Eine kleine Kapelle. Musste man dort den Anfang dieses Mysteriums suchen?

Fabia schrieb dazu eigene Gedanken, dass sie das «Heilig Hüsli» kenne und sie abkläre, ob man in Rapperswil Näheres darüber wusste. Valérie ahnte, was Fabia möglicherweise befürchtete. Letztlich ging es um die Kapelle, welche sich auf dem Weg der Zerstörung des unbekannten Täters befand. Wenn man die Sankt-Meinrad-Kapelle mit der Hurden-Kapelle verband, erreichte man in deren nördlichen Verlängerung die Kapelle auf dem Brückenkopf. Valérie war sich nicht schlüssig, was sie davon halten sollte. Ob das «Heilig Hüsli» die erste Station auf dem Streifzug eines Psychopathen war oder sogar eine Fortsetzung von vorangegangenen Schändungen? Und ob der tote Sigrist und der verschwundene Pfarrer etwas damit zu tun hatten?

Valérie druckte den Text des Historikers aus, als es klopfte. Sie sah auf die digitale Uhr ihres iPhones. Halb sechs war es. Für diese Zeit hatte sich Vischer bei ihr angemeldet.

Er öffnete die Tür. «Darf ich?» Sein kahler Schädel sah aus wie bronziert. Erst noch hatte Vischer ein paar Tage in den Bergen verbracht, was er am Telefon verlautbart hatte. Bergsteigen sei seine neue Passion. Auf den Gipfeln könne er abschalten wie sonst nirgendwo. Unter seinem Arm klemmte eine Mappe.

Vischer hatte vor einem Jahr den Halbtagesjob als Lehrer im Kollegi Schwyz aufgegeben und arbeitete seither mehr Stunden bei der Kantonspolizei Schwyz als früher. Valérie hatte gehofft, dass sein Entscheid zwischen dem Beruf als Lehrer und als Angestellter bei der Kantonspolizei auf ihre Seite kippen würde. Lange war nicht sicher gewesen, ob er überhaupt bei der Polizei weitermachen wollte. Seine Lebenspartnerin war aus Japan zurückgekehrt und hatte während mehrerer Monate in einem Uhrengeschäft in Luzern als Dolmetscherin und Verkäuferin gearbeitet. Seit Mitte August dozierte sie an der Universität Zürich in Japanologie.

Vischer legte die Mappe ab, öffnete sie und holte Dokumente daraus hervor, die er lose hineingeschoben hatte.

«Ich sehe, du hast bereits ein paar Dinge zusammengetragen. Kaffee?»

«Nein, danke. Helena kocht. Ich habe ihr versprochen, zum Nachtessen zu Hause zu sein.»

«Wohnst du noch immer in diesem alten Bauernhaus in der Nähe von Immensee?»

«Wenn wir umgezogen wären, hätte ich dir zuerst davon erzählt.» Vischer runzelte die Stirn.

Valérie war nicht sicher, ob sie Vischer mit dieser unüberlegten Bemerkung brüskiert hatte. Es war Monate her, seit sie zum letzten Mal in seinem Haus gewesen war. Das lag aber daran, dass sie den Kontakt zu Helena nicht suchte. Sie hatte festgestellt, dass sie nicht dieselben Ansichten vertraten und Helena beharrlich die ihrigen durchsetzte. Zu diskutieren gab es nichts. Zudem war sie nach Valéries Ermessen sehr arrogant. Aus der sanften Frau, die Valérie von ihrer ersten Begegnung auf dem Flughafen in Erinnerung hatte, war nichts geblieben als ein Hauch von Staub. Ob sie sich als jemand Besserer sah, seit sie den Master im Fernen Osten gemacht hatte? Valérie fragte sich, wie der harmoniebedürftige Vischer, der in seiner Freizeit Kampfsport betrieb und seit Neustem kletterte, dies aushielt. So beschränkten sich ihre Treffen nach Feierabend auf einen Kaffee in ihrer Nähe, oder sie benutzten ihren Arbeitstag für den geistigen Austausch.

Valérie überreichte Vischer den ausgedruckten Text. «Den hat mir Fabia geschickt. Das Bild aus der roten Kassette respektive die Fotokopie davon ist ein Wandbild im ‹Heilig Hüsli›.»

«Das steht am Ende des Holzstegs», sagte Vischer. «Dort war ich schon joggen. Eine kleine Kapelle ist es, kaum der Rede wert. Soviel ich weiss, wurde sie Mitte des 16. Jahrhunderts erbaut. Es gibt eine Legende, die besagt, dass nach dem Ausbruch einer Epidemie im Spital Rapperswil eine Oberin als Hexe angeklagt und nach einer grausamen Folterung in einem Sack beim ‹Heilig Hüsli› im Obersee ertränkt wurde.»

«Ob diese Legende etwas mit unserem Fall zu tun hat?», stellte sich Valérie die Frage laut. «Was hat es mit der Hurden-

Kapelle auf sich? Existiert darüber auch eine solche oder ähnliche Erzählung?»

«Du glaubst, wir haben es mit einem Fanatiker zu tun, der Legenden zum Anlass nimmt, sich zu rächen … wofür auch immer?», fügte er hinzu. Vischer setzte sich schräg aufs Pult und liess das eine Bein in der Luft baumeln. «Ein Klischee.»

«Das sind Fragen, die ich mir laufend stelle. Wer hat ein Interesse daran, einen schwarzen Sigrist umzubringen? Warum setzt er mit dem Verschieben sakraler Gegenstände ein Zeichen? Kommt dazu, dass wir einen verschollenen Pfarrer haben. Wir befürchteten, ihn in der Nähe der Kapelle Sankt Meinrad zu finden. Ich habe gehofft, den Code von der Vorgehensweise des Täters geknackt zu haben. Aber weit gefehlt. Es ist aber nicht ausgeschlossen, dass der Pfarrer nicht mehr lebt.» Valérie stiess heftig Luft aus. «Deswegen bist du hier, Henry. Und natürlich aus dem Grund, dich wieder einmal unter vier Augen zu sprechen.» Sie setzte nach: «Möglicherweise haben wir zwei Fälle.»

«Was habt ihr über Zahir Kälin herausgefunden?»

«Das Bundesamt für Justiz konnte uns nichts Aussergewöhnliches über dessen Adoption mitteilen. Zahir in die Schweiz holen sei auf legalem Weg passiert, damals, als es noch möglich war. In der Zwischenzeit hat es andere Bestimmungen gegeben, was Adoptionen von Kenia angeht. Es gäbe Akten, die wir bei Bedarf einsehen können. Also muss es einen Zusammenhang mit etwas geben, das wir noch nicht kennen und das in der Schweiz passiert ist.» Valérie strich nervös eine Haarsträhne aus dem Gesicht. «Oder glaubst du, jemand treibt ein Spiel mit uns? Mit dem Feuer und dem Tierblut?»

«Wohl kaum mit der Polizei.» Vischer hüpfte vom Pult, ging durch den Raum zum Fenster und sah hinaus. «Was mich stutzig macht, ist das Datum des Mordes. Der Eidgenössische Dank-, Buss- und Bettag ist ein überkonfessioneller Feiertag. Er wird von allen christlichen Kirchen gefeiert. Das heisst, nicht nur von der katholischen, sondern auch von der evangelisch-reformierten Kirche und, wenn ich mich nicht täusche, auch von der

Israelitischen Kultusgemeinde.» Er wandte sich erst jetzt nach Valérie um.

«Unser Täter hat es aber ausschliesslich auf katholische Kapellen oder Kirchen abgesehen.»

«Du meinst, es geht gar nicht um den Sigrist?»

Valérie sah Vischer an, dass er ihr das nicht abnahm.

«Ich dachte, er sei bereits tot gewesen, als das Feuer ausbrach?», äusserte sich Vischer.

Sie wusste, dass sie mit vagen Hypothesen nicht weiterkam, und musste endlich Nägel mit Köpfen machen. Das war sie ihrem Team schuldig. «Ich werde abklären, ob man im Zusammenhang mit dem ‹Heilig Hüsli› einen Zwischenfall zu beklagen hat.» Das hätte sie längst tun müssen. Sie griff nach dem Telefonhörer der Festnetzstation. «Willst du dabei sein?»

Vischer kam vom Fenster zurück. «Nein, ich glaube, wir verschieben unser Gespräch auf morgen. Ich werde sonst zu spät zum Nachtessen kommen.»

Wo war der entspannte, lässige Psychologe geblieben? Er schien dauernd wie auf Nadeln zu sein. Kaum etwas begonnen, war er mit seinen Gedanken bei Helena.

Valérie wählte die Nummer der Auskunft, während Vischer die Tür hinter sich zuzog, und liess sich direkt mit der Kantonspolizei Sankt Gallen verbinden.

VIER

Das Telefon schrillte durch das Dunkel des Zimmers. Während Zanetti sich von der einen auf die andere Bettseite wälzte, sprang Valérie wie von der Tarantel gestochen auf. Sie hatte den Klingelton ihres iPhones am Abend nicht auf leiser gestellt. Er klang wie eine Sirene. Aus dem Tiefschlaf gerissen zu werden fühlte sich nicht gut an. Valérie brauchte einige Zeit, um sich in der Dunkelheit zurechtzufinden, und stolperte herum wie eine Irre. Abstruse Gedanken bemächtigten sich ihrer. Colin. Ob ihm etwas zugestossen war? Sie vergewisserte sich, wie spät es war. Halb zwei. Zu früh, um auf die Schnelle fit zu sein. Sie ging mit dem iPhone in die Küche hinunter, setzte die Kaffeemaschine in Betrieb. Sie ahnte, dass sie eine Stärkung brauchen würde. Sie meldete sich nach dem fünften Klingelton, in der Hoffnung, Zanetti würde ihn nicht einfach ignorieren. Warum musste nachts immer ihr Telefon schellen?

«Gian Luca.» Diesmal bat er nicht um Entschuldigung, liess Valérie nicht einmal zu Wort kommen. «Vor einer halben Stunde wurde in Einsiedeln ein toter Mann gefunden. Eine Streife ist vor Ort. Der Gerichtsmediziner sowie der KTD sind unterwegs. Ich musste schnell eine Entscheidung fällen. Der Tote habe massivste Kopfverletzungen, heisst es. Wir müssen von einer gewaltsamen Tat ausgehen.»

Caminadas Informationen kamen nur zögerlich bei ihr an. Valérie hätte nicht zu fragen brauchen, ob sie zusammen mit Zanetti nach Einsiedeln fahren musste, und tat es trotzdem.

«Es geht um Mord. Alles würde darauf hindeuten, hat man mir mitgeteilt. Dein Anwalt ist gefragt.» Caminada gab ihr die Wegbeschreibung zum Fundort der Leiche durch. «Ich hoffe, ihr schafft es, bis spätestens halb drei vor Ort zu sein. Ich bin schon auf dem Weg.» Er beendete den Anruf.

Valérie ging ins Schlafzimmer zurück. Zanetti hatte sich bereits geduscht und war im Begriff, sich anzuziehen. «Ich hab's mit einem Ohr mitbekommen.» Mehr war von ihm nicht zu hören als ein lautes Gähnen. Er war genauso unglücklich über den nächtlichen Einsatz wie sie.

Valérie hatte nicht gefragt, um wen es sich bei dem Toten handelte und ob man ihn bereits hatte identifizieren können. Ob es der vermisste Pfarrer war? Nach dem, was in den letzten Stunden geschehen war, war es nicht auszuschliessen. Ob sie mit ihrer Vermutung falschlag? Eine seltsame Entspannung bemächtigte sich ihrer. Vielleicht würden sie endlich mehr Teile haben in diesem Puzzle, das sich schwerlich und schon gar nicht logisch zusammensetzen liess.

Oder hatten sie es mit einem komplett neuen Fall zu tun?

Die Nacht lag regenverhangen über der Landschaft. Der gestrige Sturm hatte sich gelegt und das schlechte Wetter gebracht. Valérie fuhr. Neben ihr schwieg Zanetti, wie es schien, im Halbschlaf. Dabei hätte sie so gern mit ihm geredet. Dort weitergemacht, wo sie um Mitternacht aufgehört hatten. Obwohl sie es sich vorgenommen hatten, dem Beruflichen privat nicht allzu viel Gewicht zu geben, bedingte die momentane Situation ein Weiterführen ihrer Gespräche, die sie in Biberbrugg begonnen hatten. Valérie hatte mit der Sankt Galler Kriminalpolizei Kontakt aufgenommen und von einem Einbruch ins «Heilig Hüsli» erfahren. Ein Dreizeiler würde heute in der Zeitung stehen und nach Zeugen gesucht werden. Wann man die Kapelle aufgebrochen hatte, war nicht klar. Mit Ausnahme des defekten Gitters sei nichts beschädigt worden. Ein Abfalleimer, der neben der Kapelle stand, sei im Innern ausgeleert worden und habe für einen desolaten Anblick gesorgt. Die Mitteilung über das Marienbild, das von der Kantonspolizei Schwyz an die Medien und insbesondere an alle Polizeistellen gesandt worden war, schien in den Aktenbergen und Mailüberflutungen komplett untergegangen zu sein. Bis vor Kurzem hatte man in Rapperswil nichts davon gewusst.

Zanetti nutzte die Fahrt nach Einsiedeln, sich weiter auszuruhen. Er hatte nicht einmal gefragt, ob er fahren solle. Er kannte

Valérie. Trotz des kurzen Schlafs war sie hellwach. Sie starrte auf die leere Strasse vor ihr. Die schlechte Sicht erforderte höchste Konzentration, wenn sie die Geschwindigkeit nicht reduzieren wollte. Die Fahrt kam ihr vor wie eine Reise ins Ungewisse, in den Schlund der Hölle. Ihre Gefühle spielten verrückt. Ein Toter, ein Vermisster und jetzt wieder ein Toter. Ob der Tote tatsächlich der Vermisste war?

Valérie schaltete das Radio ein. Swiss Classic und Wagners «Ritt der Walküren». Sie drehte auf. Zanetti murmelte etwas vor sich hin. Das Innere des Wagens bebte. Das Wetter draussen, vom Orchester untermalt. Zanetti hatte nie erfahren, was Richard Wagner ihr bedeutete, die dramatischen Sinfonien in Moll. Ebbe und Flut und dieser Kitzel …

Die Scheinwerfer des TT bohrten sich in die nass glänzende Dunkelheit, als sie über die Amaliengasse die Luegetenstrasse erreichten. Diese lag am südöstlichen Rand von Einsiedeln, bevor der Chlosterwald begann. Bei der Kreuzung zur Ilgenweidstrasse standen zwei Streifenwagen sowie Stieffels Auto und der Camion des Kriminaltechnischen Dienstes. Caminadas Wagen fand Valérie unterhalb des Gebäudes, das nach Plänen von Mario Botta einst erbaut worden war. Sie parkte direkt daneben, stieg aus und folgte Zanetti, der schlafwandlerisch die Flatterbänder entlangging. Der Pfad führte ins Dickicht einiger Bäume und Sträucher, von welchen der letzte Sturm Blätter gerissen hatte. Der Boden darunter fühlte sich weich und matschig an.

Auf der kreisförmigen Lichtung, keine zwanzig Meter von der Strasse entfernt, zeugten Halogenleuchten vom Beginn von Schulers Spurensicherung. Der Kegel der drei aufeinandergerichteten Lampen und die Regentropfen ergaben ein seltsames Lichtgemisch – wie eine Unterwasserlandschaft, ein von Plankton gefüllter Meeresabschnitt. Valérie zog die Kapuze ihres Anoraks über den Kopf. Eine weisse, an vier Pfosten befestigte Plane verdeckte den Blick auf das, was hinter den Stoffwänden geschah. Valérie wies sich aus, denn sie kannte den Polizisten, der den Eingang zum Zelt bewachte, nicht.

Das Innere war ausgeleuchtet. Das gleissende Licht wirkte wie ein Wärmestrahler. Valérie blieb unter dem Durchgang stehen, derweil sich Stieffel just in diesem Moment nach ihr umdrehte.

«So schnell sieht man sich wieder.» Er übergab sein Diktafon seinem Assistenten, erhob sich und stiess Valérie sanft nach draussen. «Es ist eng dort drin, zudem eine Schweinehitze, und du trägst keine Schutzkleidung.» Sein Lächeln blieb diesmal aus. «Wir sind nicht ganz fertig. Einige Angaben zum Toten kann ich dir bereits geben.»

«Wollen wir wirklich hier stehen bleiben?» Der Regen hatte zugenommen. «Oder können wir uns wenigstens unter das Dach dort retten?» Jemand hatte einen überdimensionierten Schirm aufgestellt. Valérie entdeckte Zanetti, der bereits Schutz vor dem Regen gesucht hatte.

«Das trifft sich gut, dann muss ich es nicht zweimal sagen, und dein Staatsanwalt kann ebenfalls zuhören.» Schwang da nicht ein Unterton in seiner Stimme mit?

Die Männer begrüssten sich.

«Ich weiss nicht, wie weit dich Caminada informiert hat.»

«Fast gar nicht.» Valérie stülpte die Kapuze nach hinten, schüttelte ihre feuchten Haare durch. Sie hatte Caminada bislang nicht zu Gesicht bekommen.

«Beim Toten handelt es sich um einen vierzig- bis fünfzigjährigen Weissen. Sein Hinterkopf ist auf Scheitelhöhe zertrümmert. Ich gehe von mehreren Schlägen aus. Die Verletzung hat einen Teil des Gehirns freigelegt, was sofort zum Tod geführt hat. Womit er niedergeschlagen wurde, lässt sich erst anhand einer Computertomografie feststellen. Ich gehe vage von einer vierkantigen Schlagwaffe aus. Der Tod dürfte vor vier bis sechs Stunden eingetreten sein.»

«Du sagst, er ist zwischen vierzig und fünfzig Jahre alt? Nicht achtzig?» Valérie taumelte zurück. Sie wollte es nicht glauben.

«Nein.» Stieffel reichte ihr einen Asservatenbeutel. «Dieses Portemonnaie haben wir bei ihm gefunden.»

Valérie zog sich Vinylhandschuhe über. Sie holte das Portemonnaie aus dem Beutel. Es war aus braunem Leder mit Klappverschluss. Das Münzenfach war mit einem Reissverschluss verschlossen. Im doppelten Notenfach befanden sich über die Hand gezählt zweihundert Franken in gemischten Scheinen. Ein paar Karten waren in einem weiteren Fach eingeschoben. Darunter die Identitätskarte.

Zanetti blickte über Valéries Schultern. «Wer ist es?»

«Benjamin Wyss, geboren am siebzehnten September 1976. Er ist gerade fünfundvierzig Jahre alt geworden.» Sie betrachtete das Porträt, welches ein Gesicht mit feinen Zügen zeigte. Er hatte dunkle, kurz geschnittene Haare. Valérie drehte die Karte um, sah auf die Rückseite. «Sein Heimatort ist Einsiedeln. Die Karte wurde vor drei Jahren im Kanton Schwyz ausgestellt.» Sie durchforstete die Fächer nach weiteren brauchbaren Informationen. Eine einzige Visitenkarte gab Aufschluss über eine Person, die er womöglich gekannt hatte. Lukas Arpagaus, Fotograf und Videograf aus Lachen. Ein erster Anhaltspunkt? Wahrscheinlich ja. Ein rotes, von Hand gemaltes Herz unter dem Namen mutete intim an. Ein Freund? «Hat man ein Handy gefunden?»

«Leider nein.»

Es fühlte sich an, als sacke alles in sich zusammen. Ein neues Mordopfer innerhalb von vier Tagen. Valérie fotografierte mit ihrem iPhone ID- und Visitenkarte und steckte sie danach ins Portemonnaie zurück. Daraufhin überreichte sie es mitsamt Asservatenbeutel Stieffel. «Ich nehme an, ihr habt noch mehr solche Gegenstände, die auf Fingerabdrücke überprüft werden müssen.» Sie wandte sich ab. Es war nicht möglich, dass das Schlafmanko schuld an ihrem Schwindel war.

Valérie schritt durch den strömenden Regen und hielt Ausschau nach Caminada. Sie hätte gern erfahren, welche Schlüsse er bereits gezogen hatte. Zwei ermordete Männer, ein alter Priester, der vermisst wurde, und nichts, das diese drei Ereignisse miteinander verband; nur die gleichzeitig ausgewechselten Sakralgegenstände, was an und für sich seltsam war. Natürlich hatte sie über Fälle gelesen, in denen Täter ein Rätsel aufgaben. Sie mordeten und setzten Zeichen. Aber solche Dinge geschahen weit weg oder fiktiv im Fernseher.

Valérie erreichte die Ilgenweidstrasse. Die geparkten Autos

glitzerten im Schein einer Lampe wie silberfarbene Käfer. Im strömenden Regen diskutierten zwei Polizisten in moderater Lautstärke. Ansonsten war die Strasse wie ausgestorben. Die Bewohner der umliegenden Häuser befanden sich augenscheinlich noch im tiefsten Schlaf, wussten nicht, was sich ein paar Meter neben ihrem trauten Heim Fürchterliches zugetragen hatte. Den Mann, der den Toten entdeckt hatte, während er mit seinem Hund Gassi ging, hatte man nach Hause geschickt. Bei der Fundortsicherung brauchte es niemanden, der nicht dafür zuständig war. Je mehr Schaulustige umherlungerten, desto mühsamer gestaltete sich die Polizeiarbeit.

Doch in dieser regnerischen Nacht war niemandem danach, die Maulaffen feilzuhalten.

Valérie kehrte zu Zanetti zurück. Sie berührte ihn am Arm. «Was wirst du tun?»

«Ich werde eine erneute Anklage wegen schwerer Körperverletzung mit Todesfolge gegen unbekannt vorbereiten. Das Ermittlungsverfahren läuft. Hoffen wir auf einen Lichtblick.»

Valérie stöhnte innerlich auf. Was würde sie im Verlauf des Morgens erwarten? Die Presse sass ihr im Nacken. Die Medien wollten ein Statement. Die Verunsicherung der Bevölkerung war vorprogrammiert. Es fühlte sich an, als spielte man russisches Roulette. Valérie sprach einen der Polizisten an, die sich neben dem Zelt aufhielten. Er hatte gerade sein Funkgerät in der Jackentasche verschwinden lassen. «Habt ihr den Kripochef gesehen?»

«Caminada?»

«Ja.»

«Vorhin war er noch da. Ich glaube, er ist in *die* Richtung gegangen.» Er wies an den Waldrand, dorthin, wo Bottas monumentales Abbild stand.

«Danke.» Valérie beeilte sich, in den Schutz der Bäume zu gelangen. Sie war trotz des Anoraks völlig durchnässt. Zudem fror sie und hätte gern ihre Hände an einem Pappbecher Kaffee aufgewärmt. Sie passierte einen schmalen Streifen Wald, auf dessen dahinterliegenden Seite das dunkle Gebäude der Bibliothek schemenhaft zu erkennen war. Sie suchte den Eingang und gelangte zu einer Treppe, die auf ein Podest führte. Die Tür zur Bibliothek war verschlossen, es hätte sie auch gewundert, sie offen vorzufinden. Valérie folgte dem Schein einer Strassenlampe und fand kurz darauf Caminada in seinem Wagen sitzen. Sie klopfte an die Fensterseite. Caminada brauchte eine Weile, bis er Valérie erkannte. Er winkte sie zu sich.

Sie öffnete die Tür, liess sich auf den Beifahrersitz fallen. «Sorry, ich hoffe, es stört dich nicht, wenn ich dir den Autositz verschmutze.»

«Im Moment haben wir andere Probleme.» Caminada machte Licht. Im kalten Schein wirkte sein Gesicht blass, und die Falten gruben sich wie Verästelungen eines Flussdeltas um Mundwinkel und Nase. Er war unrasiert, doch er hatte sicher genauso wenig Zeit für die Morgentoilette gehabt wie Valérie.

«Sein Name ist Benjamin Wyss mit Heimatort Einsiedeln.» Sie merkte erst jetzt, wie kalt ihr war. Es hätte wenig gebraucht, und ihre Zähne hätten geklappert.

«Wyss … Da werden wir die Nadel im Heuhaufen suchen.»

«Es gibt da die Visitenkarte eines Fotografen. Sein Name ist Lukas Arpagaus.»

«Ein Bündner Geschlecht.» Caminadas Gesicht hellte sich kurz auf. «Arpagaus. Heute sind sie in der ganzen Schweiz verstreut. Hast du auch eine Telefonnummer?»

«Du willst aber nicht sagen, dass du den armen Kerl aus dem Bett holen willst.»

«Haben wir eine Wahl?»

Das hatten sie nicht, und das war beiden bewusst. Sie mussten damit rechnen, dass Wyss verheiratet gewesen war; Vater von Kindern. Es gab Eltern, Geschwister, Freunde. Sie alle würden es nicht verstehen. Es würde wie immer ein schwerer Gang werden, wenn Valérie die Hinterbliebenen darüber informieren musste, dass der Sohn, der Ehemann, der Vater in dieser Nacht einem Verbrechen zum Opfer gefallen war. Die Betroffenen würden schreien oder zusammenbrechen, schweigen oder wütend sein. Die Facetten des Schocks waren mannigfaltig und stellten die Polizei vor eine schwer zu bewältigende Aufgabe.

Mittlerweile war es ein Viertel nach drei geworden. Valérie wusste genau, dass jede Minute, die sie zuwarteten, den Anruf schwieriger, einen Besuch bei den Hinterbliebenen schwerer machen würde. Caminada zögerte nicht und wählte über die Freisprechanlage die Handynummer, die Valérie ihm diktierte. Das rote Herz liess ihr keine Ruhe.

Caminada liess es zigmal läuten, ohne eine Antwort zu bekommen. «Keine Chance.» Er startete den Motor. «Es bleibt uns nichts anderes übrig, als nach Lachen zu fahren.»

«Du glaubst, Arpagaus wohnt dort?», zweifelte Valérie. «Es könnte doch auch seine Geschäftsadresse sein.»

«Wenn wir es nicht versuchen, werden wir es nicht erfahren. Noch können wir verhindern, dass Wyss' Tod auf Umwegen publik gemacht wird und seine Familie es erst im Nachhinein erfährt.»

Das leuchtete ein. Valérie grapschte nach ihrem iPhone. Sie schrieb Zanetti eine SMS, dass sie den Autoschlüssel bei sich habe und er, falls er nach Biberbrugg wolle, sich ein Taxi nehmen solle. Sich Caminadas Eile zu widersetzen, fand sie keine gute Idee, und sie schnallte sich an. Trotzdem regte sie sich über ihr Fehlverhalten auf.

✳✳✳

Er lechzte nach Wasser. In seinem Geiste stand er an einem Wasserfall, an dessen kühlen Fontänen er sich labte. Wasser. Bloss das Wort vermochte ihn in einen Strudel aufgewühlter Sinneswahrnehmungen zu schleudern. Wenn er sich aufgab, hatte er verloren. Seine Wangen fühlten sich heiss an, seine Stirn glühte. Er befand sich in einem Delirium kaum auszuhaltender Eindrücke, die wie Blitze durch seinen Kopf schossen. Er träumte. Anders war das hier nicht zu erklären.

Er litt unter einem unsäglichen, kaum auszuhaltenden Durstgefühl. Seine Zunge fühlte sich wie ein Fliessblatt an und klebte am Gaumen. Armando hatte nicht die leiseste Ahnung, wie lange er in diesem von Moder und Feuchtigkeit riechenden

Raum lag, der ihn an einen alten Keller erinnerte. Er hätte sich nicht gewundert, verrottete Kartoffeln und von Fäulnis stinkende leere Weinfässer zu finden, wenn er sich bloss hätte bewegen können. Wahrscheinlich im Erdboden eines Hauses oder eines Stalls. Über ihm ein Gewölbe, dessen effektive Höhe er nicht ausmachen konnte. Der diffuse Schein einer nackten, von der Decke hängenden Glühbirne reichte nicht aus, um sämtliche Ecken auszuleuchten. Wenn sie den Geist aufgab, würde Dunkelheit ihn umschliessen. Dunkelheit, die ihn bereits umgab, ausserhalb dieses stumpfen Kegels, der stetig schwächer zu werden drohte.

Es existierte kein Fenster, oder es war zugemauert. Tag und Nacht dasselbe flimmernde Licht, und die Wasserflasche war leer. Jemand musste sie ihm hingestellt haben, als er sich vor Erschöpfung nicht mehr hatte aufrecht halten können. Er hatte sie bis auf den letzten Tropfen ausgetrunken. Um seine Fussgelenke lagen Ketten. Jemand hatte ihn damit gefesselt. Die Haut war aufgeschürft. War der Schmerz am Anfang stechend gewesen, fühlte er sich jetzt betäubend dumpf an. Armando versuchte, nicht zu schreien. Seine Stimmbänder hätten dieser Belastung nicht standgehalten. Jeder Schrei hätte den Weg zu seiner Dehydrierung geebnet. Er brauchte Flüssigkeit, um am Leben zu bleiben und damit sein Geist wach wurde. Wenigstens waren seine Hände frei, die er erneut faltete. Beten half ihm. Das Gespräch mit Gott. Er fühlte sich von ihm verlassen.

Irgendwann musste wieder jemand vorbeikommen, um ihn zumindest mit Wasser zu versorgen. Den Hunger vermochte er gut zu unterdrücken. Das Letzte, was er verzehrt hatte, war ein mit Schinken und Ei belegtes Brot, das Milena ihm auf den Weg mitgegeben hatte. Ob sie ihn vermisste? Vielleicht hatte sie die Polizei angerufen. Ja, sie hatte es gewiss getan. An diesem Hoffnungsschimmer hielt er sich fest. Milena würde nach ihm suchen.

Es war Montagnachmittag gewesen, und er hatte mit dem Postauto nach Einsiedeln fahren wollen. Jemand hatte bei der Bushaltestelle angehalten und ihn nach dem Weg zum Diorama gefragt. Daran erinnerte er sich schwach. An einen dunklen Wagen. An den Fahrer nicht. Was dann geschah, war verschwommen. Die Bilder wie ausradiert. Ein Schatten blieb zurück. Es war, als wäre er einfach eingeschlafen und in diesem Keller wieder aufgewacht.

Nein, er durfte nicht untätig hier liegen bleiben. Wenn er sich seine verbliebenen Kraftreserven nicht zunutze machte, würde er mangels Flüssigkeit in den nächsten Stunden sterben. Er drehte sich auf die Seite, versuchte sich mit dem rechten Arm abzustützen. Er brauchte eine geraume Zeit, in die sitzende Position zu gelangen.

Langsam durchatmen. Luft holen, die so kostbar war.

Er musste seine Fesseln lösen. Unter grösster Anstrengung beugte er sich nach vorn. Jeden Impuls seines Körpers bewusst wahrnehmend. Es fiel ihm schwer, sein Gleichgewicht zu halten. Er sei fit für sein Alter, hatte ihm der Hausarzt gesagt.

Doch Armando spürte längst seine schwindenden Kräfte. Er brauchte länger, um einen Kraftakt zu bewältigen, musste gerade jetzt jede Bewegung überlegen. Seine Hände waren schmal und knöchern. Sie hatten nie viel tragen müssen. Vom Beten allein bekam man keine kräftigen Hände. Trotzdem musste er es wagen. Er suchte nach dem Anfang des Kettenglieds und merkte, dass er eingenässt hatte. Er schämte sich dafür.

Eine gefühlte Ewigkeit riss er an den Fesseln. Doch wie hätte er diese mit blossen Händen lösen können? Gott gab ihm Kraft, aber nicht physische.

Er blinzelte, sah sich erneut um. Vielleicht war er hier schon einmal gewesen, in einem fremden Leben. Die Gestelle an der einen Wand, die er mit Müh und Not ausmachte, kamen ihm bekannt vor. Sie waren mit Glasbehältern gefüllt, die in einer fernen Zeit in Laboren gestanden hatten. Daneben Bücher, Kerzen und ein Kreuz wie ein Monument. Bedrohlich stand es dort, kaum auszumachen im trüben Licht. Ja, er erinnerte sich, und es fuhr ihm eiskalt über den Rücken. Er bekreuzigte sich, und wie ein Flash drang die Erinnerung durch sein inneres Auge. «In nomine Patris et Filii et Spiritus Sancti. Amen.»

Wenn bloss nicht alles so weit weggestanden hätte. «Vater im Himmel, erbarme dich meiner.»

✵✵✵

Noch immer herrschte stockdunkle Nacht. Regen peitschte auf die Frontscheibe. Die Scheibenwischer vermochten kaum, das Wasser zu verdrängen. Scheinwerfer entgegenkommender Autos verflossen in einem Brei aus gleissenden Spiralen, zersprengten in alle Richtungen in Form winziger Glanzpartikel.

Es war kurz nach vier, als Caminada in die Seidenstrasse einmündete. Er folgte ihr bis zur Siedlung, wo Lukas Arpagaus gemäss Visitenkarte wohnte oder arbeitete. Wohnblöcke überragten angrenzende kleinere Häuser, die wie Miniaturen wirkten. Caminada parkte auf dem Säntisweg.

Die Gebäude muteten düster an, die Fenster wie seelenlose Augen in dieser frühen Morgenstunde.

Caminada und Valérie verliessen den Wagen gleichzeitig. Valérie zog die Kapuze hoch und den Kopf ein. Gleich war Caminada mit einem Regenschirm zur Stelle. Heftige Böen zerrten an ihren Kleidern, als sie sich auf die Suche nach Arpagaus' Adresse machten. Sie passierten einen gedeckten Fahrradunterstand, überquerten einen Spielplatz und erreichten den Eingang. Ein Bewegungsmelder ging an und erhellte den Platz vor der Glastür. Valérie schaute sich die Sonnerie an, fuhr mit ihrem Finger über die Namensschilder. «Da, das ist er, ‹Fotostudio Arpagaus›. Im zweiten Stock.»

Caminada kam ihr zuvor und drückte den Klingelknopf, ohne zu zögern.

Sie warteten. Alles fühlte sich klamm an. Das Wetter, die Nacht, die Ungewissheit. Die Vermutung, für nichts hierhergefahren zu sein. Selbst die Sehnsucht nach Wärme und einem weichen Bett.

Jemand drückte den Türöffner. Caminada warf Valérie einen überraschten Blick zu. «Da scheint wohl jemand unerschrocken zu sein.»

«Wir sind in Lachen und nicht in Marseille.» Fast erleichtert stiess Valérie die Tür auf.

Sie gelangten in ein Treppenhaus mit Lift. Sie nahmen die Stufen. Es roch nach Scheuermittel und Farbe. Nach ein wenig Spiessigkeit.

Die Tür auf der zweiten Etage stand offen, und Neonlicht flutete nach draussen. Valérie klopfte.

«Kommen Sie rein, tun Sie sich keinen Zwang an.»

Dann stand er vor ihnen, frisch rasiert und angezogen. Sein dunkler Wuschelkopf war noch feucht. «Hi. So früh auf den Beinen?»

«Das könnten wir Sie auch fragen.»

«Ich arbeite, wenn andere noch schlafen.» Er grinste, was sich schnell änderte. «Sie sind kaum wegen eines Fotoauftrags hier, oder? Und das Fotoshooting ist auf neun Uhr anberaumt.»

Valérie zückte ihren Dienstausweis. «Wir sind von der Kantonspolizei Schwyz und bräuchten eine Auskunft.»

Arpagaus forderte sie auf, ihm in die Küche zu folgen. «Ich habe mir gerade Kaffee gemacht. Mögen Sie auch einen?» Der Grund über die Anwesenheit der Polizisten schien ihn nicht zu interessieren, oder er blendete ihn aus.

Weder Caminada noch Valérie verneinten. Kaffee. Der kam gerade richtig. Eine Weile schwiegen sie. Während Kaffee aus dem Automaten in die Tasse träufelte, lehnte Arpagaus an die Küchenkombination und verschränkte die Arme. «Also, weshalb sind Sie hier?»

«Wir haben Ihre Visitenkarte gefunden.»

«Ich hoffe, nicht im Zusammenhang mit einem Verbrechen.» Er runzelte die Stirn, seine Selbstgefälligkeit zerfledderte mit jeder Sekunde, in der geschwiegen wurde, mehr. Das, was er eben noch als Scherz geäussert hatte, verkam zur traurigen Wahrheit.

Valérie, die das Wort übernommen hatte, erwiderte nichts auf seine Bemerkung. «Kennen Sie Benjamin Wyss?»

«Beni?» Arpagaus schluckte leer. «Was ist mit ihm?»

«Ist er ein Bekannter von Ihnen?»

«Er ist mein Lebenspartner.» Arpagaus vergass den Kaffee.

Er setzte sich an den Küchentisch, als ahnte er, was kommen würde. «Hat er etwas angestellt?»

«Wann haben Sie ihn das letzte Mal gesehen?» Valérie liess sich Arpagaus gegenüber nieder. Das Herz bekam einen Sinn. Der Mann, er mochte etwa vierzig sein, hatte die Farbe aus seinem Gesicht verloren.

«Gestern Mittag. Er wollte nach Einsiedeln fahren, um eine Bekannte zu treffen.»

«Kennen Sie den Namen dieser Bekannten?»

«Nein, den wollte er mir nicht verraten.» Arpagaus' Augenlider flatterten unstet. «Oder er hat ihn erwähnt, und ich habe nicht darauf geachtet.»

«Denken Sie nach», ermahnte ihn Caminada. «Hat er ihren Namen ausgesprochen?»

«Nein. Aber erzählen Sie mir, was geschehen ist.» Arpagaus tönte ungeduldig, seine Stimme zitterte.

«Ihr Freund», sagte Caminada, der die Hiobsbotschaft offensichtlich nicht länger hinauszögern wollte, «ist letzte Nacht einem Verbrechen zum Opfer gefallen.» Er liess seine Worte nachwirken.

Arpagaus riss die Augen auf. «Das kann nicht sein. Sie verwechseln da etwas. Niemand hätte einen Grund, Beni etwas anzutun. Er ist ein grundlieber Kerl. Er hat zwischen seinem fünfundzwanzigsten und seinem achtundzwanzigsten Lebensjahr in der Schweizergarde in Rom gedient. Als er zurückkam, erlernte er den Beruf des Landschaftsgärtners. Vor fünf Jahren eröffnete er seine eigene kleine Gärtnerei in Lachen. Er ist ein Künstler, gewann im Sommer einen Preis für die kreativste Gartengestaltung bei einem Neubau. Nein, Beni doch nicht ... Das ist nicht wahr, oder?»

Valérie suchte das Foto der Identitätskarte auf ihrem iPhone. Sie legte das Telefon so hin, damit Arpagaus daraufsehen konnte. «Diese Karte haben wir bei ihm gefunden.»

Was danach kam, hätte Valérie gern ungeschehen gemacht. Arpagaus fegte seine Kaffeetasse vom Tisch, schlug den Kopf auf die Platte und war wie von Sinnen. Er schrie, bis er nur noch nach Luft schnappte und hechelnd zusammenbrach.

«Bitte, beruhigen Sie sich.» Valérie legte ihre rechte Hand auf seine Schultern, mit der linken umfasste sie seinen Kopf. Ein schwacher Trost, das wusste sie. «Können wir jemanden benachrichtigen?» Valérie sah Caminada an. «Am besten, du rufst den Notfallarzt an. Es geht ihm nicht gut.» Arpagaus hatte einen Nervenzusammenbruch. Zudem hyperventilierte er. Valérie hielt ein Küchentuch vor seine Nase. «Nicht erschrecken. Atmen Sie ruhig.»

«Wollen Sie mich umbringen?» Arpagaus riss ihr das Tuch aus der Hand. «Ich ersticke.»

«Das werden Sie nicht. Atmen Sie in meine Hand. Ein – aus, ein – aus …»

Sie führte den Fotografen ins Wohnzimmer, was in Anbetracht seines Ausbruchs ein schwieriges Unterfangen war. «Es wird gleich jemand vorbeikommen», beruhigte sie ihn.

«Wo ist Beni? Ich will ihn sehen.»

«Er ist in der Rechtsmedizin in Zürich, wird untersucht. Kennen Sie den Namen seines Hausarztes?»

«Hausarzt? Warum hätte er je einen Hausarzt gebraucht? Beni ist gesund.»

Für den Moment sah Valérie keinen Grund mehr, Arpagaus weiter auszuhorchen, und wollte die Befragung auf den nächsten Tag verschieben. «Wo finde ich seine Eltern?», war die letzte Frage, die sie bedächtig stellte.

«Keine Ahnung. Sie haben ihn aufgegeben, als ich in sein Leben trat.»

✳ ✳ ✳

Den ersten Kaffee an diesem Mittwoch hatte Valérie in ihrem Büro zusammen mit Caminada getrunken. Sie waren von Lachen weggefahren, als sie Lukas Arpagaus in sicheren Händen wähnten. Er hatte intravenös starke Beruhigungsmittel bekommen. Eine Nachbarin hatte sich seiner nach dem Arztbesuch angenommen, damit sich weder Valérie noch Caminada ein Gewissen machen mussten, ihn in seinem Schmerz allein zurückzulassen.

Benjamin Wyss bekam eine Identität. Als wäre damit ein weiteres Puzzleteil zum Vorschein gekommen. Vielleicht war es seine Vergangenheit in der Vatikanstadt, die ihm zum Verhängnis geworden war. Der ermordete Sigrist, der verschwundene Pfarrer und ein getöteter Ex-Gardist – das konnte alles kein Zufall mehr sein.

Valérie bereitete sich für die Sitzung vor. Sie mussten endlich mit fundierten Informationen an die Öffentlichkeit, ohne konkret zu werden. Solange Wyss' Eltern nicht gefunden worden waren, durften weder Namen erwähnt noch nähere Hinweise auf die involvierten Personen gemacht werden.

Gleich nach Valéries Rückkehr auf dem Stützpunkt hatte Carla angerufen und nach ihr verlangt. Sie hatte ihren Anruf längst erwartet. So wie sie Louis' Freundin einschätzte, liess sie nicht locker, bis sie Informationen aus erster Hand bekam. Darin war sie gut und hätte ein paar Pluspunkte verdient, wären da nicht diese immer wiederkehrenden Bemerkungen gewesen, die Louis bei Valérie ablud. Louis stand ihr zu nahe, um das Ganze aus einer objektiven Perspektive zu betrachten. Sie hatte den Anruf kurz gehalten und sie auf die Pressekonferenz am nächsten Tag verwiesen.

«Bloss eine kleine Information», hatte Carla gebettelt. «Ein Stichwort zum Mord in Einsiedeln.»

Valérie war stutzig geworden, woher Carla das schon wieder hatte. Louis war am Tatort nicht anwesend gewesen und hatte erst am Morgen bei Arbeitsantritt davon erfahren. Ob Carla einen Informanten hatte? Jemanden, der sie pausenlos mit Neuigkeiten fütterte?

Es klopfte. Auf Valéries «Herein» flog die Tür auf. «Hast du's schon vernommen?»

«Nein. Aber du wirst es mir sicher gleich mitteilen.»

Louis beruhigte sich. «Man hat die Statue des Sankt Meinrad gefunden.»

Wahrscheinlich irgendwo in Einsiedeln, dachte Valérie unaufgeregt, als hätte sie es erwartet. «Wo?»

«Auf der Teufelsbrücke am Etzel. Er steht in der Nische,

wo der heilige Nepomuk stand. Dieser ist verschwunden. Das Eisengitter wurde aufgebrochen. Auf dem Brückenboden vor der Nische befindet sich Blut.»

Valérie fand vorerst keine Worte für dieses Fiasko. Eine Bilderflut stürzte auf sie ein, von Ohnmacht begleitet. Musste sie davon ausgehen, dass jemand willentlich Schabernack trieb? Die Sache war zu ernst, um dahinter einen Klamauk zu vermuten. Zwei Tote. Der erste war nicht einmal fertig obduziert, lag der zweite bereits auf dem Seziertisch. Gestorben durch brutale Schläge auf den Hinterkopf. Begleitet durch die Umsiedelung zweier Heiliger sowie eines Madonnenbilds und eines Kreuzes.

Was hatte das alles zu bedeuten?

«Bist du okay?» Louis musterte sie mit Argusaugen.

Die fast schwarzen Iriden waren noch schwärzer geworden, fast unheimlich. Sollte sie ihn auf Carlas Anruf ansprechen? Er würde sich masslos aufregen.

«Ich möchte auf den Etzel fahren. Ich will dabei sein, wenn Zeugen befragt werden.»

«Wir haben bereits Leute nach oben geschickt. Dich braucht es nicht.»

«Ich muss mir ein Bild von der Umgebung machen.»

«Es gibt zwei tote Katholiken», sagte Louis. Es klang, als hätte er das Christentum in zwei Lager gespalten.

«Vielleicht stolpern wir bei der Teufelsbrücke über einen Hinweis, den wir bis anhin nicht in Betracht gezogen haben. Und jetzt lass mich bitte eine Minute allein.»

Louis sah auf seine Armbanduhr. «In einer halben Stunde auf dem Parkplatz?»

«Ich werde da sein.»

«Und die Teamsitzung?»

Sie überlegte. «Die könntest *du* leiten. Die Unterlagen hast du bereits erhalten. Und bitte, schicke Fabia zu mir. Ich werde mit ihr hochfahren.»

Valérie lehnte sich zurück, streckte ihren Rücken durch. Sie spürte die psychische Belastung der letzten Tage, die sich seit

Neustem durch Kreuzschmerzen ausdrückte. Sie hatte keine Zeit, sich darüber Gedanken zu machen, und öffnete stattdessen die Suchmaschine auf ihrem Rechner.

Johannes von Nepomuk war ein böhmischer Priester und Märtyrer gewesen, der 1729 von Papst Benedikt XIII heiliggesprochen wurde. Nepomuk galt als sogenannter Brückenheiliger und war gleichzeitig Patron des Beichtgeheimnisses.

Valérie seufzte. Ihr Fall hatte vermutlich mit einer tiefen Religiosität zu tun. Aber warum dann die Toten? Und das Blut? Musste sie davon ausgehen, dass wiederum Tierblut verwendet worden war? Was für eine kranke Kreatur zog diese Spur aus Tod und Zerstörung?

Valéries Kopf surrte. Ein Blitzgewitter zischender Töne breitete sich in ihrem Gehirn aus, als gäbe ihr in diesem Moment eine übergeordnete Macht ein Zeichen. Oder sandte ihr Körper eine Warnung aus? Eine weitaus ernster zu nehmende als die Rückenschmerzen? Sie zog ein grossformatiges Blatt Papier aus einer Schublade, breitete es auf dem Pult aus, nachdem sie Ordner und Klarsichtmäppchen an den Rand geschoben hatte. Sie griff nach einem Schreibstift.

Das Blatt blieb leer. Und als sie eine halbe Stunde später das Büro hinter sich schloss, waren die konfusen Gedanken zwar in ihrem Kopf drin, aber nicht anschaulich aufs Papier gebracht.

Sie war dazu nicht fähig.

***

Sankt Meinrad, zwanzig Minuten. Pfäffikon, eine Stunde vierzig Minuten. Rapperswil, zwei Stunden vierzig Minuten. Valérie stand vor dem Wegweiser in der Nähe der Teufelsbrücke. Der Regen hatte endlich nachgelassen. Bodennebel zog über die nasse Landschaft. Erste Anzeichen von Herbst. «Ein ansehnlicher Weg zu Fuss.»

«Von Rapperswil führt er über den Holzsteg», wusste Fabia zu berichten. «Der Jakobsweg geht hier durch.»

«Über den Etzelpass? Aha. Und wo endet er?» Valérie war

die Gegend hier fremd. Wenn sie von Innerschwyz nach Ausserschwyz fuhr, nahm sie den Weg über den Sattel.

«Es gibt verschiedene Wege, viele Anfänge und genauso viele Enden von Teilstrecken. Einer beginnt in Rapperswil und endet in Einsiedeln. Fast siebzehn Kilometer mit einer Höhendifferenz von fünfhundertvierzig Metern. Letztendlich aber haben alle nur ein Ziel: Santiago de Compostela.»

Valérie liess es dabei bewenden. Seit heute früh fühlte sie sich neben der Spur. Der zweite Mord setzte ihr arg zu. Sie rätselte, ob es zwischen Nepomuk und dem Toten eine Konformität gab, kam auf keinen Nenner. Sie sehnte sich an einen ruhigen Ort, wo sie sich hinlegen und ihren wirren Gedanken eine andere Richtung geben konnte. Seit gestern wartete sie vergebens auf einen Bescheid von ihren Kollegen aus Sankt Gallen. Die Ermittlungen hatten an Dynamik verloren. Ein Täterprofil hatten sie nicht. Was fehlte, war eine Fallanalyse. Bislang hatten sie weder brauchbare Indizien, noch gab es ein Motiv, woraus man Rückschlüsse auf den Täter hätte ziehen können. Keine ersichtliche Ursache. Oder sie blieb im Dunkeln. Es konnte alles sein: Neid, Habgier oder Rache. Befriedigung des Geschlechtstriebs. Dagegen sprach der Zustand der Leichen. Ging es um Rassismus? Die pure Lust am Morden?

Valérie überquerte die Strasse, setzte sich dort auf einen Stein und lehnte sich an.

«Kommst du?» Fabia lachte sie aus, als sie ihre Höhe erreichte. «Du ruhst dich gerade an Paracelsus aus.»

«Wer immer das ist, er ist ziemlich unbequem.»

«Du kennst Paracelsus nicht?» Fabia bekam fast einen Lachkrampf. «Er war ein Schweizer Arzt und Philosoph, ein Alchemist und Sozialethiker. Er wurde hier geboren.»

«Komm, renk dich wieder ein.» Valérie musste sich losreissen von dem Gedenkstein, der neben dem Geburtshaus des Naturarztes stand, eingebettet in üppiges Unkraut. Sie erhob sich, sah zurück. «Paracelsus habe ich nicht bemerkt.»

«Wo bist du bloss mit deinen Gedanken?» Fabia nahm sie sachte beim Arm. «Muss ich mir Sorgen machen?»

Anstelle einer Antwort fragte Valérie, wo die Polizisten geblieben waren, von denen Louis gesprochen hatte.

«Die sind fertig mit der Zeugenbefragung. Niemand will etwas gesehen haben. Selbst der Bauer, der unmittelbar neben der Brücke Hof und Haus bewirtschaftet, konnte keine Auskunft geben.» Fabia liess ihren Blick über die hügelige Landschaft schweifen. «Wenn du mich fragst, verbergen alle etwas.»

«Das ist weit hergeholt.» Valérie konnte ein Gähnen nicht unterdrücken. «Wir leben im 21. Jahrhundert. Das Internet hat selbst die abgelegenen Gegenden erreicht. Und wenn ich mich hier so umschaue, arbeitet man auf den Höfen mit der neusten Technik. Es ist vermessen zu denken, dass die ländlichen Gegenden in der Schweiz hinter dem Mond liegen.»

«Was wissen wir», fragte Fabia mit verschwörerischem Unterton, «was sich *hinter* den Mauern der einsamen Bauernhöfe verbirgt?»

«Ach, komm schon. Jetzt wirst du sentimental.» Valérie gab sich einen Schubs. «Klar, wir werden nicht darum herumkommen, uns auch hier umzuhören und allenfalls an den Türen der», sie malte Gänsefüsschen in die Luft, «einsamen Höfe anzuklopfen.»

«Wir sollten uns auf die katholische Kirche konzentrieren. Die Morde haben damit zu tun. Vielleicht ist doch noch etwas zum Vorschein gekommen, was uns damals im Fall ‹Einsiedeln› verwehrt war.»

Sie betraten die Brücke.

«Ich wollte, ich könnte deine Gedankengänge nachvollziehen.» Valérie lehnte über die Brüstung, hatte kein Verlangen, eine Diskussion anzuzetteln. Fabia hatte oft verkorkste Ansichten, wenn es um den Glauben und die Religion ging.

Fabia trat an ihre Seite. «Schau mal, wer hier runterfällt, steht nicht mehr auf.»

«Die Schlucht wurde doch schon abgesucht.» Valérie ging zum talseitig gelegenen Brückenkopf. Die Teufelsbrücke war auf zwei steinernen Bögen errichtet und erinnerte an die Viadukte der Rhätischen Bahn. Das Wasser der Sihl floss über eine Kaskade. Vom Regen angeschwollen, rauschte es talwärts, vorbei an wilden Sträuchern und vermoostem Gestein. Neblige Gischt stieg auf und verschlang die Sicht auf die andere Seite.

Fabia folgte Valérie. «Ja, Schuler war da, nachdem wir vermutet hatten, Pfarrer Negroni könnte hier irgendwo liegen. Von der Meinrad-Kapelle bis hierher sind es Luftlinie bloss achthundert Meter. Aber es wurde alles abgesucht. Keine Spur eines Pfarrers.»

Valérie erwiderte nichts. Sie ging zurück bis zur Brückenmitte und begutachtete den Schaden, der aufgrund der Verschiebungen von Sankt Meinrad und Nepomuk entstanden war. Das ausgeflossene Blut hatte man in der Zwischenzeit entfernt. Ein riesiger rotbrauner Fleck zeugte von dessen einstiger Existenz. «Und niemand hat etwas bemerkt?»

Fabia kam ihr wieder nach. «Nein, anscheinend nicht.»

Valérie neigte den Kopf etwas zur Seite. «Meinrad macht sich doch auch gut in dieser Ecke, findest du nicht?»

«Das erzähl mal jemandem, der Nepomuk verehrt.»

FÜNF

«Ich könnte Ihnen ein Tagebuch in die Hand drücken, und Sie schreiben auf, was Sie umtreibt.»

«Tagebücher sind dazu da, um jeden Tag aufgeschlagen zu werden. Dann erzähle ich, was und womit ich meine Zeit ausfülle, oder schreibe über meine Befindlichkeiten. Und all das bleibt unter Verschluss.» Elisha fühlte sich unbehaglich. «Ich möchte aber nicht, dass etwas unter Verschluss bleibt, denn ich habe viel zu erzählen. Und wenn ich erzähle», er machte eine Pause, «dann glauben Sie mir endlich, womit wir es zu tun haben?»

Dr. Frigo zog kaum wahrnehmbar seine Augenbrauen hoch. «Es gibt also doch ein paar Geschichten.»

«Habe ich je einmal gesagt, dass keine existieren?» Warum drehte er ihm immer die Wörter im Mund um?

Dr. Frigo sah ihn nachdenklich an. «Wann hat es begonnen?»

«An den Tag genau erinnere ich mich nicht. Es war in einem Sommer, vor der Kirche Sankt Paulus. Kirchen sind Kraftorte, das hat schon mein Vater gesagt. Wissen Sie, wie es sich anfühlt?»

«Beschreiben Sie es.»

«Das muss man erlebt haben. Beschreiben geht nicht.»

«Ein Beispiel?»

Warum musste er immer so hartnäckig sein?

«Hatten Sie eine Erscheinung?», fragte Dr. Frigo.

«Nein. Alles ist real.»

«Wann haben Sie sie zuletzt gesehen?»

«Gestern am frühen Abend. Es werden stetig mehr. Mittlerweile spazieren sie zwischen den Menschen. Meinen wohl, mir falle das nicht auf. Ihre Augen müssten Sie sehen. Ihre Augen.» Elisha kniff sich in den Arm. Er durfte sich nicht aufregen, sonst würde Dr. Frigo ihm neue Medikamente mitgeben. Das wollte er nicht. Elisha hatte die Dosis nach seinem eigenen Gutdünken reduziert. War sie zu hoch, hatte er Mühe, seine Feinde zu erkennen. Aber er musste wachsam sein. «Die Menschen kooperieren mit ihnen. Ich beobachte es genau. Sie vermischen sich untereinander.»

«Erzählen Sie mir von Ihrem schönsten Erlebnis, das Sie je hatten.»

Schon wieder wechselte er das Thema. Es war nicht richtig. Doch sollte er sie haben, die Geschichte, auf die Dr. Frigo seit Wochen wartete. «Die Reise nach Rom … Die Hinfahrt mit dem Zug, durch endlose Weiten, durch pittoreske Dörfer …» Er fürchtete sich davor, den nächsten Satz laut auszusprechen. «Die Rückreise war der Horror.» Er verlor die Stimme. «Ich glaube, das Böse hatte sich in meinem Gepäck versteckt.»

Dr. Frigo sagte nichts. Er machte bloss Notizen. Elisha war von diesem seltsamen Gefühl erfasst, dass der Arzt ihn einmal mehr nicht ernst nahm.

«Dann kamen Sie in Rom an. Was war der Grund für diesen Besuch?»

«Ich hatte einen Freund, der in der Schweizergarde diente. Benjamin. Ich hatte mit ihm zusammen Theologie studiert.» Elisha wartete und schwieg. Benjamin, dachte er. Sein einstiges grosses Vorbild. Der junge Mann, mit dem er sich am Anfang ihrer Beziehung gestritten hatte. Er erinnerte sich, wie sie trotz der Widrigkeiten gute Freunde geworden waren. Wie er ihn berührt und es sich verboten angefühlt hatte.

«Sie haben in einer früheren Sitzung von ihm gesprochen. Er liegt Ihnen wohl sehr am Herzen.»

Elisha spürte einen Kloss im Hals. «Er hat mir einmal sehr viel bedeutet, das ist richtig. Doch die Jahre gingen dahin, und ich spürte, dass wir uns doch nicht so ähnlich waren.»

Er sah den Arzt an. Jetzt müsste er doch fragen, ob er wirklich Theologie studiert hatte. Da kam nichts. Elisha war enttäuscht. Warum fragte er nicht? Er wollte es doch, ihm erklären, warum er das Studium abgebrochen hatte. Wie er alles in seinem Leben abgebrochen hatte, kaum hatte er mit etwas begonnen.

«Mit Benjamin haben Sie dann Rom angeschaut.»

Elisha atmete auf. Noch war nicht alles verloren. «Er zeigte mir die Vatikanstadt. Den Petersdom und darin die Pietà von Michelangelo, die Sixtinische Kapelle, einige der Vatikanischen Museen und Gärten. Es waren wundervolle Tage.» Elisha spürte, wie ihn die Erinnerung daran überwältigte. Dr. Frigo unterbrach ihn nicht, liess ihn reden, und es tat gut, die Dinge loszuwerden, die ihn beschäftigten. Loslassen hiess für ihn abgeben. «Dann kam der Tag, der alles veränderte.» Elisha bekundete plötzlich Mühe, mit der Geschichte fortzufahren. Er schloss die Augen, und alles fühlte sich wie damals an. Wie er den Hubschrauber bestiegen hatte, ausserhalb der Stadt. Sie waren kilometerweit gefahren bis zur Abflugpiste. «Als krönenden Abschluss meines Besuchs in Rom lud mich Benjamin zu einem Helikopterrund-flug über den Vatikan ein.»

«Gibt es tatsächlich solche Rundflüge?», unterbrach ihn Dr. Frigo. «Ich habe nie davon gehört.»

Er glaubte ihm nicht. Warum sass Elisha dann hier, wenn sein Mentor ihm nicht vertraute?

«Fahren Sie fort.» Dr. Frigos Stimme wurde sanfter und ein-dringlicher.

Elishas Inneres verschloss sich. Eine Weile sass er da, ohne etwas zu sagen.

«Benjamin hat Ihnen also die Vatikanstadt aus der Vogel-perspektive gezeigt, wie auch immer er das angestellt hat. Ich gehe davon aus, er hatte eine Sonderbewilligung.» Dr. Frigo er-munterte ihn weiterzusprechen.

«Wir waren mit einem Fotografen unterwegs.»

«Es hat Ihnen gefallen?»

Elishas Herz verknotete sich. «Am Anfang hat es mir ge-fallen. Ich wusste nicht, was mich erwarten würde. Ich …» Es war unmöglich, weiterzusprechen. Die Bilder erschienen real vor ihm, obwohl er die Augen offen hielt. Dr. Frigos Gesicht war von Nebel umgeben. Das andere verschlang ihn, herrschte vor. Dieses Furchtbare.

«Hatten Sie ein Erlebnis, mit dem Sie nicht fertigwerden?» Dr. Frigos Stimme klang wie durch Watte.

Es war unmöglich, von diesen unheimlichen Dingen zu erzählen. Elisha spürte die Müdigkeit, die von seinen Füssen her über den ganzen Körper kroch. Er wollte schlafen, nur schlafen. «Glauben Sie an die Erbsünde?», fragte er anstelle einer Antwort.

Dr. Frigo sagte nichts, während er schrieb.

***

Carla Benizio sass in der Zeitungsredaktion am Pult, das sie mit einem Arbeitskollegen teilte. Ihre Plätze waren durch eine halbhohe graue Kunststoffwand voneinander abgetrennt. Sie kam nicht umhin, immer wieder einen verstohlenen Blick durch die Scheibe zu werfen, welche das Grossraumbüro vom glasverschalten Separee des Chefs abgrenzte. Sie wartete gespannt darauf, was Frank Forster von ihrem Bericht hielt und ob er etwas daran aussetzen würde. Carla hatte ihn ihm auf das Pult gelegt. Er war für die Ausgabe des nächsten Tages vorgesehen, gleichzeitig mit den Informationen über die Pressekonferenz der Polizei. Forster hatte ihr eine halbe Seite dafür reserviert. Allenfalls könne man sie mit dem Bericht über den Heilkräutergarten aus dem Muotatal füllen. Carla war sich bewusst, dass sie sich mit ihrer Idee gefährlich weit aus dem Fenster gelehnt hatte. Forster war in erster Linie für Stringenz, für klare Formulierungen und viel Emotionen. Sätze, die auf die Tränendrüsen drückten. Untermalt mit den passenden Bildern. Für psychologischen Humbug, wie er die Vertiefung eines Berichts nannte, hatte er kein Gehör. Und eine Serie über Kirchen, wie es Carla sich vorgenommen hatte? Das hatte es in der Vergangenheit noch nie gegeben.

Natürlich hatte sich Carla, was inzwischen zur Gewohnheit geworden war, auf Louis' Computer eingeloggt. Carla hatte seit einem halben Jahr einen eigenen neuen Laptop, den sie vor Louis unter Verschluss hielt. Damit wollte sie vermeiden, dass er auf Texte oder Nachrichten stiess, die ihm bekannt vorkamen. Er verdächtigte sie seit geraumer Zeit, sie könnte es mit der Loyalität nicht mehr so ernst nehmen wie am Anfang ihrer Beziehung.

Aber solange Forster ihr dermassen im Nacken sass, war es nicht zu umgehen. Sie war an der Quelle. Sie fand es ihr legitimes Recht, dies auszuschöpfen. Louis hatte keine Ahnung, was für sie auf dem Spiel stand.

Es waren nicht explizit die Morde, die sie interessierten. Ihr Augenmerk hatte sich auf den Grund, was dahinterstecken könnte, gerichtet. Kapellen, Heiligenstatuen, ein Kreuz. Sie alle hatten mit dem Glauben zu tun. Er musste Auslöser gewesen sein für die Morde. Forster würde nicht darum herumkommen, sie anzuhören. Er hatte durchblicken lassen, dass er offen für ihre Vorschläge war.

Doch es gab auch anderes, wenig Interessantes, für das sie verknurrt worden war. Carla schrieb über die Eröffnung der neuen Bar in Brunnen, der die Regionalzeitung bereits ein paar Zeilen gewidmet hatte. Forster hatte darauf bestanden, einen ausführlicheren Bericht zu machen, da er den Besitzer gut kannte. Carla war am Morgen in der Bar gewesen und hatte mit den Mitarbeitern ein paar Worte gewechselt und einige Fotos gemacht. Es ärgerte sie, dass Forster sie noch immer zu Feld-Wald-und-Wiesen-Veranstaltungen losschickte. Dabei hätte sie es längst verdient, für wichtige Themen eingesetzt zu werden. Carla beherrschte vier Sprachen, was niemand von ihren Kollegen in der Redaktion von sich behaupten konnte. Sie musste doch längst eine Anwärterin für einen Chefposten sein.

Bislang war es ein Wunschdenken geblieben.

Forster nahm endlich Blickkontakt zu ihr auf. Sie bibberte innerlich. Am Morgen während der Redaktionssitzung hatte sie es nicht für nötig befunden, den Ausdruck vorzulegen. Niemand sollte auf den Gedanken kommen, ihre Idee zu kopieren. Er war deshalb nicht Bestandteil für Diskussionen gewesen. Ihre Kollegen sollten nicht erfahren, welchem Thema sich Carla in den nächsten Tagen widmen würde.

Schliesslich ging es bei dem Fall in Hurden um weit mehr als ein «gewöhnliches» Verbrechen. Die katholische Kirche stand diesmal im Mittelpunkt, Kapellenschändungen, Vandalismus an sakralen Gegenständen, Blut, was sich nach Voodoo-Zauber anhörte. «Die letzte Bastion vor dem Zusammenbruch des Christentums». Das wäre ein Titel gewesen. Eine Hitzewelle überrollte Carla, während sie den Halbsatz notierte. Vergessen war die Bar in Brunnen. Wenn sie sich in etwas hineinsteigerte, war sie nicht zu bremsen. Dann sah sie rot, und die Erfolgsleiter rückte, wenn es nach ihr ging, in greifbare Nähe. Wie hatte sie gekämpft in den letzten zweieinhalb Jahren. Darunter hatte ihr Privatleben gelitten. Sie sei noch jung, hatte Forster sie vertröstet, bei jedem neuen Anlauf, den sie in seinem Glaspalast vornahm. Die Fluktuationsrate des Personals war hoch. Viele von Carlas Mitarbeitern waren im Schnitt zwölf Monate geblieben, hatten die Stelle als Startrampe für den Weg nach oben angesehen, für einen Posten beim Radio oder als Auslandskorrespondent beim Fernsehen. Was Carla oft verspottet hatte. Sie würde bleiben, obwohl Louis ihr davon abgeraten hatte. Und wenn die Kollegen über ihr von der Bildfläche verschwanden, würde der Weg für sie geebnet sein. Carla schenkte Forster ein einvernehmliches Lächeln. Er musste wissen, was er an ihr hatte.

Endlich bat er sie zu sich.

Carla hatte seit ihrer Anstellung bei Forster nicht nur viel gelernt, was die Medienarbeit betraf, sie kannte mittlerweile seinen Charakter und die Anforderungen, die er an sie stellte. Wer es bei ihm mehr als ein Jahr auszuhalten gedachte, musste Rückgrat zeigen. Mimosen hatten bei ihm keine Chance.

Carla schloss die Glastür hinter sich. Ihr entgingen nicht die verstohlenen Blicke der Mitarbeiter, als sie sich an Forsters Tisch setzte. Ausnahmsweise hatte er einen Stuhl von den Zeitungen und Notizen befreit, die sich täglich darauf stapelten.

Ihm selbst schien es nichts auszumachen, hinter den Scheiben ausgestellt zu sein. Die Wände waren schalldicht. Wer herausfinden wollte, was in seinem Glaskubus gesprochen wurde, hätte von den Lippen ablesen müssen. Forster genoss es offensichtlich, sich im Zentrum zu bewegen. Und falls er die Anonymität suchte, hatte er die Möglichkeit, Lamellen hinunterzulassen.

«Ist das dein Ernst?» Forster wedelte mit den Unterlagen vor

Carlas Gesicht herum. «Du willst tatsächlich einen neuen Weg einschlagen? Serien sind etwas für Illustrierte.»

Carla verschränkte ihre Arme. Sie wusste, dass Forster dies als Abwehrhaltung interpretierte. Sie gab sich Zeit mit der Antwort. «Es ist keine übliche Serie. Von der Thematik her aber trifft sie den Zeitgeist.»

«Kirchen auf Abwegen?» Forster klatschte die Blätter auf den Tisch. «Wie kommst du darauf?»

«Es ist offensichtlich, dass es bei diesen Fällen um die katholische Kirche geht ... Also, im übertragenen Sinn.» Carla wollte nicht zugeben, wie sauer sie gewesen war, als Forster die Berichterstattung über die Morde einem ihrer Kollegen übergeben hatte.

«Soso.» Forster strich über die Dokumente. «Reimst du dir gerade etwas zusammen? Oder hat es Hand und Fuss?»

«Es bedingt viel Recherche, das bin ich mir durchaus bewusst. Aber ich könnte einmal länger an etwas dranbleiben. Ich denke –»

«... über den Horizont hinaus», nahm Forster ihr die Wörter aus dem Mund.

«Ja, das wollte ich sagen. In den letzten Jahren gab es so viele Kirchenaustritte wie nie zuvor. Die christlichen Kirchen haben an Macht verloren. Immer mehr Kirchen stehen heutzutage leer. Die Messen werden nur noch selten besucht. Ich persönlich finde es eine gefährliche Entwicklung. Das Christentum ist die Kultur des Abendlandes. Wir sind daran, sie aufzulösen, um Platz für ...» Carla wusste nicht, ob sie es erwähnen durfte.

«Ja?» Forster wartete auf ihre Ergänzung.

«Wir werden von anderen Religionen unterwandert.»

«Muss ich dich aufklären?» Forster neigte sich verdächtig nahe über den Tisch. «In der Schweiz gibt es immer noch über sechzig Prozent Christen.»

«Mehr als fünfundzwanzig Prozent sind jedoch ohne Religionszugehörigkeit. Es werden immer mehr, die sich ganz von der Kirche abwenden. Führerlose wie ein Schiff ohne Kapitän auf hoher See.» Carla konnte es nicht einfach stehen lassen.

«Ich hoffe, dass dies nicht der Titel der Fortsetzungsgeschichte wird.»

Carla schwieg. Es hatte keinen Zweck, ihm zu kontern.

«Und was wolltest du mir jetzt mitteilen? Apropos Unterwanderung? Wo ist diese? Meinst du zufällig den Islam? *Jeder* Glaube macht selig.»

Carla ballte die Hände zu Fäusten. Sich gegen Forster durchzusetzen brauchte mehr als plausible Argumente.

«Fünf Prozent Muslime leben in der Schweiz. Das ist keine Zahl, die uns Angst machen muss. Das sind Menschen wie du und ich.»

Natürlich wollte Forster sie herausfordern. Oft widersprach er sich dabei selbst. Erst noch hatte er einen Artikel gutgeheissen, in dem es genau um dieses Thema ging.

«Ich möchte den Schwerpunkt auf die Kirchenaustritte legen. Seit zehn Jahren haben sie um neun Prozent zugenommen.»

«Und das ist in deinen Augen gefährlich?»

Verdammt! Warum verwendete er seine eigenen Argumente von neulich zum Angriff gegen sie? Carla warf einen Blick durch die Scheibe. Ihr Tischnachbar machte Stielaugen. Carla hasste dieses Ausgestelltsein, wollte sich jedoch keine Blösse geben. Noch war nicht aller Tage Abend. Forster machte nicht den Eindruck, dass er das Gespräch als beendet sah.

Er griff erneut nach den Unterlagen. «Für dich haben wir etwas ganz anderes vorgesehen.»

«Wir? Wer ist wir?»

«Wärst du bei der Teamsitzung vorbereitet und pünktlich gewesen, wüsstest du's.»

«Ich war pünktlich. Wahrscheinlich ist mir das entgangen, was hinter meinem Rücken besprochen wurde. Okay, lass gut sein. Worum geht's konkret?»

«Wenn schon eine Serie, dann solltest du auf die Hinterbliebenen eingehen. Auf die Witwen, die vaterlosen Kinder und was dieser Verlust aus ihnen macht. Meinetwegen ziehe Psychologen und Psychiater zu …»

«Ist das dein letztes Wort?»

Forster wiegte nachdenklich den Kopf. «Du kannst wählen. Entweder du schreibst *darüber*, oder wir nehmen den Kräutergarten.»

✳✳✳

Furcht einflössend.

Irgendwann war eine Tür aufgegangen, dort, wo er sie am wenigsten erwartet hatte. Im einfallenden Licht wirkte die Gestalt, die sich unter dem Türrahmen aufbaute, noch schauerlicher als in seinen Erinnerungen.

Die Bilder waren plötzlich da. Klarer als je zuvor. Der dunkle Wagen an der Bushaltestelle, direkt neben ihm. Jemand war ausgestiegen. Armando sah eine Landkarte vor sich. Er war nach dem Weg ins Diorama gefragt worden. Er kannte die Krippe in Einsiedeln, die grösste ihrer Art. Hatte sich glücklich gewähnt, darüber Auskunft zu geben. Und während er von den holzgeschnitzten Figuren erzählt hatte, war ihm bewusst geworden, dass er das Gesicht des Fremden nicht sah. Nicht wirklich.

Er hatte auch jetzt kein Gesicht.

Wie er dort stand. Im Rücken das Licht, welches von einem anderen Raum einfiel und einen dunklen Körper abzeichnete. Gross und breit und mächtig.

Er hatte die Beifahrertür geöffnet und ihn in einem Überraschungsmoment auf den Sitz gestossen. Er musste ihn geschlagen haben, denn nur so konnte sich Armando die Beule am Hinterkopf erklären.

«Was wollen Sie von mir?»

Gott stand ihm bei. Er hatte ihn in den letzten Minuten, gar Stunden angefleht, dass jemand vorbeikommen möge, um ihn mit Wasser zu versorgen. Gott hatte seine Gebete erhört.

Diesmal liess der Fremde zwei Flaschen zurück. Auch ein paar frische Hosen und ein Hemd, als hätte er bemerkt, was passiert war, und einen Kübel für die Notdurft.

Wenn bloss die Ketten nicht gewesen wären.

«Können Sie wenigstens die Fesseln lösen?» Armando versuchte, Herr seiner Aufregung zu werden. «Ich laufe nicht weg. Was immer der Grund ist, weshalb ich hier bin, befreien Sie mich. Dann können wir reden, in Gottes Namen. Ich kann Ihnen helfen.»

Die Gestalt kam näher. Nicht nahe genug. Sie zog etwas aus ihrem Umhang, stellte es auf das Gestell, wo Armando die Laborgläser entdeckt hatte. Dann ging sie zurück bis zur Tür.

«Bitte, lassen Sie mich nicht allein.» Armando ging davon aus, dass es ein Mann war. Er musste ihn aufhalten. Allmählich meldete sich der Hunger. Er schärfte alle seine Sinne. Vielleicht erkannte er etwas an den Bewegungen des Fremden. Eine Eigenart, welche ihn entlarvte. Aber da war nichts als dieser Umhang mit Kapuze und das Gesicht, das er nicht sah.

Die Tür ging zu. Das Licht zog sich zurück wie ein letzter Hoffnungsschimmer, bis die Dunkelheit ihn ganz umhüllte. Es dauerte eine Weile, bis sich Armandos Augen an das matte Flackern der Glühbirne über ihm gewöhnt hatten. Er hatte geglaubt, es wäre ausgegangen und er sässe in der Finsternis. Er versuchte, nach einer der Wasserflaschen zu greifen. Er fiel hin, musste über den Kellerboden robben. Wie ein Wahnsinniger schraubte er den Verschluss auf, setzte ihn an seine Lippen. Wasser. Endlich Wasser. Und die bedrückende Frage, weshalb man ihn hier eingesperrt hatte.

Er sah zu den Gestellen und zu den Glasbehältern, den Kerzen, den Büchern und dem Kreuz. Was hatte der Fremde bloss hingestellt?

✵ ✵ ✵

Oliwia Maria Woźniak beendete eine dreihundertseitige Abhandlung über das «Profiling», welche sie mit Hilfe ihres Mentors verfasst hatte. Sie stand jeweils über Skype in Verbindung mit ihm. Sie hatten sich vor zweiundzwanzig Jahren in Bayern kennengelernt und beide den gleichen Weg eingeschlagen. Der gebürtige Engländer war jedoch in die Staaten ausgewandert und hatte dort geheiratet. Als ausgebildete Psychologin und mit mehrjähriger Erfahrung im Beruf hatte Oliwia Maria das Jurastudium nachgeholt, und nach dem Master war sie zum Bundeskriminalamt in München gekommen, wo sie später zur Sonderkommission wechselte. Sie hatte sich als Fallanalytikerin ausbilden lassen und zehn Jahre später ihren Mann kennengelernt. Er war der Grund, weshalb sie 2013 nach Rapperswil zog und nach weiteren fünf Jahren die schweizerische Staatsbürgerschaft bekam. Der Weg zur Sankt Galler Polizei war dennoch mit einigen Steinen gepflastert gewesen. Als gebürtige Deutsche hatte sie zig Kurse belegen müssen, um zum Oberleutnant befördert zu werden.

Oliwia Maria seufzte. Sie schlug den Ordner zu, stand auf und ging in ihr Schlafzimmer, um sich anzuziehen. Am Vorabend hatte ihr der Chef von der Kriminalpolizei die Aufgabe übertragen, auf den Sicherheitsstützpunkt nach Biberbrugg zu fahren. Es war ihr erster Auftrag in einem anderen Schweizer Kanton, nachdem in Rapperswil um Amtshilfe angefragt worden war.

Halb zufrieden, halb nachdenklich fuhr sie mit der Hand über die weisse Kommode, die sie, wie alle ihre Möbel, günstig gekauft hatte. Schnell hatte es gehen müssen, quasi in einer Nacht-und-Nebel-Aktion. Sie blieb stehen und sah auf das Bild, das sie mit ihren Eltern und ihrer Schwester zeigte. In einer fernen, fremden Zeit.

Ihr Vater stammte ursprünglich aus Krajnik Dolny, einem Dorf an der deutsch-polnischen Grenze. In den Kriegswirren zwischen 1939 und 1945 waren seine Eltern mit ihm nach Bayern geflüchtet. Woźniak hatte 1965 eine Deutsche geheiratet und mit ihr zwei Töchter gehabt. Oliwia Maria war die Jüngere von beiden.

Sie nahm eine neue Jeans, die sie neulich im Ausverkauf erstanden hatte, vom Bügel. Dazu wählte sie eine weisse Bluse und einen Blazer. Nicht sicher, ob alles für die erste Begegnung mit der Schwyzer Polizei passte. Sie musste lächeln. Noch nie war ihr das Outfit so wichtig gewesen wie heute, nachdem sie erfahren hatte, wer ihre Ansprechperson war. Valérie Lehmann. Sie war wie sie Oberleutnant, aber fünf Jahre jünger.

Oliwia Maria stellte sich vor den Spiegel, betrachtete sich. Sie war sichtbar älter geworden, was sie den Lebensumständen zuschrieb. Ihre einst dunkelbraunen Haare waren fast ganz verschwunden, hatten dem grauen Nachwuchs Platz gemacht. Zwischen Nase und Mundwinkel hatten sich tiefe Falten eingekerbt, die, auch wenn sie lachte, nicht verschwanden. Sie nannte sie selbstironisch «die Täler einer gescheiterten Ehe». Vor einiger Zeit hatte sie noch versucht, die Furchen durch ein dickes Make-up zu verringern, was einerseits kläglich misslang, andererseits zu viel Zeit beanspruchte. Was geblieben war? Ihre klaren smaragdgrünen Augen. Wenigstens.

Oliwia Maria liess das, was sie von Schwyz wusste, noch einmal Revue passieren. Vorgestern hatte man in Rapperswil Vandalismus am «Heilig Hüsli» festgestellt. Das Gitter war aufgebrochen und das Innere der Kapelle verwüstet worden, was Tage vorher geschehen sein musste. Valérie Lehmann vermutete einen Zusammenhang zu ihrem Fall, bei dem sie bereits zwei Tote zu beklagen hatte. Zwei Menschenleben und den Brand einer historischen Kapelle in Hurden.

Es fehlten die Motive. Oliwia Maria hatte die Akten eingesehen, war sich nicht sicher, warum man ihre Hilfe brauchte. Sie hatte bislang nichts gefunden, was Valérie Lehmann und ihr Team nicht auch bereits untersucht hatten.

Oliwia Maria schloss die Tür von ihrem Appartement. Vor einem halben Jahr hatte sie die Wohnung in der Nähe der Rapperswiler Altstadt gemietet, nachdem sie ihren Mann in flagranti mit seiner jungen Sekretärin erwischt hatte. Zu müde, um ihm deswegen eine Szene zu machen, hatte Oliwia Maria die Koffer gepackt und war ausgezogen. Die Scheidungspapiere waren unterwegs. Wieder einmal hatte sie aufgegeben und Schwäche gezeigt und eingesehen, dass Kämpfen dort nichts brachte, wo die Kapitulation bereits stattgefunden hatte.

Sie setzte sich in ihren Skoda, den sie aus ihrer Ehe gerettet hatte. Alles andere hatte sie bei ihrem zukünftigen Ex-Mann gelassen. Wusste der Teufel, wie oft dieses Flittchen aus dem Büro in ihrer gemeinsamen Wohnung gewesen war. Oliwia Maria konnte darauf verzichten, sich bei jedem Möbelstück zu fragen, ob die andere es nicht berührt oder ihre Nase hineingesteckt hatte.

Sie fuhr an, betrachtete die roten Ampeln, bis sie auf Grün wechselten. Ein Knoten der Traurigkeit schnürte ihre Kehle zu. Wieder gehörte etwas der Vergangenheit an, etwas, das sich vor ein paar Jahren noch richtig gut angefühlt hatte. Wenigstens blieben ihr die Schweizer Staatsbürgerschaft und somit der Job bei der Polizei erhalten. Es war ihr stets gelungen, gesetzte Ziele zu erreichen. Sie war lernwillig und intelligent und im logischen Denken ihrer Konkurrenz meilenweit voraus. Heute, mit dreiundfünfzig Jahren, hatte sie erreicht, wovon viele träumten, gehörte einem gut eingespielten Team an und war nun unterwegs, um einer Kollegin ihre Hilfe anzubieten.

Sie fuhr über den Seedamm, der Rapperswil mit Pfäffikon verband, den Kanton Sankt Gallen mit dem Kanton Schwyz. Das milde Wetter der letzten Tage gehörte der Vergangenheit an. Über dem Zürich- sowie dem Obersee breitete sich eine kompakte Wolkendecke aus. Manchmal fiel Regen. Wie Tränen, dachte Oliwia Maria und vermochte nicht, sich zu erklären, weshalb ihr die Trennung von ihrem Mann in letzter Zeit so gnadenlos auf das Gemüt schlug. Sie hatte sie zu Beginn einfach weggesteckt, und jetzt brach alles mit aller Gewalt über sie herein. In solchen Momenten wollte sie eine Ungerechtigkeit erkennen, einen Graben zwischen den Geschlechtern. Männer hatten es in ihren Augen leichter. Sie wurden interessanter mit den Jahren. Falten setzten sie mit Erfahrung gleich, sich lichtende Haare mit Potenz – wenn es nach ihrem Mann ging.

Vor ihrem fünfzigsten Geburtstag hatte es begonnen. Oliwia Maria war eines Tages aufgewacht, nicht als ungeheures Ungeziefer, wie es im Buch ihres Lieblingsautors stand. Aber sie hatte gewusst, dass es der erste Tag ihres verlorenen Frauseins war. Dass alles, was sie an sich als attraktiv empfunden hatte, Geschichte war. Dabei hatte es sich schleichend eingestellt. Und als ihr Mann ein Techtelmechtel mit seiner Sekretärin begann, hatte Oliwia Maria ihre Weiblichkeit endgültig zu Grabe getragen.

Was blieb, war die Liebe zu ihrem Beruf. Die Gewissheit, dass sie nicht bloss in der Sonderkommission, wie damals in München, eine beratende Funktion hatte, sondern auch bei «Leib und Leben» im Kanton Sankt Gallen und zum Erfolg schwieriger Ermittlungen etwas beisteuern konnte.

***

Sie hatten sich um den langen Sitzungstisch versammelt. Jeder mit einem Berg Dokumente vor sich. Seitenlange Rapporte, in endlosen Stunden auf Papier gebracht.

Der Raum war erfüllt vom Geruch nach Kaffee. Literweise hatten sie schon davon getrunken, um sich wach zu halten. Jeder der hier Anwesenden hatte über den Feierabend hinaus gearbeitet. Die Stimmung war entsprechend mürbe.

«Bislang fehlt jede Spur von Pfarrer Negroni.» Valérie befand sich in einer Phase, in der sie weder essen noch schlafen konnte. «Ich wollte, ich könnte davon ausgehen, dass er noch lebt.»

«Bestimmt tut er das.» Louis sass mehr in der Horizontale als aufrecht. «Sonst hätte der Täter ihn schon längst präsentiert.»

«Die Hundestaffel hat nichts gebracht», sagte Fabia. «Es wäre zu vermessen gewesen, einen Erfolg zu erwarten. Was wissen wir, wohin der Pfarrer gebracht wurde, falls man ihn gekidnappt hat? Die Spuren verloren sich bei der Bushaltestelle der Alten Post in Trachslau.» Sie musterte Valérie. «Warum hast du diesen Fall auch bekommen?»

«Caminada vermutet, dass er mit dem Fall des ermordeten Sigristen und dem getöteten Ex-Gardisten zusammenhängt.»

«Und? Ist es so?»

«Wenn ich das wüsste, wären wir wahrscheinlich weiter.» Valérie konnte Fabias Bemerkung nicht nachvollziehen.

Sie wurden jäh durch ein Klopfen unterbrochen. Kurz darauf ging die Tür auf. Eine grauhaarige Frau streckte den Kopf herein.

«Mein Name ist Oliwia Maria Woźniak. Man hat mich hierhin verwiesen. Ich hoffe, ich bin nicht zu spät.»

Eine Stunde zu früh, dachte Valérie, die keine Gelegenheit gefunden hatte, ihr Team auf die Amtshilfe vorzubereiten. Sie hatte ihren Einsatz lange mit Zanetti und Caminada diskutiert. Sie waren einhellig dafür gewesen, zumal es den Anschein machte, dass der Irrweg des Täters bereits in Rapperswil begonnen hatte. Oliwia Maria Woźniak war ihnen als kompetente Beraterin empfohlen worden. Valérie hatte ihren Lebenslauf studiert und war positiv überrascht gewesen.

«Darf ich?» Oliwia Maria Woźniak ging zielstrebig zum Tisch und setzte sich auf den letzten leeren Stuhl. «Sie haben mich erwartet, wie ich feststelle.» Sie zeigte auf den Stuhl und legte Akten ab. «Ich bin Ihre neue Kollegin. Ad hoc, wie man so sagt. Ich werde Sie in nächster Zeit unterstützen und gemeinsam mit Ihnen hoffentlich zu einem Erfolg kommen.»

Wow, ganz schön tough. Valérie fühlte sich gleich besser. «Frau Woźniak arbeitet bei der Sankt Galler Kantonspolizei», erklärte sie. «Lange war sie beim BKA in München und kennt sich wie niemand sonst mit der Fallanalyse aus. Sie wird uns beratend zur Seite stehen.»

Oliwia Maria Woźniak lächelte in die Runde. «Nennen Sie mich Oliwia Maria.»

«Das trifft sich gut», erwiderte Valérie. «Bei uns duzen wir uns alle. Dann übergebe ich dir gleich das Wort. Du kennst unseren Fall … Möglicherweise handelt es sich um zwei Fälle.»

«In der Regel verkleinere ich während meines Einsatzes den Kreis möglicher Verdächtiger. Wie ich feststellen muss, gibt es in eurem Fall, ich möchte bei *einem* bleiben, kaum Verdächtige.» Oliwia Maria setzte sich eine fein gerändete Brille auf, nahm sie wieder ab. «Ich gehe davon aus, dass es schwierig ist, im Umkreis der katholischen Kirche zu ermitteln.» Sie liess den Satz nachwirken.

Valérie musste ihr Recht einräumen. Sie hatte es auf den Punkt gebracht. «Ein toter Sigrist, ein toter Ex-Gardist, und beide haben, was wir in der Zwischenzeit erfahren haben, zur selben Zeit Theologie in Fribourg studiert. Ab 1995, möglicherweise bis 1999.»

«Dann habt ihr sicher einen Professor ausfindig gemacht,

der die Theologiestudenten damals begleitete.» Oliwia Maria setzte die Brille wieder auf, widmete sich ihren Dokumenten, las. «Professor Leonard Hegetschwyler, ist das richtig?»

«Er ist der einzige verbliebene Dozent aus dieser Zeit, der aktuell noch unterrichtet», sagte Valérie. «Alle andern sind entweder pensioniert, verstorben oder haben sich ins Ausland abgesetzt. Morgen werde ich ihn treffen. Er lehrt sporadisch in Fribourg, lebt jedoch in Zürich.»

«Ich würde dich gern begleiten.» Oliwia Maria nahm die Brille wieder ab, eine Geste ihrer Hyperaktivität oder eine Macke. «Eine Liste der Studenten von den Jahren 1995 bis 1999 dürfte archiviert sein.»

«Davon gehe ich aus.»

Endlich war der definitive Abschlussbericht, was Zahir Kälin betraf, aus der Rechtsmedizin eingetroffen. Er war bereits tot gewesen, als das Feuer ausbrach. Für Valérie nichts Neues. Auch der Zwischenbericht über den Brand in Hurden war nun da. Von einer abschliessenden Stellungnahme konnte jedoch keine Rede sein. Vom neuen Tatort in Einsiedeln gab es bislang nichts. Der Regen hatte sämtliche Spuren unbrauchbar gemacht.

«Woraus besteht denn deine Arbeit?», fragte Fabia, die ein grosses Interesse an Oliwia Maria bekundete. Augenscheinlich wollte sie nett sein.

Die Angesprochene setzte ein Lächeln auf, froh darüber, dass man ihr die nötige Aufmerksamkeit schenkte. «In der Regel komme ich zum Einsatz, wenn es sich um ein Sexualdelikt handelt. Dies betrifft mehr als neunzig Prozent meiner Beratungen. Auch bei Serienmorden stehe ich im Einsatz. Man muss immer von der Grundannahme ausgehen, dass ein Mensch zwangsläufige Verhaltensweisen an den Tag legt. Sie spiegeln seine Persönlichkeit wider. Kenne ich zum Beispiel die Tat, kann ich das Verhalten eines Täters am Tatort rekonstruieren. Bis es so weit ist, spielen verschiedene Faktoren eine Rolle.» Sie griff erneut nach ihrer Brille. «Aufgrund der identischen Fingerabdrücke aus dem ‹Heilig Hüsli› und auf dem Kreuz dürfen wir davon ausgehen, dass es zwischen den Ereignissen einen Zusammenhang gibt. Ich wage zu behaupten, dass das ‹Heilig Hüsli› Ausgangspunkt der Operationen war. Wir hatten ansonsten keine verbindenden Vorfälle in unserem Kanton.»

«Die Kapelle ‹Heilig Hüsli›», sagte Valérie, «ist eine Zwischenstation auf dem Jakobsweg zwischen Rapperswil und dem Etzel.» Oliwia Marias schnelle Rückschlüsse kamen ihr ein wenig suspekt vor.

«Genau diese Gedanken habe ich mir auch gemacht.» Oliwia Maria wies auf die Landkarte neben der Pinnwand.

«Du meinst, da folgt jemand dem Jakobsweg?» Valérie versuchte, ihre Gedankengänge nachzuvollziehen. «Das zweite Opfer lag in Einsiedeln.»

«In der Nähe des Botta-Hauses», sagte Fabia. «Man hatte damals die Bibliothek Werner Oechslin über ein Teilstück des Jakobswegs gebaut. Ich kenne das Gebäude. Hinter dem schmalen Durchgang des alten Jakobswegs liegt ein schöner Garten, der ein wenig an die Zen-Gärten in Japan erinnert.»

«Das heisst, dass die Fortsetzung des Weges über den Etzel nach Einsiedeln und weiter bis ins Alptal führt?» Valérie starrte auf die Karte.

«Und von Brunni im Alptal nach Schwyz und Brunnen», ergänzte Fabia.

«Dann sollten wir noch einmal ein Aufgebot an Suchhunden im Gebiet der Sankt-Meinrad-Kapelle machen. Möglicherweise finden wir den verschollenen Pfarrer dort, ich hoffe, nicht dessen Leichnam.»

«Obwohl seine Haushälterin Demenz ausschliesst, könnte es trotzdem sein, dass er sich verirrt und er nichts mit unserem Fall zu tun hat», sagte Louis.

«Das widerspräche den umgesiedelten ‹Heiligenstatuen›», fand dagegen Fabia. «Der Täter setzt eine Art Signatur. Bei der Hurden-Kapelle die Kassette mit dem Marienbild, das möglicherweise einen Bezug zum Sigrist hat. Das Kreuz auf dem Etzel wurde zu dem Zeitpunkt an Meinrads Stelle gestellt, als Pfarrer Negroni verschwand.»

«Makaber ist das Blut», fand Louis. «Vielleicht sollten wir glauben, dass es den Toten gehört.»

«Und der fehlende heilige Nepomuk auf der Teufelsbrücke», fuhr Fabia fort, «muss mit dem Tod von Benjamin Wyss einhergehen. Was nicht passt, ist die räumliche Distanz.»

«Nicht nur die Distanz erscheint mir seltsam», äusserte sich Oliwia Maria nachdenklich, «auch das, was er als Signatur hinterlässt. Dieses Kreuz aus der Hurden-Kapelle war ja nicht einfach zu demontieren. Es erforderte viel Kraft und Zeit, es von der Decke zu holen, und erst recht, es auf den Etzel zu bringen. Entschuldigt, wenn ich die Gedanken wiederhole, die ihr euch bestimmt bereits gemacht habt.»

Niemand sagte etwas.

«Er hat das Kreuz wohl kaum getragen. Also ist er im Besitz von einem grossen Auto oder Kleinbus.»

Louis runzelte die Stirn. Valérie schickte ein Stossgebet zum Himmel, damit Louis den Mund hielt.

«Das Wort Serienmord ist gefallen», fuhr Oliwia Maria fort. «Gehen wir bei den Morden von *einem* Täter aus, so fehlt mir die Phase des emotionalen Abkühlens. Ein Serienmörder tötet nicht unbedingt hintereinander im Abstand von wenigen Tagen. Manchmal lässt er Jahre zwischen den Morden verstreichen. Wir müssen vielleicht von zwei verschiedenen Tätern ausgehen, was dagegenspricht, weil sakrale Gegenstände involviert sind, die wiederum auf ein religiöses Faible hindeuten. Anhand der sich schnell wiederholenden Taten könnte man von einem Amok ausgehen, was jedoch nicht zum mutmasslichen Profil passt.»

Valérie widersprach dem nicht. Sie verstand unter «Amok» auch nicht dasselbe. «Es muss aber etwas Ausschlaggebendes im Leben des Täters gegeben haben, das diese Wut ausgelöst hat.»

«Und es muss von langer Hand geplant gewesen sein», äusserte sich Louis dazu.

«Seine Taten sind offensichtlich Mittel zum Zweck.» Vischer meldete sich endlich zu Wort.

Valérie hatte ihn beobachtet. Er hatte konzentriert zugehört und Notizen in sein legendäres blaues Buch gemacht. Ihre Befürchtung, Vischer könnte ihr wegen Oliwia Marias Einsatz grollen, blieb unbegründet. Sie hatte vergessen, ihn einzuweihen, was sie der fehlenden Zeit zuschrieb. Wie sie ihn kannte, begrüsste er Oliwia Marias Einbindung in den Fall. Zudem würden sie sich sicher gut ergänzen.

«Ich tippe auf reinen Selbstzweck», sagte er. «Er sucht das, was er tut, in sich selbst. Seine Taten spiegeln sein inneres Ich. Es macht den Anschein, als tötete er sein Alter Ego. Es muss etwas in seiner Vergangenheit gegeben haben, welches in der Gegenwart Bahn bricht. Mit den Morden sieht er eine Art Heilung.»

«Du glaubst, er macht das zum ersten Mal?» Valérie warf Oliwia Maria einen raschen Blick zu. «Ist das so?» Sie hatte nicht die Absicht, Vischer zu brüskieren. Wenn sie jedoch in sein Gesicht sah, musste er es so empfinden.

«Irgendein Auslöser muss Grund gewesen sein», sagte Oliwia Maria, «dass der Täter erst jetzt und so radikal vorgeht. Gab es in der jüngsten Vergangenheit Vorfälle in Kirchen oder Gesetzesänderungen, was die christlichen Konfessionen betrifft? Ich muss gestehen, ich bin Atheistin und wenig bewandert mit dem, was in den christlichen Gemeinden geschieht.»

«Ein erstes Manko», flüsterte Louis, dass nur Valérie es hörte.

«Es geht ihm in erster Linie um Macht, was auch das Feuer in Hurden beweist», sagte Vischer. «Er spielt Gott.»

«Und was hat es mit diesem Tierblut auf sich?» Fabia war offensichtlich nicht zufrieden. «Ein weiteres seltsames Zeichen? Eine zusätzliche Signatur?»

«Damit ich es nicht vergesse», sagte Louis. «Schuler hat mir das Resultat für dich übergeben. Ich habe mir erlaubt, es anzusehen. Bei dem Blut handelt es sich um Katzenblut.» Louis schob ein Dokument über den Tisch. «Der Hämatokrit-Wert, wie hier steht, beläuft sich auf vierundzwanzig bis fünfundvierzig Prozent. Deutlich tiefer im Gegensatz zum menschlichen Blut, das einen Wert von siebenunddreissig bis fünfzig Prozent hat. Es bedeutet, dass die Zahl der roten Blutkörperchen unterschiedlich ist. Aber sieh selbst. Die Analyse ist viel komplizierter.»

Valérie verzieh Louis die Neugier, wollte es weiter nicht

kommentieren. Sie schob das Blatt Vischer zu. «Ich bitte dich, es näher anzusehen. Auch, ob es einen Konsens zwischen dem Kreuz und dem Blut gibt oder der Heiligenfigur und dem Verwenden von Blut. Ein Ritual …»

Oliwia Maria mischte sich ein. «Wir sollten uns das Theologiestudium von Zahir Kälin und Benjamin Wyss näher ansehen. Wir haben davon gesprochen. Morgen, oder?»

Valérie bejahte. «Wir besprechen nachher, wann wir uns treffen.» Sie richtete sich an Louis. «Wir müssen in Erfahrung bringen, mit wem Wyss vor seinem Tod telefoniert hat und wer diese unbekannte Frau sein könnte. Zudem brauchen wir Informationen über ihn und seinen Bekanntenkreis, auch über die Beziehung zu seinem Freund und wo sie verkehrt haben, ob es Eifersuchtsszenen gab.»

SECHS

Zürich am frühen Morgen. Erneut zogen schwere Wolken auf. Die Temperatur war über Nacht in den einstelligen Bereich gesunken. Es war, als fiele ein Theatervorhang über die Limmatstadt und verabschiedete die letzte Vorstellung des Sommers.

Der Theologieprofessor wohnte in der Nähe der Kornhausbrücke. Valérie hätte blind hierherfahren können. Sie erinnerte sich an einen ihrer letzten Einsätze vor fünfeinhalb Jahren, als sie um Mitternacht zu einem erweiterten Suizid gerufen worden war. Der Täter, ein Mann um die vierzig, hatte den Job verloren, an Depressionen gelitten, war mit den Zahlungen im Rückstand und dem Alkohol verfallen gewesen: ein brodelnder Vulkan, der in jener Nacht im März ausgebrochen war. Zuerst hatte er seine Frau mit einem Küchenmesser getötet, dann seine zwei Kinder im Alter von zehn und acht Jahren im Schlaf erstickt. Danach hatte er die Polizei gerufen, als Akt seines Abschieds, kurz bevor er sich vom fünften Stock aus dem Fenster stürzte.

Im Nachhinein hatten alle das Drama kommen sehen, aber niemand hatte reagiert. Nicht nur die Tat, auch die Kälte der Nachbarn hatte Valérie erschreckt. Wie sie nach draussen gekommen waren, einer Herde gleich, um sich an dem Elend zu ergötzen.

Es war mitunter einer der schlimmsten Fälle während ihrer Amtszeit bei der Kantonspolizei Zürich gewesen. Angeschlagen aufgrund ihrer eigenen Not, dem Scheidungskampf und dem Konflikt wegen des Sorgerechts für Colin, hatte der Fall sie zermürbt. Aus den gelegentlichen Schlaftabletten und im Gegenzug den Aufputschmitteln war Gewohnheit geworden. Erst ihre Freundin Katja hatte ihr aus dem Schlamassel geholfen. Für Valérie war daher der Entscheid leichter gefallen, Zürich und der damit verbundenen Vergangenheit den Rücken zu kehren.

Valérie hatte Oliwia Maria vor dem Bahnhof abgeholt. Diese war am Abend zuvor nach Rapperswil zurückgefahren, obwohl man ihr ein Zimmer in der Nähe von Biberbrugg reserviert hatte. Sie war etwas gewöhnungsbedürftig, hatte offensichtlich ihren eigenen Kopf.

Valéries Gefühle ihr gegenüber waren zwiespältig. Einerseits mochte sie ihren Drive, den sie bei ihrer ersten Sitzung an den Tag gelegt hatte, andererseits befürchtete sie, ihr Team wäre damit überfordert. Oliwia Maria war die typische Deutsche. Ihrem schnellen Reden vermochte der bedächtige Schwyzer nicht zu folgen.

«Über dich findet man nichts im Netz.» Oliwia Maria räkelte sich, streckte ihre Beine von sich und gähnte ungeniert. «Hat es einen Grund?»

Dieser Frontalangriff behagte Valérie nicht, und sie tat so, als konzentrierte sie sich auf die Strasse.

«Du kennst mein halbes Leben.» Oliwia Maria schmunzelte zu ihr herüber. «Oder muss ich dich an meine Vita erinnern? Dein Chef wollte es sehr genau wissen.»

«Über mich gibt's nicht viel zu sagen. Ich bin geschieden und habe einen erwachsenen Sohn.»

«Und du bist mit dem Staatsanwalt liiert.» Sie schien sich an dieser Tatsache zu amüsieren.

«Wir leben zusammen. Ist das ein Problem für dich?» Es sollte lustig klingen.

«Ach, von wegen. Ist doch toll. Ich selbst habe genug von Mannsbildern. Die Scheidung läuft.» Oliwia Maria verlor ein paar Worte über den Grund der Trennung und wies auf einmal auf Valéries Narbe. «Was hat es damit auf sich?»

«Ein Andenken. Es liegt ein paar Jahre zurück.»

«Sie muss dir demnach viel bedeuten, dass du sie nicht hast wegmachen lassen.»

Aus dieser Perspektive hatte Valérie es noch nie betrachtet. Selten mehr fühlte sich jemand durch ihre Narbe provoziert. «Sie ist Teil meines Lebens.» Valérie hatte kein Bedürfnis auf Small Talk, vor allem, wenn es ihre Vergangenheit betraf. «Da vorne ist es», sagte sie.

Das Haus sah aus wie jedes andere in dieser Zeile neoklassizistischer Bauten, die aus den Anfängen des letzten Jahrhunderts stammten. Von Abgasen verfärbte Fassaden, introvertierte, mit Pflanzen überwucherte Balkone, Steildächer und die unverkennbaren Mansarden: Stadthäuser, die man überall auf der Welt fand.

Hegetschwyler hauste im Parterre. Die dunklen Holzmöbel wirkten erdrückend. Ein Sammelsurium aus verschiedenen Stilelementen, im Verlaufe eines Lebens zusammengetragen. Zweckdienlich, mehr brauchte der Mann, der hier allein lebte, nicht. Er ging am Stock wegen eines verstauchten Fusses, das Erste, was er zu seiner Person erzählte.

Auf dem runden Wohnzimmertisch lagen diverse Dokumente. Valérie war froh, wurden sie nicht nach Kaffee gefragt. Wenn der Kaffee so schmeckte, wie die Wohnung roch, konnte sie darauf verzichten.

«Ich habe das Archiv durchsucht.» Hegetschwyler setzte ein freundliches Lächeln auf. «Dabei bin ich von der Leiter gestürzt. Es ist lange her, dass jemand nach so was fragt.» Seine hellen Augen waren trüb. Grauer Star, vermutete Valérie. Auch sonst hatte das Alter seine Spuren hinterlassen. Sein schütteres Haar hatte er von links nach rechts gekämmt, um die kahlen Stellen zu bedecken. Sie schienen hellrosa durch. Er musste um die achtzig sein. Ein Wunder, dass er in seinem Alter noch immer dozierte. Als Aushilfe, hatte er am Telefon gesagt.

«1995 bis 1999. Beeindruckende Jahrgänge», sagte er. «Die Hälfte der Studenten gab vor Ablauf des vierten Semesters auf. Das Lizenziat geschafft haben am Schluss rund dreissig Theologen.» Hegetschwyler beugte sich über eine Notiz im aufgeschlagenen Ordner. «Vier von ihnen richteten die Zukunft anders aus als erwartet. Soviel ich weiss, landeten zwei Männer in der Pharmabranche und zwei Frauen in der Ethikkommission einer Firma. Fragen Sie mich nicht, in welcher. Achtzehn Hochschulabgänger wurden Priester. Sie hatten parallel zum Theologiestudium einen speziellen Vorbereitungskurs zum Priestertum absolviert. Die anderen zog es in den kirchlichen Dienst, oder sie wurden Seelsorger, zum Beispiel Spitalseelsorger.»

«Erinnern Sie sich an zwei Ihrer Studenten mit Namen Zahir Kälin und Benjamin Wyss?», fragte Valérie.

Hegetschwyler setzte sich. «Die Namen sagen mir gerade nichts. Es ist möglich, dass sie das Studium nicht zu Ende gemacht haben. Nicht allen liegen Fächer wie Dogmatik, Philosophie und Ethik. Bereits bei Themen wie Liturgiewissenschaft, Kirchengeschichte und Kirchenrecht kommen viele nicht weiter. Bitte, nehmen Sie doch Platz.»

«Kälin war vierzehn Jahre Sigrist in Hurden», präzisierte Valérie. «Wyss diente der Schweizergarde im Vatikan.»

«Und die sind jetzt tot.» Hegetschwyler schlug einen weiteren Ordner auf. Über sein zerfurchtes Gesicht hatte sich ein Schatten tiefer Besorgnis gelegt. Trotzdem schien ihn der Tod seiner ehemaligen Schüler nicht sonderlich zu berühren. Er blätterte in einem Dokument und zeigte auf ein Klassenfoto. «Das war der eine Jahrgang, den ich·1995 unterrichtete.»

«Gab es noch andere Klassen?», fragte Oliwia Maria.

«Diese jungen Männer hier», Hegetschwyler zeigte auf das Foto, «sind mir in Erinnerung geblieben. Lückenhaft allerdings», ergänzte er. «Gesichter kann ich mir eher merken als Namen.»

«Inwiefern?»

«Ehm … Was haben Sie gesagt?» Hegetschwyler schien mit seinen Gedanken weit weg zu sein.

«Sie sagten, dass Sie sich besonders an diese Klasse, diesen Jahrgang gut erinnern.»

«Unter ihnen war ein junger Mann, der die andern jeweils zur Weissglut brachte. Ich fragte mich oft, was er in der theologischen Fakultät zu suchen hat. Ich erinnere mich, dass er vor Ende des zweiten Semesters aufgegeben hat.»

Valérie wies auf das Bild. «Wer ist es?»

Hegetschwyler zog ein Okular aus seiner Westentasche. «Dieser hier, der Grosse. Den Namen weiss ich nicht. Ist Jahre her.»

«Denken Sie nach, Herr Professor», forderte Oliwia Maria ihn auf.

Valérie versuchte, auf dem Bild Gesichter ausfindig zu machen, die Ähnlichkeit mit Kälin und Wyss hatten. Doch sie waren mit den Jahren verblasst. Trotzdem machte sie ein Foto mit dem iPhone.

«Es müsste irgendwo eine Liste mit sämtlichen Namen existieren.» Hegetschwyler blätterte weiter. «Hier, das waren meine Studenten, die ich 1995 in Ethik und Philosophie unterrichtete.»

Valérie las die Namen und stiess auf Benjamin Wyss und Zahir Kälin. «Sie waren in derselben Klasse.» Sie suchte Oliwia Marias Blick.

«Die Verbindung, die du vermutet hast.» Oliwia Maria spitzte die Lippen. «Ein Anhaltspunkt, den wir nicht unterschätzen dürfen.» Sie zog den Ordner auf ihre Tischseite, sah auf die Namensliste. Sie wandte sich an Hegetschwyler. «Fällt Ihnen zu den anderen Namen etwas ein?»

«Leider nein.»

«Gibt es Kontaktdaten dazu?», fragte Valérie. «Die Adressen ihrer Eltern, zum Beispiel? Während des Studiums kann man sich wohl kaum eine eigene Wohnung leisten.»

«Sie wohnten zum Teil auf dem Campus.» Hegetschwyler runzelte die Stirn. Das Okular fiel hinunter. «Die Studenten stammten aus der ganzen Schweiz.»

«Gibt es Lebensläufe der Studenten?»

«Lebensläufe?» Hegetschwyler lächelte vor sich hin. «Ich erinnere mich, dass Theologiestudenten in der Unterzahl waren. Sie wurden noch so gern aufgenommen. Die Matura reichte. Aber ein Curriculum Vitae … Nein. Was kann man mit kaum zwanzig Jahren denn schon geleistet haben?»

«Wir müssten den Schnellhefter mitnehmen», sagte Oliwia Maria. «Auch diejenigen von 1996, 1997, 1998 und 1999.»

Valérie fragte sich, ob diese Jahrgänge reichten. «Wo ist allenfalls der Ordner von 1994 oder 2000?»

«Sie haben mir nicht gesagt, dass Sie diese auch gebrauchen.» Hegetschwyler entsetzte sich. «Ich müsste sie aus dem Archiv der Universität holen. Es brauchte bereits grosse Überzeugungskraft, um die Ordner hier nach Hause zu nehmen. Der Archivar war nicht sehr erfreut. Und dann noch dieser Sturz. Ein Umstand, verletzt im Zug von Fribourg nach Zürich zurückzufahren.» Er zeigte demonstrativ auf seinen linken Fuss.

«Wir hätten uns in der Uni treffen können.» Valérie liess es dabei bewenden. «Ich danke Ihnen für Ihr kooperatives Handeln.»

«Keine Ursache. Ich bin auch sehr daran interessiert, zu erfahren, wer hinter den Morden steckt.»

«Ach ja, noch eine Frage: Kennen Sie zufällig Armando Negroni?»

«Nein, der Name sagt mir nichts.»

※ ※ ※

Er vernahm das knatternde Dröhnen eines Helikopters und hätte gern gehofft, dass man nach ihm suchte. Armando wusste nicht, an welchem Ort der Welt er sich aufhielt. Es hätte überall sein können. Am ehesten in einem Wald, verborgen unter dem Blätterdach, in einer Hütte, in der ihn niemand fand. Manchmal glaubte er, Stimmen zu hören.

Er hatte sehr viel Zeit zum Nachdenken. Vielleicht war es das, was der unbekannte Entführer von ihm wollte. Dass er sich seiner Vergangenheit stellte.

Die Ketten an seinen Füssen klimperten bei jeder Bewegung. Ob es damit zu tun hatte? Die Ketten als Erinnerung an all das, was er früher getan hatte?

Die Zeit war eine andere gewesen. Und er ein anderer Mensch.

Ein nahes Geräusch schreckte ihn auf. Es kam von der Richtung, in der die Tür lag. Er war zurück, grösser, kräftiger, dominanter als je zuvor. Wenn er doch bloss sein Gesicht hätte sehen können. Doch da waren dieser Umhang und die Kapuze. Alles schwarz und geheimnisvoll. Wie ein Mönch, schoss es durch Armandos Kopf. Hatte er selbst nicht auch einen solchen Umhang getragen? In dieser fernen Zeit?

Der Fremde schob ihm einen Papiersack zu. Armando griff zögernd danach. Ein Brot kam zum Vorschein. Wasser und Brot, dachte er, das, was Jesus seinen Jüngern beim Abendmahl gereicht hatte. Am letzten Abend vor seinem Tod. Ob dies ein Zeichen war? Armando hatte Angst. Er dachte an die abwechslungsreichen Speisen, die Milena ihm aufgetischt hatte. Er hatte vergessen, wie sich Abstinenz anfühlte. Es war ihm gut gegangen, während Milena seinen Haushalt führte. Sie hatte nie gefragt, wenn er von *diesem einen* Besuch zurückkam. Doch in ihren Augen hatte er gelesen, dass sie mehr darüber wusste, als ihm lieb war. Später hatte sie ihn sogar dorthin gefahren, weil er selbst keinen Führerausweis besass.

«Warum bin ich hier?» Ein erneuter Versuch, sein Gegenüber aus der Reserve zu locken. Es durfte nicht sein, dass er einfach schwieg. Dass er ihn hier gefangen hielt, musste einen Grund haben. Es gab nichts bei ihm zu holen. Armando war bescheiden, seit jeher. Er hatte eine Rente. Die reichte für ihn und Milena.

Er hätte ihn auch töten können. Aber Armando lebte. Mit Wasser und Brot.

Der Fremde sagte nichts, verliess bloss den Keller. Sein Schweigen empfand Armando schlimmer als die Ketten.

***

Gut gelaunt trat Thomas Haltiner auf die Strasse. Er hatte heute früher Feierabend gemacht, war bereits zu Hause gewesen, um den Einkaufszettel seiner Frau in Empfang zu nehmen. Seit der Geburt ihres Sohnes vor vier Monaten übernahm Thomas den wöchentlichen Einkauf. Der Kleine hatte sein Leben grundlegend auf den Kopf gestellt, und Themen, die er als nicht relevant betrachtet hatte, waren plötzlich wieder präsent. Die Frage um einen besser bezahlten Job, eine Zusatzausbildung bezüglich seines Berufs als Koch, eine lukrative Nebenbeschäftigung. So ein Kind war teuer, zumal seine Frau sich dafür entschieden hatte, zum Wohle ihres Sohnes daheim zu bleiben.

Thomas blieb stehen, sah zurück auf den Wohnblock, in den er vor einem Jahr eingezogen war. Er mochte das Quartier in der Nähe des Flusses Alp im Dorf Einsiedeln. Es war kindgerecht und bot viel Grünfläche und Platz zum Spielen. Günstig hatte es sein müssen, den veränderten Umständen angepasst. Thomas hätte es weiterbringen können, hätte er damals dem Wunsch seines Vaters entsprochen und studiert. Mediziner hatte er für ihn vorgesehen, damit er einmal seine Praxis übernahm. Thomas hatte sich nie als Arzt gesehen und einen anderen Weg eingeschlagen. Koch war sein Traumberuf gewesen, immer schon. Jetzt war sein Vater tot und die Praxis von einem tschechischen Arzt übernommen worden. Sein Vater hätte sich im Grab umgedreht, hätte er davon erfahren. Viel hatte der Verkauf der Praxis nicht gebracht. Sie war alt und musste kontinuierlich auf den modernsten Stand aufgerüstet werden. Thomas' Mutter hatte sich kaum dazu geäussert. Sie hatte unter der Dominanz ihres Mannes gelitten. Heute lebte sie allein in ihrem Einfamilienhaus. Den Kontakt zu Thomas hielt sie aufrecht, doch als Grossmutter sah sie sich nicht wirklich und machte sich entsprechend rar.

Schade, dachte Thomas, als er sich auf den Weg zur Tiefgarage machte, die sich ausserhalb des Wohnblocks befand. Seine Mutter wusste nicht, was ihr entging. Zudem hätte sie einspringen können, falls es sich seine Frau anders überlegte und wieder in den Beruf einstieg.

Seit einem halben Jahr kochte Thomas im Alters- und Pflegeheim Langrüti in Einsiedeln und schätzte die regelmässige Arbeitszeit. Es ermöglichte ihm, seine Frau über das Wochenende zu entlasten.

Er schritt zu seinem Wagen, ein älterer Golf, der neben dem Sportboliden eines ehemaligen Schulkameraden stand. Dieser protzte gern mit Statussymbolen, kaufte sich Unnötiges, um Leute zu beeindrucken, die er nicht mochte. Thomas öffnete die Tür auf der Fahrerseite, schwang sein rechtes Bein hinein, als er durch ein Geräusch in seiner Nähe abgelenkt wurde. Er hatte damit rechnen müssen, dass sein Kollege irgendwann einmal auftauchen und ihn vollquatschen würde. Thomas war darauf vorbereitet. Diesmal würde er ihm Paroli bieten und von seinem Sohn erzählen und wie dieser sein Leben positiv verändert habe. Dagegen kam eine schnelle Karre nicht an.

Den Typen kannte er nicht. Gross war er, geradezu massig

in seinem lächerlichen Umhang. Eine Zeit lang glaubte Thomas, vor einem Mönch zu stehen. Sein Gesicht war von der Kapuze halb verdeckt. Das Garagenlicht fiel von hinten auf den Fremden. Der Schatten liess keine Details erkennen. Ausser den Augen. Dieser Blick. Dieser stechende Blick.

Es war vielleicht ein Fehler, dass Thomas sich nicht setzte, ein Reflex. Er fand keine Zeit, sich darüber Gedanken zu machen. Er realisierte, wie der Fremde den rechten Arm hochzog. Was er in der Hand hielt, vermochte er nicht zu sehen. Er sah bloss etwas aufblitzen, und noch ehe der Schmerz bei ihm ankam, sackte er zu Boden.

* * *

«Alle mal herhören.» Valérie stand unter Druck. Ihre Bemühungen in Bezug auf die beiden Morde hatten bislang nicht die Resultate gebracht, die sie sich erhofft hatte. Deshalb legte sie ihr Augenmerk auf die Liste der Theologiestudenten und die Adressen deren Angehöriger. «Inhouse ist angesagt. Wir suchen den heutigen Aufenthaltsort aller Männer, die zwischen den Jahren 1995 und 1999 an der Universität Fribourg Theologie studiert haben.» Sie teilte die Kopien der Listen aus. «Mir ist bewusst, dass es eine immense Arbeit ist und ihr das Wochenende dafür opfern müsst. Tut mir leid. Es wird wieder Zeiten geben, in denen ihr die Überstunden kompensieren könnt.»

«Was ist mit den Ordnern?» Fabia wies auf die Kiste, die Valérie und Oliwia Maria ins Sitzungszimmer gebracht hatten.

«Nehmt heraus, was ihr braucht. Aber bitte mit Vorsicht. Ich habe Professor Hegetschwyler das Versprechen gegeben, alles so zu retournieren, wie wir es mitgenommen haben.»

In diesem Moment klingelte ihr iPhone. Valérie erkannte die Nummer des Notrufs auf dem Display und meldete sich. «Daniel, was gibt's?» Sie fühlte sich gestört. Warum musste er ausgerechnet sie kontaktieren? Er hatte auf dem digitalen Terminkalender gesehen, dass ihr Team sich zur Sitzung eingefunden hatte.

«Soeben erreichte mich die Nachricht, dass in der Nähe der Grotzenmühlestrasse in Einsiedeln in einer Autoeinstellhalle ein Mann gefunden wurde. Wahrscheinlich erschlagen.»

Ein ohnmächtiger Schmerz ereilte sie, schoss wie ein Pfeil in ihre Mitte, und einen Augenblick lang glaubte sie, das Atmen zu vergessen. «Und warum rufst du mich an?» Vergebens versuchte sie, die Ungeheuerlichkeit dieser Botschaft nicht an sich heranzulassen. Sie war wie ein Schlag ins Gesicht.

«Ich erreiche Caminada nicht.»

«Ist die Streife vor Ort?» Dann kam die Logik und liess aufsteigenden Emotionen keinen Platz.

«Ja, diese habe ich subito hingeschickt.» Daniel Christen teilte weitere Informationen mit.

«Okay, ich werde Zanetti aufbieten.» Valérie verabschiedete sich, nachdem sie die Koordinaten aufgenommen hatte. Sie musste sich setzen und sah in die Runde. «Wahrscheinlich ein dritter Mord. Oliwia Maria, Louis und Fabia, ihr kommt mit mir.» Sie spürte, wie Kälte sie erfasste. Sie wählte Zanettis Nummer.

Er meldete sich. «*Cara mia*, du tönst gestresst. Ärger?»

«Es gibt einen weiteren Toten in Einsiedeln. Caminada ist unauffindbar. Ich denke, wir sehen uns am Tatort. Tiefgarage an der Grotzenmühlestrasse.» Und an Louis gewandt: «Der KTD muss her, der Gerichtsmediziner.» Es war ihr nicht möglich, sich an die Hierarchie zu halten. Es musste schnell gehen. «Alle andern machen sich bitte an die Liste.»

«Und wenn es sich um einen Unfall handelt?», fragte Fabia.

«Es ist kein Unfall. Es gibt einen unmittelbaren Zeugen.»

⁂

«Drei Tote innerhalb von sechs Tagen.» Valérie sass mit Oliwia Maria auf dem Rücksitz des Streifenwagens, Louis am Lenkrad. Er bog vom Parkplatz auf die Einsiedlerstrasse ab. «Langsam glaube ich an eine Serie.»

«Der Täter muss eine grosse Wut verspüren. Die Vorgehensweise bei den letzten zwei Opfern beweist es. Die Mordwaffe sei vierkantig und aus Holz, was ich in den Rapporten gelesen habe. Es hat etwas mit dieser Waffe zu tun. Die ist nicht willkürlich gewählt. Alles ist geplant.»

Valérie sah ihre Kollegin von der Seite her an. Heute würde Oliwia Maria zum ersten Mal an einem Tatort mit dabei sein. Sie war neugierig darauf, was sie anders machte als sie. Ihr geübtes Auge sah wahrscheinlich hinter die Kulisse. Hinter den Vorhang des Dramas. Konnte zwischen den Zeilen lesen und Dinge heraushören, als würde ein Souffleur ihr zuflüstern. Das könne man lernen, hatte sie erzählt. «Cold Reading» und wie alle die Verfahren hiessen, die Oliwia Maria bei ihren Vernehmungen anwandte, wobei Valérie nicht mit allem einverstanden war. Vielleicht hatte sie hellseherische Fähigkeiten. Valérie war Realistin genug, um nicht auf so etwas hereinzufallen.

Die Wohnblöcke lagen zwischen der Grotzenmühlestrasse und dem Fluss Alp. Ein neues Quartier mit Spielplätzen und einem Nebengewässer, über das eine Brücke führte, die zwei asphaltierte Wege miteinander verband. Ein idyllischer Ort, an dem man zuletzt einen Mord vermutete. Doch Valérie wusste nur zu gut, dass eine friedliche Kulisse oft über Gräueltaten hinwegtäuschte. Die vergewaltigte Frau im gepflegten Einfamilienhaus, das missbrauchte Kind in der vermeintlich heilen Welt, der Alkoholiker, der seine Liebsten schlug. Es war oft nicht so, wie es von aussen schien.

Louis fuhr in die Tiefgarage, die mit Flatterbändern markiert war. Ein halbes Dutzend Streifenpolizisten hatte sich um den Tatort verteilt. Sie standen stramm da.

Die Szene wie in einem Film. Ein dunkelblauer Golf hinter einer Säule. Die Tür auf der Fahrerseite stand offen. Davor lag ein Mann in einer Blutlache. Über ihm kauerte Res Stieffel. Valérie wunderte sich über seine frühe Anwesenheit. Vom KTD war bislang niemand da. Auf dem Beifahrersitz lag eine Stofftasche, gefüllt mit leeren PET-Flaschen, auf dem Rücksitz befand sich eine Befestigungsvorrichtung für eine Babyschale.

«Hi.» Valérie trat neben den Gerichtsmediziner. «Mit dem Düsenjet eingetroffen?»

Stieffel sah auf. «Tja, den Schnellen gehört die Welt.»

Den ersten Blick auf das Opfer begleitete oft eine grosse Traurigkeit. Der Tod war für Valérie jedes Mal eine neue Erfahrung. Sie hielt inne, eine Minute lang, in der ihre Gedanken um den Menschen kreisten, der diese Welt auf so brutale Art hatte verlassen müssen. Diese Hilflosigkeit im Angesicht des Todes und später die Entschlossenheit, den Kampf für Gerechtigkeit aufzunehmen. Sie war es den Verstorbenen schuldig und ebenso deren Angehörigen. «Man sagte mir, er sei erschlagen worden.»

«Die ziemlich gleiche Stelle am Hinterkopf wie bei den andern zwei Opfern. Der Täter hat heftig zugeschlagen, was die Wunde und das Blut beweisen. Aber wie immer …»

«Die Autopsie wird es präzisieren», ergänzte Valérie. «War ein Amtsarzt da?»

«Ja, eure Kollegen von der Streife haben ihn aufgeboten. Er befindet sich in einem der Wagen, zusammen mit dem Zeugen. Dieser scheint mir ziemlich durch den Wind zu sein.»

«Keine Kunst, falls er den Mord gesehen hat. Steht die Identität fest?» Valérie wies auf den Toten.

Stieffel reichte ihr einen Ausweis in Kartenform. «Diesen habe ich im Handschuhfach gefunden.»

Valérie streifte sich Vinylhandschuhe über, griff nach der Karte und las. «Thomas Haltiner.» Dann bekamen sie eine Identität, und wieder packten Valérie das Entsetzen und blanke Wut. «Hast du ein Portemonnaie gefunden?»

«Liegt noch drin.»

«Okay, der KTD wird sich drum kümmern.» Der Zeuge hatte Priorität.

Stieffel warf einen verblüfften Blick an ihr vorbei.

«Das ist Frau Woźniak», stellte Valérie ihre Kollegin vor. «Sie wird uns in nächster Zeit unterstützen. Vor allem bei der Fallanalyse», setzte sie nach. «Oliwia Maria, das ist Dr. Stieffel, unser Gerichtsmediziner.»

«Oha, Konkurrenz.» Nur Stieffel vermochte, eine solche Bemerkung zum Besten zu geben. Es schien, als würde er Oliwia Maria mit den Augen ausziehen. «Ich bin Res.» Fehlte nicht viel, hätte er vor Glotzen gegeifert. Augenscheinlich spielte das Alter für ihn keine Rolle. Hauptsache, er konnte austeilen.

Oliwia Maria nickte, setzte ein maskenhaftes Lächeln auf. Offensichtlich war sie solche plumpen Anspielungen gewohnt. Sie siezte ihn weiterhin. «Von Ihnen bräuchte ich so schnell wie möglich die forensischen Daten, das Protokoll sowie die Fotos und Videos der Obduktion.» Sie kniff ihre Augen zusammen, überlegte. «Ich würde gern bei der Leichenschau zugegen sein. Dann können wir die Verletzungen gemeinsam ansehen und darüber diskutieren.» Sie gab sich nun ganz dem Studium des Tatorts hin. Sie machte Fotos mit ihrer mitgebrachten Digitalkamera und sprach ihre Beobachtungen auf ihr Smartphone.

Stieffel hatte die Sprache verloren, was Valérie schmunzelnd zur Kenntnis nahm.

«Ich lasse dich mal machen.» Valérie wandte sich an Oliwia Maria. «Du findest mich beim Zeugen.» Sie sah sich nach Louis um.

Er und Fabia sprachen mit einem der anwesenden Polizisten. «Darf ich mal kurz stören?» Sie übergab Louis den Führerausweis. «Find bitte heraus, wo er zu Hause ist. Ich möchte dabei sein, wenn wir die Nachricht seiner Frau überbringen. Und ja, im Handschuhfach liegt ein Portemonnaie.»

«Du glaubst, er war verheiratet?»

«Ich gehe davon aus. Auf dem Rücksitz seines Wagens befindet sich die Vorrichtung für einen Babysitz.»

Valérie entfernte sich, machte sich auf den Weg zum Auto des Amtsarztes. Es befand sich ein paar Meter neben dem Tatort, auf einem breiten Parkfeld. Sie klopfte an die Scheibe und wies sich aus.

Die Tür ging auf. Ein Mann mit Stirnglatze stieg aus. «Elmar Luginbühl. Ich bin der Arzt, den man gerufen hat.» Er reichte Valérie die Hand und wies mit dem Kopf ins Wageninnere. «Ich habe ihm eine Beruhigungspille verabreicht. Er hat sich etwas beruhigt. Trotzdem sollten Sie achtsam mit ihm umgehen.»

«Hat er sich über den Tathergang geäussert?»

«Er war klar genug, um die Polizei zu benachrichtigen.» Dr. Luginbühl zögerte. «Ich hoffe, Sie lassen mich fahren. Ich habe meine Praxis voller Patienten.»

«Selbstverständlich. Danke und halten Sie sich zu meiner Verfügung, sollte ich noch Fragen haben.» Valérie reichte ihm ihre Visitenkarte. Sie ging auf die Beifahrerseite, öffnete diese und sah sich einem eingeschüchtert wirkenden jungen Mann gegenüberstehen. Der Geruch nach Schweiss streifte ihre Nase. «Valérie Lehmann ist mein Name. Ich arbeite bei der Kriminalpolizei. Fühlen Sie sich in der Lage, mir ein paar Fragen zu beantworten?»

«Ja», kam es scheu zurück.

«Seien Sie so gut und steigen Sie aus. Dr. Luginbühl fährt gleich weg.» Sie musterte ihn. Er war keine zwanzig, sah etwas pummelig aus und hatte rote Pausbacken, die wie überreife Äpfel leuchteten. Die dickglasige Brille verriet seine Kurzsichtigkeit. «Wie heissen Sie?»

«Simon Siegenthaler.» Er stieg schwerfällig aus und verschränkte seine Arme. «Kann ich bald nach Hause?»

«Selbstverständlich.» Valérie nahm Notizblock und Stift zur Hand. «Also, Herr Siegenthaler, ich brauche Ihre Adresse und Ihr Geburtsdatum.»

Siegenthaler nannte sein Alter. Zweiundzwanzig. Valérie hatte ihn jünger geschätzt.

«Ich wohne hier in einem der Blöcke, zusammen mit meinen Eltern.»

«Sie haben die Tat beobachtet?»

«Ja, so ungefähr.»

«Schildern Sie bitte, was Sie genau gesehen haben.»

«Ich bin noch immer geschockt, wenn ich daran denke.» Seine Sprechpause dauerte unangenehm lange. Er wirkte verstört, wusste nicht, wohin mit seinen Händen. «Ich kam aus der Tür dort hinten, als ich jemanden beim Golf stehen sah.»

«Sie haben geradewegs auf den Golf geschaut?»

«Nein, auf den Maserati daneben. Der steht dort schon eine Weile. Dessen Besitzer habe ich noch nie gesehen. Ich dachte, dass ich ihn kennenlernen würde … Ich nahm wirklich an, er steht dort und will sich in sein Auto setzen. Ich hätte gern ein paar Worte mit ihm gewechselt. Ich mag schnelle Autos. Bis ich dann den Mönch sah.»

«Einen Mönch?» Valérie sah ungläubig auf. «Sind Sie sicher?»

«Ja, er schlug auf jemanden ein, der dann zu Boden ging.»

«Wie oft hat er auf ihn eingeschlagen?»

«Ich habe nicht gezählt, zweimal vielleicht. Ich bekam es mit der Angst zu tun. Ich versteckte mich hinter der Säule neben dem Ausgang und hoffte, dass der Kerl mich nicht sieht.»

«Aber Sie können ihn beschreiben?»

«Gross war er, also ziemlich gross, breit, ein richtiger Kasten.» Um die Physiognomie zu veranschaulichen, holte er mit den Armen aus. «Er sah aus wie eine Figur aus dem Mittelalter, wenn Sie verstehen, was ich meine. Habe ich schon in Filmen gesehen … eine furchtbare Gestalt. ‹Der Name der Rose› sagt Ihnen sicher etwas …»

«Wie ein Pater aus dem Benediktinerkloster?»

«Nein, furchteinflössender, dunkler, unwirklicher.»

«Konnten Sie sein Gesicht erkennen?»

«Nicht genau. Er hatte eine Kapuze auf.»

«Vermochten Sie zu sehen, womit er zugeschlagen hat?»

«Nein, daran erinnere ich mich nicht. Ich fürchtete mich davor, dass er mich entdecken könnte. Aber er ging dann zu seinem Wagen zurück.»

«Er ist mit einem Auto hergefahren?»

«Ja, ein schwarzer SUV war es, ein Opel Mokka. Er zählt zu den Kleinwagen-SUV. Er war benzinbetrieben, was ich am Klang des Motors hörte. Leider konnte ich auf die Distanz die Nummer nicht erkennen.» Siegenthaler zeigte auf seine Brille. «Trotz starker Korrektur sehe ich manchmal schlecht, je nach Lichteinfall.»

«Als er weggefahren war, was war Ihr nächster Schritt?»

«Ich wartete, bis ich sicher war, dass der Mönch nicht mehr zurückkommt. Ich ging dann zu dem Golf. Da sah ich ihn in dieser Blutlache liegen.»

«Haben Sie sich vergewissert, ob er tot ist? Haben Sie ihn angefasst?»

«Nein, ich wählte die 117. Ich hatte, ehrlich gesagt, ein mulmiges Gefühl.»

Valérie zweifelte an Siegenthalers Aussage. Wenn er so neben den Schuhen stand, wie Dr. Luginbühl erwähnt hatte, hätte er seine Beobachtungen niemals so exakt wiedergeben können. «Ich würde gern Ihr Handy sehen.»

«Wie bitte?»

«Sie haben doch eines, oder?»

«Ich? Ja, aber ich habe es zu Hause liegen gelassen.»

«Aha. Und womit haben Sie die Polizei angerufen?»

Siegenthaler druckste herum.

Valérie streckte ihre Hand aus. «Geben Sie mir Ihr Handy.»

«Dazu brauchen Sie eine richterliche Bescheinigung», bluffte Siegenthaler.

«Wir können es kompliziert machen, dann dauert es länger, bis Sie zu Hause sind.» Valérie liess sich nicht einschüchtern.

Siegenthaler grapschte es aus seiner Hosentasche. «Hier. Ich weiss nicht, weshalb es so wichtig ist.»

«Das Passwort.»

«Das geht zu weit.»

Valérie sah ihn nur an.

Er nannte zögernd vier Zahlen.

Valérie tippte sie ein und ging auf «Anrufe». «Okay, um halb zwölf wählten Sie die Nummer 117.» Sie tippte die Foto-App an. «Und was ist *das*?»

«Das ist nichts.» Siegenthaler wurde zusehends nervöser.

Valérie wechselte zu WhatsApp. «Und dieses Video? Sie haben den Film an zig Freunde verschickt.»

«Die haben noch nie einen Toten live gesehen.»

«Das Handy ist beschlagnahmt.» Valérie liess den Satz nachwirken. «Kennen Sie den Toten?»

«Nicht mit Namen, aber ich habe ihn schon mit einem Kinderwagen spazieren sehen. Er grüsste immer freundlich. Wann kann ich mein Smartphone wiederhaben?»

«Nach der Überprüfung auf dem Sicherheitsstützpunkt in Biberbrugg. Wir werden Sie benachrichtigen, wann Sie es abholen können.»

Nachdem Valérie sich von Siegenthaler verabschiedet hatte, ging sie zurück zum Golf. In der Zwischenzeit war der Kriminaltechnische Dienst mit seiner Entourage eingetroffen. Valérie winkte Schuler zu. Über die Einfahrtsrampe fuhr der Leichentransporter. Beim Aufgang hatte sich eine Menschentraube gebildet. Valérie wartete noch immer auf Zanetti. Sie rief Louis zu sich, der sich mit seinem iPhone beschäftigte. Er kam auf sie zu.

«Gibt es Neuigkeiten?»

«Er wohnt gleich in der Nähe. In der Suchmaschine sind Moena und Thomas Haltiner eingetragen. Um zu ihrer Wohnung zu gelangen, müssen wir aussenrum.»

«*Bon, allons-y.*» Valérie zog Louis mit sich. «Ehrlich gesagt, verabscheue ich solche Gänge.»

«Du hättest es Fabia und mir überlassen können.»

«Ich weiss, ich bewundere Fabias Nerven, wenn es um so heikle Dinge geht. In den letzten Monaten hat sie zugelegt, was die psychologischen Aspekte betrifft. Vischer sagte mir, dass sie Fortschritte gemacht habe. Aber ich möchte mir selbst ein Bild von Frau Haltiner machen.»

Sie schritten über einen weitläufigen Spielplatz, der des diesigen Wetters wegen brach lag. Ein Kletterturm, daran ein nasses rotes Badetuch wie ein letztes Zeugnis des vergangenen Sommers. Eine Schaukel bewegte sich sanft im aufkommenden Wind. Sie erreichten das hinterste Haus der Überbauung. Valérie suchte die Sonnerien nach dem Namen ab. «Dritter Stock. Bist du bereit?»

Louis ging voraus. Über sechs Treppen erreichten sie ein Podest, von dem zwei Türen abgingen. Auf der einen Tür war ein Herz angebracht. Darauf die Namen Jan, Moena und Thomas, mit Klebeblümchen ausgeschmückt. Valérie musste leer schlucken. Gleich würde sie dieses Herz zerreissen. Sie drückte auf die Klingel. Diese hörte sich wie ein Schmerzensschrei an.

Die zierliche Frau unter der geöffneten Tür wirkte freundlich.

Valérie wies sich aus, stellte sich und Louis vor – Routine auf ihrem traurigen Gang. «Dürfen wir reinkommen?»

«Ja, bitte. Ist etwas passiert?» Nur widerwillig liess sie die Polizisten eintreten, strich sich nervös über das blaue Kleid, in dem sie zerbrechlich aussah. «Gehen Sie doch in die Küche. Mein Baby ist im Wohnzimmer eingeschlafen.»

Die Küche, ein heller, einladender Ort. Babyflaschen auf der Ablage, zwei Schnuller wie unbeabsichtigt hingeworfen, ein Lätzchen. Der Alltag mit einem Baby war hier spür- und sehbar.

Moena Haltiner setzte sich, schob eine Ladung gewaschener Strampler vom einen Tischende zum andern.

Valérie und Louis blieben stehen. Valérie reichte der Frau den Führerausweis. «Diese Karte haben wir im Wagen Ihres Mannes gefunden.»

«Ja? Thomas hat sie im Handschuhfach liegen. Ist etwas mit ihm?»

Valérie legte Moena Haltiner die Hand auf die Schulter. «Wir müssen Ihnen leider eine traurige Nachricht überbringen.»

Noch bevor Valérie weiterreden konnte, erhob sich Moena Haltiner. Sie schritt zur Wohnzimmertür, drückte diese auf und sah hinein. «Jan schläft wie ein Engel. Er macht uns so viel Freude.»

Es war, als wollte sie die Anhörung der Nachricht hinauszögern. Sie kam zurück, setzte sich wieder, schob die Strampler wieder über den Tisch. Dabei lächelte sie in sich.

Valérie berührte erneut ihre Schulter. «Heute Mittag wurde Ihr Mann in der Tiefgarage tot aufgefunden.»

«Ha … Er wollte einkaufen gehen. Deshalb ist er noch nicht zurück.» Wieder stand sie auf. Diesmal ging sie zu den Kochplatten, setzte eine Pfanne auf, goss Wasser ein, stellte den Regler auf die oberste Stufe.

Moena Haltiner stand unter Schock, keine Frage. Valérie kannte die Mechanismen, wenn eine solche Nachricht über jemanden hereinbrach. Es gab die unterschiedlichsten Reaktionen. Die meisten flüchteten in die Arbeit, und war sie noch so belanglos. Moena nahm einen Löffel aus der Schublade und rührte damit heftig im heissen Wasser. Es schwappte über den Rand, traf Moena Haltiners Hand. Sie schrie auf vor Schmerz. Louis konnte sie im letzten Moment auffangen, sonst wäre sie zu Boden gestürzt. Er führte sie zum Stuhl.

Eine gefühlte Ewigkeit herrschte Ruhe in der Küche. Bloss die monotonen Geräusche von draussen waren durch die geschlossenen Fenster zu vernehmen. Das Leben vor dem Haus ging weiter, während es drinnen stillstand. Moena Haltiner starrte vor sich hin und verknotete die Beine des Stramplers ineinander. «Jan hat geschrien. Ich vermochte nicht, ihn zu beruhigen. Kurz bevor Sie läuteten, ist er vor Erschöpfung eingeschlafen.»

«Erzählen Sie uns etwas über Ihren Mann.» Valérie machte einen vagen Versuch. «Wie war er so?», schob sie nach.

Moena Haltiner sah endlich auf. Mit ihren grossen blauen Augen, deren Farbe an die Fjorde in Norwegen erinnerten. Doch die Tränen blieben aus. «Er ist ein wunderbarer Ehemann und fürsorglicher Vater. Nie hätte ich gedacht, dass er mit dieser Situation so klarkommt. Wir wollten mit dem ersten Kind noch warten. Aber die Natur geht oft andere Wege, als wir es wünschen.»

Valérie liess etwas Zeit verstreichen. «Dürfte mein Kollege mal einen Blick auf die Sachen Ihres Mannes werfen?»

«Er hat nichts zu verbergen», sagte Moena Haltiner beherrscht. «Schauen Sie sich ruhig um. Sein Büro liegt gleich neben dem Wohnzimmer. Dort steht auch Jans Bettchen. Aber meistens schläft er in der Wiege, und diese befindet sich in der Stube.»

Louis verschwand hinter der Tür. Valérie sah ihm noch nach, als sie ihn bereits aus den Augen verloren hatte. «Was machte Ihr Mann beruflich?»

«Er ist Koch im Alters- und Pflegeheim Langrüti. Vielleicht wird er bald eine Zusatzausbildung machen. Ich selbst möchte bei unserem Söhnchen bleiben, so lange es geht.» Moena Haltiners Blick verriet ihren Irrtum. «Ich meine … Er *wollte* sich weiterbilden. Daraus wird wohl nichts.» Sie begann, die Strampler auf dem Tisch auszustreichen und zusammenzufalten. Sie stapelte sie übereinander. Dann klopfte sie darauf. Immer und immer wieder.

Valérie hoffte, sie würde dem Druck standhalten, war jedoch darauf vorbereitet, die Ambulanz zu rufen, falls es nötig war. «Hat Ihr Mann je einmal Theologie studiert?»

«Wie kommen Sie darauf? Er ist Koch, kein Pfarrer ... war Koch. Sein Vater hatte etwas anderes vor mit ihm. Thomas hätte einst dessen Praxis übernehmen sollen. Aber Thomas fühlte sich einfach nicht dazu berufen. Er ist ein Künstler. An den Wochenenden bekocht er mich immer, zaubert wunderbare Menüs auf den Teller. Daraus wird nun nichts ...» Moena Haltiner fegte die Strampler vom Tisch. «Entschuldigen Sie, ich weiss nicht, was nun aus uns wird. Jan ist erst vier Monate alt. Er wird seinen Vater nie bewusst kennenlernen.»

Louis kam mit einem Laptop zurück. «Den würde ich gern mitnehmen.» Und an Valérie gewandt, flüsterte er: «Sonst gibt's nichts.»

Valérie hob die Strampler auf, legte sie auf den Tisch. «Kann ich jemanden anrufen, der innert kurzer Zeit hier sein kann?»

«Meine Freundin. Sie wohnt zwei Häuser nebenan. Sie arbeitet in der Metzgerei Walhalla. Aber am Freitag hat sie immer frei. Ich kann ... Ich kann aber ganz gut auf mich aufpassen.»

«Denken Sie an Ihren Sohn.» Valérie griff nach ihrem iPhone. «Wie ist die Nummer?»

Moena Haltiner teilte sie mit. «Kann ich Thomas sehen?»

«Er wurde in die Rechtsmedizin nach Zürich gebracht.»

«Aber ich muss ihn doch bestatten ...»

∗∗∗

«Vater unser im Himmel, geheiligt werde dein Name ...» Armando sah im Gebet die einzige Möglichkeit, Kraft zu schöpfen. Die Zeit tröpfelte dahin wie das Wasser aus der Flasche, der er die letzte Flüssigkeit entnommen hatte. «Dein Reich komme. Dein Wille geschehe, wie im Himmel, so auf Erden.»

Wenn er zurückdachte, war es Gottes Wille gewesen. Armando hatte in seinem Sinn gehandelt. Er hatte handeln *müssen*.

Er hatte geschlafen, auf dieser unbequemen Pritsche mit der kratzenden Wolldecke. Mit Ausnahme der Funzel, die ein wenig Licht spendete, war es düster im Keller. Ob es Tag oder Nacht war, wusste er nicht. Die Uhr, die Armando ansonsten an seinem Handgelenk trug, war verschwunden. Der Fremde musste sie ihm abgenommen haben. Auch sein Smartphone war weg. Der Unselige machte es ihm nicht leicht. Er hatte ihm die letzte Verbindung nach draussen gestohlen. Den Draht zu Gott würde er nicht kappen können.

«Unser tägliches Brot gib uns heute.» Noch lag ein Rest vom Brot auf dem Boden. Er wollte haushälterisch damit umgehen, falls der Fremde nicht vorhatte, früh genug zurückzukehren. «Und vergib uns unsere Schuld, wie auch wir vergeben unseren Schuldigern.» Armando hatte oft die Beichte abgenommen und die Absolution erteilt, damals, als er ein junger Priester gewesen war.

Hatten ihn die Geister der Vergangenheit eingeholt? Oder hatte er selbst sie geweckt?

«Und führe uns nicht in Versuchung, sondern erlöse uns von dem Bösen.»

Wie hatte er dagegen gekämpft, diesen Versuchungen im Alltag entgegenzutreten. Es war eine andere Zeit gewesen. Wurde er deswegen gefoltert?

Die Regale mit den Gläsern, den Kerzen und den Büchern. Armando sah hin. Er hatte alles schon einmal gesehen. Bruchstückhaft meldete sich die Erinnerung zurück. Was hatte dies alles zu bedeuten?

Armando hatte die dunkle Vergangenheit vergessen, sie mit Gottes Hilfe bewältigt. Plötzlich war sie so präsent wie lange nicht mehr. Als würde die Kraft des Heiligen Geistes ihm aus der Vergesslichkeit helfen, sah er auf einmal den Keller in einem anderen Licht.

Wie oft war er hinuntergestiegen, nach einem langen, quälenden Ritual. Hatte seine Hände in Unschuld gewaschen, mit dem gesegneten Wasser aus den Glasbehältern, die jetzt leer waren. Verstaubt und trüb. Spinnen hatten ihre Netze von einem Glas zum andern gewoben.

«Oh Herr, steh mir bei.» Armando versuchte zum wiederholten Mal, die Fussfesseln zu lockern. Seine Haut war aufgeschürft. Die wunden Stellen schmerzten.

Auf einmal stand er da wie eine Erscheinung. Armando hatte ihn nicht kommen hören. Das Licht hinter der Tür war weniger geworden. Vielleicht war es Nacht, die blaue Stunde kurz vor deren Einbruch. Oder am Morgen früh vor der Dämmerung.

«Sprich mit mir, mein Sohn.» Armandos Gebete hatten ihm Kraft verliehen. Sein Geist war wach und stark. Nur seine Körperenergien hatten nachgelassen. Ein stärkendes Essen und die Bewegung fehlten ihm, sein täglicher Spaziergang, der Austausch mit Menschen.

Gott allein genügte ihm nicht mehr. Und das machte ihm Angst.

«Deine Zeit wird kommen.»

Er hatte eine Stimme. Oh Gott, er vermochte zu sprechen. Das Ungeheuer unter der Tür wies menschliche Züge auf.

«Bitte, befreie mich von den Ketten. Ich werde nicht weglaufen. Ich bin ein alter Mann. Wo soll ich bloss hin? Mir schwinden die Kräfte. Willst du, dass ich sterbe?»

Der Fremde stellte gefüllte Wasserflaschen auf den Boden, legte einen Papiersack dazu. Armando sah ihm an, dass er zauderte.

«Ich sollte eine Dusche nehmen, die Kleider wechseln. Ich halte es so nicht aus. Ich sterbe im eigenen Schmutz. Willst du das?»

Stille. Bloss das leise Säuseln des Atems.

«Wir sind uns schon einmal begegnet, nicht wahr?» Armando versuchte, die Präsenz des Fremden hinauszuzögern. Reden half. Reden half immer. «Was bedrückt dich, mein Sohn? Du darfst mir alles erzählen. Ich kann schweigen.»

Der Stoff rauschte, als er sich zum Gehen umwandte. Er verschwand durch die Tür, das Licht ging aus. Nur der schwache Schein der Glühbirne blieb. Und ein kaum wahrnehmbarer Geruch nach etwas Vertrautem. Armando sank in die Knie.

***

Louis hatte sich nicht, wie vereinbart, gemeldet. Ob er sauer war? Oder hatte er herausgefunden, dass sie sich in seinen PC eingeloggt hatte? Carla tigerte vom Wohnzimmer zur Küche und wieder zurück. Den Käsekuchen aus dem Supermarkt hatte sie nicht angerührt, dagegen bereits drei Gläser Pinot Grigio getrunken. Sie hätte die Welt umarmen können. Ihr Bericht war heute in der Zeitung erschienen, nachdem sie Forster doch noch hatte überzeugen können. Der erste Teil ihrer Serie über Kirchen. Drei Spalten, in denen sie die Leser neugierig auf mehr machte. Sie prangerte darin die fehlenden Neuerungen der christlichen Religionen, insbesondere des Katholizismus, an und im Gegenzug die Entweihung der Gotteshäuser, die zweckentfremdet für alle möglichen Unterhaltungen Verwendung fanden. Dass Forster ihr grünes Licht dafür gegeben hatte, war dem Bericht über junge Witwen geschuldet, dem Carla mit unterschwelligem Grollen Platz eingeräumt hatte. Forster hatte ihr für den Rest des Tages freigegeben.

Auf ihre Anrufe reagierte Louis nicht. Dabei hätte sie ihm die positive Nachricht gern mitgeteilt. Falls er einen Blick in die Zeitung geworfen hatte, was er üblicherweise tat, hatte er ihre halbe Seite sicher bemerkt.

Okay, vielleicht war er deswegen nicht gut auf sie zu sprechen und meldete sich nicht. Die Geschichte ging weiter. Einmal pro Woche durfte Carla ihre Meinung kundtun, über den Verlust des Glaubens, das Ignorieren der Kirchen, wenn sie parallel dazu Forsters Wunschthema umsetzte. Carla fühlte jenen Stolz in sich, der sie masslos werden liess. Sie schenkte sich ein weiteres Glas Weisswein ein und setzte sich damit ans Fenster. Endlich konnte sie beweisen, was in ihr steckte, und akribische Recherchen anstellen. Über Themen, die sie forderten, bei denen ihre Intelligenz gefragt war. Sie wollte es auch ihrem Kollegen zeigen, der über die Morde schreiben durfte.

Schwyz döste unter ihr im diesigen Licht. Der Regen der letzten Tage hatte endlich nachgelassen. Nebel kroch den Boden entlang, liess alles düster wirken.

Der Mann von nebenan führte seinen Kurzhaardackel aus. Und Rob, der Spanner vis-à-vis, stand vor seinem Teleskop und glaubte, sie sähe ihn nicht. Aber Carla hatte ein Auge dafür, zumal sie selbst liebend gern in fremde Schlafzimmer guckte. Nur reichte ihr Fernglas nirgends hin. Sie schlug ihre Agenda auf. Als fortschrittlich denkende Zeitgenossin verfügte sie dennoch über ein solides Notizbuch. Altbewährt und verlässlich. Sie hatte sich neulich ein paar Adressen von Psychiatern im Kanton Schwyz herausgesucht und war auf eine Koryphäe gestossen. Sie hatte ihn nur kurz gesprochen, weil er einen Patienten hatte. Er hatte sie gebeten, sich heute bei ihm zu melden, und ihr sogar seine direkte Nummer mitgeteilt.

Carla wählte seine Handynummer. Auf seine Combox war sie nicht vorbereitet. Sie stotterte ihren Namen. Wie peinlich. Er würde aus der Art, wie sie sprach, sicher ihren Gemütszustand analysieren können. Nicht mit mir! Carla telefonierte in die Praxis.

«Praxis, Dr. Heiniger, was kann ich für Sie tun?»

Gleiche Ansage wie letztes Mal.

«Mein Name ist Carla Benizio. Ich würde gern Dr. Heiniger sprechen.»

«Geht's um einen Termin?»

«Um etwas Privates.» Falsche Information. Carla wäre am liebsten im Boden versunken.

«Tut mir leid», kam es aus dem Smartphone. «Rufen Sie nach Feierabend an.»

«Ich habe versucht, ihn auf seinem Handy zu erreichen. Er meldet sich aber nicht.»

«Er wird seine Gründe haben.»

«Hören Sie, es ist wichtig. Ich bin Journalistin, und er hat mir ein Interview versprochen.»

«Ich werde es ihm ausrichten. Wie ist Ihr Name?»

Carla drückte sie genervt weg. Keine gute Idee, in ihrem beschwipsten Zustand zu reden. Sie würde sich gedulden müssen. Der Nachbar auf der Strasse nahm die Hundekacke auf. Carla verliess ihren Platz. Sie ging in die Küche, setzte sich an ihren Laptop. Dieser Heiniger war nicht der einzige Psychiater. Obwohl Carla entsprechende Namen und Adressen in ihrer Agenda notiert hatte, öffnete sie das Internet, bewegte den Cursor und gab unter Google «Psychiater Kanton Schwyz» ein. Gleich dreissig Namen sprangen ihr entgegen. Sie scrollte von Anfang bis zum Schluss durch. Da, dieser Name gefiel ihr. Klang irgendwie nach Schokolade. Und er bot Psychiatrie und Psychotherapie an. Carla überlegte. Sollte sie doch besser einen Psychologen anstupsen? Oder vielleicht eine Frau?

Dr. Marijo Frigo. Vielleicht war es eine Frau. Marijo. Carla liess den Vornamen auf der Zunge zergehen. Sie zögerte nicht und wählte die Nummer der Praxis.

Auch Dr. Frigo hatte eine Sekretärin. Diese meldete sich, tönte weniger automatisiert wie die vorhergehende Lady.

«Hicks.» Carla räusperte sich. Reiss dich zusammen, schalt sie sich. Das hier ist eine ernste Angelegenheit. «Carla Benizio. Kann ich mit Mar… Dr. Frigo sprechen?»

«Worum geht's?»

Jetzt bloss keine depperte Antwort. «Ich bin Journalistin und möchte sie gern für ein Interview anfragen.»

«Ein Interview. Warten Sie, ich will sehen, ob er Zeit hat.»

«Er?»

«Ach, Sie meinen wegen des Vornamens.» Die Sekretärin lachte auf. «Hat nichts mit Unterwäsche zu tun.»

«Oh. Ja, klar. Also nicht.» Carla verhaspelte sich. Auf diesen Scherz war sie nicht gefasst.

«Sie würden ihn gern sprechen?»

«Ich möchte ihn nicht gleich interviewen, bloss einen Termin mit ihm vereinbaren.»

«Wenn das so ist, kann ich Ihnen einen Termin geben.»

«So schnell? Ehm … Ich meine, sind Sie denn befugt?» *Sind*

Sie denn befugt? Was für eine blöde Bemerkung. Natürlich war sie befugt. Sie war seine Sekretärin und koordinierte die Termine. Wie bescheuert musste das denn tönen?

«Würde Ihnen morgen vor dem Mittag passen?»

«Morgen ist Samstag.»

«Er hat dann nur einen Patienten.»

«Ja, gern. Auf jeden Fall. Wann soll ich wo sein?»

«Elf Uhr.» Sie teilte ihr die Adresse mit.

⁂

Valérie und Oliwia Maria erreichten den Stützpunkt in Biberbrugg gegen halb vier. Sie hatten sich den Wagen eines Kollegen geliehen und waren zu zweit hierhergefahren. Beim Eingang wartete bereits Zanetti.

«Ist Caminada nicht da?» Valérie berührte flüchtig Zanettis Gesicht. Als sie sich nach Oliwia Maria umwandte, fing sie ein herzliches Lächeln ein. Vielleicht würde daraus einmal eine Freundschaft werden, ging ihr durch den Kopf. Die knallharte Analytikerin hatte bestimmt einen weichen Kern.

«Ich habe mit ihm gesprochen.» Zanetti hielt die Tür auf. «Seine Frau Menga hatte einen Unfall.»

Valérie blieb stehen. «Schlimm?»

«Jemand ist in sie reingefahren, als sie beim Einparken war. Sie wurde mit Verdacht auf ein Schleudertrauma ins Spital eingewiesen.»

«Das hätte Gian Luca mir auch mitteilen können.»

«Du weisst, dass er es nicht einfach hat mit seiner Frau.»

«Also hast du dich mit ihm darüber unterhalten?»

«Von Mann zu Mann.»

Oliwia Maria warf Valérie einen zerknirschten Blick zu. Eventuell dachte sie dasselbe wie sie. Es gab Dinge, die verstand man nur unter seinesgleichen. Valérie wollte es dabei bewenden lassen. Sie passierte den Eingang, ging zum Lift.

«Es gibt einen dritten Toten?» Zanetti kam ihr nach.

«Ja.»

«Sorry, dass ich nicht dort war. Ich hatte ein Gespräch mit Auf der Maur.»

«Dann können wir uns auf einen zusätzlichen Druck von oben gefasst machen.»

«Er begrüsst unseren Entscheid, Oliwia Maria ins Boot geholt zu haben.»

«Ach, wie grosszügig.» Valérie drückte den Liftknopf nach oben. Sie mochte den Regierungsrat nicht. Er war ein selbstgefälliger alter Mann, der sich in Dinge einmischte, die ihn nichts angingen, und der sich andauernd wichtigmachte. Jedermann hoffte, man würde ihn bei den nächsten Wahlen endlich vom Sockel stossen.

Im Sitzungszimmer roch es nach abgestandener Luft. Valérie riss die Fenster auf. Am Mittag hatten alle nach der Einsatzbesprechung den Raum fluchtartig verlassen.

Oliwia Maria schwang sich auf den Stuhl in der Nähe der Pinnwand.

Valérie setzte sich ihr gegenüber. Sie fühlte sich erschöpft. Die zweite junge Witwe innerhalb weniger Tage über den Tod deren Mannes zu informieren setzte ihr sehr zu. Im Hals sass ein verdächtiger Klumpen fest. «Unsere Vermutung, es könnte sich bei den Toten ausschliesslich um ehemalige Theologiestudenten handeln, hat heute einen Riss bekommen. Plötzlich sind die Verbindungen weg, und wir stehen wieder am Anfang.»

«Du denkst aber nicht daran, die Suche nach den heutigen Aufenthaltsorten der damaligen Studenten aufzuheben?» Oliwia Maria sah sie kritisch an. «Es gibt noch immer Verbindungen zwischen allen drei Opfern. Und diese möchte ich belegt haben. Auch wenn der dritte Tote aus dem Rahmen zu fallen scheint, wurde Haltiner mit der gleichen Brutalität getötet wie die beiden andern.»

«Was schliesst du daraus?» Zanetti war stehen geblieben.

Valérie ahnte, wie nervös er war. Tag sechs, und sie hatten nichts. Kein Gesicht hinter dem Täter, ausser einem Phantombild, das wenig bis nichts hergab, keinen Anhaltspunkt und das

Schlimmste: Es zeichnete sich kein Motiv ab. Oder es war einfach nicht ersichtlich. Und der Täter konnte jederzeit wieder zuschlagen.

«Wenigstens haben wir ein paar Informationen über die Opfer.» Oliwia Maria breitete die neusten Rapporte aus. «Thomas Haltiner war Koch in einem Alters- und Pflegeheim, verheiratet, Vater eines vier Monate alten Sohnes. Auch der erste Tote war verheiratet und Vater zweier Söhne. Dagegen war der zweite Tote homosexuell. Zahir Kälin war adoptiert. Die Eltern hatten sich von Benjamin Wyss abgewandt, und Thomas Haltiner war der Sohn eines bekannten Arztes aus Einsiedeln, der vor vier Jahren verstorben war. Betrachte ich diese Konstellation, könnte ich davon ausgehen, der Täter habe willkürlich gemordet. Ich will aber nicht daran glauben. Parallel zu den Morden wurden verschiedene Heiligenrequisiten von einem zum andern Platz verschoben.» Oliwia Maria legte ihre Stirn in Falten. «Gibt es zur aktuellen Tat eine neue Umsiedelung?»

«Wir haben keine Kenntnis davon.» Valérie brummte der Schädel. «Was immer der Täter im Schild führt, es muss etwas mit Religion zu tun haben, mit Heiligen im katholischen Glauben, vielleicht sogar mit dem Jakobsweg, wenn wir den Verlauf der Morde respektive der verschobenen Requisiten und Figuren miteinbeziehen. Im weitesten Sinn mit der katholischen Kirche.»

«Das führt uns zum heiklen Thema der Kindsmisshandlung.» Zanetti setzte sich an die Schmalseite des Tisches.

«Wir können es nicht ausschliessen.» Valérie wollte diesen Verdacht nicht auf Eis legen, ihm aber auch keine unnötige Dynamik geben. «Wir werden selbstverständlich auch in diese Richtung ermitteln müssen.»

«Und der Pfarrer?», fragte Zanetti.

«Bislang haben wir ihn weder lebend noch tot gefunden.» Valérie streckte sich. «Der Pfarrer … Wir sahen in ihm immer nur ein weiteres Opfer. Wir sollten unser Augenmerk auf ihn richten. Er ist verschwunden, ja, aber das heisst längst nicht, dass er gekidnappt wurde. Möglicherweise hatte er einen Grund, sich zu verstecken. Weil er aus dem Versteck agiert.» Valérie stützte ihre Ellenbogen auf dem Tisch ab und legte ihr Gesicht in die Hände.

«Pfarrer Negroni ist über achtzig», sagte Oliwia Maria. «Gemäss Protokoll hat er Probleme mit den Beinen. Wie wollte er das Kreuz aus der Hurden-Kapelle demontieren und zum Etzel fahren? Weiter brauche ich wohl nicht zu argumentieren. Das ist schlicht nicht möglich. Aber», sie machte eine nachhaltige Pause, «wir sollten nach Verbindungen zwischen ihm und den anderen Opfern suchen.»

«Louis und Fabia kümmern sich bereits darum.» Valérie spürte diese bodenlose Ohnmacht. Ihr Kopf schien zu platzen. Sie suchte den Blickkontakt mit Zanetti. Doch dieser war mit seinen eigenen Gedanken beschäftigt.

«Warten wir die neusten Resultate vom KTD ab.» Oliwia Maria schaffte es, wenigstens etwas Ruhe in die hektische Atmosphäre zu bringen.

SIEBEN

«Sie sind hinter mir her.» Elisha streckte seine Beine von sich. Es hatte viel Überwindung gekostet, sich auf die Liege zu legen. Dr. Frigo hatte ihn fast dazu zwingen müssen. «Ich bin froh, konnte ich im letzten Moment in Ihr Therapiezimmer flüchten.» Sein Atem ging unregelmässig, und sein Herz schlug bis zum Hals.

«Wollen wir dort weiterfahren, wo wir letzthin aufgehört haben?»

«Ich erinnere mich nicht mehr.» Noch steckte ihm sein schreckliches Erlebnis in den Knochen. Jemand hatte ihn verfolgt. Er war sich sicher, ein Abtrünniger der finsteren Heerscharen war es gewesen.

«Sie erzählten von Rom, vom Vatikan und von dem Helikopterrundflug. Was haben Sie dort gesehen, das Sie aus dem Gleichgewicht gebracht hat?»

Die Erinnerung kam schleichend. «Waren Sie schon einmal in Rom?»

«Das ist lange her. Ich habe die Stadt auf Augenhöhe gesehen. Der Blick vom Himmel war mir verwehrt.» Dr. Frigo sprach leise.

«Vielleicht hätten Sie es auch gesehen, wenn Sie darübergeflogen wären.» Elisha zögerte. Er hatte diese unglaubliche Geschichte niemandem zuvor erzählt. «Ich sah ihn.» Er musste schlucken. Es durfte nicht sein, dass er dessen Namen aussprach.

«Wen haben Sie gesehen?»

«Den … den …» Wieder schwindelte ihm, und vor seinen Augen verschwamm alles.

«Es kann nichts passieren.» Dr. Frigos sanfte Stimme. «Ich bin bei Ihnen.»

«Den … den Schlangenkopf.»

«Sie haben einen Schlangenkopf aus dem Helikopter gesehen.» Es klang wie eine Feststellung.

«Sie glauben mir nicht?» Sein Herz schlug wieder schneller.

«Kann es sein, dass Sie sich von einem Trugbild haben narren lassen?»

«Nein, ich sehe ihn vor mir, als wär's gestern gewesen. Die längliche, flache Form und die Augen auf den Seiten. Ich schwöre, es war ein Schlangenkopf. Ich habe ihn auch von innen gesehen.»

«Erzählen Sie.»

«Wir sind zurückgekehrt. Benjamin wollte unbedingt, dass wir uns den Audienzsaal des Papstes ansehen. Waren Sie dort schon mal drin?»

«Er wird nicht für jedermann zugänglich sein.»

«Benjamin und ich hatten Zutritt.» Wie sechstausendfünfhundert andere Personen auch, dachte er und konnte Dr. Frigos Bemerkung nicht nachvollziehen. Elisha schloss die Augen. Er musste sich entspannen. Ruhig werden, bevor er seinem Mentor von diesem Ungeheuerlichen erzählte. Er spürte, wie er zitterte. An den Füssen begann es, breitete sich über seinen Körper aus. Er vermochte es kaum mehr zu kontrollieren. «Wir standen hinten beim Eingang. Dieser Teil liegt ausserhalb des vatikanischen Territoriums. Man nennt es den exterritorialen Besitz des Heiligen Stuhls. Es war mein grosses Glück, dass ich das, was vor mir geschah, von dieser Perspektive aus betrachten konnte. Ich liess mir einen Fluchtweg offen … Glauben Sie mir, ich sah direkt auf den Schlangenkopf. Benjamin sagte, es seien strukturelle Rippen mit einer parabolisch gewölbten Decke. Ich sah jedoch das andere, die gerippte Haut, die Augen mit den schmalen Pupillen. Die Schlange hatte ihr Maul geöffnet, und ich konnte die giftigen Zähne erkennen, dort, wo man uns glauben lässt, es wären Säulen. Aber das Schlimmste an allem …» Elisha holte tief Luft. «Das Schlimmste war das, was sich im Schlund offenbarte.»

«Im Maul der Schlange?» Dr. Frigo legte ihm die Hand auf. «Beruhigen Sie sich.» Seine Hand fühlte sich kühl an, die Berührung tat ihm gut, liess sein Zittern schwächer werden.

«Zwischen den Zähnen. Benjamin sagte, es sei die Auf-

erstehung Christi, ‹La Resurrezione›, eine Skulptur des Bild-
hauers ...» Er überlegte. «Ach, ja ... Pericle Fazzini. Es stellte
Christus in einem grossen Olivenhain dar, dem Ort des Friedens,
wo er seine letzten Gebete gesprochen hatte. Ich aber sah die
Wahrheit. Jesus stieg aus einem Krater auf, mit fürchterlichen
Dingen rundherum. Es fühlte sich wie eine Explosion an, ein
Strudel aus Gewalt und böser Energie. Und als ich auf den ver-
meintlichen Kopf des Herrn Jesus sah, erkannte ich den Kopf
eines Reptils. Ich konnte es nicht von der Hand weisen, auch
wenn Benjamin es anders interpretierte. Er sah nur Haare, ich
dagegen einen Schlangenkopf. Das Böse ist seither hinter mir her.
Ich trug es im Gepäck mit, als ich in die Schweiz zurückfuhr. Es
breitet sich hier aus. Schauen Sie den Menschen in die Augen.
Dann werden Sie sie erkennen. Sie sind mitten unter uns.»

✳✳✳

Was für ein historischer Protzkasten, dachte Carla, als sie das
schmiedeeiserne Tor an der Strasse öffnete. Psychiater sollte
man sein. Sie schritt über einen mit Kiesel belegten Weg inmitten einer Pappelallee. Die Bäume standen wie schlanke, stolze
Frauen Spalier. Carla blieb vor dem Treppenaufgang stehen,
nicht sicher, ob sie links- oder rechtsseitig auf den Stufen hoch-
gehen sollte. Falls Dr. Frigo sie von einem der Fenster aus beobachtete, würde er sie bestimmt schubladisieren, ihr womöglich
eine politische Richtung attestieren. Blödsinn! Der Typ war auch
nur ein Mensch. Sie entdeckte eine Tür direkt vor ihr, was ihr
die Entscheidung abnahm. Eine Kellertür vielleicht? Auf der
Seite gab es eine Klingel.
        Carla wartete. Louis war spät am Abend zurückgekehrt,
schlecht gelaunt und wortkarg. Sie kannte ihn nicht von dieser
Seite. Er hatte ihr leidgetan. Sie hatte auf die Schnelle gekocht,
und sie waren später bis Mitternacht am Küchentisch sitzen
geblieben. Es war ein Schock gewesen, als Louis sie vor das
Ultimatum stellte: Entweder würde sie die nötige Transparenz
schaffen, oder sie müsste ausziehen. Er halte ihre Geheimnis-

krämerei und vor allem ihre Wankelmütigkeit nicht mehr aus. Zum ersten Mal seit Beginn ihrer Beziehung hatte sie geweint und ihm eine Szene gemacht. Sie hatte gespürt, was Louis ihr bedeutete. Ihn im jetzigen Zeitpunkt zu verlieren wäre einem Weltuntergang gleichgekommen. Sie hatten geredet, was längst überfällig war. Ob es eine Besserung in ihrer Beziehung geben würde, stand in den Sternen. Es gab auch von Carlas Seite Dinge, die sie für sich behalten musste.

Sie sah zurück auf die Allee, auf das Tor am Ende der Zufahrt, und es dünkte sie, als wäre sie gefangen in einem verwunschenen Garten, der sich über eine grosse Fläche ausdehnte. Mit einem uralten Baumbestand. Dann schweifte Carlas Blick ab zur Fassade, die aus der Nähe einige Makel erkennen liess. Es musste ein älteres Gebäude sein, seit Ewigkeiten nicht mehr renoviert. Ein seltsames Gefühl erfasste sie, als sie die Klingel drückte. Sie war nervös, und das Gespräch mit Louis beschäftigte sie.

Man öffnete ihr. Eine Frau stand unter der Tür. Ihr weisser Anzug vermochte nicht, die dünne Gestalt zu kaschieren. «Sie sind sicher Frau Benizio.» Ihre freundliche Begrüssung erstickte jedwede dunkle Vorahnung in ihrem Keim. «Wir haben miteinander telefoniert. Bitte, treten Sie ein.»

Auch im Hausinnern hatte man nichts für eine Renovation investiert. Das Odeur einer längst vergessenen Zeit kroch aus allen Ecken und Spalten. Die antiken Möbel wirkten erdrückend, die Teppiche wiesen Spuren von Abnutzungen auf, und der Kronleuchter an der Decke entstammte nach Carlas Ermessen einem Gruselkabinett. Eine Standuhr war stehen geblieben und zierte den Durchgang vom düsteren Entrée in einen Wohnbereich, der als Wartesaal diente. Dort befand sich auch ein Pult mit Computer und an der hinteren Wand ein bis zur Decke reichendes Regal mit der Enzyklopädie geisteswissenschaftlicher Bücher sowie Werken über Psychologie. Die systemische Anordnung liess die Vermutung zu, dass man damit arbeitete. Die Sammlung war beeindruckend.

Die alte Villa am Rand von Einsiedeln liess in Carla ein mulmiges Gefühl aufkommen. Sie war sich anderes gewohnt.

Einzig die Freundlichkeit der Frau, die sich als Praxisassistentin vorgestellt hatte, vermochte sie aufzuheitern. Vielleicht war der Besitzer dieser Villa ein Liebhaber von Antiquitäten, und wer darin arbeitete oder sogar lebte, genoss ein besonderes Privileg.

Dr. Frigo holte sie persönlich ab. Er führte sie eine Etage höher, über eine Treppe, die sich auf halbem Weg teilte. Auf dem Zwischenstock schmückte eine Gipsfigur die Wand. Carla vermochte nicht, uninteressiert an ihr vorbeizugehen.

«Das ist Carl Gustav Jung», sagte Dr. Frigo, nicht ohne Stolz in seiner Stimme. «C. G. Jung ist Ihnen sicher ein Begriff. Er war ein Schweizer Psychiater und der Begründer der analytischen Psychologie. Er ist mein grosses Vorbild.»

«Aber Jung wurde nicht als Psychoanalytiker betrachtet», insistierte Carla.

«Oh, auf den Mund gefallen sind Sie nicht, junge Dame. Kommen Sie.» Er ging voraus, und sie erreichten einen Korridor, an dessen Ende ein grosses, bis zum Boden reichendes Fenster lag. Der Blick nach draussen blieb im verfärbten Laub hängen. Daneben ging eine Tür weg. «Treten Sie ein.» Dr. Frigo liess Carla passieren.

«Ihr Therapiezimmer?» Carla blieben bei dessen Anblick Mund und Augen offen. «Fällt ganz schön aus dem Rahmen.»

Der helle Raum wirkte beruhigend. Eine Sitzlandschaft lud zum Verweilen ein. In der Nähe zweier Fenster standen ein Pult und ein Drehsessel, davor zwei Besucherstühle, nicht minder modern. Und im Zentrum befand sich eine Liege mit orangen Kissen. Zwei mannshohe Palmen in Messingtöpfen und passende Designerleuchten rundeten alles zu einem harmonischen Ganzen ab.

«Ich habe auf diesem Stockwerk mit der Renovation begonnen.» Dr. Frigo setzte sich auf seinen Sessel. «Die Villa steht unter Denkmalschutz. Für jede Veränderung muss ich eine Bewilligung beim Kanton einholen. Ich nehme es gemächlich. Aber es lohnt sich.»

«Dann sind Sie der Besitzer?» Carla kam nicht aus dem Stau-

nen heraus. Sie setzte sich auf einen der Besucherstühle und hatte
Zeit, ihr Gegenüber zu betrachten.

«Ja, stolzer Besitzer einer Villa aus dem siebzehnten Jahrhundert.»

Dr. Frigo war ein stattlicher Mann um die fünfundvierzig mit
angegrauten Schläfen, was ihn auf eine seltsame Weise attraktiv
machte. Dunkle, tiefgründige Augen verschwanden hinter einer
fein geränderten Brille und verdeckten halbwegs wild wuchernde
Brauen.

«Das Haus gehört mir seit rund zwei Jahren. Als ich mich
selbstständig machte, konnte ich es zu einem erschwinglichen
Preis kaufen, mit der Auflage, dass ich nichts an seinem Äussern
ändere. Mein Ziel ist es, in den nächsten Jahren das Interieur
sanft zu renovieren und dann nach und nach Patienten aufzunehmen.»

«Sie beabsichtigen, eine Klinik zu eröffnen?» Carla nahm
ihren Notizblock aus der Tasche. «Sie erlauben, dass ich das
aufschreibe?»

«Selbstverständlich.» Dr. Frigo schenkte ihr ein Lächeln.
«Meine Praxisassistentin hat mir mitgeteilt, dass Sie mich interviewen möchten. Über die Details konnte sie mir nichts sagen.»

«Danke für Ihre Zusage. Ich schreibe für das Boulevardblatt.
Und bevor Sie mich verurteilen, ich arbeite an einer Serie.» Carla
hatte Forsters Forderung nicht vergessen. Er hatte ihren halbseitigen Bericht über die Kirchen gebracht, aber darauf beharrt,
die Geschichte der Hinterbliebenen zu forcieren. Wenn schon
eine Serie, dann auch diese.

«Wie aufregend.»

Carla hielt inne. War es möglich, dass Dr. Frigo nicht wusste,
worum es ging? Carla versuchte, seine Reaktion abzuschätzen.
«Sie haben bestimmt von den drei Morden gelesen, die sich in
den letzten Tagen in Hurden und Einsiedeln zugetragen haben.»

«Wer hat nicht davon gehört?»

«Es geht mir nicht um die Morde, denn vielmehr um die Hinterbliebenen. Was eine solche Tat aus ihnen macht. Ich werde
mich mit der Witwe des ersten Opfers unterhalten. Nun wäre es

schön, könnten Sie mir aus der Sicht des Experten mehr darüber erzählen. Was geht in einem Menschen vor, der soeben einen geliebten Partner durch ein Gewaltverbrechen verloren hat?»

Dr. Frigo schien perplex. Carla war sich bewusst, dass sie ihn damit überrumpelt hatte. Anders wäre sie nicht ans Ziel gekommen. Hartnäckigkeit zeichnete sie schliesslich aus.

«Ihre Angelegenheit überrascht mich. Ich hatte nicht damit gerechnet. Ich war der Meinung, es ginge allgemein um den Beruf des Psychiaters und Psychoanalytikers, um meine Passion als Hausherr und meine zukünftige Privatklinik.»

Carla erkannte nicht, was sich hinter seinem Lächeln versteckte.

«Hätte ich es früher gewusst, so hätte ich mich darauf vorbereiten können. Über Patienten kann ich nicht sprechen. Aber darauf zielt es letztlich ab.»

Carla ging nicht auf seinen Einwand ein. Schlimmstenfalls würde sie auf Dr. Heiniger ausweichen können, der sie heute Morgen vor Verlassen der Wohnung auf ihr Handy angerufen hatte. «Was gedenken Sie denn, mir über Ihre Arbeit zu verraten?»

Dr. Frigo erhob sich wider Erwarten. «Ich bedaure, aber über meine Tätigkeit gibt es nichts zu berichten, vor allem nicht bei einer Zeitung wie der Ihrigen.» Er kam um das Pult herum. «Sollten Sie sich überlegen, über die Villa und meine Zukunftspläne zu schreiben, werde ich Ihnen im Rahmen meiner Möglichkeiten helfen. Meine Tätigkeit als Psychiater ist unter diesen Voraussetzungen tabu.»

«Weil ich bei der falschen Zeitung bin?» Carla konnte seine Hundertachtzig-Grad-Kehrtwendung nicht nachvollziehen.

«Weil Sie bei der falschen Zeitung sind.»

«Hat es einen Grund?» Carla erhob sich ebenfalls.

Dr. Frigo wies sie zur Tür. «Meine Familie, liebe Frau Benizio, war vor Jahren Opfer einer grossen Hetzkampagne.»

✵✵✵

«Valérie, hier sind zwei junge Männer, die eine Aussage zum Hurden-Kreuz machen möchten.»

Sie hatte gerade den Sitzungsraum verlassen und war auf Louis gestossen. Vor wenigen Minuten hatte sie sich erneut mit Oliwia Maria beraten. Langsam zeichnete sich ein Täterprofil ab, das für ihre Begriffe jedoch zu wenig aussagekräftig war. «Wo hast du sie hingebracht?»

«Sie warten im Vernehmungszimmer vier.»

«Hast du sie nicht befragt?»

«Wir haben die Adresse eines Theologiestudenten aus dem Jahr 1996 bekommen, und Fabia hat ein Treffen mit ihm organisiert. Ich begleite sie.»

Valérie fuhr mit dem Lift ins Erdgeschoss und checkte auf dem Weg nach unten ihre Maileingänge auf dem iPhone. Dabei bemerkte sie, dass Colin sie mehrmals gesucht hatte. Ausgerechnet während ihrer hektischen Arbeitszeit. Sie verschob den Rückruf auf später. Mensch, er war volljährig. Im Zwiespalt ihrer Gefühle stiess sie die Tür zum Raum vier auf. Die beiden Männer, von denen Louis gesprochen hatte, sassen am Tisch, stumm wie zwei Fische, beide mit dem ersten Flaum eines Bartwuchses und rot glänzenden Pusteln auf der Stirn. Teenager, ging Valérie durch den Kopf. Sie stellte sich vor und setzte sich den Jungs gegenüber. Sie verlangte Namen, Adresse und Geburtsdatum.

«Sie sind über einen Zeugenaufruf hierhergekommen. Ist das richtig?»

«Ja», sagte der, welcher links sass. In der Folge führte er das Wort.

Valérie stellte den Aufnahmemodus an ihrem iPhone ein und legte dieses auf den Tisch. «Erzählen Sie.»

«Es geht um das Kreuz aus der Hurden-Kapelle, welches im Zusammenhang mit dem Brand steht. In der Zeitung stand, dass es während oder kurz vor dem Brand demontiert worden sei und man es wieder in der Meinrad-Kapelle gefunden habe.»

«Das stand so in der Zeitung.» Valérie kannte die Abweichungen von den Statements der Polizei und dem, was die Presse an die Öffentlichkeit brachte. An betreffendem Bericht hatte sie ausnahmsweise nichts zu bemängeln.

«Am Freitagabend, also am siebzehnten September, fuhren mein Kollege und ich mit dem Velo durch Hurden und machten halt auf dem Parkplatz neben der Kapelle. Wir wunderten uns, dass um die Zeit, es war etwa neun Uhr am Abend, jemand mit einer Leiter aus der Kapelle kam.»

«Mit einer Leiter?»

«Ja, mit einer Leiter, die man verlängern kann. Er verstaute sie in seinem Wagen, konnte aber wegen der Länge den Kofferraumdeckel nicht schliessen. Er fluchte, und wir fragten ihn, ob wir helfen können. Aber er palaverte etwas vor sich hin und fuhr dann weg, mit offenem Deckel.»

«Und das Kreuz?» Valérie zweifelte an der Aussage. Es passierte ihr nicht zum ersten Mal, dass man sie veräppelte.

«Wir glauben, dass das Kreuz bereits im Auto war. Denn wir wollten sehen, was er in der Kapelle gemacht hatte. Dort fiel uns auf, dass das Kreuz fehlte.»

«Aber ihr habt es nicht mit eigenen Augen gesehen, ist das richtig?»

«Das Kreuz?»

«Ja.»

«Nein.»

Valérie wusste nicht, ob sie damit weiterkam. Wenn das stimmte und jemand hatte das Kreuz am Freitagabend aus der Kapelle geholt, war nicht sicher, dass er auch der Mörder war. «Erinnern Sie sich an das Auto?»

«Ein Opel Mokka, schwarz oder dunkelblau … Hybrid oder sogar Elektro.»

«Haben Sie das Kennzeichen notiert?» Valérie spürte Adrenalin, konnte die Antwort kaum abwarten.

«Nein, sorry. Zu dem Zeitpunkt wussten wir nicht, wie wichtig es ist.»

«Können Sie wenigstens den Mann beschreiben?»

Die Jungs sahen einander an, und Valérie ärgerte sich, weil sie kein Foto eines Verdächtigen vorweisen konnte.

«Eins fünfundachtzig, schwer, kurze Haare, blasses Gesicht.»

Was auf einen Zehntel der Schweizer zutraf. «Fiel Ihnen sonst noch etwas an ihm auf?»

«Eine Narbe wie Ihre?», fragte derjenige, der bislang geschwiegen hatte.

Sein Kollege boxte ihm in die Seite. «Entschuldigung. Er hat es nicht so gemeint. Natürlich hatte er keine Narbe.»

Valérie schluckte es hinunter. «Erinnern Sie sich an eine rote Kassette?»

«Kassette?» Die Jungs sahen einander an.

«Auf oder vor dem Altar?»

«Nein.»

«An Blut?

«Blut?», fragte der, der links sass.

Valérie sah ihm an, dass er nichts wusste. «Was trug er?»

«Jeans, ein Hemd, vielleicht ein Shirt. Es war warm an jenem Abend.»

✳✳✳

Nach der Mittagspause, die Valérie befohlen hatte, zwingend einzuhalten, trafen sich die Ermittler im Sitzungsraum.

«Ich hoffe, ihr habt gut gespeist.» Sie selbst hatte sich in ihrem Büro mit einem kalten Snack verpflegt und später Colin angerufen. Er hatte fröhlicher geklungen als letztes Mal, aber es war eine aufgesetzte Fröhlichkeit gewesen. Auf die Frage, wie es ihm gehe, hatte er nicht geantwortet, sich jedoch selbst zum Nachtessen heute Abend eingeladen. Allein.

Valérie blätterte unkonzentriert in ihren Unterlagen. «Wir suchen nach einem Opel Mokka, schwarz oder dunkelblau, eventuell dunkelgrün, entweder ein Benziner oder Hybrid, möglicherweise auch Elektro. Die Zeugen waren sich nicht einig. Kennzeichen unbekannt. Es könnte also ein Wagen sein, der überall in der Schweiz zugelassen ist.»

«Wir haben die Automarke bereits in das Raster gegeben», sagte Louis. «Die Marke fiel bereits beim letzten Tatort.»

«Ich erinnere mich. Hat man ein Ausschlussverfahren gemacht?»

Fabia schob ihr eine Liste zu. «Steht alles drauf.»

«Die berühmte Nadel ...» Valérie hätte es sich denken können. «Wurden die Besitzer bereits eruiert?»

«Es gibt vierundfünfzig Mokka-Fahrer allein im Kanton Schwyz.»

«Wurden die bereits näher angesehen?»

«Noch sind wir nicht fertig», wich Louis aus.

«Wir müssen die Suche in den Kanton Sankt Gallen ausdehnen.» Sie sah jeden der Anwesenden der Reihe nach an. Ihr fiel auf, dass Oliwia Maria fehlte. «Weiss jemand, wo unsere Kollegin steckt?»

«Ich bin hier.» Oliwia Maria hatte soeben die Tür hinter sich zugezogen. «Entschuldige die Verspätung. Ich hatte gerade ein Gespräch mit einem Theologiestudenten von 1995.»

«Das triff sich gut.» Valéries Ärger war verflogen. «Louis und Fabia hatten heute Vormittag ein Treffen mit einem Studenten von 1996. Aber lasst uns zuerst über den Vorfall vom siebzehnten September sprechen. Es gibt erste Beschreibungen eines Mannes, der am vorletzten Freitag das Kreuz aus der Hurden-Kapelle gestohlen haben könnte.»

«Warum ‹haben könnte›?» Oliwia Maria ging zu ihrem Sitzplatz und legte die Mappe auf den Tisch.

Valérie informierte über die Beobachtungen der beiden Jungs. «Es bleibt bei der Annahme, dass der Mokka-Fahrer das Kreuz aus der Kapelle entwendet hat. Mutmasslicher Beweis dafür ist eine Leiter und die Tatsache, dass beim Blick in die Kapelle das Fehlen des Kreuzes auffiel.» Ihr gefiel nicht, wie Oliwia Maria sie ansah.

«Tatsächlich?» Louis grinste vor sich hin. «Sind diese Jungs Kirchengänger? Kannten sie die Kapelle? Wie will ihnen aufgefallen sein, dass das Kreuz fehlt?» Er wies auf die Pinnwand. «Es hing über dem Altar. Wie konnten sie wissen, dass es dort jemals war?»

Valérie liess sich nicht aus der Fassung bringen. «Ich habe die

Jungs zu IT-Müller für die Anfertigung eines Phantombilds geschickt. Die Beschreibung des unbekannten Mannes könnte mit
derjenigen des Täters in der Grotzenmühlestrasse übereinstimmen. Gross, massig wegen des Umhangs. Immerhin kommen
wir der Sache etwas näher.»

«Leider gibt es von unserer Seite keinen Erfolg, was die Theologiestudenten betrifft», sagte Fabia. «Der Befragte erinnerte sich
weder an Namen noch an Gesichter seiner Kommilitonen.»

Alle Augen richteten sich erwartungsvoll auf Oliwia Maria.

«Ich hatte mehr Glück. Der Student, von dem Professor Hegetschwyler sprach, war diesem Studienkollegen ein Begriff.
‹Störfaktor› hätten sie ihn genannt, wenn er ganz durchdrehte.
Er sei durch seine verqueren Ansichten, was den Katholizismus
betraf, immer wieder negativ aufgefallen. Noch vor Ende des
zweiten Semesters habe er gehen müssen, weil er für die andern
nicht mehr tragbar war. Was aus ihm geworden ist, konnte er
mir nicht sagen.»

«Und den Namen?» Für Valérie war im Moment nur dieser
von Belang.

«Gotthilf. Steht leider nirgends auf der Namensliste.»

«Sonderbar», fand Fabia, «wer nennt denn heutzutage seinen
Sohn Gotthilf?»

«Er kam 1975 oder 1976 zur Welt», sagte Louis' Tischnachbarin. Sie hatte den Laptop aufgeklappt. «Zu der Zeit vielleicht
ein gebräuchlicher Vorname. Im deutschen Sprachraum kommt
er auch als Familienname vor.»

«Auf der Liste erscheint er weder als Vor- noch als Nach-
name», sagte Oliwia Maria.

Valérie brachte Notizen an der Pinnwand an. Die Resultate
waren dürftig. Ob sie sich zu einem grossen Ganzen entwickeln
würden, zeichnete sich im Moment nicht ab. «Wir sollten diesen
Strang trotzdem nicht aufgeben.»

«Nein», sagte Oliwia Maria bestimmt. «Ich hatte vorhin einen
weiteren Studenten am Draht. Deshalb meine Verspätung. Er
untermauert die Aussage, dass in ihrer Klasse ein Kollege mit
Namen Gotthilf war.»

«Und warum ist er nicht auf der Liste?»

«War wohl sein Spitzname.»

Valérie warf Louis' Tischnachbarin einen Blick zu. «Kann ich dir diese Aufgabe übergeben? Ich weiss, es klingt stupid. Vielleicht kann man von ‹Gotthilf› etwas ableiten.»

Fabia und Louis steckten ihre Köpfe zusammen. Valérie hatte einen kurzen Moment das Gefühl, ihre Vorgehensweise würde von den beiden in Frage gestellt. Als nichts dergleichen verlautbart wurde, ging sie an ihren Platz zurück.

Ihre Nerven lagen blank. Sie konnte sie spüren, diese entzündlichen Fasern, die sich in ihrem Körper wie Spinnennetze ausbreiteten. Es gab Tage, in denen sich dieses Flechtwerk schmerzlich zu erkennen gab durch ein Kräuseln, das in den Fingerkuppen begann. Die schweren Fälle der letzten Jahre hatten Spuren hinterlassen. Mit jedem verbuchten Erfolg hatte sich dennoch keine richtige Befriedigung eingestellt. Vielleicht die Hoffnung, nie mehr mit solchen Gewalttaten, wie sie in der Vergangenheit geschehen waren, in Konflikt zu geraten.

Wenn Valérie ermittelte, funktionierte sie. Sie war Teil routinierter Abläufe, ein Knopf der polizeilichen Schaltstelle, die knallharte Fahnderin. Weder hatten Emotionen noch persönliche Befindlichkeiten Platz.

Je älter sie wurde, desto mehr zermürbte es sie. Immer ein wenig mehr. Manchmal überraschte es sie, wie sie die Kinkerlitzchen des Alltags dann zuliess, um sich zu spüren und sich bewusst zu werden, dass es nebst der Ermittlerin eine Frau mit Bedürfnissen und Träumen gab. In den letzten Nächten hatte sie oft geweint. Wenn sie ihren dunklen Gedanken Raum liess, wurde sie von ihnen überwältigt. Eine solch verstörende Phase war ihr nicht fremd. Durch Gespräche mit Vischer hatte sie sie in den Griff bekommen. Er aber hatte sie gewarnt, damit sei nicht zu spassen. Sie litt unter Erschöpfung. Es hatte damit begonnen, als sich eine gewisse Gleichgültigkeit einstellte. Nachrichten, die sie früher aus der Fassung geworfen hatten, plätscherten an ihr ab wie Wasser an einer in Öl getauchten Flasche. Ausgerechnet heute vermochte sie nicht, sich darüber zu äussern. Der Klumpen in ihrem Innern wurde stets grösser. Irgendwann würde sie ihn nicht mehr ignorieren können.

«Valérie?» Oliwia Maria riss sie aus ihren Gedanken. «Alles gut bei dir?»

Ihr Team hatte den Raum verlassen. Valérie stand allein ihrer neuen Kollegin gegenüber. «Alles okay.»

Oliwia Maria sah sie eindringlich an. «Wir kennen uns zwar noch nicht lange. Aber mir kannst du nichts vormachen.»

«Wie meinst du das?» Valérie räumte ihre Dokumente in die Mappe. Fehlte noch, dass sie sich in die Karten blicken liess.

«Wir Frauen haben immer das Gefühl, wir müssten uns im Beisein unserer männlichen Kollegen behaupten.» Oliwia Maria setzte sich auf die Tischkante. «Wir glauben, uns rechtfertigen und das Doppelte leisten zu müssen. Wenn die Männer Fehler machen, sehen wir mit einer Nonchalance darüber hinweg, meinen aber, uns für die eigenen zu bestrafen.»

«Bist du fertig?» Valérie hatte keine Ahnung, worauf Oliwia Maria hinauswollte. «Wir mögen uns in vielen Dingen ähnlich sein, aber solche Themen überlege ich nicht einmal.»

«Du verdrängst sie. Das ist schlimmer.»

Valérie wandte sich frontal Oliwia Maria zu. «Wir arbeiten zusammen und streben dasselbe Ziel an, einen Mehrfachmörder aus dem Verkehr zu ziehen. Es ist lieb von dir, wenn du dir Gedanken über meine Gesundheit machst. Aber glaube mir, in meinem Leben habe ich bereits zu viele Tiefschläge selbst bewältigen müssen, als dass ich mich heute von irgendetwas in den Boden ziehen lasse.»

«Sorry.» Oliwia Maria hob die Hände. «Es war nie meine Absicht, dir zu nahe zu treten.»

«Schon gut. Wir sind alle gereizt.» Valérie verliess den Raum. Sie ahnte, dass sie eine zutiefst enttäuschte Kollegin zurückliess.

Im Vernehmungszimmer zwei wartete Chiara Cottichini auf sie. Valérie hatte sie noch einmal hergebeten, weil es offene Fragen in Bezug auf die Meinrad-Kapelle gab.

Ein schwaches Lächeln breitete sich auf dem Gesicht der Frau aus. «Ich bin weitergekommen», sagte sie. «Ich habe seit unserer Begegnung viel geschrieben. Es ist, als hätte unser Gespräch eine Blockade in mir gelöst.»

«Das ist schön.» Valérie setzte sich, vermochte sich keinen Reim darauf zu machen, was ihr Gegenüber meinte. «Sie sagten letzthin, dass Sie täglich in die Meinrad-Kapelle gehen.»

«Wenn's das Wetter zulässt, ja.»

«Ist Ihnen vor dem Verschwinden der Meinrad-Statue etwas Verdächtiges aufgefallen?»

«Ich bin ja nicht gedankenlos herumgesessen.» Chiara Cottichini sah aus, als entsetze sie sich über die Frage. «Natürlich habe ich darüber nachgedacht.»

«Waren Sie am Freitag vor dem Bettag auch auf dem Etzel?»

«Sagte ich soeben. Ich bin fast jeden Tag dort.» Sie senkte die Augenlider. «Warum bin ich wieder hier?»

«Und am Samstag?»

«Auch am Samstag *und* am Sonntag.»

«Aber an all diesen Tagen befand sich die Statue an ihrem angestammten Platz.»

«Mit Sicherheit, ja.»

«Erst am Montag fiel Ihnen ihr Fehlen auf.»

«Weil das Kreuz dort stand. Ich verstehe Ihre Fragen nicht.»

Valérie ging nicht darauf ein. «Wann genau kamen Sie auf dem Etzel an?»

«Zum Glück bin ich ein Gewohnheitsmensch, nicht wahr?» Chiara Cottichini amüsierte sich offensichtlich. «Da ich um drei Uhr mit der Arbeit im Restaurant Tulipan beginne, habe ich nur morgens Zeit für Spaziergänge. Ich war um halb elf oben.»

«Dann gingen Sie zur Kapelle?»

Allmählich machte sich bei Chiara Cottichini dennoch Verunsicherung bemerkbar.

«Ich möchte, dass Sie diesen Montagvormittag Revue passieren lassen. Sich jeden Schritt vor Augen führen, den Sie zwischen dem Parkplatz und der Kapelle gemacht haben.»

«Ist das eine Hypnosestunde?» Chiara Cottichini lachte schrill auf.

«Ich kann nicht hypnotisieren.»

Chiara Cottichini nickte und schloss die Augen, öffnete sie wieder. Sie sah aus wie eine Porzellanpuppe, weiss und zerbrechlich mit diesem glasigen Blick. «Ich stieg aus. Fay rannte den Hang hinauf. Sie kennt den Weg. Sie weiss auch, dass sie vor der Kapelle auf mich warten muss und ich sie neben der Bank anbinde.» Sie sah Valérie wieder an. «Es war ein wunderschöner Tag und die Fernsicht klar.»

«Wo haben Sie Ihren Hund gelassen?»

«Sagte ich doch. Neben der Bank.»

Valérie korrigierte sich: «Wo ist er zurzeit?»

«Meine Hündin ist zu Hause. Manchmal muss sie in der Wohnung bleiben. Aus lauter Langeweile frisst sie Vorhänge.»

«Schliessen Sie die Augen.» Valérie wollte nichts anderes, als dass sich Chiara Cottichini entspannte.

«Also doch Hypnose.» Sie verzog ihren Mund zu einem Schmunzeln, holte tief Luft und setzte eine ernste Miene auf. «Ich öffnete die Tür zur Kapelle, trat ein … Moment, das stimmt so nicht. Ich öffnete die Tür, und ein Mann fiel mir buchstäblich entgegen. Er war ungehobelt, meinen Gruss erwiderte er nicht.»

«Dann gingen Sie hinein.»

«Ja, und ich befand mich die ganze Zeit allein in der Kapelle. Es muss etwa elf Uhr gewesen sein, als ich sie verliess. Ja, ich erinnere mich. Kurz darauf schlug die Glocke elf Mal.»

«Könnten Sie den Mann beschreiben, der Ihnen entgegenkam?»

Chiara Cottichini hielt die Augen wieder geschlossen, atmete tief ein, als könnte sie damit das Volumen ihrer Gedanken vergrössern. «Gross. Er überragte mich um Kopflänge. Er hatte einen ansehnlichen Body. Das fiel mir auf. Er trug bloss ein T-Shirt.»

«Wie alt war er?»

«Ich bin schlecht im Schätzen. Vierzig vielleicht.»

Valérie entnahm ihrer Mappe das Phantombild aus der IT-Abteilung. «Sah er so aus?»

Chiara Cottichini starrte lange darauf. «Ja, das könnte er sein.»

✳✳✳

Wasser, ein Tropenschauer. Dazu das Vorspiel zu Wagners Tetralogie «Der Ring des Nibelungen». Es war Monate her, seit Valérie sich zum letzten Mal fast exzessiv ihrem Ritual hingegeben hatte. Diese Wellen aus Oboen und Hörnern, die jeden Ton zur schmerzlichen Erfahrung machten. Die Gedanken zerflossen in den Berührungen, fielen widerstandslos. Atem – Schmerz – Atem. Erlösung.

Zanetti fand sie im Zustand völliger Ekstase vor. Es brauchte keine Worte. Er nahm sie in die Arme, drückte ihren nassen Körper an sich, stellte die Brause ab und die Musik leiser. «Das Rheingold» verebbte wie die letzten Tropfen im Abflussrohr. *«Cara mia, cos'è successo?»*

Valérie liess sich fallen. Die weissen Fliesen drehten sich, erzeugten einen farblosen Wirbel in ihrem Kopf, ein Kaleidoskop aus purem Nichts. Schuldgefühle auf dem Gipfel der Lust.

Zanetti begleitete sie ins Zimmer, wo sie sich auf das Bett legte. «Muss ich mir Sorgen machen?»

«Nein. Mir geht's gut.» Sie sah ihn an, diesen schönen Mann, den sie noch immer bejahte. «Ich spüre dich», sagte sie, «und doch habe ich Sehnsucht nach deinen Berührungen.»

«Ich verspreche dir, wieder mehr Zeit mit dir zu verbringen, wenn das hier vorbei ist.»

«Wann ist das? Wird es irgendwann vorbei sein? Kommt dann nicht der nächste Schlag? Die Zeit dazwischen lässt uns zum Durchatmen kaum Raum. Die Welt ist schrecklich geworden. Das Böse begleitet uns, wo immer wir uns befinden. Abends in den Nachrichten. Morgens in der Zeitung. Ich komme nach Hause und kann all die entsetzlichen Dinge nicht einfach abwaschen. Unser Fall geht mir an die Substanz und führt mir vor Augen, was uns fehlt, was der ganzen Menschheit abhandengekommen ist. Die Liebe. Nicht die körperliche …»

«Deshalb verwöhnst du dich selbst.»

«Du hast mir zugesehen?» Valérie setzte sich auf. Sie fühlte sich ertappt.

«Es hat mich erregt.»

«Und trotzdem hast du es geschehen lassen?»

«Ich will, dass es dir gut geht.»

Sie zog seinen Kopf auf ihre Brust, küsste sein Haar. «Lass uns weit weg gehen. Ans Ende der Welt. Lass uns treiben in einem Fluss unter dem Sternenhimmel. Lass uns zur Ruhe kommen.»

«Wir werden auch dies überstehen.» Er lächelte. «Du hast mir eine SMS geschrieben. Colin kommt heute zu Besuch?»

«Er hat sich selbst zum Nachtessen eingeladen. Ich glaube, ihm geht es schlecht.» Valérie stiess Zanetti sanft von sich. «Er hat sich, vermute ich, definitiv von Angela getrennt. Alles kommt auf einmal.»

«Es ist *sein* Leben. Er ist erwachsen und muss seine eigenen Erfahrungen machen.»

«Er braucht ein paar Streicheleinheiten.»

«Dann werde ich uns etwas kochen und eine Flasche Roten öffnen. Im Keller hat's einen wunderbaren Amarone. Den haben wir alle nötig.»

«Danke.» Valérie spürte die Wärme, die sich langsam in ihrem Körper ausbreitete.

Punkt sechs stand Colin vor der Tür.

Valérie liess ihn rein. «Seit wann klingelst du? Du bist nach wie vor hier zu Hause, schon vergessen?»

«Ja, *Maman*.» Er wedelte lässig mit dem Autoschlüssel. «Die Zeiten ändern sich.» Er zog seine Schuhe aus, stellte sie vor die Tür, bevor er diese hinter sich ins Schloss zog.

«Seit wann ziehst du die Schuhe aus?»

«Gewohnheit.» Er schmunzelte.

Wohl eher Erziehung, dachte Valérie und nahm ihren Sohn beim Arm. «Einen Apéro?» Diese Angela musste ihn arg gemassregelt haben. Diese Solaringenieurin.

«Ich bin mit einem Glas Wasser zufrieden.»

«Das sind ganz neue Töne. Aber unter die Vegetarier bist du nicht gegangen … Oh, pardon, Angela isst ja Fleisch.»

«*Maman*, lass das.»

«Entschuldige. Man sucht nach Gründen, wenn es dem eigenen Sohn schlecht geht.»

Colin liess sich im Wohnzimmer auf die Couch fallen. «Ist Emilio auch da?»

Valérie kam sich elend vor. Sie hatte es vermasselt. Anstatt sich über Colins Besuch zu freuen, schoss sie mit blöden Bemerkungen auf ihn. «Er holt den Wein aus dem Keller.» Sie setzte sich vis-à-vis. «Erzähl schon. Liebeskummer?»

«Musst du immer so direkt sein?»

«Letzthin hat es nicht gut geklungen. Ich mache mir Sorgen.»

Colins Mund wurde zu einem Strich. Es entstand eine unheilvolle Pause. «Auf einmal bin ich ihr zu jung und zu unerfahren. Und dann kommt sie mit einer Freundin nach Hause, die ihre Mutter sein könnte.»

Valérie glaubte, sich verhört zu haben. «Sie hat eine Freundin?»

«Freundin ginge ja … Sie hat eine Geliebte. Sie hat mit der voll rumgemacht. In unserem Bett. Sorry, aber da gingen bei mir die Sicherungen durch. Sie hat mich die ganze Zeit zum Narren gehalten.»

«Dann hast du nie mit ihr …?»

«*Maman*, ich bin nicht hinter dem Mond. Aber es ist mir einfach zu viel. Ich bin im Prüfungsjahr. Ich brauche Ruhe und auf keinen Fall eine Freundin, die sich als bisexuell outet und glaubt, ich würde mitmachen. Angela ist verrückt. Aber ich habe es an ihr gemocht … Bis heute.»

«Hey, Colin.» Zanetti stand plötzlich da. Ob er dem Gespräch gelauscht hatte? «Schön, dich wieder einmal zu sehen.»

«Gleichfalls.» Colin stand auf, schlug Zanetti ein. «Man liest so allerhand von euch in der Zeitung. Seid ihr schon weitergekommen?»

«Wir wollten heute Abend nicht über den Fall sprechen.» Zanetti entkorkte die Weinflasche. Er holte Gläser aus der Vitrine, stellte sie auf den Tisch und schenkte eines ein. «Willst du kosten?»

«Was gibt's zu essen?»

«Ah, ich sehe, ein Gourmet. Er möchte wissen, ob der Amarone auch passt.» Zanetti grinste vor sich hin. *«Un filet de bœuf, sauce au vin rouge.»*

«Der Mann kann ja Französisch. Wunderbar.» Colin blinzelte zu Valérie hinüber. «Jetzt musst du dich anstrengen und Italienisch lernen.»

Zanetti warf Valérie einen vielsagenden Blick zu und lächelte sie zärtlich an.

«Erzähl von Angela», lenkte Valérie ab. «Wie seid ihr verblieben?»

«Sie will sich erst mal selbst finden. Sie und ihre Freundin aus dem Altersheim.»

«Wie alt ist sie denn?»

«Fünfzig.»

Valérie fühlte sich betroffen.

Colin bemerkte es. «War nur so dahingesagt. Auf die Perspektive kommt es an.»

«Was gedenkst du zu tun?» Sie hatten sich an den gedeckten Tisch gesetzt. Valérie schlug die Serviette auf.

«Ich bin bei einem Freund untergekommen. Ich kenne ihn von früher. Er wohnt in Küssnacht.»

«Deshalb dein frühes Aufstehen am letzten Sonntag.» Valérie war nicht glücklich darüber. «Wie machst du es mit dem Arbeitsweg? Freienbach liegt ja nicht gleich um die Ecke.»

«Ich habe ein Auto, schon vergessen?»

«Das summiert sich. Ich meine die Kosten für das Benzin.»

«Ab und zu kann mich mein Kollege bis auf den Hirzel mitnehmen. Er arbeitet dort. Und ich fahre mit dem Postauto weiter.»

«Zeitlich lässt es sich vereinbaren?» Valérie musste sich daran gewöhnen, dass die jungen Leute eine andere Einstellung zu Distanzen hatten als sie. Sie diskutierten nicht darüber, sie handelten.

«So ungefähr.» Colin griff nach der Salatschüssel, die bereitstand. «Angela war anstrengend. Manchmal glaubte ich, ihr Vorzeigemännchen zu sein. Jedermann musste erfahren, dass ich mehr als zehn Jahre jünger bin als sie. Auf Instagram hat sie es laufend publik gemacht.» Er sah über den Tisch Valérie an. «Wie sagtest du immer: Es gibt viele Mütter mit schönen Töchtern …»

Zanetti gab ihm recht. «Komm, wir stossen auf die Töchter an.»

ACHT

«Du hättest auch vorbeikommen können. Du weisst, dass ich am Sonntag auf der Redaktion bin.»

Für Carla nichts Neues. Forster hasste es, wenn man ihn am Telefon belästigte. Er war ein Mann der direkten Konfrontation. «Und sag jetzt nicht, du hättest dich nicht getraut. Was gibt's?»

«Habe ich Zugriff zu deinem super Secret-Archiv?»

Forster zögerte, als wäre er sehr überrascht, dass sie über sein kleines Geheimnis im Bild war. «Nur über meine Leiche.»

«Ein schlechtes Gewissen?» Carla ahnte, dass einige Berichte in diesem speziellen Archiv lagen, die er besser nie herausgegeben hätte. Und wie sie Forster kannte, waren die Gerichtsbeschlüsse gleich mit eingelagert. «Das, was ich suche, muss länger zurückliegen. Oder sagt dir der Name Marijo Frigo etwas? Oder Familie Frigo?»

«Weisst du, wie viele Namen täglich auf meinem Pult landen?»

«Ja, Müller und Meier. Kann ich verstehen, wenn du die vergisst.» Sie musste lachen. «Aber Frigo?»

«Willst du mich auf den Arm nehmen? Nur, weil du für die Kirchen eine Viertelseite in der Freitagsausgabe bekommen hast, rechtfertigt das lange nicht, in diesem Ton mit mir zu sprechen.»

«Sorry, ich bin da auf etwas gestossen. Es lässt mir keine Ruhe. Etwas, das Jahre her ist.»

«Darf ich erfahren, was?»

«Du kennst mich. Ich spreche erst darüber, wenn ich zu hundert Prozent überzeugt bin, dass es etwas taugt.»

«Hat es mit den Morden zu tun?»

«Nein.»

«Dann weiss ich nicht, warum du mich anrufst.» Forster hängte auf.

«Mann!» Carla kickte ihre Tasche, die auf dem Boden lag, in die nächste Ecke. Forsters Reaktion war nicht nachvollziehbar. Er hatte die Berichterstattung über die Morde anderweitig vergeben, beauftragte sie mit den Geschichten über die Witwen und goutierte nur deshalb ihre eigenen Ideen. Nun liess er sie fallen wie eine heisse Kartoffel.

Louis kam aus dem Schlafzimmer. «Wow, wow, wow! Ist meine Cholerikerin wieder mal in Action?»

«Forster nervt.»

«Du kennst meine Meinung: Wechsle die Stelle, dann bist du ihn los.»

«Er hat mir endlich mehr Lohn versprochen.»

«Logisch. Er weiss dich zu ködern. Ich wünschte, du würdest seinen miesen Charakter endlich durchschauen.»

Carla wollte es nicht kommentieren. Sie war mit Louis auf Versöhnungskurs und hatte kein Interesse, diesen aufs Spiel zu setzen. «Vielleicht mache ich mich irgendwann mal selbstständig.» Sie schlang ihre Arme um seinen Hals. «Ich weiss, dass ich manchmal unausstehlich bin. Ich bin dauernd auf der Suche nach meinem Selbst. Es ist nicht leicht. Noch immer gelte ich in der Redaktion als Küken. Bislang hat man niemanden ins Team geholt, der jünger ist als ich, ausser zwei Praktikanten, aber die zähle ich nicht. Es ist verflixt anstrengend, den älteren Kollegen Paroli zu bieten. Forster hat meine Qualitäten schon längst entdeckt. Er lässt mich aber zappeln. Immerhin gibt er mir mehr Freiheiten als zu Beginn meiner Anstellung.»

Louis ging in die Küche, machte den Kühlschrank auf, sah, dass nichts drin war, schloss ihn, öffnete den Schrank, was Carla bedauerte. «Sorry, ich hatte gestern vergessen einzukaufen.»

«*Du* warst aber dran.»

«Ich weiss.»

«Kein Grund zur Sorge. Ich werde mich duschen und anziehen. Dann gehen wir auswärts brunchen.» Seine Stimme hatte sich verändert.

«Ich muss arbeiten. Zudem frühstücke ich nicht.»

«Es ist Sonntag.» Schärfer jetzt. «Du denkst immer nur an dich.»

«Hast du letzten Sonntag nicht auch gearbeitet?» Den zweiten Satz wollte Carla überhört haben.

«Das ist etwas anderes.» Louis ging zurück ins Schlafzimmer und von dort ins Bad. «Du kannst es dir überlegen, ob du mich begleiten willst. Verdammt noch mal!»

«Shit!» Carla hörte ihn weiterfluchen. Sie ging ihm nach. «Louis, bitte. Es macht mich wahnsinnig, wenn wir uns streiten. Ich dachte, wir hätten Waffenstillstand.»

Er kam wie eine Furie aus dem Badezimmer. «Langsam habe ich dein Getue satt. Du bist eine verwöhnte, überhebliche … Göre.»

«Hallo?» Sie fand keine Worte.

«Du hast mich schon richtig verstanden. Diesmal gehe nicht ich aus der Wohnung, sondern *du*. Ich habe mich lange genug zum Affen machen lassen. Und sag bloss nicht, dass du dich nicht in meinen Computer eingeloggt hast.»

«Aber … Ich …»

«Pack deine Sachen. Ich gebe dir Zeit bis heute Abend. Wenn ich zurückkomme, bist du weg.»

Carla verstand die Welt nicht mehr. «Louis, lass uns reden. Es hat doch keinen Sinn.» Sie schniefte ein bisschen. «Bin ich dir zu jung? Ist es das?»

«Unter einer Beziehung verstehe ich gegenseitiges Vertrauen und Loyalität. Beides fehlt. Das Alter spielt hier keine Rolle. Ich dachte, wir wären ein Traumpaar. Nun muss ich feststellen, dass du mich bloss benutzt hast.»

«Hat dich Valérie beeinflusst, hä? Ich weiss, dass sie mich nicht ausstehen kann.» Plötzlich schossen Tränen in ihre Augen. «Louis, bitte.» Ein letzter Versuch, um dieser Ungeheuerlichkeit Einhalt zu gebieten. Sie hatte Louis noch nie so ausser Rand und Band erlebt. «Ich bin da an etwas dran und brauche deine Hilfe.»

«Netter Versuch.» Er hatte sich angezogen. «Am Abend bin ich zurück. Den Schlüssel kannst du in den Briefkasten werfen.»

«Ist es dein letztes Wort?»

«Wir haben uns nichts mehr zu sagen.» Er schlüpfte in seine Sneakers, öffnete die Wohnungstür und betrat das Treppenhaus. Die Tür zog er wider Erwarten leise ins Schloss.

Adieu, dachte sie. Das war's dann. Einundzwanzig Monate waren sie wie Pech und Schwefel gewesen, wie Hund und Katz. Sie hatten sich geliebt und sich zerfleischt, waren mal Magnet, dann Gegenpol gewesen. Vergebens lauschte Carla nach innen. Da war nichts. Nichts als das Gefühl, ihre beste Quelle verloren zu haben. Sie wischte sich ihre Tränen ab und stampfte auf den Boden. «Mist und zugenäht.» Sie hatte keinen Plan B. Wusste nicht, wo sie heute Abend schlief. Vielleicht war sie wirklich zu weit gegangen. Sie suchte nach Louis' Laptop, fand ihn nicht. Sein Schrank war verschlossen. Ihre Kleider lagen auf dem Bett. Er hatte Tabula rasa gemacht.

Später rief sie in der Redaktion an. «Hör zu, Frank, du kannst dich entscheiden: Entweder händigst du mir den Code für das Archiv aus, oder du bist mich los.»

«Was ist denn in dich gefahren?»

«Louis hat mich verlassen.»

«Schon wieder?»

«Diesmal gilt es, glaube ich, ernst.»

«Dein Polizist und bester Informant. Ich fresse einen Besen, wenn er nicht wiederkommt.»

«Er hat mich rausgeschmissen. Bekomme ich den Code?»

«Okay, wenn's deiner Moral hilft. Ich schicke ihn dir per SMS.»

✻ ✻ ✻

Nach den regnerischen, von stürmischen Winden heimgesuchten Tagen hatten Walter Föhn und seine Frau sich entschlossen, von Hurden auf dem Jakobsweg über den Etzel nach Einsiedeln zu wandern. Jedes Jahr nahmen sie mehrmals eine andere Wegstrecke in der Schweiz unter die Füsse, mit dem Ziel, einmal im Leben die achthundert Kilometer des «Camino Francés» von den Pyrenäen nach Santiago de Compostela als Abschluss zu gehen. Eine Reise quer durch den Norden Spaniens. Irgendwann, wenn sie all die Abschnitte durch ihr Land geschafft hatten, wollten sie das in Angriff nehmen.

Gut fünf Stunden waren sie unterwegs gewesen und erreichten am Nachmittag die Kapelle Sankt Gangulf.

Sie war das älteste noch erhaltene Gebäude in Einsiedeln. Bereits im Jahr 1031 war sie unter Abt Embrich erbaut worden, und seitdem hatte sie vielen Pilgern auf dem Jakobsweg als letzter Halt vor dem Besuch der Klosterkirche gedient.

«So muss es im Mittelalter ausgesehen haben», sagte Föhn überzeugt und liess seinen Blick über das Gotteshaus schweifen. «Drei Bögen vor dem Eingang, das Mauerwerk, faszinierend.» Er betrat die Kapelle, den kühlen Raum. «Und schau dir diese Schlichtheit an. Bänke ohne Lehnen. Früher musste man echt Busse tun. Hast du die Figuren gesehen? Krass, wenn man so etwas instand halten kann.» Er sah zur dunklen Holzdecke, welche in regelmässiger Anordnung kastenförmige Vertiefungen aufwies. Hoch angesetzte Bogenfenster sorgten für genügend Licht.

Föhn blieb auf dem rechtsseitigen Weg Richtung Altar stehen. «Das sieht aber komisch aus.» Er nahm einen Prospekt zur Hand, auf dem das Interieur der Kapelle abgebildet war, und verglich das Bild mit dem Original. «Jesses Maria und Josef.» Föhn drehte sich erschrocken nach seiner Frau um. «Monika, bin ich jetzt von allen guten Geistern verlassen?»

«Das warst du schon immer.» Sie lachte. «Was ist denn los?» Monika kam auf ihn zu, stellte ihren Rucksack auf die Bank.

«Schau dir das an.» Föhn wies auf die Heiligenfigur hinter der Gebetsbank. «Ist das nicht der heilige Nepomuk?»

«Ja und?»

«Hier steht für gewöhnlich eine Marienstatue.»

«Bist du sicher?»

«Wenn ich es sage.»

«Vielleicht hat man die Kapelle renoviert und sie mit anderen Figuren aufgepeppt.»

«Monika! Das glaubst du doch selbst nicht. Wir müssen es melden.» Er betrachtete den Boden, ein Reflex war es gewesen. Er griff sich an die Brust, schnappte nach Luft. «Siehst du das auch?»

«Alles gut bei dir?» Monika sah ihn besorgt an.

«Das ... Das ist doch Blut.»

❊❊❊

Elisha stand mitten im Raum, nicht sicher, ob er sich auf einen der Besucherstühle setzen wollte. Er hatte sich ein wenig beruhigt. Dr. Frigo hatte ihn nach dem Mittag zu sich ins Therapiezimmer gebeten.

«Wollen Sie sich nicht hinlegen?»

Ihn in Jeans und Hemd zu sehen verunsicherte Elisha. Der Arzt sah auf einmal so gewöhnlich aus. Elisha überwand sich und legte sich hin.

«Was ist passiert?»

Dr. Frigos Stimme beruhigte ihn, zumindest würde diese Ruhe auf ihn wirken, bis er den Raum wieder verliess. «Ich habe verschiedene Rituale vollzogen, wie Sie mir geraten haben. Erinnern Sie sich? Vor einem Monat ist es gewesen. Nun ja, ich spüre noch keine wesentliche Veränderung in meiner Seele.»

«Woraus bestehen diese Rituale?»

Hatte er keine Ahnung? «Man muss dem Bösen entgegentreten. Ich habe es versucht. Es ist nicht einfach. Manchmal rennt man gegen eine Wand. Ich habe es Ihnen schon einmal erzählt. Erinnern Sie sich?»

Dr. Frigo lächelte. «Ich stelle immer mehrmals dieselben Fragen. Sie sollen Ordnung in Ihr Leben bringen, Ihnen eine Struktur geben. Nur so können wir den Dingen auf den Grund gehen. Erzählen Sie von dem, was Ihnen guttut.»

Elisha spürte endlich die Ruhe, die er sich ersehnt hatte, als er Dr. Frigo angerufen hatte. Es fühlte sich an, als wäre er auf Watte gebettet. Auf weisse Zuckerwatte, die er am Jahrmarkt bekommen hatte.

Damals war er mit seinen Eltern in Luzern gewesen, an der Herbstmesse auf dem «Inseli». Im Nachhinein hatten sie das Spektakel verpönt, es als Gotteslästerung angesehen und ihn später zu den Zusammenkünften mitgenommen. Elisha war sieben gewesen, als er zum ersten Mal mit den «Adventisten» in Kontakt kam.

«Es sind die heiligen Dinge, die mir Kraft geben», sagte er. «Es ist wie ein Zwang.»

«Wann haben Sie diesen Zwang zum ersten Mal gespürt?»

«Vielleicht ist es auch ein Ventil. Ich weiss es nicht, wann es begonnen hat.»

Dr. Frigo liess ihm Zeit. Er hörte hin, war unvoreingenommen für ihn da. Und er hatte ihn an einem Sonntag zu sich eingeladen. Gut möglich, dass der Sonntag auch für den Arzt nicht heilig war.

«Warum auf dem Jakobsweg?», fragte Dr. Frigo.

«Wir sind ihn stets gegangen. Vater, Mutter und ich. Immer den gleichen Weg. Jeden Samstag, egal, ob es stürmte oder schneite. Man müsse Busse tun, hat mein Vater gesagt. Der Samstag war ihm heilig, der Sabbat.»

«Ihre Eltern waren strenge Adventisten.»

«Ich bin in ihrem Glauben aufgewachsen. Sie haben mich über das Böse aufgeklärt. Über die grosse Hure Babylons. Die sieben Köpfe sind sieben Berge, auf denen die Frau sitzt. Sie ist mit Purpur und Scharlach bekleidet und mit kostbaren Steinen und Perlen geschmückt.» Elishas Atem wurde hektisch. Die Bilder zerfrassen ihn von innen heraus. Er durfte es nicht zulassen, dass die Gedanken an das Böse sich seiner bemächtigen.

«Reden Sie weiter, atmen Sie ruhig. Ein – aus. Ein – aus.»

«Die Stadt der sieben Hügel … Nie dachte ich, dass sich hinter den Worten meiner Eltern etwas derart Wahres verbirgt. Bis ich es selbst erlebt habe.»

«Ihre Reise nach Rom.»

Gott, gib mir die Kraft, damit ich das durchstehe. «Die Audienzhalle war nicht das Einzige, das mir die Anwesenheit des Satans offenbarte. Der Petersdom ist mit Gold und Schwarz gestaltet, der Farbe des Bösen … mit unheimlichen gehörnten Figuren. Meine Eltern erklärten mir, dass das päpstliche Rom eines der schlimmsten antichristlichen Systeme in unserer Welt sei. Heute weiss ich, was sie mir damit haben sagen wollen. Es ist eine abtrünnige Kirche. Sie reisst alles an sich. Stiehlt die Gelder

der Armen, spielt mit ihrem Glauben an das Gute. Mit ihrem Prunk könnte sie den Hungernden Nahrung geben.» Elishas Puls schoss wieder in die Höhe. «Die christlichen Kirchen in der Schweiz sind leer. Mögen deren Bauten aus einem tiefen Glauben an Gott entstanden sein, hat das Böse auch bei uns Einzug gehalten. Rom hat seine Arme nach den Gotteshäusern ausgestreckt wie der Krake seine Fühler. Die von Gott gegebenen Kraftorte werden missbraucht und der Hure Babylon zugeführt. Denken Sie an die Kirche Sankt Paulus in Pfäffikon. Heute wird sie als Restaurant bewirtschaftet. In der Schweiz existieren Kirchen als Umschlagplatz für Drogen. Sie sind Fitnesscenter und Hotels. Ihre Bestimmung, ein heiliger Ort der Einkehr zu sein, wird mit Füssen getreten. Die Kirchen werden entweiht.»

«Und trotzdem wollten Sie einmal katholischer Priester werden?»

«Es war ein Versuch. Niemand hat mich damals verstanden, als ich versuchte, die Wahrheit zu offenbaren. Man hat mich belächelt.»

«Und von Ihrem Freund Benjamin wurden Sie enttäuscht.»

«Masslos. Mit dem Eintritt in den Vatikan wurde er zum Diener des Teufels.»

«Ich erinnere Sie daran, dass es auch Ihr Ziel war, Schweizergardist zu werden.»

«Irren ist menschlich, Gott hat uns den freien Willen gegeben. Man muss zuerst durch die Hölle gehen, um das Göttliche zu finden.»

***

In Einsiedeln herrschte Aufruhr. Pater Anselm hatte sich sogar herbemüht, nachdem ein völlig aufgelöster Walter Föhn ins klösterliche Büro angerufen hatte.

Valéries Team war nicht zuständig für abhandengekommene Skulpturen. Doch der Verlust der Maria mit dem sterbenden Jesus passte ins Schema. Und die Blutlache neben der vordersten Gebetsbank war ein weiteres Zeichen der Verwüstung. Blut, wusste Valérie, konnte man nicht so einfach entfernen. Der Sonntag war dahin.

«Das ist dann wohl der Hinweis auf den ermordeten Koch.» Valérie stand zusammen mit Oliwia Maria im Bereich der polizeilichen Absperrung.

«Oder die Antwort darauf.» Oliwia Maria berührte Valéries Arm. «Ich mache mal ein paar Fotos. Wartest du draussen auf mich?»

Valérie sah ihr nach. Was hatte sie mit «die Antwort darauf» gemeint? Sie mussten die Ereignisse aus verschiedenen Blickwinkeln betrachten, war schon klar. Aber irgendwie verzettelte sich das Ganze. Valérie sah keinen Zusammenhang mehr. War es am Anfang der Mordserie einfacher gewesen, zwischen den ermordeten Männern und den verschobenen Kapellenrequisiten etwas Verbindendes zu sehen, musste sie von diesen Überlegungen wegkommen. Langsam zeichnete sich der Verdacht ab, dass die Heiligen etwas mit dem Jakobsweg zu tun hatten und der Täter in erster Linie *darauf* hinwies. Ihm war es wichtiger, auf den Pilgerweg aufmerksam zu machen als auf die Toten. Oder die Marienzeichnung, das Hurden-Kreuz, der Sankt Meinrad, der heilige Nepomuk und die verschwundene Mutter Jesu waren bloss ein Puzzleteil eines grossen unsichtbaren Ganzen.

Valérie überquerte die Strasse. Bei der Hundert-Meter-Laufbahn der Sportanlage blieb sie stehen und sah zurück auf die Kapelle. Einsam, geradezu verlassen lag sie an der Etzelstrasse, welche das Benediktinerkloster mit den Aussenquartieren von Einsiedeln verband. Dahinter Wiesen, so weit das Auge reichte, südöstlich lag der Friedhof im Milchlicht.

Oliwia Maria kehrte zurück. «Hier geht doch der Jakobsweg durch. Ich habe soeben mit Walter und Monika Föhn gesprochen. Sie meinten, die Kapelle Sankt Gangulf sei eine Gebetsstation auf dem Weg zwischen Rapperswil und Einsiedeln.»

«Und demnächst werden wir zu einem weiteren Opfer gerufen.» Valérie spürte Angst aufkeimen. Die Furcht vor dem Versagen. Sie kannte dieses Gefühl, wenn keine Lösung in Sicht war. Das Leben weiterer Menschen stand auf dem Spiel, wenn sie dieses Ungeheuer nicht stoppte. «Mehr Polizeipräsenz muss her. Patrouillen an den neuralgischen Punkten.» Valérie schüttelte den Kopf. «Ach, was rede ich da. Es gibt keinen Plan. Ein Toter in Hurden, zwei Tote in Einsiedeln, ein verschwundener Pfarrer aus Trachslau und dieser Pilgerweg. Ich werde kirre. Wo wird er als Nächstes zuschlagen?»

«Du solltest etwas kürzertreten.» Oliwia Maria wollte sie wieder berühren, hielt jedoch inne. Vermutlich merkte sie, dass diese Tuchfühlung entschieden zu weit ging. «Fahre nach Hause. Ich bleibe hier. Auf mich wartet niemand. Morgen sehen wir uns in Biberbrugg. Soweit ich mich erinnere, hast du eine Teamsitzung auf acht Uhr einberufen.»

Für einmal widersetzte sich Valérie nicht. «Danke, es wird wohl das Beste sein.»

Sie setzte sich in ihren Wagen, startete den Motor und fuhr gemächlich Richtung Hüendermatt. Hinter ihr schmolz die Kapelle zu einer Miniatur. Die Polizistengruppe wie Figuren in einem Spielzeugdorf. Sie folgte der Etzelstrasse bis zur Bushaltestelle Blüemenen und bog dort in den Waldweg ab. Links und rechts zog eine fast konturenlose Landschaft an ihr vorbei. Einsame Höfe, zerstreut ein paar Häuser in einem moderaten Anstieg. Weiter bergwärts zweigte Valérie in die Strasse Hinterhorben ab und folgte ihr bis Chlammeren. Abgelegene Heimetli schmückten die Gegend, wie hingeworfen. Valérie fuhr weiter, bis der Weg endete. Ein unbewohnt scheinendes Haus am Waldrand, von Wind und Wetter gezeichnet. Sie parkte den TT, stieg aus.

Hinter ihr der Wald, bedrohlich in seinem dunklen Gewand. Ein paar Sträucher und aufgeschürfte Erde. Eine fremde Welt.

Valérie stapfte über die regenfeuchte Wiese, gelangte zu einer Hütte. Ein Unterstand für Schafe, worauf ein paar Spuren hindeuteten. Sie war leer. Östlich davon ein Gürtel aus Sträuchern im Niederwuchs. Kein Weg. Das Rauschen von Wasser. In der Nähe musste ein Bach sein. Valérie folgte dem Geräusch und gelangte an die Sihl. Rechter Hand zog sie eine Schlaufe. Jetzt erst wurde Valérie bewusst, wo sie gelandet war. Unterhalb der Teufelsbrücke mit der Nische des heiligen Nepomuk. Ihr

Gegenüber das Geburtshaus von Paracelsus, welches heute als Restaurant geführt wurde.

Valérie setzte sich an den Fluss. Die wilden Gestade beeindruckten sie. Hier hatte die Natur das Sagen. Es war diese göttliche Ruhe, der Gesang des Flusses, der Amsel auf dem nahen Ast.

Sie sass noch da, als die Dämmerung über die Landschaft brach und sie wie Schwingen eines grossen Vogels unter sich begrub. Die blaue Stunde. Die Sonne hinter den Hügeln verschwunden, die Nacht noch nicht ganz da. Valérie lauschte. Über ihr der Himmel, der erst mit der Dunkelheit das Unendliche bekam. Die Sterne und der abnehmende Mond. Das grosse Chaos in den Tiefen des Universums, und doch hatte alles seinen Platz. Die Harmonie der Schöpfung. Der Mensch darauf ein Wunder und all das Lebendige.

«Wir sind nur auf der Durchreise.» Valérie erinnerte sich nicht, wer dies gesagt hatte. Aber genauso fühlte sie sich. Sie war Gast auf dieser Erde. Demütig inhalierte sie die von würzigen Kräutern geschwängerte Luft. Später wusste sie nicht, weshalb sie die Hände faltete und zu beten begann. Ihr Leben hatte ihr viel abverlangt. Ihre Kindheit in Fully, von *Pères* Misshandlungen gezeichnet, die kranke *Maman*, die unter der Gewalt des Vaters ebenso gelitten hatte. Der Tod beider Eltern auf einen Schlag. Valérie schloss die Augen. Die Schuldgefühle, die bis heute geblieben waren. Die Ehe mit Willy und die Geburt von Colin. Ein erster Lichtblick im familiären Umfeld. Dann die Schläge ihres Mannes, die Trennung von ihrem Sohn, die Scheidung. Valérie hatte für ein normales Leben hart kämpfen müssen. Eine Eigenschaft, die ihr im Beruf half, niemals aufzugeben.

Sie war mit schönen Momenten belohnt worden. Die Begegnung mit Zanetti. Eine nachhaltige Symbiose mit einer positiven Energie.

Gestärkt durch ihre Gedanken, kehrte Valérie zum Auto zurück.

***

Es war fast Mitternacht, als Louis in Rickenbach eintraf. Er fuhr seinen Combi auf den Parkplatz, stellte den Motor ab und sah an die Fassade des Wohnblocks. Der lag im Dunkeln wie ein Schemen, der sich vor dem Grossen Mythen abzeichnete. Die Streulichter von Schwyz erzeugten eine eigenartige Stimmung in dieser Nacht. Das ganze Quartier schien jedoch bereits zu schlafen. Louis stieg aus. Er hatte den Sonntag dazu verwendet, in seinem Büro in Biberbrugg weitere Ehemalige des Theologiestudiums 1995 bis 1999 ausfindig zu machen. IT-Müller hatte ihm dabei geholfen. Der erhoffte Erfolg war ausgeblieben. Louis hatte die Rückkehr nach Rickenbach mehrmals hinausgezögert, war auf dem Parkplatz in Biberbrugg herumgetigert und hatte eine Zigarette nach der andern geraucht. Spätabends hatte er frustriert den Heimweg angetreten. Sein Kopf schmerzte, und er hatte Hunger.

Beim Briefkasten blieb er stehen. Er öffnete ihn und holte den Wohnungsschlüssel, den Carla deponiert hatte, mit einem beklemmenden Gefühl heraus. Sie hatte ihn also ernst genommen. Er wusste nicht, ob er erleichtert oder traurig sein sollte. Seine Träume waren wie Seifenblasen zerplatzt. Noch nie in seinem Leben hatte er so viele Gefühle für eine Frau investiert. Carla, dieses chaotische Bündel Mensch, das ihn jeden Tag gefordert hatte. Eigenwillig, zugegeben, aber herzlich und zärtlich. Andererseits hatte sie ihn enttäuscht und hintergangen. Es war gut, dass sie ausgezogen war. Basta.

Louis schloss die Eingangstür zum Treppenhaus auf. Wie oft waren sie gemeinsam zu ihrer Wohnung hochgestiegen. Eng umschlungen, weil sie es kaum hatten erwarten können, auf ihr Bett zu fallen, einander auszuziehen und sich zu lieben. Oder Louis war später nach Hause gekommen als sie. Und Carla hatte ihn mit einem Nachtessen überrascht. Nein, sie war keine Weltmeisterin im Kochen. Aber sie hatte es stets mit viel Liebe getan. Manchmal auch in Erwartung eines Berichts von der Polizei. Aber hätte er es nicht auch gleich gemacht? Er vermisste sie. Vielleicht war er am Morgen zu heftig gewesen mit ihr. Er schob es seiner Arbeit zu. Den Beweis hatte er im Büro erhalten, als er und IT-Müller mit vergeblicher Müh nach den Ex-Studenten gesucht hatten. Es war dieser Fall, der ihn ausrasten liess. Der Streit mit Carla war wie ein Ventil gewesen. Aber machte nicht gerade diese Tatsache eine Beziehung aus? Es war ja nicht wirklich gegen Carla gerichtet.

Andererseits hatte *sie* ihn zur Weissglut getrieben. Mit dem immer gleichen Vorwand. Die redaktionelle Arbeit, die sie stets nach Hause nahm, als hätte sie bei Forster nicht genügend Zeit, sich ihren Texten zu widmen. Carla vermochte genauso wenig abzuschalten wie Louis. Aber es durfte nicht sein, dass sie deswegen nicht einkaufte, wenn sie an der Reihe war. Er sorgte schliesslich auch für einen vollen Kühlschrank. Dennoch: Sich deswegen zu zanken war kleinkariert. Nun war sie weg. Es war die Konsequenz aus allem.

Was würde seine Mutter wohl sagen, wenn sie davon erfuhr? Seit Neustem strickte sie Babykleider, was Louis ja altmodisch fand und dennoch ein Beweis dafür war, wie sie Carla in ihr Herz geschlossen hatte. Für sie würde eine Welt untergehen.

Ein Geräusch im Treppenhaus irritierte ihn. Louis drückte den Lichtschalter. Kaltes Neon flackerte auf. Er ging zu Fuss nach oben, möglichst geräuschlos. Da war es wieder. Es hörte sich wie das Ticken einer Uhr an. Ein regelmässiges Ticken, welches der Geschwindigkeit wegen kaum ein Sekundentakt sein konnte. Es schien, als tippe jemand auf einer Tastatur. Noch zwei Tritte bis zu seinem Stockwerk. Louis hielt inne, sah um die Ecke in Richtung Tür.

Dort sass Carla, und ihre Reisetasche diente als Lehne.

Louis stockte der Atem, und sein Herz hämmerte gegen die Rippen.

Sie hatte den Laptop aufgeklappt und schrieb.

«Du bist noch hier?» Louis wusste nicht, was er sonst hätte sagen sollen. Er war durcheinander. Glücklich, weil er sie sah. Wütend, weil sie ihn nicht ernst genommen hatte.

Sie sah ihm entgegen, und es schien, als hätte sie erst noch geweint.

«Warum sitzt du da?» Louis fand keine passenden Worte. Er war zu aufgewühlt, zu nervös.

«Ich habe etwas in der Wohnung vergessen, hatte aber den Schlüssel bereits in den Kasten geworfen.»

«Du hättest mich anrufen können.»

«Ging nicht.»

«Warum nicht?»

«Weil ich das Handy in der Wohnung habe liegen lassen.»

Ein Trick? Glaubte sie, er würde ihr dies abnehmen? «Du hättest zum Nachbarn gehen können.»

Sie schaute ihn nur an.

Louis schloss die Tür zur Wohnung auf. «Komm erst mal rein.» Er war im Begriff, klein beizugeben, wie er das in all den Monaten zuvor gemacht hatte. Ein Blick von ihr, eine Berührung, ein sanftes Lächeln – er schmolz dahin. Und er würde es wieder und wieder tun – wenn sie bloss bei ihm blieb.

Carla klappte den Laptop zu, erhob sich und griff nach der Reisetasche. Sie betrat die Garderobe, als würde sie es zum ersten Mal tun. Sie stellte ihre Tasche ab.

«Jetzt hab dich nicht so, als würdest du dich hier nicht auskennen.»

«Das letzte Kapitel ist beendet», sagte sie. «Ich habe das Buch geschlossen.» Grosses Drama. Sie schritt ins Wohnzimmer, wartete offensichtlich auf seinen Kommentar.

Louis ging ihr nach. «Wir könnten ein neues Buch zu lesen beginnen. Andere Geschichte, andere Situation.» Was faselte er da? Er strich sich mit den Händen über den Kopf. Vergessen war seine Müdigkeit. «Dasselbe Personal.»

«Glaubst du? Ist nicht schon zu viel Porzellan zerbrochen? Es tut mir leid, wenn ich dir Ärger bereite.»

«Hast du Hunger?»

«Ich habe immer Hunger.»

«Dann werde ich uns etwas kochen.» Er überlegte. Der Vorrat war aufgebraucht. Es war mitunter ein Grund gewesen, weshalb sie sich in die Haare geraten waren. Trotzdem öffnete Louis in der Küche den Kühlschrank, in der Meinung, wenigstens Eier zu finden, Butter und Tomatensauce. Spaghetti hatte er immer auf Lager. «Du hast eingekauft?» Die Glastablare waren voller

Leckereien. «Welcher Einkaufsladen hat an einem Sonntag geöffnet?»

Carla stand unter dem Türrahmen. «Ich war im Restaurant Rössli. Die waren so nett und haben mir ein paar Dinge mitgegeben.» Sie seufzte tief. «Ich habe es für dich getan.»

Louis versuchte, den Macho herauszuhängen. Es gelang ihm nicht. In zwei Schritten war er bei Carla. «Mensch … Was sind wir bloss für Trotzköpfe.» Er zog Carla an sich, schlang seine Arme um sie und drückte sie so fest, dass sie nach Luft schnappen musste. «Und ich war ein Idiot, dich einfach gehen zu lassen. Zum Glück hast du dein Handy vergessen. Hast du's gefunden?»

Carla wand sich aus seiner Umarmung. «Es war dann doch in meiner Handtasche.»

Louis verzieh ihr diese kleine Lüge. «Wo hättest du übernachtet, wenn ich nicht nach Hause gekommen wäre?»

«Ich weiss nicht. Vielleicht bei Fabia?» Eine Pause trat ein. Carla stockte. «Vor der Tür vielleicht.» Dann musste sie laut lachen. «Ich habe fest daran geglaubt, dass du zurückkommst.»

«Und wie siehst du unsere Zukunft?» Louis entnahm dem Schrank Geschirr und der Schublade Besteck. «Wir ‹snacken› etwas, oder?»

«Hauptsache, nicht allein.»

«Komm, sag schon.»

«Was?»

«Hast du dir Gedanken darüber gemacht?»

«Wenn dir so daran liegt, dass ich bei Forster kündige, dann werde ich das tun. Aber …»

«Ja?»

«Ich bin da an einer Sache dran, die ich durchziehen will. Danach … werde ich mir etwas anderes suchen.»

Louis holte Käse, Aufschnitt und Cherrytomaten aus dem Kühlschrank. Dazu stellte er Brot auf den Tisch. «Welche Sache?»

«Ich war gestern bei einem Psychiater in Einsiedeln.»

Louis stockte ein weiteres Mal der Atem. Er hatte Carla mehrmals an den Kopf geworfen, sie solle sich professionelle Hilfe holen, weil sie diese Ausraster hatte. Er bereute, es jemals gesagt zu haben. «Und?»

Carla musste ihm ansehen, woran er dachte. «Mich hat in letzter Zeit vieles in Aufruhr gesetzt. Auch diese Serienmorde. Ich wollte von einem Profi erfahren –»

«Wie ein Mörder tickt?», unterbrach Louis sie.

«Nein, du verstehst etwas falsch. Ich möchte wissen, wie sich die Hinterbliebenen fühlen. Ich meine, das sind traumatisierte Menschen. Mathilda Kälin hat zwei Kleinkinder. Wie fühlt es sich an, wenn sie von einem auf den andern Tag auf sich allein gestellt ist? Hat sie die Kraft dazu, ihren Söhnen weiterhin eine gute Mutter zu sein. Eine solche Story drückt auf die Tränendrüsen. Die Leser wollen die Tragödie, weil dann ihr eigenes mickriges Leben zur Nebensache wird.»

«Ich dachte, es gehe in deinem Bericht um die Vergessenheit der Kirchen. Ehrlich gesagt, hat mir dein Beitrag gefallen.»

«Forster will, dass ich über die Hinterbliebenen der Mordopfer schreibe.»

«Und, tust du's?» Louis war nicht wohl dabei. Er wäre gezwungen, über den Fall zu sprechen. Carla würde ihn auch weiterhin darüber aushorchen. «Du beweist, was in dir steckt. Du passt aber definitiv nicht zu Forsters Gefolge.» Louis holte Gläser aus dem Regal. «Möchtest du Wein?»

«Ja, gern. Es hat noch eine halbe Flasche vom Pinot Grigio. Sie steht im Kühlschrank.»

«Halb, hast du gesagt?» Louis schwenkte die Weinflasche vor Carlas Gesicht. «Da war schon wer dran.»

Carla hob die Schultern.

«Erzähl schon.» Louis verteilte den Rest Wein auf zwei Gläser. «Was ist dabei herausgekommen?»

«Ich habe Dr. Marijo Frigo kennengelernt.»

«Der Name sagt mir nichts.»

«Er hat seine Praxis in einem historischen Gebäude. Ich vermute, er wohnt auch dort. Bei meinem Besuch war er plötzlich nicht mehr darauf erpicht, mir Auskunft zu geben. Er meinte, ich sei wegen seiner Villa bei ihm und seiner Tätigkeit als Psychiater im Allgemeinen. Er erwähnte eine Hetzkampagne, die unsere Zeitung gegen seine Familie losgelassen hatte. Mehr erfuhr ich aber nicht. Es muss Jahre zurückliegen. Ich kenne Forster. Er hat ein Jahres-Abo bei seinen Anwälten. Sollte etwas vorgefallen sein, hat er es sicher bewusst unter den Teppich gekehrt.»

«Und wenn schon. Solche Dinge solltest du ruhen lassen. Das bringt doch nichts.» Louis griff nach dem Käse und schnitt ein Stück davon ab.

«Ich werde es nicht weiterverfolgen. Ich habe eingesehen, dass es sich nicht lohnt. Auf meiner Archivrecherche bin ich auf etwas gestossen, das mir weit mehr Kopfzerbrechen macht als die Hetze gegen die Familie Frigo.»

«Ach ja?» Louis' Neugier war geweckt.

«Etwas sehr Verstörendes, das sich 1981 auf dem Etzel zugetragen hatte.»

NEUN

«Wollen Sie noch einmal von Ihrem Freund Zahir erzählen?»

«Er war nur am Anfang mein Freund.» Elisha machte gerade eine schwere Phase in seinem Leben durch. Dr. Frigo hatte ihn gebeten, jeden Tag einmal zu ihm in sein Therapiezimmer zu kommen. Offenbar fürchtete sich der Arzt davor, er könnte sich wieder etwas antun, wie damals, als er jünger und labiler gewesen war. Die Therapiestunden empfand Elisha zwar als Tortur, aber er spürte mit jeder Sitzung mehr, wie eine schwere Last von ihm abfiel. Reden tat gut. Ob es ihn auch von den Zwängen befreite, blieb offen.

«Sie erwähnten, dass Sie zusammen studiert haben.»

«Ein Semester und ein halbes. Ich gab auf, wohingegen Zahir bis zum Schluss des zweiten Semesters blieb.»

«Darf ich Sie unterbrechen?», fragte Dr. Frigo, wartete eine Erwiderung jedoch nicht ab. «Was war der Grund für den Abbruch?»

«Der Leitfaden des Studiums hat mich gestört. Die Herausforderung, dem Ebenbild Gottes ähnlicher zu werden. Das ist dieselbe Vorgehensweise wie im Vatikan. Der Papst nennt sich Vertreter Gottes. Wenn Gott einmal nicht mehr ist, erhebt er sich auf dessen Thron. Das ist Gotteslästerung. Noch einmal: Das Böse sitzt in Rom.»

Dr. Frigo nahm es augenscheinlich zur Kenntnis. «Erzählen Sie mehr über Zahir.»

«Wir haben uns im letzten Frühling wiedergesehen. Er verriet mir, wie er auf Umwegen zur Tätigkeit des Sigristen gekommen sei und sich als sogenannter Lichtinstallateur einen Namen gemacht habe. Aus reiner Neugier war ich an Ostern in der römisch-katholischen Kirche in Pfäffikon. Zahir hatte aus der Feier der Auferstehung unseres Herrn Jesus Christus ein farbenfrohes Spektakel gemacht, ein überbordendes Volksfest.»

«Und damit konnten Sie nicht umgehen?»

«Nein, es fiel mir schwer, es zu akzeptieren. Nichts wird mehr ernst genommen in unserer heutigen Zeit. Alles muss unterhaltsam, lustig und laut sein.»

«Ostern ist ein Freudentag, nicht wahr?» Dr. Frigo sah ihn eindringlich an.

«Nach der Messe traf man sich auf dem Platz vor der Kirche. Es wurde Wein ausgeschenkt und demzufolge viel getrunken. Die Menschen haben sich völlig danebenbenommen. Eine Jugendbande sorgte für Aufruhr. Niemand sagte etwas.»

«Dann haben Sie Zahir gesehen und ihm die Leviten gelesen.»

«Ich habe ihm erklärt, dass die Hure Babylon daran sei, auch die Kirchen in der Innerschweiz zu holen, und er mit einem solchen Fest den Weg für sie ebnen würde. Das, was an Ostern in Pfäffikon geschah, hatte nichts mehr mit dem christlichen Osterfest zu tun.»

Dr. Frigo lehnte sich zurück in seinen Sessel und schlug das linke über das rechte Bein. «Sie waren wütend auf Zahir.»

«Ich war sehr wütend auf ihn. Aber ich wiederhole mich.»

«Feiert man bei den Adventisten auch Ostern?»

«Der Sonntag ist *nicht* heilig. Wir feiern den Sabbat. Er beginnt freitags mit dem Sonnenuntergang und endet am Samstag, wenn die Sonne untergeht.»

«Und trotzdem gingen Sie jeweils am … Sabbat auf den Pilgerweg.»

Elisha verstand die Bemerkung nicht. Wollte Dr. Frigo ihn herausfordern? «Der Samstag war unser Ruhetag, die Zeit, in der wir Gott begegneten. Mein Vater hatte eigene Regeln. Für ihn war Wandern nicht dasselbe wie Arbeiten. Auf dem Jakobsweg von Rapperswil über den Etzel nach Einsiedeln waren wir Gott näher als sonst. Manchmal marschierten wir sogar bis Schwyz.»

«Diesen Regeln haben Sie sich widersetzt.»

Elisha schwieg. Er wollte nichts auf seinen Vater kommen lassen. Auch wenn er manchmal streng mit ihm war. Zudem sollte man Tote ruhen lassen.

«Was hat Sie dazu veranlasst, Ostern, wie Zahir es gefeiert hat, zu verpönen?»

«Ich habe die Leute gesehen und ihre Augen. Satan hat sich unter sie gemischt. Für den Fürsten der Finsternis sind solche Feste prädestiniert, um Macht zu ergreifen.»

«Aber der Teufel, um Ihre Worte zu gebrauchen, agiert im Dunkeln.»

«Er verändert sich, nimmt die Gestalt des Guten an. Nur wer aufmerksam durchs Leben geht, erkennt sein falsches Gesicht.» Elisha versuchte wieder, ruhig zu atmen. Der blosse Gedanke an das Böse nahm ihm die Energie. Er durfte es nicht zulassen, sich ins Verderben reissen zu lassen. «Oh Herr, gib mir deine Kraft», betete er im Stillen. Elisha kämpfte. Oft spürte er die kalten Krallen des Ungeheuers, wie es nach seinem Herz griff. «Wir müssen achtsam sein. Das Böse verbreitet sich täglich. Es vermehrt sich wie ein Geschwür.»

«Woran wollen Sie es erkennen?»

Elisha schloss die Augen. Hatte Dr. Frigo tatsächlich keine Ahnung? Er als Psychiater musste doch sehen, wie plötzlich alles kopfstand, auch das Kreuz. Wie sich alles umdrehte. Wie Opfer von den Richtern zu Tätern degradiert wurden und Gesetze nichts mehr galten. Selbst die Sprache wurde ins Gegenteil gekehrt. Auf der Welt herrschte Ungerechtigkeit und wurde stets weiterverbreitet. Die dunklen Machenschaften nahmen überhand, und niemand tat etwas dagegen.

«Mögen Sie weitererzählen?» Dr. Frigos hypnotische Stimme holte ihn zurück in die Gegenwart, in diesen abgedunkelten Raum mit den hellen Möbeln, die Ruhe ausstrahlten.

«Alle Werte und Normen aus der christlichen Tradition werden umgekehrt. Alles, was uns einst heilig war, wird von den Anhängern des Bösen als Unsinn demaskiert. Sogar das Inzestverbot soll aufgehoben werden, und Männer können Kinder gebären. Kritiker werden als Leugner abgestempelt, diejenigen, die nach der Wahrheit suchen, gelten als Verschwörer. Und plötzlich sind Denunzianten Beschützer, und Menschen, die selbst denken, gelten als unsolidarisch.» Elisha drehte den Kopf zum Fenster. «Ich bin müde.»

«Möchten Sie morgen wiederkommen?»

«Ja, das wäre schön.» Elisha erhob sich. «Ich glaube, sie wohnen unter der Erde.»

Dr. Frigo nahm ihn beim Arm. «Wer wohnt unter der Erde?»

«Die Anhänger des Antichristen. Nachts halten sie sich im Erdinneren auf. Und über Tag kommen sie an die Oberfläche und verteilen sich.»

*＊＊＊

Valérie hatte die anberaumte Teamsitzung um eine Stunde verschoben. Um neun traf sie in Biberbrugg ein und ärgerte sich, unvorbereitet zum Briefing zu gehen. Es war das erste Mal in ihrer gut fünfjährigen Tätigkeit im Kanton Schwyz, dass sie es darauf ankommen lassen wollte. Ihre Leute hatten genug Unterlagen, die es durchzusehen galt, nachdem sie über das Wochenende gearbeitet hatten. Valérie hatte am Sonntagabend bloss eine kurze Akteneinsicht genommen.

«Guten Morgen.» Oliwia Maria kam zur Pinnwand, an der Valérie ein Foto der Kapelle Sankt Gangulf anheftete. «Hast du dich ein wenig erholen können?»

Augenscheinlich erwartete sie eine positive Rückmeldung.

«Danke, ja. Ich war bei Stofel. So heisst das Gelände unterhalb der Teufelsbrücke. Ich hatte Zeit, mir ein paar Dinge durch den Kopf gehen zu lassen. Diese Morde wollen einfach in kein Schema passen. Trotzdem möchte ich nicht an Willkür glauben. Aber ich drehe mich im Kreis herum, wenn ich weiter einen Zusammenhang mit den Heiligenstatuen sehen will. Ich bin schon so weit, dass ich in jeder Minute mit einem neuen Mordopfer rechne.»

Allmählich trafen Valéries Leute ein. Sie bedienten sich von dem Kaffee und den Gipfeli, die in Körben in der Tischmitte verteilt lagen.

Valérie wartete, bis sie die volle Aufmerksamkeit hatte. «Es ist einiges an Material zusammengekommen. Danke für euren Einsatz. Wir müssen rekapitulieren. Ich weiss, es ist mühsam, wenn ich mich wiederhole. Aber ich möchte einfach davon ausgehen, dass wir keine Fehler machen und Verdachtsmomente auslassen oder Zusammenhänge nicht sehen.» Sie stellte sich an das Flipchart und nahm einen Filzstift zur Hand. «Ich repetiere: Wir müssen davon ausgehen, dass die Odyssee des Täters beim ‹Heilig Hüsli› ihren Anfang genommen hat, wo die Nische verschandelt wurde und die Kopie aus der Kassette herstammt. Das muss ein paar Tage vor dem Eidgenössischen Bettag gewesen sein. Laut Zeugenaussage holte er dann, weiter auf dem Jakobsweg, das Kreuz zwei Tage vorher aus der Hurden-Kapelle. Beim mutmasslichen Täter, wenn wir das Verschieben der Gegenstände und die Morde als einen Fall betrachten, handelt es sich um einen vierzig- bis fünfzigjährigen weissen Mann. Er ist ein Meter fünfundachtzig bis ein Meter neunzig gross mit einer kräftigen Statur. Hier haben wir zwei verschiedene Aussagen. In der einen ist sein Körper massig, in der anderen muskulös. Wir haben ein Phantomporträt, das leider nicht viel aussagt. Eine Zeugin will ihn zwar erkannt haben. Doch bei ihr bin ich mir nicht sicher. Chiara Cottichini ist labil, was mir in vielerlei Hinsicht aufgefallen ist. Übereinstimmend ist die Aussage, dass der Täter einen Opel Mokka fährt. Der Zeuge Simon Siegenthaler will ihn nach dem Mord an Thomas Haltiner mit einem solchen Wagen gesehen haben davonzufahren. Die beiden Zeugen aus Hurden sprachen ebenso von einem Mokka, mit dem der mutmassliche Täter das Kreuz wegtransportiert hatte. Was immer noch im Dunkeln liegt, ist der Tatort des ersten Opfers. Das Feuer wurde aber vorsätzlich gelegt, mit sogenannten Strohbällen und Ethanol als Brandbeschleuniger.» Während Valérie sprach, notierte sie Stichworte dazu auf dem Flipchart. «Das ist nach unserer aufwendigen Arbeit schwindend wenig. Aber immerhin können wir darauf aufbauen.» Sie übergab das Wort Oliwia Maria. «Du hast dir Gedanken über die Opfer gemacht. Davon lässt sich vermutlich einiges ableiten.»

Oliwia Maria tauschte mit Valérie den Platz. «Ich habe anhand der Informationen über die Opfer eine Analyse erstellt. Je mehr wir über sie erfahren, umso eher können wir weitere Morde verhindern. Opfer geben oft mehr Aufschluss über eine

Tat, als man denkt. In ihrem Leben gibt es Dinge, womit sich der Täter offenbar auseinandergesetzt hat. Etwas, das ihn an seine eigene Unzulänglichkeit erinnert, das er in seinem Wahn eliminieren muss. Ich verweise auf deine Bemerkung, Henry.» Sie sah Vischer an. «Die Heiligenstatuen und das Blut lasse ich mal aus dem Spiel.»

Sie schob das vollgeschriebene Blatt Papier am Flipchart über die Kante nach hinten und setzte ihrerseits zum Skizzieren und Schreiben an. «Zahir Kälin. Er war nicht bloss Sigrist, sondern ein wahrer Künstler, was Lichtanimationen betrifft. Ich fand ein paar Links im Netz, die auf verschiedene Zeitungsartikel hinweisen, in denen über ihn geschrieben wurde. Er hat sogar eine eigene Website, auf der er sein Hobby anpreist. Was er in den Kapellen und Kirchen begonnen hatte, präsentierte er später auf verschiedenen Bühnen. Ich komme nicht von dem Gedanken los, dass sein Tod ein Akt des Neids sein könnte. Erfolg erzeugt Feinde, wenn nicht sogar Hasser. Oder jemand vermutete, er ziehe mit seinen Installationen die Kirche ins Lächerliche, und übte Selbstjustiz. Von Zahir Kälin aus gibt es eine Verbindung zum zweiten Mordopfer, zu Benjamin Wyss, der in der Schweizergarde gedient hat. Beide Opfer absolvierten zur gleichen Zeit die ersten zwei Semester als Theologiestudenten beim damaligen Professor Leonard Hegetschwyler. Ersterer beendete das Studium nach zwei Semestern. Letzterer machte nach fünf Jahren das Lizenziat. Nach Aussage des Lebenspartners hatte sich Benjamin Wyss als Landschaftsgärtner selbstständig gemacht. Er galt als gefestigter, äusserst freundlicher Mann. Bevor er mit dem Foto- und Videografen zusammenlebte, hatte er bei seinen Eltern in einer Anliegerwohnung gewohnt.»

«Stimmt», sagte Louis. «Seinen Eltern kam aber in den falschen Hals, als sich ihr Sohn als Homosexueller outete. Seit vier Jahren pflegten sie keinen Kontakt mehr zu ihm. Der Tod ihres Sohnes hat sie dennoch gebrochen.»

«Danke, Louis.» Oliwia Maria machte eine Pause. «Der Täter sieht sich als Gott. Henry hat es bereits angetönt. Er eliminiert diejenigen, die in seinen Augen eine Sünde begangen haben.

Grob umrissen. Nicht ins Bild passen will Thomas Haltiner.»

Sie räusperte sich. «Gibt es bis dahin Einwände von eurer Seite?»

Valérie sah in die Runde. Müdigkeit machte sich bei allen breit. Niemand sagte etwas. Jeder war froh, hatte Oliwia Maria das Wort übernommen. Ab und zu bemerkte Valérie ein dezentes Kauen. Die Körbe mit den Gipfeli leerten sich.

Oliwia Maria fuhr fort. «Er war Koch in einem Altersheim. Studiert hatte er nie, aber eine Kochlehre abgeschlossen. Das Einzige, was bei allen drei Opfern übereinstimmt, ist die Art, wie sie getötet wurden.»

«Der Bericht von der Rechtsmedizin ist da», unterbrach Valérie. «Nach Rücksprache mit dem Labor handelt es sich bei der Waffe, mit der Kälin erschlagen wurde, um ein vierkantiges Holz. Es besteht aus lackierter Eiche. Eiche ist ein hartes und schweres Material, was zum Beispiel bei der Herstellung von Kreuzen verwendet wird.»

«Dann könnte das Kreuz aus der Hurden-Kapelle das Schlagwerkzeug für den ersten Mord gewesen sein», vermutete Fabia.

«Das Hurden-Kreuz weist keine Blutspuren auf», sagte Valérie. «Der Bericht darüber liegt ebenso vor.»

Oliwia Maria nickte ihr zu. «Es ist gut möglich, dass der Täter das Kreuz, welches er als Tatwaffe benutzt, zum nächsten Tatort mitnimmt. Ich gehe davon aus, das Kreuz bedeutet ihm viel, was auch die Entwendung des Hurden-Kreuzes belegt.»

«Wir sollten die Bevölkerung endlich aufklären», meinte Fabia. «Sie zumindest darüber informieren, mit wem sie es zu tun hat. Die Zeitungsberichte schüren Angst genug. Oder ist euch die letzte Ausgabe des Boulevardblattes entgangen? Die schreiben über einen Serientäter.» Sie warf Louis einen feindseligen Blick zu. «Deine Carla wird nicht unschuldig sein, wenn solche Berichte veröffentlicht werden.»

«*No comment.*» Louis kratzte sich am Hals.

«Wir müssen mit den Fakten warten, so hart es klingt. Solange wir keine konkrete Spur haben, würden wir die Menschen nur weiter verängstigen. Mittlerweile sollten die Leser wissen, wie besagte Zeitung übertreibt. Oder was meinst du, Valérie?»

«Ich bin ganz deiner Meinung, Oliwia Maria. Wir dürfen aber Pfarrer Negroni nicht vergessen. Er ist genauso ein Puzzleteil wie die drei toten Männer. Ihn als Täter sehen möchte ich trotzdem nicht. So viel spricht dagegen. Vielleicht haben wir es mit einem anderen Fall zu tun. Wir sollten endlich eine Vermisstenmeldung herausgeben. Ich weiss nicht, warum wir bis anhin gezögert haben.» Valérie sah zu Louis' Sitznachbarin. «Du hast dir in der Zwischenzeit Gedanken zum Namen Gotthilf gemacht.»

«Stimmt. Es scheint etwas an den Haaren herbeigezogen. Es ist jedoch die plausibelste Erklärung. Gotthilf ist abgeleitet von den zwei Wörtern ‹Gott hilft›. Hebräischen Ursprungs mit derselben Bedeutung ist der Name Elischa. Dieser war ein Prophet im neunten vorchristlichen Jahrhundert und der Nachfolger des Elia.»

«Wirklich spitzfindig», frotzelte Louis.

«Warum?» Fabia bezog Stellung für ihre Kollegin. «Ich finde die Überlegung gut. Wie hat man ihn während des Studiums genannt? ‹Störfaktor›? Klingt nach einem Querschläger. Vielleicht war er schon damals abtrünnig.» Sie schlug ihr Dossier auf. «Hier habe ich die Liste aus dem ersten Semester 1995.» Fabia fuhr mit dem Zeigefinger der rechten Hand über die Namen. «Es gibt ihn wirklich: Elisha, mit ‹sh› geschrieben.»

«Elisha ist die englische Schreibweise von Elischa», sagte die Kollegin.

«So muss es sein.» Fabias Augen funkelten. «Elisha Fox. Seine damalige Adresse der Eltern war die Seestrasse in Bäch. Obwohl er auf dem Campus in Fribourg wohnte, blieb seine Adresse in Bäch gemeldet. Geboren wurde er am sechsten Juni 1976. Er besuchte zusammen mit Zahir Kälin und Benjamin Wyss die ersten beiden Semester des Theologiestudiums.»

Oliwia Maria bekundete ihre Freude. «Super gemacht.»

«Das ist ein Meilenstein», fand Valérie. «Bravo.» Sie liess Fabia und ihrer Kollegin Zeit, die Lorbeeren zu pflücken. «Gut, als Nächstes müssen wir herausfinden, wo Elisha Fox heute wohnt und ob er im Besitz eines Opel Mokka ist.»

Es klopfte. Die Tür ging auf, und die Sekretärin vom Empfang steckte ihren Wuschelkopf herein. «Sorry, die Störung. Frau Haltiner ist da.»

«Frau Haltiner?» Valérie brauchte eine Weile, um den Namen einzuordnen.

«Die Mutter des ermordeten Kochs.»

***

Die Frau trug Schwarz. Sie war eine gepflegte Erscheinung, trotz der Trauer, um die siebzig mit schneeweissen Haaren, die sie kurz geschnitten hatte. Kaum Kontrast zu ihrer blassen Haut.

«Danke, dass Sie hergekommen sind.» Valérie setzte sich ihr gegenüber. «Frau Haltiner.» Sie sah auf die Unterlagen vor ihr. «Esther Haltiner. Ist das richtig?»

Sie nickte, überwältigt vom Schmerz, der ihr aus dem Gesicht zu schreien schien.

«Es tut mir leid, was mit Ihrem Sohn passiert ist. Sie haben mein aufrichtiges Mitgefühl.»

Die Sätze mussten wie ein Schlag auf die Frau wirken. Eine gefühlte Ewigkeit lang sagte sie nichts. Sie kämpfte gegen die Tränen an. Es gelang ihr nicht, sie zurückzuhalten. Ihr Körper zitterte. Sie schluckte leer, räusperte sich. «Ich habe gelesen, … dass er nicht der Erste ist, der innert Wochenfrist … getötet wurde. Die Zeitung schreibt, es handle sich um eine Serie. Müsste die Polizei nicht mehr tun?»

Valérie hatte geahnt, dass diese Frage früher oder später auftauchen würde. Sollte sie zugeben, wie ohnmächtig sie war, nicht weitergekommen zu sein, und wie schwierig es sich gestaltete, in einem Kanton wie Schwyz nach einem Mörder zu suchen, der es verstand, sich unsichtbar zu machen? Sie hätten in jedes Haus eindringen, jeden Stein umdrehen, jeden Meter abgehen und in die Wälder vorstossen müssen. «Ich verstehe Ihren Zorn. Aber ich muss Sie bitten, mir alles über Ihren Sohn zu erzählen, was Sie wissen. Ihre Schwiegertochter war bis anhin nicht in der

Lage.» Sie liess ein wenig Zeit verstreichen. «Was für ein Mensch war er?»

Esther Haltiners Mundwinkel zuckten. Trotzdem bewahrte sie Haltung, als hätte sie sich von sich selbst distanziert. «Er war ein guter Junge. Zu lieb für diese Welt.» Sie wischte sich eine Träne ab. «Er besuchte die Primarschule in Einsiedeln und später die Sekundarschule. Er wollte immer Koch werden. Wenn ich kochte, schaute er mir zu. Seine ersten Kochversuche machte er zu Hause. Ich musste ihn wohl dazu animiert haben. Ich selbst kochte sehr gern, früher, als mein Mann noch lebte.»

«Wie hat Ihr Sohn den Tod seines Vaters verkraftet?»

«Ist das eine hypothetische Frage?»

«Ich möchte mir ein Bild von Thomas machen.»

«Ich verstehe. Jetzt geht es plötzlich um das Opfer.»

Valérie liess ihr die Zeit, über ihre Aussage nachzudenken.

«Entschuldigen Sie, das wollte ich nicht sagen. Sie tun Ihren Job.» Sie räusperte sich. «Er hat sich vermehrt in die Arbeit gestürzt.» Sie machte eine Sprechpause, in der sie in ein Taschentuch schnäuzte. «Nach der Ausbildung arbeitete er während zweier Jahre in einem Fünfsternehaus in Luzern, dann ein Jahr als Austauschkoch in Lanzarote. Nach seiner Rückkehr fand er eine Anstellung in Brunnen. Kurz vor Edwins Tod kam er zurück nach Einsiedeln, kochte eine Zeit lang in einem kleinen Restaurant, bevor er ins Altersheim kam. Als er Moena kennenlernte, konnte es jedoch nicht schnell genug gehen mit dem Heiraten. Ich denke, Thomas hat Trost gesucht und ihn in seiner jungen Familie gefunden.»

«Gemäss Ihrer Schwiegertochter hatte Ihr Mann andere Pläne mit seinem Sohn.»

«Wir hatten eine Arztpraxis. Ich erledigte die Buchhaltung, das Büro. Es war eine Art Familienbetrieb. Edwin wollte, dass Thomas sein Nachfolger wird.»

«Und Sie haben ihn darin unterstützt?»

«Nein. Ich war dafür, dass mein Sohn glücklich wird. Mein Mann hat viel gearbeitet. Von den Krankenbesuchen kam er jeweils völlig zerschlagen zurück. Oftmals wurde er nachts oder frühmorgens aus dem Bett geklingelt, weil jemand im Sterben lag. Es herrschte Ärztemangel auf dem Land. Mein Mann zerbrach fast daran. Er starb im Alter von achtundsechzig Jahren. Nach der Pensionierung kam er nicht zur Ruhe. Mit siebenundzwanzig hatte er seine Approbation als Arzt. Über vierzig Jahre war er auf seinem Beruf tätig. Auch wenn er seine Tätigkeit als Berufung sah, hat es ihn arg gebeutelt.» Sie stockte. «Jetzt bin ich vom Thema abgekommen.»

«Es war auch Teil im Leben Ihres Sohnes», sagte Valérie. «Gab es Vorkommnisse in Bezug auf den Beruf Ihres Mannes, damals, als Thomas noch zu Hause lebte?»

«Ich verstehe Ihre Frage nicht.»

«Drohungen, wenn jemand starb, den Ihr Mann behandelt hatte?»

«Das tönt, als wäre mein Mann ein Pfuscher gewesen.» Esther Haltiner dachte nach. «Ja … Doch. Die gab es. Aber man konnte sie an einer Hand abzählen. Ich erinnere mich an den Tod eines Freundes. Die Hinterbliebenen dachten, Edwin hätte magische Hände und könnte einen Mann vom Tod auferstehen lassen. Das hat ihn gelehrt, niemanden mehr zu behandeln, der mit der eigenen Familie befreundet ist. Die Erwartungshaltungen sind oft hoch, und die Schuld am Tod, wenn er nicht zu umgehen ist, wird dem Arzt zugewiesen. Später hat er diese Patienten an seine Arztkollegen verwiesen.»

Valérie hatte alles notiert. Nebst der akustischen Aufnahme, die sie sich nach der Befragung anhören wollte, vermittelten ihr die Notizen ein erstes Bild. Trotz ihrer Bemühungen gelang es ihr nicht, einen Konsens zwischen Edwin Haltiners Tätigkeit als Arzt und dem Tod seines Sohnes zu erkennen. Beiläufig fragte sie Esther Haltiner noch nach den damaligen Arztkollegen. Sie wollte von der Verbindung zwischen Kälin, Wyss und Haltiner nicht abweichen. Oder musste sie davon ausgehen, dass Thomas Haltiner ein zufälliges Opfer war? Aber hätte der Täter dann dieselbe Methode gewählt? Im Charakter der Tat lag eine grosse Wut.

Drei Theologiestudenten, die im gleichen Jahr studierten.

Zwei davon waren tot, der Dritte galt als mutmasslicher Täter. Das Enfant terrible, das sich seinen Kollegen möglicherweise widersetzt hatte, reichte Valérie nicht. Es musste etwas vorgefallen sein, was zum Kollaps führte. Nur passte Thomas Haltiner nicht hinein. Um einen sogenannten Trittbrettfahrer konnte es sich nicht handeln. Die Art der Tötung war nie publik gemacht worden.

«Erinnern Sie sich an einen Vorfall, in den Ihr Sohn involviert war?» Es war ein letzter Versuch, dem Drama ein Gesicht zu geben und es zu begründen.

«Nein.» Esther Haltiner weinte still vor sich hin.

«Ich bedaure, dass ich das fragen muss: Auch nicht in jüngster Zeit?»

«Thomas hatte keine Feinde», schluchzte die Frau. «Er war überall beliebt.»

Valérie hätte sich die Haare raufen können. Irgendwo lag etwas vergraben, vielleicht nicht mal so tief. Aber sie musste das hier beenden. Sie hatte kein Recht, Esther Haltiner dermassen zu quälen, zumal der Tod ihres Sohnes erst drei Tage zurücklag.

✳✳✳

Gemütlicher wurde es nicht, je näher sie heranfuhr. Ein heruntergekommenes Haus, einsam gelegen am Fusse des Etzels. Weitab von den gepflegten Höfen wirkte es fremd, unbewohnt. Und unheimlich. Die Schindel abgeblättert und vom Wind weggerissen wie die Schuppen eines kranken Pangolins. Carla parkte ihr Auto neben einem verdorrten Baum, der an diesen Ort genauso wenig passte wie das meterhohe Gras und das Unkraut, welche einen ehemaligen Garten überwucherten. Ein verrotteter Zaun grenzte das Ganze ab. Carla stieg aus. Sie suchte einen Durchgang zum Haus. Der Regen der letzten Tage hatte aus dem vertrockneten Gestrüpp ein kaum überwindbares Geflecht geformt. Brombeerstauden hielten es zusammen.

Die Jalousien standen offen. Die Scheiben waren trüb und mit fadenscheinigem Stoff verhängt. Carla klopfte an die Holztür, an welcher der Zahn der Zeit nicht bloss genagt, sondern sich eingefressen hatte. Das Holz splitterte, und dort, wo sich das Schloss hätte befinden sollen, rostete ein Stück Eisen. Carla sah sich um, vergewisserte sich, ob sie beobachtet wurde. Doch da war keiner in diesem Niemandsland, im Vorhof zur Hölle. Sie stemmte sich gegen die Tür. Diese gab nach. Carla landete in einem Vorraum, wo sich Spinnennetze von der einen zur anderen Wand spannten. Der ätzende Geruch nach Ammoniak empfing sie. Instinktiv wich sie zurück. Sie kannte diesen Gestank. Er erinnerte sie an den selten geleerten Nachttopf ihres Urgrossvaters, als dieser noch gelebt hatte. Einen Moment lang stellte es ihr den Schnauf ab. Neugierig durchschritt sie den Vorraum, erwehrte sich der Spinnweben und gelangte in eine Küche, die von historischem Wert gewesen wäre, hätte sie nicht so desolat ausgesehen. Wer hier zuletzt gekocht hatte, hatte es mit dem Aufräumen nicht genau genommen. Im Abwaschbecken stapelte sich gebrauchtes Geschirr, das von einem Filz aus Schimmel überzogen war. Auf dem Küchentisch dasselbe. Drei schmutzige Teller und Gläser, die, falls sie gefüllt gewesen waren, bloss Deckel undefinierbaren getrockneten Inhalts aufwiesen. Es schien, als hätte jemand fluchtartig das Haus verlassen und wäre nie wieder zurückgekehrt. Eine zentimeterdicke Staubschicht lag über allem. Carla fotografierte mit ihrem Smartphone. Sie nahm sich vor, jeden Winkel des Hausinneren abzuknipsen.

Das Tageslicht brach sich in den papierdünnen Vorhängen, liess einen schwachen Schimmer zurück, genug, um das Interieur zu erkennen. Carla ging weiter und gelangte in eine Stube. Auch hier war alles verstaubt. Konturen von Möbeln im diesigen Schein: ein Buffet, ein Sofa, zwei Ohrensessel. Den Mittelpunkt bildete ein runder Tisch, an dem vier Lehnstühle Platz fanden. Darüber hing eine Jugendstillampe. Carla kippte den Lichtschalter. Dieser funktionierte nicht. Der Strom war längst abgestellt.

Neben der Küche führte eine Treppe nach oben. Von dort schien der Geruch zu kommen, aus den Ritzen undichter Holzbretter. Carlas Neugier siegte über die lähmende Furcht, oben auf etwas zu stossen, das sie in einen Schock versetzen würde. Sie hatte die Beherztheit im Blut, auf die Gefahr hin, dass ihr etwas Schlimmes zustossen könnte. Ihre Eltern hatten sie gelehrt, mutig durch die Welt zu gehen. Ein Gedanke an Mam und Dad. Sie waren mit den drei Kindern von Carlas Bruder dermassen beschäftigt, dass sie manchmal vergassen, eine Tochter zu haben. Carla nahm es ihnen nicht übel. An Weihnachten und Ostern trafen sie sich regelmässig und kompensierten das, was sie unter dem Jahr versäumt hatten.

Über das, was sie im Archiv gefunden hatte, schwieg sie. Carla wollte sich zuerst selbst vergewissern, ob an dem Drama, welches im November 1981 die Zeitungen, vor allem das Boulevardblatt, gefüllt hatte, etwas dran war. Sie glaubte, unerschrocken zu sein. Doch jetzt wurde sie von einem beklemmenden Gefühl heimgesucht. Es griff nach ihr wie die kalten klammen Hände jener Märchenfiguren, die sie in ihrer Kindheit so gehasst hatte – Hexen und Kobolde. Ob es hier spukte? Der erste Schritt auf der Treppe fühlte sich an, als hielte sie etwas zurück. Eine Vorahnung vielleicht, oben auf etwas Verstörendes zu stossen?

Die Kraft drohte aus ihrem Körper zu entfliehen. Noch nie hatte sie sich von der Angst dermassen überwältigen lassen wie gerade eben. Dieses Gefühl war ihr fremd. Carla hörte in sich hinein. «Tu es! Tu es! Tu es!», im Gleichklang mit dem Pochen des Herzes. Sie lauschte in Richtung Treppe. Da war nichts als ihr eigener Atem.

Zweiter Tritt. Die Holzbohlen unter ihren Füssen knarzten, als flüsterten ihr die Geister der Vergangenheit zu. Oben lauerte wie ein schwarzer Panther etwas Dunkles. Dort musste eine weitere Tür sein, die sie im schauerlich schwächelnden Licht, welches von draussen hereindrang, nicht zu erkennen vermochte.

Nächster Tritt. Louis hätte sie nicht gehen lassen, hätte er davon erfahren. Forster dagegen, den sie halbherzig eingeweiht hatte, hatte sie forciert zu recherchieren. Er wusste jedoch nicht, dass sie eine alte Geschichte aus dem Archiv geholt hatte, die ihm vielleicht noch präsent war. Vor vierzig Jahren war er zwar ein junger Schnösel gewesen, und sein Vater hatte die Redaktion geführt. Aber diese Story war bestimmt nicht schadlos an ihm vorbeigegangen.

Vierter Tritt. Bei jedem selbst verursachten Geräusch, das des morschen Holzes wegen entstand, fuhr Carla zusammen. Hier drin existierte etwas, das sie nicht zu benennen vermochte.

Man sagte, dass Geister einen Ort, den sie befallen hatten, nie verlassen würden. Carla schauderte es bei diesem Gedanken. Blödsinn! Gespenster gab es nur in Filmen. Entschlossen stieg sie auf den ersten Stock und gelangte zu der Tür. Die Schatten hatten sich verlagert. Langsam stiess sie sie auf und war auf alles gefasst. Ihr Herz raste, und sie spürte Adrenalin.

Sie landete in einem schmalen Korridor, von dem vier weitere Türen weggingen, je zwei in entgegengesetzter Richtung. Hier war der Gestank beinahe unerträglich. Die Dunkelheit frass das Restlicht auf. Carla tastete sich vorwärts zur rechtsseitigen Tür, öffnete sie und schob sich hinein. Durch die mit Schlieren verschmierten Fenster fiel endlich wieder ein wenig Tageslicht. An der Wand stand ein Doppelbett älteren Modells. Verblasster Plüsch, der in ferner Zeit die Farbe Orange getragen haben musste, umrandete zwei Matratzen, auf denen zerknitterte Duvets lagen. Die Flecken darauf waren eingetrocknet. Es konnte Blut sein oder sonst eine menschliche Ausscheidung. Dem zweitürigen Schrank daneben fehlten die Spiegel. Die Scherben lagen auf dem Fussboden wie ein grausiges Mosaik. Carla zog eine der Schranktüren auf. Sommerkleider hingen dort, Jacken, ein Mantel, und auf dem Tablar lagen Wäschestücke. Sie müffelten bestialisch. Ein Schwarm Motten flog ihr entgegen. Carla wedelte sie weg und wandte sich ab. Eine Frisierkommode war ganz verschlissen. Eine Haarbürste als einziges Requisit zeugte trotz ihrer Versehrtheit vom Ursprung des Gebrauchs. Lange dunkle Haare hingen zwischen den Borsten, zusammen mit einem filigranen Gewirk aus Spinnennetzen. Welches Schicksal hatte die Bewohner getroffen, um das hier zurückzulassen?

Carla stand in einer Ruine, die von aussen den Anschein machte, noch einigermassen intakt zu sein, wenn man von den Zeichen des Verfalls absah. Das Hausinnere zeugte von einem abscheulichen Ereignis. All die kaputten Gegenstände, die zerschlagenen Dinge, als hätte ein Monster gewütet.

Im zweiten Zimmer befand sich ein Einzelbett. Ein Eisengestell, dem die Matratze abhandengekommen war. Der Teppichboden wies schwarze klebrige Flecken auf. Es gab einen Schrank, den Carla vorsichtig öffnete. Ein einziges Kleidungsstück lag darin, wie hingeworfen. Eine Cordhose, der Grösse wegen für ein vier- bis fünfjähriges Kind.

Ein plötzliches Geräusch erschreckte sie dermassen, dass sie ihr Smartphone fallen liess.

Es kam von unten. Carla hob das Handy auf, machte damit ein paar weitere Fotos. Hastig drückte sie den Auslöser der Kamera. Irgendwo fiel etwas zu Boden. Carla hielt die Luft an. Ihr Geruchssinn hatte sich an den ätzenden Gestank gewöhnt. Nach der Ursache hatte sie vergebens gesucht. Kein Nachttopf. Weder unter dem Doppelbett noch hier im kleinen Zimmer.

Die Bilder, die sich ihr präsentierten, glichen den Bildern aus dem Archiv. In diesem Haus hatte seit vierzig Jahren kein menschliches Wesen mehr gewohnt. Carla ging nach unten, nachdem sie sich vergewissert hatte, was sich hinter den zwei anderen Türen verbarg. Ein Badezimmer mit einem zerschlagenen Waschtrog, einer verrosteten Badewanne und einer WC-Schüssel ohne Brille. Daneben eine Vorratskammer mit leeren Regalen.

Das Geräusch war nicht wieder zurückgekommen. In der Küche herrschte die gleiche bedrückende Stimmung wie bei Carlas Ankunft. Sie wusste, dass das Schlimmste noch bevorstand: der Keller. Er war ebenfalls von der Küche aus zu erreichen und durch eine Tür abgegrenzt. Am Türblatt blätterte die Farbe ab, sichtbar alt und klebrig wie ein Fliegenfänger. Carla grauste es, den Griff in die Hand zu nehmen. Sie tat es mit jenem Ekel, der ihr den Schrei in der Kehle stecken liess. Moder schlug ihr entgegen. Ein anderer Geruch, nicht weniger penetrant. Carla leuchtete mit dem Handy nach unten. Eine steinerne Treppe, unebene Tritte und die Vorahnung, auf das zu stossen, wonach sie oben gesucht hatte. Unter der Erde war es kalt. Es war, als würde die eisige Hand des Todes nach ihr greifen. Carla stoppte auf halbem Weg. Das Licht des Handys reichte nicht aus, um den Keller in seiner ganzen Grösse auszuleuchten. Sie *musste* hinuntersteigen.

Plötzlich ein Knall, dann ein Windstoss. Carla blieb wie vom Donner gerührt stehen. Sie sah nach oben. Die Tür war ins Schloss gefallen. Bloss keine Panik. Das war der Wind, suggerierte sie sich ein.

Vier Tritte fehlten bis zum Boden. Das Licht flackerte über unebene Erde, den aus Stein und Holzstreben angefertigten Wänden entlang. Schmale Pfeiler ragten bis unters Kellerdach. Carla entdeckte Regale auf drei Ebenen. Sie waren leer. Etwas streifte ihr Gesicht. Natürlich bildete sie es sich ein. Da war niemand. Das Haus war seit Jahren unbewohnt. Die Natur war daran, den Platz, auf dem es stand, zurückzuerobern.

Carla stieg die Stufen hoch, drückte die Tür auf und betrat die Küche. Dort, wo das Tageslicht durch die Fenster drang, stand jemand. Carla vermochte bloss die Umrisse zu sehen. Ihre Sinne waren jetzt hellwach. Blitzschnell hielt sie Ausschau nach etwas, das sie als Waffe würde verwenden können, falls sie gezwungen wäre zuzuschlagen.

Das Wesen drehte sich zu ihr um.

✳✳✳

Louis fing Valérie auf dem Korridor ab, als diese mit einer Frau aus einem der Vernehmungszimmer trat. «Hast du kurz Zeit?»

«Ich wollte gerade zur Kaffeepause. Kommst du mit?» Sie verabschiedete sich von der Frau und wandte sich ganz Louis zu. «Geht's dir gut?»

«Besser. Ich habe mich mit Carla versöhnt.» Louis rechnete damit, dass Valérie ihn deswegen beleidigen würde. Nicht bösartig, aber er kannte ihre Einstellung zu seiner Freundin. Carla hatte sie bei der Polizeiarbeit im letzten grossen Fall am Lauerzersee unterstützt und ihr eigenes Leben aufs Spiel gesetzt. Valérie hatte es sicher bereits vergessen.

«Schön», sagte sie nur, als wären ihre Gedanken anderswo. «Gehen wir in mein Büro? Dort gibt's richtig guten Kaffee.»

Louis kannte ihre Kaffeemaschine und war nicht abgeneigt. «Elisha Fox fährt *keinen* Opel Mokka. Auf den Namen ist allerdings ein Führerausweis ausgestellt. Aber er hat kein eigenes Auto.» Sie betraten den Lift, der sie auf Valéries Etage fuhr. «Falls er unser Gesuchter ist, und er hat die Toten auf dem Gewissen, wird er den Wagen von jemandem ausgeliehen oder gestohlen haben. Ich tippe auf Letzteres. Es wird jedoch kein Auto dieser Marke vermisst. Wollen wir an die Öffentlichkeit damit?»

«Ich bin vorsichtig. Vorerst geht die Vermisstenmeldung von Pfarrer Negroni raus.»

«Ist bereits bei den Pressestellen. Heute Abend vor der Hauptausgabe der ‹Tagesschau› kommt die erste Meldung.»

«Ich hoffe, es ist der richtige Entscheid.» Sie verliessen den Lift. Valérie steuerte ihr Büro an. Sie schloss die Tür auf.

«Carla ist an was dran.» Louis hatte es sich lange überlegt, ob er Valérie einweihen sollte.

«Diese Geschichte um die Hinterbliebenen der Mordopfer?» Sie drehte sich zu ihm um. «Nun ja, es hat mich erstaunt, dass sich Carla auf dieses Niveau herablässt. Ich fragte mich, ob sie sich, die Infos betreffend, an deinem Wissen bereichert hat.»

«Du meinst den Bericht über die verwaisten Kirchen?»

«Spaltenfüller», sagte Valérie. «Ehrlich gesagt, ziemlich provokativ. Mich hat die Erwähnung der Hurden-Kapelle und der Kapelle Sankt Meinrad überrascht. Von der Thematik her könnte sie über jede Kirche in der Schweiz schreiben. Aber nein, es sind die beiden Kapellen, die unseren Fall betreffen. Was hat sie vor?»

«Keine Ahnung. Wenn man unter dem gleichen Dach lebt, gelingt es nicht immer, alles zu verschweigen. Zugegeben, sie ist sehr neugierig. Aber es ist schliesslich ihr Job. Ich habe ihr heute auch über die Schultern geschaut.» Er unterstrich es mit Gänsefüsschen. «Als sie im Badezimmer war, bin ich zufällig auf ihre Notizen gestossen. Sie weiss nicht, dass ich es weiss.» Louis schwang sich auf einen Stuhl und liess sich von Valérie bedienen. «Ich kenne Carla. Sie hat einen guten Riecher und oft einen sechsten Sinn. Manchmal ist sie berechnend, handkehrum macht sie Dinge aus dem Bauch heraus.»

«Was willst du mir damit sagen?»

«Sie forscht zurzeit auf dem Etzel. Hat wahrscheinlich nichts mit unserem Fall zu tun. Ich wollte dich einfach darüber informieren.»

✳✳✳

«Sie sind unbefugt hier eingetreten.»

«Und Sie haben mich zu Tode erschreckt.» Carla holte mit noch immer zitternden Händen ihren Presseausweis aus der Jackentasche. Sie hielt ihn dem Mann unter die Nase. «Carla Benizio.» Sie nannte den Namen der Zeitung.

«Ach so, schnüffelt also die Presse hier rum.»

«Gibt's denn etwas zu schnüffeln?» Sie steckte den Ausweis wieder ein. «Wer sind *Sie*?» Carla schätzte ihn auf Mitte fünfzig, ein Urgestein von einem Mann mit von der Sonne gegerbter Haut und einem grauen Haarkranz, der einen Schnitt nötig hatte. Er trug ein kariertes Hemd und eine Handwerkerhose mit aufgesetzten Taschen. In der einen Tasche steckte ein Hammer. Mit diesem Werkzeug hätte er sie durchwegs erschlagen können.

«Roman Lienert.» Er wies mit seiner klobigen Hand Richtung Fenster. «Ich wohne dort drüben, habe Haus und Hof.»

«Und die Befugnis, diese Hütte hier zu beaufsichtigen.»

«Genauso wenig wie Sie. Ich sah Ihren Wagen und dachte mir, ich sollte mal nachschauen. In den letzten Jahren ist niemand mehr hierhergekommen. Es liegt zu abgelegen und ist so zugewuchert, dass sich kaum einer in seine Nähe wagt. Wollen wir nach draussen gehen? Hier stinkt es nach Verwesung.»

«Nach Ammoniak», korrigierte Carla. «Nach zersetztem Urin.»

Lienert sah sie mit offenem Mund an. «Schlimmer als ein Güllenloch.» Er grinste und trat ins Freie.

Carla ging ihm nach. «Waren Sie im November 1981 auch schon auf dem Hof?»

«Klar, ich bin hier aufgewachsen. 1965 kam ich zur Welt. Zwischendurch ging ich auf Reisen, sammelte Erfahrungen auf anderen Bauernhöfen und kam vor zwanzig Jahren wieder zurück.»

«Erinnern Sie sich an die Familie, die in diesem Haus hier gewohnt hat? Leider finde ich keine Namen.»

«Ganz vage. Ich glaube, es waren vier Leute. Meine Eltern hatten nichts mit ihnen zu tun. Es seien Ausländer, hatten sie gesagt.»

«Leben Ihre Eltern noch?» Carla spürte eine wachsende Ungeduld.

«Sie sind vor einem halben Jahr ins Alters- und Pflegeheim Langrüti nach Einsiedeln gezogen. Sie waren für meine Frau und mich nicht mehr tragbar.» Es klang, als müsste er sich für diese Tatsache rechtfertigen. «Mutter ist dement und Vater ohne sie hilflos. Sie sind beide fünfundachtzig. Wir haben einen grossen Viehbestand, fast hundert glückliche Hühner und zwei Pferde. Na ja, irgendwann muss man sich für etwas entscheiden.»

Carla schluckte beschämt. «Was geschah damals wirklich in diesem Haus?» Sie hatten sich einen Weg durch das Unkraut gebahnt und standen jetzt neben Carlas Wagen.

«Ich war ein Teenager, als sie wegzogen.»

«Sie zogen weg?» Carla nahm es ihm nicht ab. «Wenn ich mich im Haus umsehe, hat man es Hals über Kopf verlassen. Ich meine, überstürzt. Im Elternschlafzimmer sieht es aus, als hätte eine Schlägerei stattgefunden. Was ist damals vorgefallen? Überlegen Sie mal.»

Lienert schüttelte den Kopf. «Ich hatte anderes im Sinn, als mich für sonderbare Nachbarn zu interessieren. Sie wohnten ja nicht unmittelbar neben uns. Bis zu meinem Hof sind es immerhin fünfhundert Meter.»

«Könnten mir Ihre Eltern Auskunft geben?»

«Mutter sicher nicht. Die klaren Momente haben sich verringert. Und Vater … Ich weiss nicht. Er ist eigensinnig.»

Carla war unzufrieden. Die Zeitungen hatten damals eine grosse Story daraus gemacht, aufgebaut auf diversen Spekulationen. Es war von einem Geisterhaus die Rede gewesen, von einem Haus des Schreckens, vom Tor zur Hölle. Eine Frau sei unter mysteriösen Umständen ums Leben gekommen. Das Böse habe Einzug gehalten. Schauergeschichten, wie Forster und Co. sie gern verbreitet hatten. Daran hatte sich bis heute nichts geändert. Doch niemand hatte damals hinter die Kulissen geschaut. Plötzlich hatte es andere interessantere Themen gegeben, und die Gespenster vom Etzel hatten sich verflüchtigt, aus den Medien und aus den Köpfen der Menschen. Carla seufzte. Vielleicht musste sie die Geschichte ruhen lassen. Zu aufwendig das Ganze.

«Fragen Sie doch auf der Gemeinde nach oder suchen Sie einen Geschichtsprofessor aus der Gegend.» Lienert lachte, was sich wie ein Keckern anhörte. «Sofern Sie einen finden.»

«Okay, danke für den Tipp.» Carla setzte sich in ihren Wagen und startete den Motor. Sie hatte anderes vor. Sie würde nach Einsiedeln fahren. Es liess ihr keine Ruhe.

Das Alters- und Pflegeheim lag am Rossmoos und war ein sternförmig angelegter Bau, eingebettet in einen Garten mit akkurat gepflanzten Bäumen und einer Zone zum Verweilen. Ein Kleinod am südlichen Rand des Dorfes. Die letzte Station am Ende eines Lebens, ging Carla durch den Kopf, als sie den Eingangsbereich des Haupthauses betrat. Das im Jahr 1906 erbaute Armenhaus hatte sich in den Jahren zu einem ansehnlichen Heim für ältere Menschen entwickelt. Carla hatte sich vorab darüber informiert. Es lag in ihrem Naturell, Wissenswertes in Erfahrung zu bringen, was ihr bei Gesprächen oft half. Sie ging zum Empfang, der in einem Meer von herbstlichen Blumen versank. Das Lied «Pie Jesu» aus der «Grande Messe des Morts» beschallte den Raum dezent. Eine brennende Kerze und das Bild eines betagten Mannes bezeugten den kürzlichen Tod des Mitbewohners. Ja, in den Altersheimen wurde gestorben. Das war der Alltag.

«Hallo, mein Name ist Carla Benizio.»

Der Mann hinter dem Empfangstresen musterte sie mit einem freundlichen Blick. Erstaunlich, dachte Carla, wo er doch vom

Tod umgeben war. Sie zeigte auf das Leidbild. «Haben Sie ihn gut gekannt?»

«Er ist gestern von uns gegangen und im Alter von siebenundneunzig Jahren sanft entschlafen. Gott hab ihn selig. Kann ich Ihnen helfen?»

«Ich würde gern Herrn und Frau Lienert besuchen. Ihr Sohn Roman hat mir gesagt, dass sie seit einem halben Jahr hier leben.»

«Das ist richtig.» Er schaute auf die Uhr. «Um die Zeit sitzen sie im Foyer bei Kaffee und Kuchen. Sie werden sich bestimmt über Ihren Besuch freuen. Sind Sie eine Verwandte?»

«Weit aussen», flunkerte Carla und dachte an ihren Stammbaum, den sie nie ermittelt hatte, und setzte ein Lächeln auf. «Danke für die Auskunft.»

Sie hielten sich an einem runden Tisch vor einer Fensterfront auf, die viel Licht einliess und den Blick auf den Garten öffnete. Frau Lienert sass im Rollstuhl und grinste vor sich hin, derweil Herr Lienert mit wachen Augen seine Umgebung musterte. Ob er so eigensinnig war, wie sein Sohn ihn beschrieben hatte? Er war eher neugierig. Kaum hatte Carla sich dem Tisch genähert, hob er seine rechte Hand und gebot ihr, stehen zu bleiben. «Aha, ein neues Gesicht. Wird Zeit, dass das Servicepersonal aufgestockt wird. Die armen Angestellten kommen nicht zur Ruhe. Wenn ich besser zu Fuss wäre, hätte ich schon längst Einsatz gezeigt. Ich bin ein Bauer und weiss, was Arbeit ist. Einen Teller tragen kann ich alleweil.» Ein Kranz tiefer Falten umgab seine wässrigen hellgrauen Augen.

Carla setzte sich auf einen freien Stuhl. «Ich bin Carla und Journalistin.»

«Wenn ich das gewusst hätte, dass wir heute so hohen Besuch bekommen, hätte ich mich geschminkt.» Er lachte dröhnend und liess dabei die dritten Zähne klappern. «Wird wieder mal über das Heim geschrieben? Das ist wunderbar. Wir befinden uns auf dem Abstellgleis, junge Dame … Carla, oder? Fast jeden Tag verlässt uns jemand. Erst gestern ist Kari gestorben. Ausgerechnet. Er hatte einen herrlichen Humor.»

Carla sandte Frau Lienert einen Blick zu, die keine Miene verzog. «Wie geht's Ihrer Frau?»

«Ach, Mayali, sie ist mit einem Bein bereits im Jenseits. Manchmal ist es schwierig mit ihr. Sie reagiert kaum mehr. Auf Gespräche geht sie nicht ein. Mein Sohn und unsere Schwiegertochter konnten damit nicht umgehen und schoben uns ab. So ist das Leben. Plötzlich merkt man, dass man ausgedient hat. Aber hier ist es lustig und immer etwas los. Am Sonntag war der Jodlerclub ‹Heimelig› aus Schwyz bei uns. Bei der Endstation tummeln sich seinesgleichen, und es macht das Ganze erträglicher.» Er zögerte. «Wollten Sie zu mir?» Er sah sie erwartungsvoll an.

Carla durchfuhr ein warmes Gefühl, und Bilder aus ihrer Kindheit tauchten auf. Erinnerungen an ihren Grossvater, der ihr nahegestanden hatte. Er war ein fröhlicher Mann gewesen, der sich stets auf ihren Besuch freute. Voll Humor und Lebensfreude. «Ich glaube, Sie könnten mir helfen.»

«Soll ich uns Kaffee bestellen? Oder noch besser: Auf meinem Zimmer habe ich Gin.» Er sah sich ertappt um. «Heimlich.»

«Machen Sie sich keine Umstände.»

«Also nichts.» Er schien enttäuscht. «Ich höre.»

«In der Nachbarschaft Ihres Hofes steht ein Haus, das mir ziemlich vernachlässigt vorkommt.»

«Ich weiss, von welchem Haus Sie sprechen. Vernachlässigt ist wohl nur der Vorname. Warum interessieren Sie sich dafür?» Lienerts Fröhlichkeit war verschwunden und einem nachdenklichen Gesicht gewichen. «Es ist mit einem Fluch belegt.»

Carla wartete. Wenn sie den alten Mann unter Druck setzte, war ihr Besuch für nichts. «Kannten Sie die Familie?»

«Die gleichen Fragen wurden uns schon einmal gestellt. Damals, als es passierte … Ich hatte mich geweigert, etwas zu sagen. Meine Antwort auf *Ihre* Frage: so, wie man Nachbarn kennt.» Er überlegte, griff sich ins runzelige Gesicht. «Eigentlich nicht. Sie wollten nichts von uns. Umgekehrt war es auch der Fall.»

«Kurz bevor sie das Haus für immer verliessen, muss Gravierendes geschehen sein.»

«Es hat sich Tage im Voraus Schreckliches angebahnt.»

Carla liess wieder ein paar Sekunden verstreichen. Sie holte ihr Smartphone hervor und legte es auf den Tisch. «Ich werde unser Gespräch aufnehmen, wenn Sie gestatten.»

«Sie sind sehr anständig.» Lienert richtete sich auf. «Wenn es Ihnen dient.»

«November 1981. Es war ein kalter Herbst mit viel Nebel und Niederschlägen.» Das hatte Carla aus den damaligen Berichten. Das düstere Wetter hatte das Drama passend untermalt.

«Das weiss ich beim besten Willen nicht mehr.»

«Aber an die Vorkommnisse in diesem Haus erinnern Sie sich.»

Lienert wirkte auf einmal in sich gekehrt. «Wahrscheinlich haben Sie recht. Es gibt Dinge, die sollte man nicht ins Grab mitnehmen.» Als wollte er eine Bestätigung von seiner Frau, sah er zu ihr hinüber. «Wir hatten damals alle weggeschaut. Meine Frau, mein Sohn, ich … und die andern Grundbesitzer. Wir waren stocksauer, weil einer aus der Gemeinde ein leer stehendes Heimetli an eine italienische Familie vermietete.»

«Kennen Sie deren Namen?»

«Nein. Etwas Südländisches. Es war im Frühling 1981, als sie mit einem Kleinbus auf dem Etzel eintrafen. Ein junges Ehepaar mit einem etwa drei- oder vierjährigen Buben. Die Nonna war auch dabei. Ich denke, sie war die Mutter des Mannes. Eine resolute Alte, die immer Schwarz trug.»

«Ach, daran erinnern Sie sich?»

«Sie kam einmal in meinen Garten und bediente sich von unserem Gemüse. Ich scheuchte sie weg, dabei hätte sie sich als Vogelscheuche gut gemacht.» Lienert kicherte vor sich hin. «Mit der wollte ich nichts zu tun haben. Sie kam nicht nur mir unheimlich vor. Ich sah sie dann oft von Weitem in ihrem dunklen Umhang.»

«Und dem jungen Mann und der Frau sind Sie auch ab und zu begegnet? Oder dem kleinen Jungen vielleicht?»

«Ich sah sie aus der Ferne. Das genügte mir. Noch einmal, wir wollten mit denen nichts zu tun haben. Die gehörten nicht hierher, zumal es einheimische Leute gab, die gern in das Heimetli eingezogen wären.»

«Es steht seit vierzig Jahren leer. Warum zog später keiner mehr dort ein?»

Lienerts Stimme gewann an Resonanz. «Das Haus ist verflucht. Und es stinkt ganz fürchterlich.»

«Dann waren Sie schon einmal drin?»

«Das ist Jahre her. Heute würde ich keinen Fuss mehr dort reinsetzen.»

Carlas Herz gefror. Hätte sie es vorher erfahren, wäre sie dem Haus ferngeblieben. «Was ist damals passiert?», bohrte sie weiter.

«Ich erinnere mich an einen Pfarrer, der mehrmals dort auftauchte. Lange Zeit kam er nicht mehr heraus. Und wenn er das Haus verliess, sah er mitgenommen aus. Also, damit Sie mich nicht missverstehen. Er musste an unserem Hof vorbei. Manchmal zu Fuss. Oft wurde er gefahren. Da sahen wir ihn natürlich. Es war der Pfarrer aus Trachslau. Meine Frau kommt aus diesem Ort. Sie kannte ihn gut. Er sagte aber nie viel, schien in seinen schweren Gedanken gefangen zu sein.»

«Hat der Pfarrer einen Namen?»

«Armando Negroni.»

ZEHN

Valérie setzte sich nicht, sondern liess ihrem Ärger Luft. Kaum war sie an diesem Dienstagmorgen auf dem Stützpunkt eingetroffen, hatte Louis sie in Beschlag genommen. Der Name Armando Negroni sei aufgetaucht, hatte er ihr atemlos mitgeteilt. Carla habe ihn mit einem Geisterhaus auf dem Etzel in Verbindung bringen können.

Oliwia Maria stand neben ihr und wunderte sich zweifelsohne über ihre Fassungslosigkeit. «Was ist passiert, Valérie?»

«Ich werde es gleich zur Sprache bringen, wenn alle anwesend sind.» Es machte sie wütend, weil Carla sich wiederholt die Freiheit herausnahm, parallel zum Ermittlungsablauf der Polizei auf eigene Faust Erkundungen anzustellen. Valérie hatte nichts gegen ihren Arbeitseifer. Aber solche heiklen Themen hätte sie vorab mit Louis besprechen müssen. Er hatte zwar Kenntnis davon, dass seine Freundin auf dem Etzel recherchierte, aber nicht im Zusammenhang mit ihrem Fall. Es war offensichtlich, dass Carla noch immer machte, was sie wollte. Das Schlimmste daran: Sie war erstens der Polizei einen Schritt voraus, zweitens musste Valérie der Sache nachgehen, und drittens empörte es sie, dass sie selbst nicht darauf gekommen war. Hätten sie ihre Suche rund um die Meinrad-Kapelle und die Teufelsbrücke ausgedehnt, wären sie früher oder später auf dieses verwaiste Haus gestossen.

Mit einer Verzögerung von einer Viertelstunde war das Team komplett.

«Wir haben neue Kenntnisse, was den vermissten Pfarrer Armando Negroni betrifft.» Valérie versuchte, ruhig zu wirken. In ihrem Innern tobte ein Sturm. «Leider existiert dazu kein ausführliches Protokoll. Ich erfuhr es kurz nach meinem Eintreffen in Biberbrugg. Trotzdem habe ich das Wichtigste aufgeschrieben.» Während sie A4-Blätter herumreichte, nahm sie Augenkontakt zu Louis auf. «Es ist wichtig, dass wir seine Haushälterin Milena Rossi dazu befragen. Des Weiteren brauchen wir einen Durchsuchungsbeschluss für das Pfarrhaus in Trachslau. Ich werde mich darum bemühen. Sobald er auf meinem Tisch liegt, werdet ihr euch, Fabia und Louis, der Sache annehmen. Louis, dich bitte ich, herauszufinden, wer der heutige Eigentümer des Hauses auf dem Etzel ist, ob es einen Voreigentümer gibt und wie der Name auf den letzten Mieter lautet. Ich kann mir nicht vorstellen, dass er vom Erdboden verschluckt worden ist. Sollte etwas vertuscht worden sein, bleiben immer Spuren zurück. Hierzu werde ich ebenfalls einen Gerichtsbeschluss anfordern und so schnell wie möglich den KTD hinschicken.» Valérie sah jede und jeden an. «Weiss man Genaueres über den Opel Mokka?»

«Wir haben die Zulassungen sowohl im Kanton Schwyz als auch im Kanton Sankt Gallen gecheckt», vermeldete Fabia. «Insgesamt sind es hundertdreiundzwanzig Fahrzeuge. Ein Drittel davon ist auf Frauen zugelassen.» Fabia verteilte die Kopien der Auswertungen. «Drei Viertel der Wagen sind geleast.»

«Es scheint, als lebte die Mehrheit der Bevölkerung auf Pump», bemerkte Louis.

«Hast du etwas anderes erwartet?» Fabia schüttelte den Kopf. «Alle drei Jahre ein neues Auto ist auch nicht ohne.» Sie grinste zu Louis hinüber, der ihr diese Bemerkung zu verargen schien. «Egal, die Besitzer der Mokkas sind inzwischen alle befragt worden. Telefonisch oder vor Ort. Sie alle zeigten sich äusserst kooperativ.»

«Kein schwarzes Schaf?», fragte Valérie.

«Nichts dergleichen. Auch keine Namen, die im Verlauf unserer bisherigen Ermittlungen aufgetaucht sind.»

«Es harzt. Aber wir müssen dranbleiben und die Suche ausdehnen. Wir dürfen uns nicht darauf behaften, dass der Täter im Kanton Schwyz oder im Nachbarskanton Sankt Gallen sesshaft ist. Ich wünschte gerade, es gäbe mehr Kameras auf den öffentlichen Plätzen. Es existieren nicht mal welche bei der neuen Überbauung in Einsiedeln.»

«Der Überwachungsstaat lässt grüssen», sagte Louis.

«Manchmal wäre es von Vorteil», sagte dagegen Oliwia Maria mit einem Ton, der Valérie das Blut in den Adern gefrieren liess. Sie nahm es zum Anlass, sie über die Entwicklung der Fallanalyse zu fragen.

«Kein befriedigendes Resultat», erwiderte sie. «Ich habe den gestrigen Tag damit zugebracht, nach ähnlichen Fällen europaweit zu suchen und psychologische Gutachten zu lesen, in denen es um Wiederholungstäter mit ähnlichem Profil geht. Nichts, nic, nada, nothing.» Das erinnerte Valérie daran, dass Oliwia Maria vier Sprachen in Wort und Schrift beherrschte.

«Okay, machen wir mit demselben Drive weiter wie bis anhin. *Allons-y.*»

*** *** ***

Wenn es um die Beschaffung von Durchsuchungsbeschlüssen ging, stellte sich Zanetti als wahrer Künstler heraus. Noch vor dem Mittag flatterten zwei richterliche Anordnungen auf Valéries Pult. Es war das erste Mal an diesem Tag, dass sie ein wenig zur Ruhe kam. Sie bedankte sich via WhatsApp bei Zanetti und versprach, heute Abend nach seinem Gusto zu kochen, worauf er postwendend antwortete, er würde doch lieber etwas vom Take-away nach Hause bringen.

«Schuft», dachte sie laut. Ihre kleinen erfreulichen Momente im Leben wollte sie nicht entbehren. Die Zeit mit Zanetti. Je tiefer sie in ihren aktuellen Fall verstrickt war, umso mehr freute sie sich auf die Tage danach, in denen es hoffentlich etwas fröhlicher würde. All das, was sie in ihrem Leben zu vermissen glaubte, rückte weg von ihr. Im Grunde wollte sie nichts anderes als die Zweisamkeit mit ihrem Lebenspartner geniessen.

Nach dem Mittag war der Name des Hausbesitzers bekannt. Valérie wählte dessen Nummer.

«Amgarten Immobilien, Pius Amgarten.»

«Valérie Lehmann, Kriminalpolizei Schwyz.»

Ein Seufzen. Keine Antwort.

«Ihnen gehört ein Anwesen unterhalb des Etzelpasses, in der

Nähe der Hochmatt. Gemäss Grundbucheintrag haben Sie es vor elf Jahren gekauft.» Sie nannte die Nummer des Katasterplans. «Wissen Sie, von welchem ich spreche?»

«Wenn es so eingetragen ist, wird es wohl so sein.» Amgarten hüstelte, hörbar aus Verlegenheit. «Es gehört zu den wenigen Objekten, von denen ich besser die Finger gelassen hätte.»

«Nennen Sie mir den Grund?»

«Vorher gehörte es einem guten Freund von mir. Er war schwer krank und wollte es vor seinem Tod veräussern. Ich half ihm aus dem Dilemma und kaufte es ihm ab. Mit dem Geld hatte er sich einen Wunsch erfüllt, einmal nach Hawaii zu reisen. Er kehrte allerdings nicht mehr zurück.»

«Das tut mir leid.»

«Es muss Ihnen nicht leidtun. Ich glaube, er ist glücklich gestorben.»

«Haben Sie Kenntnis von seinen letzten Mietern?»

«Warten Sie. Das müsste in den Unterlagen sein. Haben Sie einen Moment Zeit?»

«Sind sie denn griffbereit?»

«Ich habe alles digitalisiert, mit Ausnahme von diesem Objekt. Fragen Sie mich nicht, warum. Ich müsste es gleich haben.»

Valérie hörte es rascheln. Ein netter Mensch, dachte sie. Und ihr Befindlichkeitsbarometer stieg gleich an.

«Ich lese lediglich die Notiz, dass es sich dabei um eine italienische Familie handelte, die im November 1981 in einer Nacht- und-Nebel-Aktion das Haus verliess. Anscheinend nur mit dem Nötigsten. Von meinem Freund weiss ich, dass in diesem Haus merkwürdige Dinge vorgefallen waren. Aber eine konkrete Stellung zu den Gerüchten konnte er nicht nehmen.»

«Sie sagten, Gerüchte? Hat man sich denn Geschichten darüber erzählt?»

«Als ich das Haus kaufte, waren diese Geschichten am Verblassen. Aber es musste etwas dran gewesen sein. Ich schrieb das Haus mehrmals aus. Bis heute hat sich niemand dafür interessiert.»

Valérie unterbrach ihn. «Die Möbel der Mieter stehen noch drin. Schreckt dies einen Käufer nicht ab?» Louis hatte ihr erzählt, im oberen Stock sähe es desolat aus.

«Ich hatte keinen einzigen Interessenten. Ich sah deshalb nicht ein, weshalb ich es hätte reinigen sollen.»

Ein Vorteil für die Spurensicherung, dachte Valérie.

«Dabei steht es äusserst idyllisch, mit Blick auf die Sihl und weite Teile des Etzels. Es hat kaum Umschwung, aber das sollte kein Hinderungsgrund sein. Aus dem Objekt hätte man ein wahres Bijou machen können, wenn man nur gewollt hätte. Ein Ferienhäuschen auf dem Etzelpass. Jetzt, da Sie mich anrufen, erinnere ich mich daran, dass es leider noch immer in meinem Besitz ist.» Er liess ein Lachen vernehmen. «Haben *Sie* Interesse daran?»

«In der Tat hat die Polizei ein grosses Interesse daran. Bei mir liegt ein Durchsuchungsbeschluss. Ich möchte Sie darüber informieren, dass im Verlauf des Nachmittags der Kriminaltechnische Dienst das Haus beschlagnahmt und Spuren sichert.»

«Ist das Ihr Ernst?»

«Es steht leider im Zusammenhang mit einem Vermissten.» Mehr wollte Valérie dazu nicht sagen.

«Etwa Pfarrer Negroni?»

«Kennen Sie ihn?»

«Nicht persönlich. Es wird nach ihm gesucht, was ich den Medien entnehmen konnte. Er könnte sich doch verlaufen haben … in seinem Alter.»

«Es ist natürlich alles möglich», gab sich Valérie bedeckt.

«Was ist mit diesen ermordeten Männern?», kam es weniger freundlich aus der Leitung.

«Das sind laufende Ermittlungen. Dazu kann und darf ich nichts sagen.»

«Ich verstehe, das ist ja ein Ding. Hören Sie, falls ich Ihnen helfen kann, lassen Sie es mich wissen. Und selbstverständlich dürfen Sie Spuren sichern. Meinen Segen haben Sie.»

Valérie verabschiedete sich und drückte Amgarten mit einem

Lächeln weg. Sie hätte sich den zweiten Durchsuchungsbeschluss ersparen können.

∗∗∗

Das Pfarrhaus von Trachslau lag abseits der Kirche. Es war ein unscheinbares, in die Jahre gekommenes Chalet. Glühende Sommer und eiskalte Winter hatten dem Holz einen verwitterten Stempel aufgesetzt. Die einstige helle Farbe, deren Reste unter den Fensterläden noch zu erkennen waren, hatte sich über die Jahre schwarz verfärbt.

Fabia, Louis und zwei weitere Polizisten hatten sich vor der Tür positioniert. Milena Rossi erschrak verständlicherweise über diesen Aufmarsch, als sie öffnete. Louis wies die Bescheinigung vor. «Wir haben miteinander telefoniert.»

«Ja. Bitte, treten Sie ein. Wir kennen uns bereits.»

«Meine Kollegen werden die Wohnung von Pfarrer Negroni durchsuchen und allenfalls Dokumente mitnehmen. Das zu Ihrer Information.»

«Wenn es sein muss.» Milena Rossi ging voraus. «Gibt es eine Spur von ihm?»

«Erste Indizien.» Louis blieb in der Stube stehen, derweil sich Milena Rossi auf einen Ohrensessel setzte. «Alles, was Sie mir über ihn erzählen, könnte helfen, ihn zu finden.»

«Ich habe Ihnen bereits alles gesagt.»

«Erinnern Sie sich an das Jahr 1981?»

«Mein Gott, das sind vierzig Jahre her. Ich habe schon Mühe, mir Dinge zu merken, die eine Woche zurückliegen.» Milena Rossi griff sich an den Kopf.

«Herbst 1981, um es zu präzisieren.» Natürlich wusste Louis nur das, wovon Carla gesprochen hatte. Nach ihrer Recherche auf dem Etzel und im Alters- und Pflegeheim Langrüti war sie aufgeregt nach Hause gekommen und hatte ihm von Anfang an alles berichtet. Er hatte geahnt, wenn er es Valérie erzählte, sie dann ausflippen würde. Ihre Wut hatte sich in Grenzen gehalten. Zumindest gegen aussen. «Pfarrer Negroni hatte damals eine Familie auf dem Etzel besucht. Erinnern Sie sich daran? Es musste etwas vorgefallen sein, was im Nachhinein die Zeitungen mit Spekulationen füllte. Leider weiss man bis heute nichts Konkretes darüber. Aber allmählich zeichnet sich ab, dass das Verschwinden des Pfarrers damit zu tun haben könnte.» Und alle diese übel zugerichteten Mordopfer. Louis behielt dies jedoch für sich.

Milena Rossi legte ihren Kopf in die Hände. «Ich weiss, dass er auf den Etzel ging. Ja, daran mag ich mich erinnern. Ich musste ihm vorab die Hostien vorbereiten, die er kurz vor seinem Weggehen segnete. Er verschwand in seiner Klause und zelebrierte eine Art Messe, in der er die Oblaten in den Leib Christi umwandelte. Er nahm jeweils auch Messwein in seinem Kelch mit.»

«Sie hatten keine Ahnung, warum er dorthin ging?» Louis nahm es ihr nicht ab.

Milena Rossi wandte ihr Gesicht ab. «Früher war alles ein wenig anders als heute. Ein katholischer Priester galt etwas. Man begegnete ihm mit Demut. Sah zu ihm auf. Bei mir war das nicht anders. Ich hatte grosse Ehrfurcht vor Pfarrer Negroni. Bis das mit seinem Gebiss passierte.»

«Heute hat es sich verändert?», fragte Louis. Er bemerkte verzögert, was Milena Rossi gesagt hatte. «Und was hat es mit dem Gebiss auf sich?»

«Je älter man wird, umso mehr enthüllt man seinen Charakter. Auch ein Priester ist ein Mensch. Er ist genauso verletzlich wie jeder andere. Und ja», sie schmunzelte vor sich hin, «es geschah ausgerechnet am Weissen Sonntag vor ungefähr vierzig Jahren. Es begann damit, dass zwei Erstkommunion-Mädchen infolge Hungers bewusstlos wurden. Pfarrer Negroni bestand darauf, mit leerem Magen den Leib Christi zu empfangen. Als die Ministranten Weihrauch schwenkten, war das zu viel für die Kinder. Mamma mia, Pfarrer Negroni war darauf so aus dem Häuschen, dass er den Tabernakel nicht auf Anhieb zu öffnen vermochte. Erst beim dritten Anlauf gelang es ihm. Er entnahm ihm das Ziborium und den Kelch. Und als er aus dem Kelch trinken wollte, verselbstständigte sich sein Gebiss und fiel in den Messwein.»

Louis musste sich zusammenreissen, um nicht laut herauszulachen. Er schluckte ein paarmal leer. «Um auf die Besuche auf den Etzel zurückzukommen: Erinnern Sie sich, wie viele Male er dorthin ging?»

«Oft.»

«Das heisst?»

«Zwei- bis dreimal die Woche. Dann brachen die Besuche plötzlich ab. Er hat mal etwas von einer Letzten Ölung gesprochen. Aber ich kann Ihnen nicht mit Bestimmtheit sagen, ob es die Frau auf dem Etzel betraf.»

«Eine Frau?» Louis spürte, dass er der Sache näher kam.

«Entschuldigung ... Ich kann mich irren. Der Herr Pfarrer wurde oft zu Sterbenden gerufen. Er war ja auch Sterbebegleiter.»

«Fällt Ihnen ein Name ein, den Pfarrer Negroni in Zusammenhang mit dem Etzel brachte?»

«Keine Ahnung. Ich weiss bloss, dass er sich mit einem Arzt getroffen hat. Ich glaube, dieser hat damals die Frau vom Etzel betreut. Sie muss schwer krank gewesen sein.»

«Also doch eine Frau», bemerkte Louis. «Der Name des Arztes?»

«Ich weiss es nicht.»

«Denken Sie nach. War es ein Arzt aus der Umgebung? Jung? Alt?»

Milena Rossi kniff die Augen zusammen. «Ich versuche ja, mich daran zu erinnern. Es fällt mir nicht ein.»

«Aber er hat den Namen erwähnt.»

«Ja, ich glaube schon.»

«Bitte, konzentrieren Sie sich.» Louis sah den Ausdruck in ihrem Gesicht und wusste, dass es sie überforderte. Er holte aus seiner mitgebrachten Mappe eine Namensliste. «Ich werde Ihnen ein paar Namen von Ärzten nennen. Schliessen Sie die Augen und hören Sie gut zu.» Louis zweifelte am Erfolg. Im Haus herrschte Geschäftigkeit. Seine zwei Kollegen und Fabia waren daran, die Gemächer des Pfarrers zu untersuchen. Möbel wurden verschoben, Schränke geöffnet. Auch die Klause blieb davor nicht verschont. Das alte Haus stöhnte und ächzte. Milena Rossi konnte unmöglich bei der Sache sein. «Sind Sie bereit?»

«Ich bin bereit.»

«Überlegen Sie gut, bevor Sie antworten. Und antworten Sie erst, wenn Sie sich absolut sicher sind.»

«Ich werde mir Mühe geben.»

Louis las. «Dr. Frehner – Dr. Schlatter – Dr. Koch – Dr. Ottiger – Dr. Gasser – Dr. Brand – Dr. Haltiner – Dr. Giuseppe – Dr. Kälin – Dr. Bohner …» Louis wartete.

Milena Rossi schlug die Augen auf. «Könnten Sie es wiederholen?»

«Selbstverständlich.» Louis unterdrückte ein heftiges Ausatmen. Er las die Namen noch einmal vor, während Milena Rossi sich erneut konzentrierte.

«Ich kann mich erinnern», sagte sie, nachdem Louis den letzten Namen ausgesprochen hatte. «Es war Dr. Haltiner. Ein junger Mann, frisch von der Uni.»

«Sind Sie sich absolut sicher?»

Sie zögerte. «Er war auch mein Arzt.»

＊＊＊

Valérie hatte Oliwia Maria, Caminada und Zanetti zu sich gerufen. Es war früher Nachmittag, und Louis hatte sie über eine mögliche Verbindung zwischen Pfarrer Negroni und dem Vater von Thomas Haltiner informiert.

«Wir haben plötzlich eine komplett neue Situation.» Valérie rührte Zucker in den Kaffee. Den hatte sie jetzt nötig. «Der KTD ist bereits auf dem Etzel und hat mit den forensischen Ermittlungen begonnen. Schuler liess mich wissen, dass er im Keller niemanden gefunden habe. Keine Spur von Pfarrer Negroni. Im Obergeschoss gäbe es aber Hinweise auf gewalttätige Auseinandersetzungen. Er meinte, trotz Staub und Dreck, der sich über die Jahre angesammelt und niedergeschlagen hatte, verwertbare Fingerabdrücke zu finden. Falls Pfarrer Negroni dort ein und aus ging, wird er seinen Abdruck hinterlassen haben. Gemäss Pfarrhaushälterin traf sich Pfarrer Negroni mutmasslich mit Dr. Edwin Haltiner, also musste der Arzt in die Vorkommnisse auf dem Etzel involviert gewesen sein. Mir ist nicht klar, was Haltiners Sohn Thomas damit zu tun hatte und weshalb er Opfer einer Gewalttat wurde.»

«Er muss etwas gewusst haben und wurde zum Schweigen gebracht», vermutete Oliwia Maria.

«Dr. Haltiner ist gestorben», sagte Caminada. «Warum wird sein Sohn vier Jahre nach seinem Tod in etwas hineingezogen, was sein Vater verbrochen haben könnte?»

«Was vermutest du?», fragte Valérie.

«Vielleicht ein Ärztepfusch.» Zanetti zuckte mit den Schultern.

«Wenn wir bloss Namen hätten. Dann könnten wir dies zurückverfolgen.» Valérie erhoffte sich von den Unterlagen aus Pfarrer Negronis Haus brauchbare Antworten. «Es ist seltsam», äusserte sie ihre Bedenken. «Die italienische Familie, die ein halbes Jahr auf dem Etzel gelebt hat, erscheint mir wie ein Phantom. Der einzige Mensch, der sich dazu äussern könnte, ist in Hawaii an einer schweren Krankheit gestorben. Die Dokumente aus dem Nachlass und Angaben im Grundbuch sind verschwunden oder vernichtet worden. Seinem besten Freund hat er weder Namen noch sonst etwas Wichtiges anvertraut, das uns heute weiterhelfen könnte. Wir sammeln Indizien. Beweise gibt es keine. Es ist äusserst frustrierend. Die Presse lauert uns auf und, was mir am meisten Kummer bereitet, unser Regierungsrat will Fakten sehen, die wir ihm nicht liefern können.»

«Ich habe noch einmal mit ihm gesprochen», sagte Zanetti. «Er hat definitiv einen schwierigen Charakter. Sollte er sich wiederholt einmischen, werde ich es in die Hand nehmen. Er glaubt und vertraut mir. Alle andern sollten Auf der Maur nicht beachten.»

Starke Worte, und das in Anwesenheit des Chefs der Kriminalpolizei. Valérie musste Caminada nicht nach seiner Meinung fragen. Er hielt ebenso wenig wie sie von diesem Politiker. Zudem war Druck von oben nicht förderlich.

«Wie weit bist du mit Elisha Fox gekommen?» Caminada hatte sich an Valérie gewandt. «Ist seine aktuelle Adresse bekannt?»

«Bis anhin nicht. Wir wissen bloss, dass sein Vater gestorben ist und die Mutter sich vor Jahren von ihm getrennt hat. Ihr Aufenthalt ist uns nicht bekannt. Auf der Gemeinde sagten sie, dass sie gleich nach der Scheidung in die Staaten ausgewandert sei. Sie muss dort Verwandte haben. Ihre Spur verläuft im Sand. Sie hat ihren Sohn Elisha nicht mitgenommen.»

«Wahrscheinlich war er bereits volljährig», vermutete Oliwia Maria. «Zudem hat er ja in Fribourg studiert.»

«Das ist richtig.» Valérie ging zur Kaffeemaschine, liess einen weiteren Kaffee in die Tasse träufeln und nahm einen kräftigen Schluck davon. «Nur leider verliert sich seine Spur nach dem Studium. Er ist nirgends eingetragen. Weder in Einsiedeln noch an einem anderen Ort im Kanton Schwyz. Seine letzte gemeldete Adresse war Bäch.»

«Hat man das nie zurückverfolgt?» Caminada wunderte sich offensichtlich. «Er lebt irgendwo inkognito?»

«Er hat sich nicht angemeldet.» Oliwia Maria blieb realistisch. «Möglicherweise ist er ein Papierloser.»

«Im eigenen Land.» Zanetti lachte auf.

«Nehmen wir mal an», hielt Valérie dagegen, «er ist der, den wir suchen: Könnte seine Kindheit Grund für das gewesen sein, was er heute tut?»

«Es sind immer einschneidende Erlebnisse, die ein Menschenleben prägen.» Oliwia Maria hielt ihre leere Kaffeetasse unter den Kolben. «Vor allem negative. Als Kind nimmt man sehr viel im Unterbewussten auf. Man sagt, sogar bereits im Mutterleib. Wer als Kind missbraucht wird, wird später nicht zwangsläufig zum Missbraucher. Tendenziell ist eher das Gegenteil der Fall. Missbrauchsopfer leiden oft unter erheblichen Selbstzweifeln, was sich später in Verhaltensstörungen äussern kann.»

«Gibt es denn Anzeichen, dass Elisha Fox als Kind missbraucht wurde?», fragte Caminada.

«So weit sind wir noch nicht», antwortete Oliwia Maria. «Und bitte keine falschen Schlüsse. Noch steht nichts fest. Wir haben lediglich ein Täterprofil, und da tendiere ich darauf, dass die Person, die wir suchen, als Kind von einem dominanten Elternteil beherrscht wurde. Möglicherweise kann ein furchtbares Erlebnis der Auslöser für seine Taten gewesen sein. Aber noch einmal: Versteifen wir uns nicht auf Elisha Fox.»

Caminada kratzte sich am Kinn. «Der Täter kann möglicherweise nicht zur Rechenschaft gezogen werden, weil er zum Zeitpunkt der Tat nicht zurechnungsfähig war … also, rein hypothetisch.»

«Du machst einen Überlegungsfehler, Gian Luca», sagte Oliwia Maria. «So, wie er bis anhin vorgegangen ist, zeugt es doch eher von einem gut durchdachten Plan.»

«Was wiederum vorsätzlich wäre», ergänzte Zanetti.

«Einmal abgesehen von den Morden, geben uns die Heiligenstatuen sowie die Markierung mit dem Katzenblut ein grosses Rätsel auf.» Valérie setzte sich mit ihrem Kaffee ans Pult. Vier Leute, vier verschiedene Meinungen. Der rote Faden hatte sich aufgelöst. Und solange sie sich nicht einig waren, wohin die Morde letztlich zielten, würde es die Ermittlungen nur erschweren.

Zanetti räusperte sich. «Berechnend und geplant. Und falls er es ist, der Pfarrer Negroni in seiner Gewalt hat, muss auch dies etwas mit seiner Kindheit zu tun haben.»

«Mit dem Schrecklichen, das auf dem Etzel passiert ist?» Caminada runzelte die Stirn.

«Mit diesen Zusammenhängen möchte ich vorsichtig sein», sagte Oliwia Maria. «Und solange wir den Namen der Familie, die dort gewohnt hat, nicht kennen, reiten wir uns mit Falschannahmen in etwas rein. Bis anhin sehe ich keine Kausalität. Nicht mit dieser Familie. Und das Festhalten des Pfarrers ist noch immer eine Spekulation. Wir haben weder ein Bekennerschreiben noch eine Geldforderung, die auf Kidnapping hinweisen würde. Ich kann mich des Eindrucks nicht erwehren, dass wir etwas nicht richtig deuten können. Irgendetwas haben wir übersehen.»

«Und wie sollen wir an weitere Informationen kommen?» Caminada wirkte ungeduldig und nervös. Seit Beginn ihrer Zusammenkunft hatte er vier Würfelzucker über seine Kaffeetasse zermahlen.

«Was ist mit den Statuen?» Valérie liess nicht locker. «Vielleicht liegt hier die Antwort. Das Blut als eine Metapher?»

«Es sieht ganz nach einer Zwangsneurose aus.» Oliwia Maria sah sie lange an. «In Bezug zum Jakobsweg. Übrigens ist Henry Vischer gleicher Meinung. Ich hatte heute Vormittag ein Gespräch mit ihm.»

Valérie stützte ihre Arme auf dem Pult ab. «Wir sollten differenzieren. Einerseits suchen wir nach dem verschollenen Pfarrer, der möglicherweise … ich betone, möglicherweise etwas mit einer alten Geschichte, die sich auf dem Etzel zugetragen hatte, zu tun hat. Vielleicht müssen wir es als Zufall betrachten, dass er zur selben Zeit verschwunden ist, als die Morde im Kreis der ehemaligen Theologiestudenten stattgefunden haben.»

«Wobei es eindeutige Überschneidungen gibt», meinte Zanetti. «Du kannst deine Theorie noch so oft wiederholen, es ändert nichts an der Tatsache, dass der Koch das verbindende Glied zwischen den beiden Fällen darstellt.»

Valérie schwieg. Im Moment kam ihr alles wirr vor. Zu viele Anhaltspunkte und doch kein System. Schliesslich sagte sie zögernd: «Okay, er ist auch der Einzige, der nie Theologie studiert hat. Und noch etwas: Ich gehe definitiv von *einem* Fall aus.»

«Was schlägst du vor?» Oliwia Maria half ihr aus dem Dilemma. Sie sah Zanetti prüfend an.

Valérie gab sich einen Ruck. «Wir müssen uns noch einmal mit Esther Haltiner, der Mutter des dritten Opfers, unterhalten.»

«Ich werde es übernehmen.»

«Danke, Oliwia Maria. Ich werde mich demzufolge um die Journalistin Carla Benizio kümmern.»

«Gibt es einen Grund?», fragte Caminada, Neugier in der Stimme.

Valérie musste zugeben, dass sie aufgrund der Recherche von Louis' Freundin auf das Haus auf dem Etzel gestossen war. «Das, was wir hier besprochen haben, sollte vorerst unter Verschluss bleiben», wich sie Caminadas Frage aus. «Entsprechend gehen Weisungen an unsere Ermittler und … vorläufig nichts an die Presse.»

✳✳✳

Das traditionelle Café Haug am Postplatz in Schwyz bestand bereits seit 1889. Es war gemütlich. Das Interieur erinnerte ein wenig an die deutschen Kaffee- und Teehäuser von Mitte des letzten Jahrhunderts und strahlte viel Charme aus.

Valérie hatte sich gewundert, warum Carla sie ausgerechnet an diesem Ort treffen wollte, war jedoch nicht abgeneigt. So, wie Louis seine Freundin beschrieb, war sie ein cholerisches Temperamentsbündel. Aber unter Leuten würde sie es nicht wagen, laut zu werden.

Carla sass auf einem der bordeauxroten Lehnstühle und sah ihr frech entgegen, als Valérie das Café betrat. Ihre Gefühle gegenüber Carla waren ambivalent. Sie wusste nicht, was ihr Louis von ihr erzählt hatte, und andererseits hatte Carla kaum eine Ahnung, was Valérie über sie in Erfahrung gebracht hatte.

Auf dem weiss eingedeckten Tischchen stand eine grosse Tasse mit heisser Schokolade, geschmückt mit einem Berg Schlagrahm, sowie auf einem Teller eine Schnitte von den köstlichen Schwarzwäldertorten, die Valérie beim Eintreten in der Auslage gesehen hatte. Als wollte Carla damit andeuten, wie wenig Kalorien ihr anhaben konnten.

Valérie bestellte demonstrativ dasselbe.

«Du wolltest mich sprechen?», fragte Carla.

«Danke, dass du so schnell zugesagt hast.»

«Bekomme ich jetzt Schelte?» Carla schöpfte Schlagrahm auf den Löffel und liess ihn zwischen den Lippen verschwinden.

«Du konntest nicht wissen, dass deine Recherche etwas mit unserem Fall zu tun haben könnte.»

«Ich bin froh, siehst du es auch so. Ich hätte darüber schweigen können.»

«Du hast es Gott sei Dank nicht getan.» Der Beginn des Gesprächs haperte. Valérie wartete, bis die Serviceangestellte Getränk und Kuchen an den Tisch gebracht hatte. «Du wirst mich sicher verstehen, aber ich muss wissen, wie du auf dieses Haus aufmerksam geworden bist.»

«Durch Zufall. Ebenfalls nach dem Zufallsprinzip bin ich auf Dr. Frigo gestossen. Für die Serie der Hinterbliebenen, die mir mein Chef aufgebrummt hatte, wollte ich einen Psychiater zu Wort kommen lassen.»

«Deine Serie.» Valérie trank einen Schluck Schokolade. «Hat mich ehrlich gesagt etwas verwundert. Ich spreche den Bericht über die Kirchen an. Den habe ich gelesen, den anderen nicht.»

Carla lächelte vor sich hin. «Ich habe mich auch gewundert, mich auf so etwas einzulassen. Ich konnte nicht anders. Von Louis hatte ich einen Maulkorb, und trotzdem wollte ich den Zusammenhang zwischen den Morden und den Kirchen nicht einfach im Raum stehen lassen. Man wird erfinderisch», schob sie nach.

«Dir ist bewusst, dass du auch von mir eine Maulsperre bekommst. Dieses Haus ist jetzt Teil unserer Ermittlungen.»

«Schon klar. Ich werde mich auf die Hinterbliebenen-Serie konzentrieren.»

«Es wäre aber besser, du würdest, bevor Texte erscheinen, die mit unserem Fall zu tun haben, diese von Louis absegnen lassen.»

«So weit waren wir auch.» Carla trank von der Schokolade. Über ihrer Oberlippe blieb Schlagrahm hängen. Sie schleckte ihn mit der Zunge weg. «Sorry.»

Ihr verschmitztes Lachen entlockte auch Valérie ein Grinsen. «Hat dich Frigo auf das Haus angesprochen?»

«Nein, aber er war ausschlaggebend. Er erzählte mir, dass die Boulevardzeitung seine Familie vor Jahren denunziert habe.

Dies brachte mich auf die Idee, im Archiv zu forschen. Dabei stiess ich auf dieses Spukhaus auf dem Etzel. Damals wurde viel darüber geschrieben. Spekulationen ... Was genau passiert ist, weiss man bis heute nicht. Es war mitunter ein Grund, weshalb ich dorthin fuhr. Mich reizen solche Geschichten. Aber», sie hob beide Hände, «ich werde meine Finger davonlassen, Ehrenwort. Ich möchte sie mir nicht mehr verbrennen.»

«Was kannst du mir über Dr. Frigo sagen?»

«Den Psychiater? Was hat denn *der* mit eurem Fall zu tun?»

«Du hast ihn besucht wegen deiner Fragen.» Valérie musste aufpassen, was sie sagte. Carla würde alles, was sie fragte, uminterpretieren. «Vielleicht könnten wir ihn in Zukunft auch zurate ziehen.»

«Eine Koryphäe auf seinem Gebiet. Ihm gehört eine historische Villa in Einsiedeln. Wie ich unserem Gespräch entnommen habe, ist er daran, eine psychiatrische Klinik zu eröffnen. Es bedarf jedoch einiger Renovationen. Sieht alles ziemlich verstaubt aus.»

«Hast du Patienten gesehen, als du dort warst?»

«Nein. Ich habe auch vom Haus nicht viel gesehen, mit Ausnahme des Empfangs, des Warteraums und seinem Therapiezimmer. Ich könnte mir vorstellen, dass es dort einige Zimmer und Räume gibt, die er ausbauen will.» Carla steckte die Gabel in die Torte, brach ein mundgerechtes Stück ab und schob es sich in den Mund. «Warum interessiert es dich?», fragte sie kauend.

«Du hast mir ungefragt Auskunft gegeben.» Valérie sah sie lange an. Obwohl sie fünfzehn Jahre jünger war als Louis, passte sie unbestritten zu ihm. Was Louis an persönlicher Reife zulegen musste, hatte Carla für ihr Alter mehr als genug.

«Was guckst du so?»

«Das mit Louis und dir ... Ist das wieder im Lot?»

«Aha.» Sie schmunzelte. «Also doch noch etwas Privates.»

«Du weisst, ich mag Louis. Er hat es nicht verdient, dass er verschaukelt wird.»

Carla blieb offensichtlich ein Bissen von der Torte im Hals

stecken. «Er hat sein Herz bei dir ausgeschüttet? Hätte ich mir denken können.»

«Er leidet, wenn ihr euch streitet. Ich sage nur, was ich sehe.»

«Du magst mich nicht.»

«Ich habe keine Ahnung, weshalb das so rüberkommt. Ich finde dich eine grossartige Frau. Und ich habe Respekt vor dem, was du tust.»

«Danke, es ist das schönste Kompliment, das ich je von dir bekommen habe. Das erste.»

Valérie wollte nicht länger darauf eingehen. Sie trank die Schokolade halb aus. Die Torte liess sie stehen. Sie griff nach dem Portemonnaie. «Ich muss leider weiter.» Sie liess eine Zwanzigernote liegen. «Wenn's nicht reicht, sag's mir später.» Sie erhob sich.

«Isst du die Torte nicht?»

«Nein, danke, du weisst, meine Linie.»

Carla lachte schallend heraus. «Du doch nicht. Du siehst aus wie eine Zwanzigjährige.» Sie griff wie selbstverständlich über den Tisch und zog den Teller auf ihre Seite.

ELF

Mittwochmorgen, acht Uhr. Esther Haltiner hatte sich zu einer erneuten Befragung auf dem Stützpunkt in Biberbrugg eingefunden, nachdem sie am Vortag verhindert gewesen war. Oliwia Maria führte sie in eines der Vernehmungszimmer.

«Ist Frau Lehmann nicht da?»

«Sie kommt später. Bitte nehmen Sie Platz.»

Esther Haltiner weigerte sich, sich zu setzen. «Ich möchte aber von Frau Lehmann befragt werden. Man hat mir gesagt, es gäbe noch Ungeklärtes in Bezug auf meinen Sohn.»

«Meine Kollegin hat mich über alles informiert. Mein Name ist Oliwia Maria Woźniak. Ich werde das Gespräch mit Ihnen führen.» Sie spürte, wie eine latente Abneigung von dieser Frau ausging.

Nur widerwillig liess sich Esther Haltiner auf dem Stuhl nieder. Sie hatte sich zurechtgemacht und geschminkt. Sie schien den Verlust ihres Sohnes mit Fassung zu tragen. Doch Oliwia Maria sah ihr an, was sich hinter ihrer Fassade versteckte. Da war eine Mutter, die den Schock längst nicht überwunden hatte, die sich geradezu zwang, ihren Schmerz zu verbergen. Es brauchte nicht viel, ein Windhauch bloss, und das, was in ihr schwelte, würde sich zu einem Flächenbrand entwickeln. Die falschen Fragen, eine unpassende Tonlage, eine ungeschickte Bewegung – Oliwia Maria war darauf gefasst. Wollte sie zu einem Resultat gelangen, musste sie einfühlsam sein.

«Wir werden alles tun, um den Verantwortlichen zu finden, der Ihren Sohn auf dem Gewissen hat», versprach sie, obwohl ihr bewusst war, dass ebenso gut das Gegenteil eintreffen könnte. Nebst ihren Erfolgen hatte sie in den letzten Jahren manche Niederlage einstecken müssen. Nicht jeden Mord hatte sie aufklären können, obwohl sie nichts unversucht gelassen hatte. Manchmal war sie sicher gewesen, den Fall verstanden zu haben, dennoch war sie gescheitert. Sie hatte gelernt, mit Frustrationen umzugehen. «Sind Sie in der Lage, mir dazu mehr Informationen zu geben?»

«Deswegen bin ich hier? Ich habe alles gesagt, was ich weiss.»

«Sie sagten, dass sich Thomas zeit seines Lebens nichts hat zuschulden kommen lassen.»

«Jeder mochte ihn.» Ihr Gesicht wirkte reglos, als sie dies sagte und sie selbst wie eine Säule erstarrte.

«Ist es möglich, dass er etwas gewusst hat, das ihm zum Verhängnis geworden ist?» Oliwia Maria registrierte das Zittern ihres Gegenübers im selben Moment, als sie die Frage stellte. «Versuchen Sie, es sich in Ihr Bewusstsein zu holen.»

«Ich kann es mir nicht vorstellen. Ich … Ich habe auch mit Moena darüber gesprochen, weil dieser Gedanke mich nicht mehr loslässt. Ich kann nicht mehr schlafen … nicht mehr essen … Ich …» Sie liess ihren Kopf auf die Brust fallen. «Er war ein guter Junge.»

Oliwia Maria räumte ihr Zeit ein. Ein paar Sekunden, um zu akzeptieren und sich zu sammeln. Einen Augenblick zum Weinen. Nichts geschah. Der Schmerz hatte ihre Seele eingefroren. «Ich muss Sie das fragen: Hat Ihr Mann, bevor er starb, Ihrem Sohn etwas anvertraut, worüber er schweigen musste?»

«Wie kommen Sie auf eine solch abstruse Idee?» Erste Anzeichen von Wut.

Oliwia Maria sah ihr an, dass sie in ihr etwas angeregt hatte. Ihre Augenlider flackerten, und an ihren Schläfen schossen kleine Schweissperlen hervor. Die nächste Frage stellte sie mit Bedacht. «Sie arbeiteten bei Ihrem Mann in der Praxis, ist das richtig?»

«Was hat das mit Thomas zu tun?» Esther Haltiner fuhr sich mit den Händen über die Wangen. «Ich kann Ihnen nicht folgen.»

«Sie haben seine Buchhaltung und die Patientenakten geführt und hielten in der Praxis die Stellung, wenn er Hausbesuche machte.»

«Ja, ich bin ausgebildete Arztgehilfin, also Praxisassistentin. Heute nennt man es ja so.»

«Sie hatten, davon gehe ich aus, Einsicht in die Unterlagen der Kranken.»

«Natürlich.»

«Erinnern Sie sich an eine Frau vom Etzel, die Ihr Mann besucht hat? Das war im Herbst 1981.»

«Das ist vierzig Jahre her. Wie sollte ich mich, um Himmels willen, daran erinnern?»

Oliwia Maria befürchtete, dass sie damit nicht weiterkam. «Existieren die Patientenakten noch?»

«Sie sind in einem unserer Zimmer archiviert. Von jedem verstorbenen Patienten. Nachdem mein Mann von uns gegangen war, habe ich die Akten der aktuellen Patienten nach und nach an andere Ärzte ausgehändigt.»

«Wir müssen leider Akteneinsicht nehmen.»

«Was heisst das?»

«Dass wir Zutritt ins Archiv bekommen.»

«Ich kann Ihnen die Akten, die Sie brauchen, herausgeben.»

Oliwia Maria erhob sich. «Es wird Sie gleich jemand nach Hause begleiten und die Akten überprüfen und sie bei Bedarf mitnehmen. Wir können nicht zuwarten.» Sie überlegte und beschloss, gleich selbst mit Esther Haltiner nach Einsiedeln zu fahren.

✳ ✳ ✳

«Haben Sie sich etwas gefasst?»

«Ich spüre wieder diese Unruhe in mir, verbunden mit dem Zwang, etwas dagegen tun zu müssen.»

«Wie äussert es sich?»

«Sie stellen mir immer die gleichen Fragen, Dr. Frigo.»

«Ich möchte, dass Sie sich damit auseinandersetzen.»

Elisha legte sich hin. Er hatte eine schlechte Nacht hinter sich und kaum geschlafen. Er war auf Entzug. Ja, so musste es sich anfühlen, wenn einem Süchtigen die Drogen fehlten. Er zitterte, obwohl er die Medikamente jetzt regelmässig einnahm, wie der Arzt sie ihm verordnet hatte. Er wollte endlich wieder ein normales Leben führen. Die Arbeit aufnehmen, die er vor gefühlt hundert Jahren beendet hatte. Die Erinnerung daran war nicht zu greifen. Er fühlte sich wie in einem Tunnel gefangen, in einem langen, beengenden Stollen, an dessen Ende er zwar ein Licht erkannte, das mit jedem Schritt darauf zu sich weiter von ihm entfernte.

Nach der Rückkehr aus Rom hatte er bei Serina Dahlberg eine Anstellung als Hilfspfleger bekommen. Sie war Psychotherapeutin in einer Klinik in Lachen gewesen. Sie hatte ihn im Rahmen einer Eingliederung von leicht bis mittelschwer psychisch Erkrankten zu sich geholt. Nach Vaters Tod war Elisha nicht fähig gewesen, allein zu leben. Serinas Überzeugung, ihn in normale Bahnen zurückzubringen, und ihre anfänglich unbegrenzte Güte hatten ihm einen Hoffnungsschimmer mit auf den Weg gegeben. Und er hatte sein erstes eigenes Geld verdient. Bis zu dem Tag, als Elisha vor der Kirche Sankt Paulus in Pfäffikon erlebt hatte, wie Satan mit seinem Gefolge Einzug hielt.

Diese Augen, diese teuflischen Blicke.

Elisha fühlte sich schuldig: Er hatte das Böse unbewusst aus Italien eingeführt.

«Elisha?» Dr. Frigo strich ihm mit seiner kühlen Hand über die Stirn. «Wo sind Sie mit Ihren Gedanken?»

«Ich versuche, mich zu erinnern.»

«Mögen Sie über Ihre Mutter sprechen?»

«Morgen vielleicht. Oder auch nicht. Sie ist weg, so weit weg. Sie ist tot. Ich bin müde, möchte zurück auf mein Zimmer. Werden Sie mich ins Zimmer begleiten?»

«Sie finden den Weg allein.» Dr. Frigo half ihm von der Liege auf. «Und bitte melden Sie sich bei mir ab, wenn Sie das Haus verlassen.»

Halb benommen verliess Elisha das Therapiezimmer. Er irrte durch den langen Korridor und sah sich in diesem Tunnel bis zur Treppe, die ein Stockwerk weiter hinaufführte. Sein Zimmer lag unter dem Dach, ein Mansardenzimmer mit dem Nötigsten, was er für den täglichen Gebrauch zur Verfügung hatte. Ein schmales Bett, welches zu kurz war für seine Grösse, ein verschnörkelter Schrank, genug gross für seine wenigen Kleider. Ein kleiner Fernseher. In der Kommode lag die Peitsche, die ihn täglich daran erinnerte, wie es sich anfühlte, sich selbst zu bestrafen. Er hatte das Böse ins Land geholt. Es galt, sich dagegen zu wehren und die wahren Verursacher zur Rechenschaft zu ziehen.

Elisha hatte seine Identität verloren, damals, als er von Lachen wegging und von Serina. Sie war davon überzeugt gewesen, ihn heilen zu können. Nur hatte sie keine Ahnung von den Schatten, die ihn umgaben. Nachts schwirrten sie um ihn herum. Waren über ihm, unter ihm und in ihm. Die Ableger der Schlange.

Es hatte eine Zeit gegeben, in der er die schweren Gedanken verdrängen konnte. Seit er bei Dr. Frigo in Behandlung war, stiessen sie mit aller Wucht an die Oberfläche.

※※※

Der Mann im dunklen Umhang hatte ihm endlich die Fussfesseln gelöst. Armando war zu schwach, um sich gegen den Fremden zu wehren. Er war sich sicher, bald sterben zu müssen. Wasser und Brot reichten längst nicht aus, um einigermassen zu Kräften zu kommen.

Als er wieder allein war, betete er. Der Schmerz an den Fussgelenken übertünchte die Pein in seiner Seele. Endlich hatte er Gelegenheit, seine Kleider zu wechseln. Er opferte eine Wasserflasche, um sich zu waschen. Sollte er in nächster Zeit vor den Herrgott treten, wollte er sich sauber fühlen.

Später sass er apathisch auf dem Boden. Er hatte das letzte Stück Brot verzehrt. Mit dem Rest Wasser musste er sorgfältig umgehen. Er betete weiter, fühlte sich dem Schöpfer ganz nah und doch so weit weg. Gott liess ihn im Stich. Es war seine Art, ihn zu bestrafen. Für all das, was er vollzogen hatte.

Irgendwann ging die Tür wieder auf. Der Fremde brachte ihm ein Tablett, stellte es neben ihn auf den Boden. Ein mit einem Zinndeckel bedeckter Teller, ein Glas und ein Krug befanden sich darauf nebst einer Serviette und Besteck. Die Henkersmahlzeit, durchfuhr es Armando, das letzte Essen vor seiner Hinrichtung. Von seinem Peiniger ausgewählt. Dieser hob den Deckel.

Der Geruch trieb Armando Tränen in die Augen. Erinnerungen kamen auf an die Sonntage mit Milena, wenn sie einen Schweinebraten zubereitet hatte mit Kartoffelstock und einer Rotweinsauce.

«Was haben Sie mit mir vor?»

«Du sollst leben», sagte der Fremde mit verzerrter Stimme. «Iss und komme zu Kräften.»

«Lassen Sie mich dann endlich frei?»

«*Princeps gloriosissime caelestis militiae.*»

Armando spürte den Schmerz in seiner Brust. Er hielt den Atem an. Es war, als kehrte er zurück in die Vergangenheit. «Glorreichster Fürst der himmlischen Heerscharen.»

«Ich sehe, wir verstehen uns.» Der Fremde trat seinen Rückzug an.

✻✻✻

Valérie schloss die Tür auf. Der Geruch nach Knoblauch streifte ihre Nase. In der Küche stand Zanetti am Herd und hantierte mit zwei Pfannen. Er hatte sich ein Küchentuch umgebunden.

Valérie berührte ihn, drückte einen Kuss auf seine Wange. «Hast du früher Feierabend gemacht? Hm, das duftet.»

In dem einen Topf köchelte ein Tomatensud, in den andern hatte Zanetti soeben ein Sieb mit Miesmuscheln gekippt. «*Cozze al pomodoro*», sagte er, «ein Rezept meiner Mutter. Dazu gibt es frisches Ciabatta.»

Valérie sah durch die Klarsichttür des Ofens. «Haben wir etwas zu feiern?» Die Brote rösteten vor sich hin.

«Etwas für das Seelenwohl.» Zanetti rührte die Muscheln mit einer Kelle um. Sie vermischten sich mit dem angebratenen Knoblauch. Er nahm die Pfanne mit dem Tomatensud und löschte die Muscheln damit ab. Er liess sie halb zugedeckt köcheln.

«*Des moules avec sauce tomate*», sagte Valérie. «Ich kenne das Rezept. Meine *Maman* hat die Muscheln jedoch mit provenzalischen Kräutern zubereitet.»

«Ist sicher auch hervorragend. Möchtest du Wein?»

«Später vielleicht. Ich gehe mich duschen und umziehen.»

Kerzenschein beleuchtete das Badezimmer. Rund um den Wannenrand glitzerten rote Teelichter, Wasser war eingelaufen, und es duftete nach Lavendel. Auf einem Tischchen befand sich ein Eiskübel, darin eine Flasche Spumante Blanc de Blancs. Zwei Flûtes standen bereit.

Was hatte Zanetti vor? Sie steckten mitten in einem schwierigen Fall, und ihm war nach Romantik zumute? Das sah verdächtig nach einem Geheimnis aus. Oder nach Bestechung.

Er war ihr gefolgt. «Soll ich zu dir kommen?»

Valérie zog sich aus. «Ist das ein Vorspiel?»

«Keine Hintergedanken. Ab heute werde ich mich besser um dich kümmern. Ich sehe, was du in den letzten Tagen geleistet hast. Es ist nicht spurlos an dir vorübergegangen.»

«Man sieht es mir an, oder?» Sie hatte sich nie gross Gedanken darüber gemacht, wenn sie in den Spiegel sah. Sie stand unter Stress und bemerkte es an ihrer Narbe, die stärker hervortrat. Ob es Zanetti störte? Er hatte sie nie mehr darauf angesprochen, nachdem sie ihm erzählt hatte, woher die Narbe stammte.

Er ging nicht auf ihre Bemerkung ein. «Nach dem Bad werde ich dich massieren, und dann werden wir zu Abend essen.»

Valérie, bereits in freudiger Erwartung, hatte den ersten Fuss in die Wanne gesetzt, als ihr iPhone klingelte. Sie ging zurück ins Schlafzimmer.

«Vielleicht solltest du es sein lassen», riet ihr Zanetti.

«Es ist Louis. Ich muss ran.» Sie fuhr mit dem Finger über den Touchscreen und meldete sich.

«Ich stehe hier vor deinem Büro.» Er hörte sich vorwurfsvoll an. «Wo steckst du?»

«Zu Hause. Es ist halb sechs.»

«Ich habe einen Priester gefunden, der Elisha Fox gut kannte.

Ich dachte, wir sollten ihn heute noch sprechen. Morgen fährt er für eine Woche nach Rom. Du möchtest sicher dabei sein.»

«Auf jeden Fall.» Valérie brauchte Zanetti nicht anzusehen. Sie ahnte, dass er dagegen war. Er hatte sich auf einen schönen Abend gefreut und sich Mühe gegeben, ihn sinnlich zu gestalten. «Wo und wann treffen wir uns?» Sie holte frische Unterwäsche aus der Kommode.

«In einer Dreiviertelstunde in der Kirche Merlischachen. Von dir aus zehn Minuten. Ich bin bereits unterwegs.»

«Schlechte Nachrichten?» Zanetti klang enttäuscht, als ahnte er, dass mit ihrem Abend nichts wurde.

«Ich muss in fünfundvierzig Minuten in Merlischachen sein. Louis hat jemanden gefunden, der Elisha Fox, unseren Gesuchten, kennt.» Valérie kehrte zur Badewanne zurück. «Ich werde mal kurz eintauchen und nachher schnell etwas Kleines essen.»

✳✳✳

Esther Haltiner wohnte in einem älteren Quartier von Einsiedeln. Ihr Haus stammte augenscheinlich aus den sechziger Jahren des letzten Jahrhunderts. Sichtbeton und dunkles Holz dominierten. Dichte, über die Jahre gewachsene Gebüsche und eine alte Föhre erzeugten eine eigenartige Stimmung im Aussenbereich. Der Eingang lag unter einem überhängenden Balkon, auf dem sich Grünpflanzen in alle Richtungen ausweiteten. Dazwischen verblühte Blumen.

Oliwia Maria sah nach oben. Hier hatte längst kein Gärtner mehr Hand angelegt.

«Ich sollte sie zurückschneiden», sagte Esther Haltiner schuldbewusst. «Wir hatten deswegen schon zweimal einen Wasserschaden. Die Wurzeln der Pflanzen fressen sich in den Beton rein. Solange es nur den Balkon betrifft, lasse ich sie wuchern.» Sie öffnete die Tür. «Jetzt werde ich es wohl sein lassen. Es hat alles keinen Sinn mehr.»

«Soweit mir bekannt ist, haben Sie einen Enkel.» Oliwia Maria registrierte die Resignation in ihrer Stimme. «Er ist das Kind Ihres Sohnes.»

«Ach so, ja … Jan. Ich habe mich rar gemacht. Ich komme mit Moena nicht zurecht. Sie ist ein Püppchen. Und Jan. Mir fehlen die Nerven, wenn er schreit.»

Oliwia Maria betrat das Entrée. Nichts hier drin war freundlich. Das Introvertierte von aussen setzte sich im Wohnzimmer fort. Eine dunkle Ledergarnitur beherrschte den Raum, in dessen Mitte ein rundes Cheminée lag, das an einen Schiffskamin erinnerte. Vor schwarzen Fensterrahmen hingen grob gewobene Vorhänge wie ein Geflecht aus Schnüren. Der Esstisch erinnerte an das Möbel aus einem Jagdhaus. Darum herum standen sechs schwere Holzstühle mit abgewetzten Ledersitzflächen. Pflanzen gab es keine, auch standen nirgends Dekorationselemente. Alles wirkte lieblos, als wäre das Heim bloss Zweck, jedoch niemals ein Ort des persönlichen Wohlbefindens.

Esther Haltiner ging ins Zimmer nebenan. «Folgen Sie mir. Das Archiv habe ich im ehemaligen Kinderzimmer von Thomas untergebracht.»

Nichts zeugte von einem Jungenzimmer. Vielleicht das Bett, welches mit einem orange-braunen Überwurf bedeckt war. Dazu zwei passende Häkelkissen, altmodisch und nicht wirklich kindlich. Jedes Regal, jede Abstellfläche war mit allerlei Krimskrams zugedeckt. Eine Entsorgungsstelle nicht mehr gebrauchter Dinge. Esther Haltiner öffnete den Schrank. Dieser überquoll von Büchern und Schnellheftern. Sie griff nach einem Ordner. «Kann sein, dass hier etwas drinsteht. Es sind die Akten der verstorbenen Patienten von 1980 bis 1990. Warten Sie, ich sehe gerade, dass es mehrere Hefter sind. Ich habe mich nicht mehr daran erinnert. Edwin wollte immer alles abgelegt haben. Er war ein Pedant.»

«Die muss ich mitnehmen», sagte Oliwia Maria, froh, dieses seelenlose Haus verlassen zu können.

«Wenn Sie die Ordner hier durchsehen, kann ich Ihnen dabei helfen», schlug Esther Haltiner vor, worauf Oliwia Maria nur zögerlich einwilligte. Sie setzte sich an den schweren Tisch, über dessen mittleren Teil sich ein breiter Riss zog. Esther Haltiner

brachte frisch gepressten Orangensaft und zwei Gläser. Dazu
servierte sie Schokoladenkekse. Es schien, als machte sie sich
für eine längere Sitzung bereit.

Oliwia Maria hatte keine Ahnung, wo sie beginnen sollte.
Sie war gezwungen, alles durchzusehen, da sie weder einen
Vor- noch einen Nachnamen kannte. Die Dokumente waren
alphabethisch eingeordnet. Trotzdem herrschte ein Chaos in den
zum Teil alten Patientenakten. Dr. Haltiner hatte nebst seinen
seitenlangen Anmerkungen Umschläge mit Röntgenaufnahmen
eingeheftet. Ein Nachschlagwerk menschlicher Krankheiten und
Tragödien. Krankenhausberichte, die Medikamentenvergabe,
Impfungen und ärztliche Statements von Spezialisten. Oliwia
Maria hielt eine Chronologie des Todes in der Hand. Der Beweis, wie gefährdet die menschliche Existenz letztlich war. Es
würde Stunden dauern, bis sie alles durchgesehen hatte. Esther
Haltiner schien es ähnlich zu ergehen.

Nach einer Stunde Durchsicht sagte sie: «Ich gehe davon
aus, dass die Krankenakte, die Sie interessiert, aus einem Grund
verschollen ist.»

✳✳✳

Kurz nach den ersten Abendnachrichten betrat Valérie die Kirche Sankt Jakobus. Kühle weihrauchgeschwängerte Luft umschloss sie, was sie veranlasste, innezuhalten. Die Schlichtheit
des Gotteshauses übte etwas Beruhigendes auf sie aus. Auf der
rechten Bankseite sassen Louis und der Priester. Von hinten
gesehen wie ein eingeschworenes Paar, das die Köpfe zusam-
mensteckt. Sie redeten im Flüsterton miteinander. Valérie ging
die Bankreihen entlang, auf deren Aussenseiten Blumengebinde
angebracht waren. Herbstliche Gestecke mit den passenden Bän-
dern. Die Dekoration für eine Taufe, eine Hochzeit, vielleicht
für eine Abdankung.

Louis erhob sich. «Das ist Pfarrer Giuseppe Wallimann»,
sagte er leise, fast ehrfürchtig. «Er ist seit fünf Jahren Priester
in Merlischachen.»

Valérie reichte ihm die Hand, nicht schlüssig, weshalb er sie in der Kirche treffen wollte. Er war ein schlanker Mann um die fünfundvierzig, mit einem glatten Gesicht und feinen blonden Haaren, die ihm etwas Zerbrechliches verliehen. Die randlose Brille unterstrich das Intellektuelle. Bei Valérie wäre er glatt als Hochschullehrer durchgegangen. Er trug eine schwarze Soutane, und am Hals blitzte ein weisser Stehkragen hervor, was ihm den beruflichen Status verlieh, der ihm einst verliehen wurde.

Pfarrer Wallimann schien ihre Gedanken zu lesen. «Hier haben wir oft gesessen. Elisha und ich, damals, als wir jung und voller Zukunftspläne waren.» Er schenkte Louis ein Lächeln. «Ich habe Herrn Camenzind bereits erzählt, wie wir uns kennenlernten. Elisha war auf der Suche nach Gott. Er stammte aus einer Adventisten-Familie. Die Mutter ging nach Amerika, um dort ihresgleichen zu folgen. Für Elisha war es ein grosser Schock. Ich weiss nicht, ob sie je einmal zurückgekommen ist. Sein Vater blieb in der Schweiz. Ich konnte Elisha dazu überreden, ein Theologiestudium zu beginnen. Er tat mir leid, kam mir wie ein verlorener Bruder vor. Ich nahm mich seiner an. Er war ein guter Schüler, meisterte das Gymnasium mit Bravour. Aber …» Pfarrer Wallimann stützte den Kopf in seine Hände. «Dann fing er an zu rebellieren.»

«Wie äusserte es sich?» Valérie setzte sich neben den Priester, ohne ihren Blick vom Altar zu wenden. Es war, als hätte man beim Bau der Kirche neobarocke Elemente einfliessen lassen. Der Chor wie ein prunkvolles Fragment in der schlichten Gestaltung des übrigen Raumes. Sie entnahm ihrer Jackentasche den Notizblock.

«Ich erinnere mich, dass er vor allem zwei Mitstudenten gegen die andern aufhetzte. Er beschwor sie mit seinem Glauben, dass nur das, was seine Eltern ihm vorgelebt hatten, der einzig richtige Weg zu Gott sei. Seltsamerweise wurden die drei trotz allem beste Freunde.»

«Erinnern Sie sich an ihre Namen?»

«Den einen Namen habe ich nicht vergessen. Er war Schwarzer und hiess Zahir. Der andere … Ach ja, er fällt mir soeben ein. Benjamin. Er studierte bis zum Schluss, wohingegen Elisha vor dem Ende des zweiten Semesters austrat. Zahir beendete das erste Studienjahr und ging dann weg. Ich gehe davon aus, er hatte andere Ambitionen. Er war sehr kreativ.»

«Beste Freunde?», fragte Louis. Valérie sah ihm an, woran er dachte. «Hat diese Freundschaft gehalten?»

«Das weiss ich hingegen nicht», sagte Pfarrer Wallimann.

«Und Elisha?», fragte Louis weiter. «Hatten Sie Kontakt zu ihm?»

«Ich sah ihn später noch einmal. Er war bei einer Bauernfamilie angestellt, wollte aber nicht darüber reden. Er hat sein Leben nie wirklich auf die Reihe bekommen. Sein Vater war gestorben, und er fand, soviel ich weiss, in einer Klinik für psychisch Kranke eine Anstellung.»

«Könnten Sie sich vorstellen», fragte Valérie, «dass er kriminell geworden ist?»

«Was für eine schreckliche Vorstellung.» Pfarrer Wallimann faltete die Hände, als könnte er die Frage ungeschehen machen. «Er mag auf Abwege geraten sein. Aber viele Wege führen zu Gott. Er holt seine Kinder immer zurück.»

«Er wäre in Ihren Augen nicht fähig, einen Mord zu begehen?»

«Warum hätte er jemanden töten sollen? Unvorstellbar.» Er zögerte. «Ich kann mit Ihrer Frage nichts anfangen.»

«Kennen Sie die Adresse von dieser Klinik für psychisch Kranke?» Valérie drückte erwartungsvoll die Mine ihres Schreibstifts aus der Versenkung. Vielleicht würden sie heute mehr als einen Schritt weiterkommen, und es hatte sich gelohnt, den Abend mit Zanetti so abrupt abzubrechen.

«Nein, die Adresse kenne ich nicht. Ich entsinne mich bloss, dass sie in Lachen war.»

Valérie notierte es. «Erinnern Sie sich an den Namen der Bezugsperson, die Elisha Fox dort hatte?»

«Nein, tut mir leid. Das sind ein paar Jahre her.»

«Danach haben Sie Elisha nicht mehr getroffen?»

Pfarrer Wallimann schüttelte den Kopf und liess seine Hände

im Umhang verschwinden. «Ich habe etwas mitgebracht, das Ihnen vielleicht nützlich sein könnte.» Er holte eine kleine Schatulle hervor. «Im Schächtelchen befindet sich eine Art Amulett, das Logo der Siebenten-Tags-Adventisten. Elisha hat es mir damals als Andenken geschenkt.»

«Haben Sie es je berührt?»

«Nein. Es befindet sich in einem Stoffsäckchen. Elisha hatte es mir gezeigt. Ich liess es die ganzen Jahre unter Verschluss. Das Zeichen des Herrn ist das Kreuz.»

Valérie warf Louis einen Blick zu. «Wenn wir Glück haben, finden wir Fingerabdrücke darauf.»

ZWÖLF

Valérie hatte es sich nicht nehmen lassen, am Donnerstag auf dem Weg nach Biberbrugg beim Kriminaltechnischen Dienst in Schindellegi selbst vorbeizugehen und die Schatulle mit dem Amulett ins Labor zu bringen. Sie war dabei, als Franz Schuler es herausholte und für die Spurensicherung bereitlegte.

«Wie lange dauert es, bis ich die Resultate habe?»

«Haben wir denn einen Vergleich?»

«Die Fingerabdrücke vom Kreuz aus der Hurden-Kapelle und aus dem ‹Heilig Hüsli›.»

«Wenn ich mich beeile, bis heute Abend.» Er sah sie nicht an.

Die Antwort befriedigte Valérie nicht. «Und wenn du den Turbo zündest?»

«Bis heute Abend.» Schuler blieb dabei. Er hatte sich Vinylhandschuhe angezogen und begutachtete das Amulett. «Nach der Beschaffenheit der Oberfläche muss ich ein physikalisches oder chemisches Verfahren verwenden. Es ist nicht ausgeschlossen, dass die Fingerabdrücke nur in Teilbereichen vorhanden sind.» Er wies auf den Anhänger. «Was stellt es dar?»

«Die geöffnete Bibel mit dem Kreuz im Zentrum. Wenn du dich konzentrierst, siehst du über dem Kreuz die Weltkugel, welche von züngelnden Flammen umfasst wird.»

«Und was bedeutet es?»

«Es ist das Logo der Adventisten.»

«Man lernt wohl nie aus.»

«Ich erwarte die Daktyloskopie und den biometrischen Abgleich mit den bereits vorhandenen Daten um fünf Uhr.»

Schuler starrte sie zuerst ungläubig an. «Aha, *Madame la commissaire* versteht mein Fachchinesisch.»

Valérie sah ihn zum ersten Mal herzlich lachen. Ihm war wohl einiges entgangen, was «seine» Fachausdrücke betraf.

Sie arbeiteten seit fünfeinhalb Jahren zusammen. Jedes Mal, wenn sie ihn sah, wurde ihr bewusst, wie wenig sie über ihren

Kollegen wusste. Von den Weihnachtsessen hielt er sich fern und sein Privatleben vor allen geheim. Er war verheiratet und hatte zwei Kinder, das einzig Persönliche von ihm, das durchgesickert war. Ersteres war sich Valérie nicht sicher, weil er seit einiger Zeit keinen Ehering mehr trug. Es kitzelte sie geradezu, mehr von ihm zu erfahren. Letzten Monat hatte er sein fünfundzwanzigstes Dienstjahr gefeiert. Nicht wie vorgesehen im Kreis seiner Kollegen; er hatte für diese Zeit Ferien gebucht, wohin, wusste niemand. Die Auszeichnung dagegen hatte er von Caminada, ohne mit der Wimper zu zucken, in Empfang genommen und sie wahrscheinlich zu seinen diversen anderen Ehrungen gelegt. «Hast du mal Zeit für einen Kaffee?»

«Danke, ich trinke keinen Kaffee.» Er nahm das Amulett auf und legte es zurück in die Schatulle.

«Ich kann auch Tee aufgiessen. Also, falls du mal in der Nähe meines Büros sein solltest.»

Schuler hielt ihrem Blick stand. Gut möglich, dass er sie zum ersten Mal mit den Augen eines Mannes betrachtete. «Sorry, ich muss dir einen Korb geben.»

Valérie hätte gern den Grund erfahren. «Okay, halb so schlimm. Danke für deine speditive Arbeit», sagte sie und setzte damit Schuler wissentlich unter Druck. Erst im Nachhinein fand sie, dass diese Bemerkung nicht nötig gewesen wäre.

✳ ✳ ✳

Die Klinik mit integriertem Wohnheim für psychisch kranke Menschen in Lachen befand sich in privatem Besitz. Louis hatte im Internet erfahren, wer es vor fünfunddreissig Jahren ins Leben gerufen hatte. Der Gründer hatte sich längst zurückgezogen und es seinem Sohn übergeben, der die Philosophie des Vaters weiterlebte. Zehn Ärztinnen und Ärzte sowie zwanzig Pflegekräfte und zwei Köche mit Gehilfen arbeiteten unter einem Dach und sorgten sich um das Wohl der stationären Patienten.

Louis wies sich aus. «Ich hatte bereits Kontakt mit der Direktorin. Sie sagte mir, dass sie um zehn Uhr im Haus sei.»

Die Sekretärin besah sich den Ausweis. «Louis Camenzind. Ja, ich erinnere mich. Ich habe Sie heute an Frau Leimbacher weitergeleitet. Sie erwartet Sie in ihrem Büro.» Sie streckte den Arm aus und wies ihm die Richtung. «Gehen Sie bitte den Korridor entlang. Es ist die erste Tür links.»

Im Foyer hielten sich zwei Jugendliche auf, die Louis mit einem feindseligen Blick taxierten. Breitbeinig bewegten sie sich im Slow-Modus, damit die Hose nicht ganz über ihre Hüften rutschte. Louis sah kurz hin und amüsierte sich an diesem Schlabberlook, den er selbst nie für cool gehalten hatte.

«Ein Bulle», sagte einer von ihnen. «Die kann ich aus hundert Meter Entfernung riechen.»

Louis ging unbeteiligt an ihnen vorbei. Er kannte sich aus mit solchen Typen und wunderte sich nicht, weshalb sie hier gestrandet waren. Die Psychiatrische war wohl die letzte Station, um sie auf die Bahn zurückzubringen, die sie vor einiger Zeit verlassen hatten. Oft halfen Therapien wenig. Früher oder später landeten sie im Knast.

Er klopfte.

«Treten Sie ein», tönte es aus dem Innern.

Louis drückte den Türgriff runter, stiess die Tür auf und war überrascht, eine junge Frau anzutreffen. Kaum dreissig mit einem energischen Gesicht und streng nach hinten zusammengenommenen Haaren. Stolz sass sie vor einem Pult, welches die halbe Fläche des Büros einnahm. «Frau Leimbacher?»

«Ich weiss, man erwartet eine ältliche Dame mit Chignon. Diesen Gefallen kann ich Ihnen leider nicht tun.» Wenn sie lachte, war sie richtig schön. Lachfältchen zeichneten zarte Linien um Augenpartie und Mund.

«Louis Camenzind, wir haben miteinander telefoniert.» Er legte den Ausweis aufs Pult.

«Und ich habe Sie erwartet.» Sie drehte den Bürostuhl in seine Richtung und warf wie beiläufig einen Blick auf die Karte. «Sie haben mir nicht gesagt, worum es geht. Ich hoffe nicht, dass einer unserer Patienten etwas angestellt hat.»

«Verdächtigen Sie denn jemanden?»

«Sie wissen ja, wie es ist. Man müsste sie sonst einsperren. Die meisten unter ihnen sind junge Männer. Aber was erzähle ich da.»

«Es geht möglicherweise genau um so einen jungen Mann. Sein Name ist Elisha Fox, letztmals wohnhaft in Bäch. Er müsste zwischen 1998 und 2000 hierhergekommen sein.»

«Zu der Zeit besuchte ich die vierte Primarklasse.»

«Davon gehe ich aus», schmeichelte Louis ihr. «Es gibt sicher Papiere über die Ein- und Austritte Ihrer Patienten. Soweit ich im Bild bin, wurde die Klinik 1986 eröffnet.»

Frau Leimbacher drehte den Stuhl frontal zum Pult. Sie griff nach der Maus, schob sie über die Tischplatte und klickte sie an. Dann tippte sie auf der Tastatur und konzentrierte sich auf den Bildschirm. «Elisha Fox, haben Sie gesagt?»

«Elisha mit ‹sh›.»

«Auf den ersten Blick sehe ich nichts. Haben Sie denn Gewissheit, dass er bei uns war?»

«Aus erster Hand.» Louis dachte an Pfarrer Wallimann, dem er ein gutes Gedächtnis attestierte. «Schauen Sie mal unter Gotthilf.»

«Gotthilf? Zwischen Elisha und Gotthilf scheint ein eklatanter Unterschied zu sein.» Selbst wenn sie die Augen aufriss, blieben sie in der Form schmal. «Und wie noch?»

«Fox.»

Sie scrollte sich durch eine Liste von Namen. «Ich finde ihn nicht.»

«Haben Sie bei allen Jahrgängen nachgesehen?»

«Seit 1986.» Sie sah bedauernd auf. «Sie müssen sich in der Klinik geirrt haben.»

Louis kniff den Mund zusammen. Das war nicht möglich. Oder bestand der Verdacht, dass man Elisha Fox unsichtbar gemacht und ihn absichtlich aus der Kartei gestrichen hatte? «Wer von den Ärzten praktizierte um 2000 in der Klinik, die heute noch hier sind?» Louis verschränkte die Arme und tippte nervös mit dem einen Fuss auf den Boden.

«Ich sehe, dass die Psychiater und Psychiaterinnen, die heute bei uns sind, nach dem Millennium oder später zu uns gestossen sind.»

«Und vom Pflegefachpersonal?»

«Wir sind ein junges Team.» Frau Leimbacher hob die Schultern. «Ihnen könnte höchstens Professor Joller senior Auskunft geben. Vielleicht erinnert er sich an einen Patienten mit Namen Elisha Fox oder an jemanden, der in der von Ihnen erwähnten Zeit als Arzt oder Pfleger hier war.»

Louis sah ihr an, wie sehr sie sich bemühte. «Und wo finde ich Professor Joller?»

«Möglicherweise ist er beim Golfen in Küssnacht. Er ist dort Mitglied.»

***

Die digitale Geschwindigkeitsanzeige schnellte in die Höhe. Fast hundert Stundenkilometer in der Achtzigerzone. Oberste Grenze. Valérie war es sich bewusst. Sie lotete das Tempo immer aus, und für die Radarfallen hatte sie mittlerweile ein Gespür entwickelt. In weiser Voraussicht entdeckte sie sie immer.

Oliwia Maria neben ihr schien die Rasanz ebenso zu geniessen. Sie hatte die Augen geschlossen und liess sich von Richard Wagner berieseln. «Lohengrin», das Prélude zum ersten Akt. Sie hatte bestimmt keine Ahnung davon, was dies in Valérie auslöste.

Die Landschaft zog an ihnen vorbei wie ein Stummfilm, mit dieser gewaltig sinnlichen Musik untermalt. Vereinzelt Häuser, ein paar Bäume und Sträucher, die der letzte Sturm halb kahl geschlagen hatte. Im Tal lag der Lauerzersee wie kaltes Blei. Am Horizont kündeten Wolken ein neues Tief an.

Plötzlich ein Knall. Ein Rumoren zwischen den Rädern. Der TT geriet ins Schlingern. Valérie bremste abrupt ab und zog das Lenkrad rechtsherum. Der Wagen schleuderte, scherte aus. Sie touchierte die Bordsteinkante, was einen harten Schlag verursachte, und kam vor einem Baum zum Stehen. «Vermaledeit! Was war das?» Sie sah auf die Beifahrerseite, wo sich Oliwia Maria an den Kopf griff. «Du blutest ja.»

«Eine kleine Schramme. Hast du keinen Airbag?»

«Wahrscheinlich nicht aktiviert. Ich habe ihn irgendwann ausgeschaltet.» Valérie öffnete die Fahrertür. «Ich muss in etwas reingefahren sein.» Sie schwang ihre Füsse ins Gras. «Ich bin tatsächlich abseits gelandet.» Sie ging um den Wagen herum und suchte nach Schäden.

«Und, ist etwas kaputt?» Oliwia Maria stieg aus. Sie hatte ein Taschentuch an ihre Stirn gepresst.

Valérie sah ihr den Schock an. Sie kauerte auf der rechten Seite auf Scheinwerferhöhe nieder. «Nichts als ein kleiner Kratzer. Vielleicht war der aber bereits da. Die Räder sehen aus, als wäre ich eine Rally gefahren.» Sie liess ihren Blick über das Gras schweifen, über die Spur, die ihr Wagen darauf geschlagen hatte, und den Baum vor ihr. «Ein paar Zentimeter weiter und wir hätten einen Totalschaden oder stünden jetzt vor der Himmelspforte.» Sie erhob sich, suchte den Platz Richtung Waldrand ab und besah sich die Kante, wo sie ausgewichen war. Kein Hindernis, keine Blutspur, was auf ein Tier hingewiesen hätte.

Valérie ging zurück. «Was ist mit deinem Kopf? Sollten wir nicht besser zum Arzt?»

«Auf keinen Fall.»

«Woran hast du dich verletzt?»

«An der Seite. Da hätte ein Airbag sicher wenig genützt, wenn ich es mir überlege. Komm, lass uns weiterfahren.»

Valérie stieg ein und startete den Motor. Er sprang nicht gleich an. Oliwia Maria setzte sich neben sie.

«Ich habe den TT bereits sechs Jahre. Vielleicht sollte ich mir mal einen neuen Wagen kaufen. Es gibt bereits ansehnliche Elektroautos. Ich glaube, ich werde nicht darum herumkommen, mich den klimabedingten Umständen anzupassen. Bis jetzt habe ich es immer hinausgezögert.»

«Ist das dein Ernst?» Oliwia Maria nahm das Taschentuch vom Gesicht und begutachtete die Schramme auf dem Spiegel unter der Sonnenblende. «Nie im Leben würde ich eine Batterie mit Karosserie durch die Gegend fahren. Und solange man für die Herstellung der Batterie eines Elektroautos über achtzig-tausend Liter Wasser verwendet, sehe ich keinen ökologischen Gewinn.»

Valérie fuhr lachend auf die Strasse. Der schmale Waldstreifen hätte für einen Wildwechsel gereicht. Es musste etwas anderes gewesen sein. Vergessen war für ein paar Minuten der Grund, weshalb Valérie mit Oliwia Maria unterwegs war.

Bis er mit aller Brutalität in ihre Gedanken zurückkehrte. Vor einer halben Stunde hatte die Meldung sie aus Schwyz erreicht, dass in der Kirche Sankt Martin ein Mann zusammengeschlagen worden war.

✳✳✳

Der Golfplatz lag gegenüber der Rigi, eingebettet in die hügelige Moränenlandschaft zwischen dem Zuger- und dem Vierwald-stättersee. Eine beschauliche Gegend, herbstlich angehaucht. Louis fuhr auf den Parkplatz neben einen Jaguar links und einen Porsche Carrera rechts. Endlich kam seine «Schüssel» auch mal zur Geltung zwischen den Statussymbolen der High Society. Ansonsten fühlte sich Louis gerade etwas fehl am Platz. Auf dem Weg zum Clubhaus begegneten ihm zwei Männer in ka-rierten Bermudas und farblich abgestimmten Poloshirts. Eine Lady ganz in Pink war mit ihrem Caddy unterwegs und nutzte die freien Arme für ein paar Turnübungen. Auf Louis' Höhe angekommen, warf sie ihm einen schmachtenden Blick zu. Er grüsste sie freundlich, worauf sie eine Bemerkung fallen liess, die er nicht verstand.

Das Sekretariat lag im selben Gebäude wie das Panorama-restaurant, von dessen Terrasse aus man wahrscheinlich einen phänomenalen Ausblick genoss.

In der Golfboutique wurde alles angeboten, was man für einen sportlichen Auftritt auf den Fairways brauchte. Louis er-götzte sich an ein paar Jeans mit Nieten, die ihm gefallen hätten, zum Preis eines halben Wochenlohns.

«Hallo, kann ich Ihnen helfen?» Der junge Mann, knackig

und braun gebrannt mit Ballonmütze, hinterliess nicht den Eindruck, in seinem Leben viel gearbeitet zu haben.

Louis grüsste ihn zerknirscht. «Sind Sie hier zuständig?»

«Ich halte die Stellung im Sekretariat und betreue den Shop. Sind Sie Mitglied?»

«Sehe ich so aus?» Louis wies seinen Dienstausweis vor. «Ich suche Professor Joller aus Lachen.»

«Jojo … klar, den habe ich erst noch gesehen. Ich glaube, er ist auf der Driving Range.»

«Und wo finde ich diese Ranch?»

«Hat nichts mit Tieren zu tun, Mann.» Sonnyboy grinste und entblösste ein schneeweisses Hollywoodgebiss. «Die Driving Range ist ein Übungsplatz. Dort können Sie so viele Golfbälle verschiessen, wie Sie möchten.» Er wies ihm den Weg. «Sie erreichen ihn gleich gegenüber dem Putting Green.»

«Aha.» Louis' Blick folgte seinem Finger.

«Warum interessiert sich die Polizei für ihn?»

«Danke für die Auskunft.» Louis verliess das Gebäude. Jemand fuhr ihm mit einem Golfcart entgegen. Im letzten Moment wich Louis ihm aus. Auf dem Putting Green übten ein paar Golfer Bälleversenken.

«Da können Sie nicht durch», sagte jemand an seiner Seite. «Den Rasen darf man nur mit Golfschuhen betreten.»

«Sorry, wo immer ich hingetreten bin, es war nicht Absicht.»

«Sie befinden sich auf dem ersten Abschlag.»

«Ich suche die Driving Range.»

«Der ist dort drüben.»

Louis blieb stehen. «Kennen Sie Professor Joller?»

«Jojo? Ja, klar … Er ist auch auf dem Platz. Sie erkennen ihn an der kanariengelben Hose.»

Louis bedankte sich und sah zwei bezaubernden Beinen im Minirock nach.

Auf der Driving Range hielten sich wenige Personen auf. Louis fand Professor Joller allein in der Nähe eines künstlich angelegten Sees, wo er augenscheinlich den Abschlag übte. Gelb waren auch sein Hemd und die Schirmmütze. Louis beobachtete ihn, wie er den Ball auf einen Kunststoffstift legte, den Golf-schläger robotermässig ein paarmal hin- und herschwang, bis er den Ball abschoss. Das Ziel war wohl Nebensache.

Louis ging auf ihn zu, stellte sich mit Namen vor und wies sich aus. «Ich muss Sie leider in Ihrem Spiel unterbrechen.»

«Oh, das trifft sich gut.» Professor Joller zwinkerte ihm zu. Er drehte den Kopf kurz in die entgegengesetzte Richtung. «Sehen Sie den Kerl dort drüben? Er ist mein Golflehrer und bringt mich zur Verzweiflung. Ich habe zwar die Platzreife, aber mein Handicap ist noch immer über fünfzig. Ich weiss nicht, ob ich es in meinem Alter noch lerne, besser zu werden. Kommen Sie, setzen wir uns auf die Bank.» Er steckte den Schläger in den Golf-Bag zurück. «Das ist das Neunereisen. Mit ihm kann man nicht sehr weit schlagen, dafür umso präziser ... Sie haben mir noch nicht verraten, weshalb Sie mich suchen. Habe ich etwas verbrochen?» Er lachte schallend, worauf ein älteres Paar an-klagend zu ihnen herüberschaute.

Professor Joller setzte sich auf die Bank am Rand der Driving Range.

Louis blieb stehen. «Ich brauche eine Auskunft. Von 1986 bis 2002 haben Sie die Klinik in Lachen geführt.»

«Ich habe sie ja errichtet. Das waren noch Zeiten. In den acht-ziger Jahren war alles im Aufschwung. Die Klinik rentierte.»

«Sie waren der Besitzer, das ist mir bekannt.»

«Heute führt sie mein Sohn. Aber die Aktienmehrheit habe ich. Er muss zuerst beweisen, ob er im Business so gut ist wie sein Ernährer.» Professor Joller blinzelte ihn an.

«Darum geht es mir nicht.» Louis verschränkte die Arme. Er mochte keine Konversation, die in seinen Augen unnötig war. Professor Joller machte den Eindruck, liebend gern von sich zu erzählen. «Ich suche einen Mann, der zwischen 1998 und 2000 in der Klinik war. Er heisst Elisha Fox. Damals war er zweiundzwanzig Jahre alt.»

«Elisha ... Ich erinnere mich. Er kam Ende 2000 zu uns, nachdem er einen Studiengang als Theologe abgebrochen und danach etliche Aushilfsjobs verloren hatte. Er war ein äusserst intelligenter junger Mann, aber sehr labil. Er litt unter einem extremen Minderwertigkeitskomplex.»

«Seine alte Adresse ist in Bäch. Dort lebt er aber längst nicht mehr, und an einem anderen Ort ist er nicht angemeldet. Im Patientensystem ist er auch nicht.»

«Das ist seltsam.» Professor Joller wischte sich mit einem Frotteetuch Schweiss von der Stirn. «Zwei Jahre nach der Einlieferung bei uns verliess er die Klinik, kehrte jedoch drei Monate später zurück, nicht als Patient, sondern als Hilfspfleger. Wir hatten ihn im Rahmen eines Programms aufgenommen.»

«Was für ein Programm?»

«Eine Inklusion. Wir halfen psychisch beeinträchtigten Menschen, indem wir sie begleiteten, bis sie selbstständig in die freie Markwirtschaft entlassen werden konnten.»

«Ist es Elisha Fox gelungen?»

«Das entzieht sich meines Wissens.»

«Hatte er eine Bezugsperson? Jemanden, der ihn betreute?»

«Damals war es Serina Dahlberg, eine Psychotherapeutin. Sie hat sich mit Leib und Seele um Elisha gekümmert.» Professor Joller räusperte sich, sah einen Moment vor sich hin, als würde er an etwas Schlimmes denken. Um seinen Mund legte sich ein verbitterter Zug. «Er hatte ja den Vater verloren, und von der Mutter fehlte jede Spur. Man munkelte, sie sei nach Amerika ausgewandert. Sie hat sich jedoch nie gemeldet.»

«Wo finde ich Frau Dahlberg?» Louis notierte sich den Namen auf einem Notizblock. «Haben Sie noch Kontakt zu ihr?»

«Ich verlor sie aus den Augen, als ich mich aus der Klinik zurückzog.»

☩ ☩ ☩

Der Grosse und der Kleine Mythen thronten wie gigantische Wächter über Schwyz. Ihre Felsen düster und unheimlich im aufkommenden Wind, der schwere Wolken aus dem Süden vor sich herschob.

Die drei Zugänge zur Sankt-Martins-Kirche waren abgeriegelt. Zwei Polizei- und ein Krankenwagen standen unterhalb der Treppe bei der Einfahrt zur Schulgasse.

Valérie parkte den TT in der Herrengasse. Nachdenklich stieg sie aus. Seit ihrem Fast-Unfall auf der Schlagstrasse war es ihr vorgekommen, als dröhnte der Motor anders als sonst. Sie musste das Auto in die Werkstatt bringen, um einen grösseren Schaden ausschliessen zu können. Froh darüber, dass niemand sie beobachtet hatte, ging sie zum Ambulanzwagen, Oliwia Maria über die Stufen bis zum Haupttor der Kirche. Jedermann hätte sehen können, dass Valérie mit fast hundert Stundenkilometern in die Kurve geprescht war. Nicht auszudenken, wenn sie ihren Wagen zu Schrott gefahren hätte und ihre Kollegin zu Schaden gekommen wäre. Man hätte den TT abgeschleppt und ihn nach Schindellegi gebracht. Heute ging nichts am geübten Auge der Kriminaltechniker vorbei. Himmel, wäre das blamabel gewesen.

Neben dem Ambulanzwagen standen die Sanitäter und unterhielten sich mit einem Verletzten, der sich offenbar weigerte, mit ihnen ins Spital zu fahren. Seinen Kopf umschloss ein weisser Verband. Er sass auf der Rampe. Man hatte ihm eine Rettungsdecke umgelegt.

Valérie bat einen der Rettungssanitäter zu sich und wies sich aus. Sie hatte vorab von der Streife erste Informationen erhalten. «Ist der Patient vernehmungsfähig?»

«Er steht unter Schock. Da können Schmerzen schon mal ausgeblendet werden, respektive er spürt sie nicht.»

«Ist er schwer verletzt?»

«Er hat einen heftigen Schlag auf den Hinterkopf bekommen. Die Kopfhaut ist aufgeplatzt. Es hat ziemlich geblutet. Wir haben ihm einen Druckverband angelegt und ihn zur Sicherheit gegen Starrkrampf geimpft. Er müsste zur Beobachtung ins Spital und die Wunde sicher nähen. Aber er sagte, dass er auf Sie warten wolle.»

«Dann möchte ich gleich mit ihm sprechen.» Valérie wandte sich nach dem Mann um. Er hatte die Decke von seinem Körper entfernt. Er war um die sechzig, dünn, aber nicht athletisch. Er sah kränklich, aber im Geist wach aus. «Mein Name ist Valérie Lehmann. Ich bin von der Kantonspolizei. Wie geht's?»

«Mir geht's gut. Ich habe aber echt eins auf die Birne gekriegt.» Er versuchte ein Lächeln, das sich zu einer schmerzlichen Miene verzog.

«Ich mache es kurz. Danach sollten Sie ins Spital.» Valérie griff nach Notizblock und Schreibstift. «Wie ist Ihr Name?»

«Lazarus Kreienbühl.» Er nannte seine Adresse in Schwyz.

«Darf ich fragen, weshalb Sie die Kirche besucht haben?»

«Es ist eine Art Ritual. Hier hatte ich meine Frau geheiratet, die vor zwei Jahren gestorben ist. Leider arbeite ich am Samstag in der Spedition bei Aldi, sonst hätte ich den Samstag gewählt.»

«Das tut mir leid.» Valérie liess ein paar Sekunden verstreichen. «Sie kommen also jeden Donnerstag zur gleichen Zeit in die Kirche?»

Kreienbühl griff sich an den Kopf. Er schien Schmerzen zu haben. «Ja, immer um drei Uhr.»

«Nur noch eine Frage.» Valérie sah ihm an, dass er sich zusammenreissen musste. «Konnten Sie den Täter erkennen?»

«Ich erinnere mich, dass er nach mir in die Kirche kam. Ich ging zur vordersten Bankreihe und setzte mich. Ich drehte mich halb um und erkannte im Augenwinkel einen Mönch, also dachte ich mir nichts dabei.»

«Sein Gesicht haben Sie nicht erkennen können?»

«Nein, das Letzte, was ich von ihm sah, war ein dunkelbrauner oder schwarzer Ärmel. Daraufhin spürte ich den Schlag … Dann weiss ich nichts mehr.»

«Danke. Das wär's fürs Erste. Lassen Sie sich im Spital untersuchen, und», sie sah zum Rettungssanitäter hinüber, «Sie werden nicht darum herumkommen, die Wunde zu nähen.»

«Ja, mache ich. Aber es war mir wichtig, Sie zu sehen.»

Oliwia Maria kam auf Valérie zu. «Ich habe bereits die Personalien des Zeugen aufgenommen. Er sagte, dass er den Täter verscheucht hat. Es gibt eine Beschreibung von ihm, die leider nicht sehr aussagekräftig ist, ausser dem, was wir bereits kennen. Einen Meter neunzig gross, blass. Haarfarbe unbekannt.

Der Zeuge sagt, dass es ihm seltsam erschien, weil er sich direkt hinter den Verletzten gesetzt hatte, trotz der leeren Kirche. Er sei neugierig gewesen und habe sich in der Nähe niedergelassen. Als er sah, dass der ‹Mönch› ein Kreuz aus dem Umhang hervorgeholt und damit auf den Mann vor ihm geschlagen habe, sei er dazwischengegangen. Der Täter muss ob seines Angriffs überrascht gewesen sein. Er habe sofort das Weite gesucht.»

Valérie ging noch einmal zum Ambulanzwagen. Die Sanitäter hatten soeben die hintere Tür geschlossen und waren bereit zum Abfahren. Valérie hielt einen von ihnen auf. «Bitte lassen Sie mich noch einmal mit ihm sprechen.»

«Tut mir leid», kam es zurück. «Das können wir nicht verantworten. Sobald es ihm besser geht, können Sie gern mit ihm reden.»

Valérie blieb frustriert zurück. Wie hatte sie auch vergessen können, Kreienbühl nach seiner Ausbildung zu fragen. Vom Alter her passte er nicht ins Beuteschema des Täters. Sie wandte sich nach Oliwia Maria um. «Was sagt dein Spürsinn?»

«Dass es sich um den gleichen Täter handelt, den wir seit dem ersten Mord suchen. Der Zeuge bestätigte, dass er mit einem Kreuz zugeschlagen habe.» Oliwia Maria deutete auf ihr Smartphone. «Die Bedeutung entnehme ich aus einem Text im Internet. Das Symbol des Kreuzes stellt das universale Verbindungsglied dar zwischen Himmel und Erde, zwischen Gott und den Menschen. Das Symbol wird zur Wirklichkeit, wenn der Mensch im Schnittpunkt des Kreuzes eine fundamentale Umkehr vollzieht. Dann führt ihn die Vertikale zurück in seine ursprüngliche göttliche Existenz. Das sagen die Rosenkreuzer», ergänzte sie.

«Die Äusserung ‹fundamentale Umkehr› passt mir nicht.»

«Wie bereits erwähnt, ich habe nichts mit Religion am Hut. Ich glaube, dass man das Kreuz auf verschiedene Weise interpretieren kann. In meiner Fallanalyse gehört es zum Hauptaugenmerk. Warum schlägt er mit etwas, das im christlichen Glauben heilig ist? Das ist meine Frage, und darauf werde ich weiter aufbauen.»

Der Camion des KTD fuhr zu. Zwei Kollegen von Schuler stiegen aus.

Valérie entsann sich des Berichts über den Fingerprint, den Schuler ihr auf fünf Uhr versprochen hatte. «Ich werde zurück nach Biberbrugg fahren», liess sie Oliwia Maria wissen.

«Und ich mache bei der Tatortsicherung ein paar Fotos», sagte diese. «Sehen wir uns morgen?»

Valérie deutete auf ihre Schramme. «Ist es auszuhalten?»

«Schon vergessen.»

✳✳✳

Vor der Tür stand Fabia, als Valérie auf ihrem Stockwerk den Lift verliess. Sie wedelte mit einem A4-Blatt durch die Luft. «Franz hat die Vergleiche geschickt.»

«Was schreibt er?» Valérie durchschritt den Korridor. Sie schloss ihr Büro auf.

Fabia trat zögernd ein.

«Worauf wartest du?» Schuler hatte es geschafft, den Bericht vor fünf Uhr zu übermitteln. Sie musste ihm ein Kränzchen winden. Oder ihn zum Tee überreden.

Fabia ging auf das Pult zu, drehte sich zu Valérie um und verzog ihren Mund zu einer Grimasse. «Er ist es. Die Fingerabdrücke auf dem Amulett stimmen zu neunundneunzig Komma neun Prozent mit den Fingerabdrücken vom ‹Heilig Hüsli› und denen auf dem Kreuz aus der Hurden-Kapelle überein.»

«Elisha Fox. Und niemand weiss, wo er sich aufhält.» Valérie schwang sich auf den Drehstuhl. Sie aktivierte ihren PC und tippte auf die E-Mail-Eingänge. «Wie kommt er dazu, Louis und dich auf ‹cc› zu nehmen?»

«Wir gelten als *das* Ermittler-Trio, schon vergessen?» Fabia strahlte sie an.

«Da ist mir etwas entgangen», sagte Valérie. Hatte sie nicht einen Anflug von Eifersucht aus Fabias Stimme gehört? Gut möglich, dass Oliwia Marias Mitarbeit sie störte. «Ist sicher auf Schulers Mist gewachsen. Stille Wasser sind tief.» Valérie sah, wie Fabia auf die Kaffeemaschine starrte. «Bediene dich. Wie läuft es bei dir zu Hause?»

«Ganz gut. Michael entwickelt sich zum perfekten Hausmann, und es macht ihm nicht einmal viel aus. Er verbringt die Tage jetzt öfter auf den Spielplätzen. Ich glaube, es ist ihm wohl dabei. Wahrscheinlich hat er seit Anfang unserer Ehe solch väterliche Qualitäten. Mir sind sie bloss nie aufgefallen. Michael ist zufrieden, und wenn ich Feierabend habe, steht immer etwas Leckeres auf dem Tisch. Er wäscht sogar die Kleider und bügelt. Ich bin froh, haben wir uns für diese Lösung entschieden. Er schaut zu den Mädchen, und ich bringe den Zaster heim.» Fabia runzelte die Stirn. «Werden wir eine Fahndung herausgeben?»

«Wir kommen nicht darum herum. Doch ich würde es morgen gern mit Oliwia Maria besprechen.»

«Die hat dich ganz schön eingenommen.»

«Warum meinst du?» Valérie wollte nichts auf ihre Kollegin aus Sankt Gallen kommen lassen.

«Was hat sie bislang herausgefunden, was wir nicht auch gekonnt hätten? Ihr Schwerpunkt konzentriert sich auf Sexualdelikte. Unser Fall hat damit nichts zu tun. Und wie will sie sich in etwas Religiöses einfühlen, wenn sie sich selbst als Atheistin bezeichnet? Sie ist Profilerin und tritt auf der Stelle.»

«Erste Priorität hat Serina Dahlberg», wich Valérie aus und tippte in der Suchmaschine den Namen ein. «Die Festnetznummern werden immer weniger.» Sie hatte damit rechnen müssen, die Psychotherapeutin nicht auf Anhieb zu finden. Sie übergab den Auftrag Fabia. «Bis morgen müssen wir in Erfahrung bringen, wo sie heute wohnt und arbeitet.»

«Okay, werde ich machen.»

Valérie griff zum Telefon auf ihrem Pult. «Ich habe noch etwas zu erledigen. Du entschuldigst mich.»

Fabia schlenderte betont gemächlich zur Tür. «Bis morgen dann.»

Valérie wählte die Nummer des Schwyzer Spitals und verlangte dort nach Lazarus Kreienbühl. Man sagte ihr, dass der Patient nach Einsiedeln verlegt worden war, ohne den Grund zu nennen. Sie wurde direkt weitergeleitet, bis sie ihn am Telefon hatte.

«Valérie Lehmann, Sie erinnern sich?»

«Selbstverständlich.»

«Alles okay bei Ihnen?»

«Das Loch im Kopf wurde genäht. Bis morgen bleibe ich im Spital.» Er räusperte sich. «Sie haben einen Türwächter aufgeboten?»

«Es ist für Ihre Sicherheit. Solange wir nicht wissen, wer Ihnen das angetan hat, werden Sie bewacht.»

«Hat es mit den Morden der letzten Tage zu tun?»

«Zu laufenden Ermittlungen kann ich Ihnen nichts sagen. Ich würde Ihnen aber gern ein paar Fragen stellen.»

«Wenn ich helfen kann.»

«Ist es Ihnen recht, wenn ich diese am Telefon stelle, oder soll ich besser vorbeikommen?» Valérie hätte es vorgezogen, Kreienbühl während der Befragung in die Augen zu sehen. Sie entschied sich dennoch für die einfachere Variante und hoffte auf Verständnis. Ohne seine Antwort abzuwarten, stülpte sie den Kopfhörer über ihre Ohren, damit sie die Hände für das Schreiben frei hatte.

«Ich liege hier sehr bequem», sagte Kreienbühl. «Sie können mich fragen.»

«Leben Sie schon lange in Schwyz?»

«Seit meiner Kindheit. Ich bin 1960 in Schwyz geboren, aufgewachsen und zur Schule gegangen. Die Ausbildung zum Primarlehrer machte ich allerdings in Luzern. Aber nach Seminarende fand ich schnell eine Stelle in der Gemeindeschule an der Herrengasse. Mit sechzig liess ich mich frühzeitig pensionieren. Seither arbeite ich sporadisch bei Aldi als Spediteur.»

Valérie tippte alles in ihren PC. «Gab es in Ihrem Leben Ereignisse, die Sie geprägt haben?»

«Das ist eine seltsame Frage.» Kreienbühl seufzte hörbar.

Valérie umtrieb noch immer eine allfällige Verbindung zu den drei Ermordeten. «Sie sagten, dass Sie Primarlehrer waren. Haben Sie auch Religionsunterricht erteilt?»

Am anderen Ende der Leitung war es still.

«Herr Kreienbühl?»

«Ich habe Sie schon verstanden», kam es weniger freundlich zurück.

Valérie ahnte, ein heikles Thema angeschnitten zu haben. Kreienbühls Zurückhaltung bewies ihr aber, dass sie nicht falsch-lag. «Sagen Sie es mir?»

Kreienbühl wollte mit der Antwort offenbar nicht heraus-rücken.

Valérie ging in die Offensive. «Kennen Sie Pfarrer Armando Negroni?»

Ein Klick, dann der Piepton. Kreienbühl hatte aufgelegt.

DREIZEHN

«Es gibt ein kleines Licht am Ende des Tunnels», sagte Valérie. «Es ist einiges zusammengekommen. Anhand der identischen Fingerabdrücke im ‹Heilig Hüsli›, in der Hurden-Kapelle und auf dem Amulett, welches Pfarrer Wallimann aus Merlischachen bekommen hatte, erhärtet sich der Verdacht, dass die von uns gesuchte Person Elisha Fox heisst.»

«Darf ich dazu etwas einwenden?» Oliwia Maria, die sich neben Valérie gesetzt hatte, tat seit ihrem Eintreffen vor zehn Minuten extrem nervös. Sie machte Notizen, schüttelte immer wieder den Kopf, als wäre sie mit diversen Texten, die sie las, nicht einverstanden.

«Ja, bitte.» Valérie wandte sich ihr zu.

«Die Fingerabdrücke mögen übereinstimmen. Dies beweist jedoch nicht, dass Fox auch der Mörder ist.»

«Es gibt eine Verbindung zu Serina Dahlberg», meldete sich nun Louis zu Wort. «Noch kennen wir ihre aktuelle Adresse nicht, aber ihr Name taucht auf der Liste auf, die wir in Bezug auf die Mokka-Fahrer erstellt haben. Auf ihren Namen ist ein schwarzer Opel Mokka, Baujahr 2019, zugelassen. Niemand von den übrigen Mokka-Besitzern hat mit Fox zu tun. Natürlich sind es vorerst blosse Spekulationen, dass Fox Frau Dahlbergs Wagen dazu verwendet hatte, das Kreuz aus der Hurden-Kapelle zu holen. Ein dunkler Opel Mokka wurde allerdings auch im Zusammenhang mit dem Mord an Thomas Haltiner gesichtet.»

«Das sind zahllose Indizien», insistierte Oliwia Maria. «Noch haben wir kein echtes Motiv, von klaren Beweisen ganz zu schweigen. Und was sagt das schon aus, wenn Serina Dahlberg Fox kennt? Fox war mal ein Patient von ihr. Das muss Jahre her sein. Warum sollte er sich ihres Autos bedienen?»

«Vielleicht sind sie mehr als Patient und Therapeutin», fuhr Fabia dazwischen, die für Louis Stellung bezog.

«Die Fakten fehlen», sagte Oliwia Maria in einem unmissverständlichen Ton.

«Du hast mich nicht aussprechen lassen.» Louis blieb nach wie vor beherrscht. «Im Rahmen der Vermisstenmeldung von Armando Negroni haben wir eine Zeugenaussage. Eine Frau hat den Pfarrer am Tag, als er verschwand, am frühen Montagnachmittag des zwanzigsten Septembers, bei der Bushaltestelle ‹Alte Post› in einen schwarzen SUV einsteigen sehen.»

«Einsteigen?», fragte Oliwia Maria.

«Oder er wurde hereingerissen», sagte Louis. «Aus ihrer Perspektive war es schwierig, den Unterschied zu erkennen.»

«Das ist so», meldete sich der Kollege neben Louis. «Die Zeugin wurde mit verschiedenen Automarken, welche kleine Geländewagen im Programm haben, konfrontiert. Sie konnte den Mokka klar von den anderen Wagen unterscheiden.»

«Somit können wir erst heute von ein und demselben Fall sprechen», sagte Louis.

«Aufgrund eines schwarzen Mokkas?» Oliwia Maria war nicht einverstanden. «Das ist zu wenig Material.» Sie sah zu Valérie hinüber. «Du hattest gestern ein aufschlussreiches Gespräch mit Lazarus Kreienbühl.»

«Darauf wollte ich gerade zu sprechen kommen.» Valérie wechselte einen Blick mit Vischer. Seit Oliwia Maria im Team mitwirkte, hatte er sich rar gemacht. «Kreienbühl ist ein potenzielles Opfer. Der Täter wird zurückkommen. Deshalb mussten wir ihn unter Polizeischutz stellen.»

Oliwia Maria nickte. «Er wurde in seiner ‹Arbeit› gestört. Ich bin mir genauso sicher wie Valérie, dass er es noch einmal versuchen wird. Es gehört zu seinem Plan. Wir werden Kreienbühl weiterhin beaufsichtigen müssen. Auf diesem Weg könnte der Täter in die Falle tappen.»

«Ich habe Kreienbühl gestern Abend ein paar Fragen gestellt, die ihm nicht passten», fuhr Valérie fort. «Als der Name Armando Negroni fiel, klemmte er das Telefongespräch ab.»

«Du bist dann nach Einsiedeln gefahren.» Dies war eher eine Feststellung als eine Frage von Vischer.

«Ich fuhr ins Spital», antwortete Valérie. Zanetti war nicht erpicht darauf gewesen, Kreienbühl spätabends aufzusuchen. Selbst mit einer richterlichen Verfügung hätte Valérie den Patienten nicht einfach belästigen können. Schliesslich hatte Kreienbühl aber für ein Gespräch am Krankenbett eingewilligt. «Kreienbühl kannte Pfarrer Negroni. Anfang 1981 sei er ihm zum ersten Mal begegnet.»

«In welchem Zusammenhang?», fragte Louis.

«Darüber hat er fast nicht sprechen können.» Valérie erinnerte sich, wie Kreienbühl sich aufgeregt hatte, als der Name Negroni fiel. «Man habe den Pfarrer aufgrund eines Ereignisses von Einsiedeln nach Schwyz kommen lassen.»

Alle Augen waren auf sie gerichtet.

«Er sprach von einer Familie, die 1980 von Norditalien herkommend nach Schwyz gezogen war. Anscheinend sei die Frau schwer krank gewesen. Pfarrer Negroni, selbst ein Italiener, sei vom damaligen Pfarrer nach Schwyz gebeten worden. Lazarus Kreienbühl, der Italienisch als Freifach im Seminar gelernt hatte, wurde ebenfalls zugezogen. Er sagte, als Übersetzer. Kreienbühl hatte Mühe, über die damaligen Vorfälle zu sprechen. Pfarrer Negroni habe sich damals für einen Umzug der Familie von Schwyz nach Einsiedeln eingesetzt und in der Nähe des Etzelpasses ein kleines Haus für sie gefunden.»

«Wie lautet der Name der Familie?», fragte Fabia beiläufig.

«Den hatte er vergessen.»

«Gut, das sollte nicht schwierig sein, ihn herauszufinden», meinte Fabia. «Wenn die Familie illegal in Einsiedeln war, gibt es vielleicht Unterlagen über sie in Schwyz.»

«Warum illegal?» Louis verschränkte die Arme.

Fabia echauffierte sich. «Niemand kennt ihren Namen. Ist doch komisch, oder?»

«Hat Kreienbühl gesagt», wollte Oliwia Maria wissen, «um welches Ereignis es ging?»

«Nein», antwortete Valérie. «Er blockte ab.»

«Das ist unheimlich», fand Fabia. «Warum schweigen alle? Jemand muss doch Kenntnis davon haben.»

«Es gibt da noch etwas Erwähnenswertes.» Vischer hatte nun von allen die volle Aufmerksamkeit. «Ich habe mich über die Zeugin Chiara Cottichini schlaugemacht.»

Valérie hörte es zum ersten Mal. *Sie* hatte mit Chiara Cottichini gesprochen und keine Ahnung, weshalb Vischer ihr nichts von einer weiterführenden Recherche mitgeteilt hatte.

«Cottichini ist der Name ihres Ex-Mannes. Sie selbst hiess ledig Negroni.»

«Was?» Valérie renkte sich kaum mehr ein. «Hat sie etwas mit Pfarrer Negroni zu tun?»

«Armando ist der Bruder ihres Vaters.»

Valérie stiess Luft aus. Wie hatte sie es übersehen können? Dabei war sie sich bei der Befragung so sicher gewesen, dass mehr hinter ihrem angeblichen Buchprojekt steckte, als Chiara Cottichini erzählt hatte. Sie hätte darauf beharren müssen, sie vernehmungskonform auszuhorchen. Da sie lediglich als Zeugin galt, hatte Valérie sich zurückgehalten. Eine Geschichte mütterlicherseits? Vielleicht lief alles auf der Schiene ihres Vaters ab. War sie deshalb in der Schweiz geblieben? Hatte sie Dinge herausgefunden, die im Zusammenhang mit ihrem Onkel standen?

«Langsam lässt sich Vages erkennen», sagte Oliwia Maria. «In diesem Haus am Etzel muss etwas geschehen sein, in das Pfarrer Negroni, Dr. Haltiner und wahrscheinlich auch Lazarus Kreienbühl involviert waren.»

«Carla Benizio», sagte Valérie, «hat zudem in einem Schrank ein Kleidungsstück für ein vier- oder fünfjähriges Kind gefunden.»

«Das zeugt gewiss von einem grauenvollen Ereignis», bemerkte Fabia, «welches ein Kind erlebt haben musste.»

«Wie kommst du darauf?», fragte Louis. «Wegen ein paar zurückgelassener Hosen?»

«Stell dir vor … Zählen wir zu den fünf Jahren des Kindes, dem die Hose gehörte, vierzig Jahre dazu, kommen wir zum Alter von fünfundvierzig, was wiederum auf Elisha Fox zutrifft.»

Valérie sah Oliwia Maria an, dass sie mit dieser Aussage nicht einverstanden war. «Mir passen die Umsiedelung der Heiligen-statuen und all dem religiösen Gesocks nicht ins Bild», sagte sie prompt.

«*Wie* nennst du es?», fuhr Fabia empört dazwischen. «Wir sprechen hier von einem Heiligenbild und dem Kruzifix.»

«Entschuldige, es war nicht meine Absicht, dich zu verletzen.» Oliwia Maria schob ihre Brille ins Haar. «Noch fehlt uns der Konsens zu den drei ermordeten Männern. Ich befürchte, dass Thomas Haltiner eine Art Stellvertreter für seinen Vater war.»

«Das ist weit hergeholt», fand Louis.

«Ist nur mal ein lautes Denken.»

Sie befanden sich längst nicht am Ziel. Valérie verteilte neue Aufgabenblöcke, während sie auf das aufgeschlagene Bild des Kruzifixes aus der Hurden-Kapelle sah. Sie musterte den sterbenden Jesus und dachte an die Nacht des Karfreitags, an das Raffeln im Kirchturm, die mit violetten Tüchern abgedeckte Monstranz – an sämtliche Klischees, die ihr in den Sinn kamen, um dem Gott der Katholiken eine Gestalt zu verleihen. «Fabia, dir würde ich gern Chiara Cottichini übergeben. Vor dem Mittag findest du sie auf dem Etzel. Sie besucht dort um elf Uhr die Meinrad-Kapelle und geht mit ihrem Hund Gassi. Für die Frau ist es ein tägliches Ritual. Sprich sie auf ihren Verwandten an, auf ihr Buchprojekt und was dahintersteckt. Louis, du übernimmst Serina Dahlberg. Sie muss ja irgendwo sein. Und an alle: Elisha Fox und Pfarrer Negroni haben noch immer Priorität Nummer eins. Aber wenn wir Fox finden, finden wir möglicherweise auch den Pfarrer.»

Es klopfte. Die Sekretärin brachte einen Umschlag vorbei.

Valérie öffnete ihn. «Die Resultate aus dem Labor sind eingetroffen. Pfarrer Negronis Fingerabdrücke konnten im Haus auf dem Etzel sichergestellt werden.» Valérie stiess Atem aus. «Wenigstens haben wir nun Gewissheit.»

✳✳✳

Ob Fabia in Chiara Cottichini jemanden gefunden hatte, die ihre Ansichten über den christlichen Glauben teilte? Sie durfte sich nicht darüber äussern. Dennoch fühlte sie sich mit der Frau verbunden, als sie sich in der Kapelle Sankt Meinrad neben sie setzte. Das war sie also, von der Valérie behauptete, sie sei labil. Vielleicht war sie bloss sehr sensibel.

Fabia holte ihren Ausweis hervor und zeigte ihn. Sie befanden sich allein in der Kapelle, auf deren linken Altarseite der heilige Meinrad fehlte.

Chiara Cottichini warf Fabia einen gehetzten Blick zu. «Schon wieder Polizei? Was wollen Sie von mir? Und wie ist Ihr Name? Ich habe ihn nicht lesen können.»

«Fabia Ulrich», sagte sie und betonte stolz, «Leutnant der Kantonspolizei Schwyz. Mit Frau Lehmann haben Sie bereits gesprochen. Es gibt ein paar Fragen, die noch nicht geklärt sind. Zu diesem Zweck bitte ich Sie, mich vor die Tür zu begleiten.»

Chiara Cottichini erhob sich widerstandslos. Draussen wehte ein kühler Wind. Der Herbst hatte Einzug gehalten und zeigte dies in den bodennahen Nebeln, die sich wie Spinnweben über die Wiesen legten und das Grün verblassen liessen.

Kaum war die Tür hinter ihnen ins Schloss gefallen, preschte ein braun-schwarz-weisser Hund um die linke Ecke der Kapelle. Er war angebunden, was verhinderte, wie ein Berserker auf Fabia und Chiara Cottichini loszustürzen. Sie setzten sich auf die Bank, und Fay, deren Name gefallen war, renkte sich wieder ein, nachdem sie ein paar Streicheleinheiten bekommen hatte. Fabia liebte Hunde. Sie war auf einem Bauernhof im Bisistal geboren worden und mit Tieren aufgewachsen. Sie strich der Australian-Shepherd-Hündin über das glänzende Fell und kraulte ihr den Hals. Schnell hatte sie damit Chiara Cottichinis Empathie gewonnen.

«Was möchten Sie wissen, was ich nicht längst Ihrer Kollegin mitgeteilt habe?» Chiara Cottichini liess ihre Hündin von der Leine.

Fabia sah ihr nach, wie sie übermütig Richtung Restaurant rannte. «Wir arbeiten noch immer am gleichen Fall. Auf Einzelheiten darf ich nicht eingehen. Aber Ihr lediger Name ‹Negroni› taucht im Zusammenhang mit einem verschollenen Pfarrer auf – mit Armando Negroni. Wir wissen mittlerweile, dass er Ihr Onkel ist.»

«Armando, ja. Ich habe davon gelesen. Glauben Sie mir, ich weiss es auch erst seit gestern, dass er der gesuchte Pfarrer ist.»

«Von wem haben Sie es erfahren?»

«Aus der Zeitung, wie soeben gesagt.»

Fabia zweifelte an ihrer Aussage. «Dann darf ich es als Zufall bewerten, dass ausgerechnet Sie wegen des Kreuzes in der Kapelle an uns gelangt sind?»

«Ich kann Ihnen nicht folgen.» Chiara Cottichini unterstrich ihr Gesagtes mit einem verkniffenen Mund.

«Ihr Onkel, Frau Cottichini, umrankt ein grosses Geheimnis. Solange wir es nicht lüften, erschwert es uns die Möglichkeit, ihn zu finden. Und vielleicht ist es der Grund, weshalb er verschwunden ist.»

«Was weiss ich, wo er sich aufhält?»

«Nach den neuesten Ermittlungen wurde er entführt.» Fabia wandte ihren Blick nicht von der Frau ab. Diese war nervös, was Fabia an ihren fahrigen Bewegungen erkannte. «Können Sie mir etwas über ihn erzählen? Ihr Vater und er kamen 1957 mit Ihren Grosseltern, Frau Cottichini, in die Schweiz. Ihr Onkel studierte Theologie und wurde Priester. Was geschah mit Ihrem Vater?»

«Er ging 1960 zurück nach Bologna. Aber das ist gewiss nicht die Frage. Papà war ein guter Mensch. Armando besuchte uns sporadisch. Erst dadurch erfuhr ich, dass ich einen Geistlichen zum Onkel habe.»

«Geht es in Ihrem Buch um *diese* Familiengeschichte? War die mütterliche Seite ein Vorwand, um nicht zugeben zu müssen, dass Sie sich in Tat und Wahrheit mit der Familie Negroni befassen?»

«Wer hat Ihnen diesen Floh ins Ohr gesetzt?» Chiara Cottichini verdrehte die Augen.

Fabia wollte es nicht kommentieren. «Sind Sie wegen Ihres Onkels in der Schweiz geblieben?»

«Ihre Phantasie artet aus, Frau Ulrich.»

Fabia durfte nicht zu viel sagen. Dennoch hielt sie es für nötig, Chiara Cottichini in ihr Wissen einzubinden. «Im November 1981 geschah in einem Haus unweit von hier etwas Furchtbares, in das Ihr Onkel involviert war. Kennen Sie Details darüber?»

«1981, sagten Sie? Ich bin 1979 geboren. Ein weiterer Kommentar dazu erübrigt sich.»

«Falls Sie im Leben Ihrer Familie forschen, sind Sie vielleicht auch auf diese Geschichte gestossen. Wenn Pfarrer Negroni Sie besucht hat, wird er über gewisse Dinge gesprochen haben.»

«Ich weiss nicht, was Sie mit ‹gewisse Dinge› meinen.»

«Bitte, es ist wichtig. Das Leben Ihres Onkels könnte, falls er noch lebt, in grosser Gefahr sein.»

«Ich kann Ihnen nicht helfen, tut mir leid.» Chiara Cottichini erhob sich.

Fabia liess nicht locker. «Vielleicht haben Ihre Eltern später etwas darüber erzählt.»

Die Sekunden verstrichen. Chiara Cottichini stand unschlüssig da. Fabia sah ihr an, wie sie mit sich selbst kämpfte. An ihrer Hündin schien sie das Interesse verloren zu haben. Fay war zurückgekehrt und strich schwanzwedelnd um ihre Beine.

«Also gut, ja …» Sie seufzte tief und setzte sich wieder hin. «Es gab da mal etwas, über das hinter vorgehaltener Hand gesprochen wurde. Ich checkte es jedoch erst, als ich ein Teenager war. Armando zog sich wie ein rotes Tuch latent durch unseren Familienalltag. Meine Mutter ist eine sehr aufgeschlossene Frau. Sie hat in Mailand Wirtschaft studiert. Als sie meinen Vater kennenlernte, prallten zwei Gegensätze aufeinander. Die Familie meines Vaters ist streng katholisch, vor allem meine Grossmutter. Das färbte verständlicherweise auf ihre beiden Söhne ab. Wenn es nach ihr gegangen wäre, hätte mein Vater auch Priester werden sollen.»

Fabia nahm einen Schnellhefter aus ihrer grossen Tasche. Sie blätterte ihn durch, bis sie fand, wonach sie gesucht hatte. «Hier steht, dass Pfarrer Negronis Mutter, also Ihre Grossmutter, gebürtige Schweizerin ist.»

«Was hat das mit der Herkunft eines Menschen zu tun, wenn er ein Fanatiker ist?»

«War Ihre Grossmutter eine Fanatikerin?»

«Sie hat auch mein Leben geprägt.» Tränen kullerten ihr plötzlich über die Wangen.

«Deshalb diese Religiosität?» Fabia griff nach ihrer Hand. «Ich kann Sie verstehen. Ich bin auch katholisch aufgewachsen und bin ebenso wie Sie sehr gläubig. Ohne meinen Glauben hätte ich vieles nicht gemeistert in meinem Leben.» Fabia brach abrupt ab. Sich niemals über eigene Emotionen äussern war ein Gebot, das sie in den letzten Jahren verinnerlicht hatte. Sie hätte neutral bleiben sollen. Andererseits gewann sie Chiara Cottichinis Vertrauen, was ihr die Zunge lösen würde. «Erzählen Sie mir über Ihren Onkel.»

Chiara Cottichini lehnte sich zurück und liess ihren Blick über die mystisch angehauchte Landschaft schweifen. «Man sagte, dass er magische Kräfte habe und über Energien verfüge, mit denen er Menschen heilen könne.»

«Sie selbst haben es auch mitbekommen?» Fabia ahnte, dass sich hinter Chiara Cottichinis Worten etwas Tiefgründigeres verbarg.

«Nonna hatte mich eines Abends, als sie bei uns zu Besuch war, dabei ertappt, wie ich mich vor dem Spiegel in meinem Zimmer berührte und es dabei genoss. Sie hat nichts gesagt, nur gestarrt. Als Armando ein paar Tage später bei uns auftauchte, führte sie ihn zu mir. Ich gehe davon aus, dass sie ihn wegen dieses Vorfalls hat kommen lassen.»

Fabia fröstelte, während schreckliche Gedanken durch ihren Kopf jagten. «Was hat er mit Ihnen gemacht?»

Chiara Cottichini verbarg ihr Gesicht hinter den Händen. Das Schluchzen schüttelte ihren Körper durch. «Als ich Pino, meinen Ex-Mann, kennenlernte, krempelte ich mein Leben komplett um. Alles kehrte sich ins Gegenteil, als wäre es ein teuflischer Plan. Ich nahm Drogen, um das, was geschehen war, zu vergessen. Wir hatten auf einmal viel Geld und gaben es für alles Mögliche aus. Es war, als hätte ich mir mit dem Luxus eine neue

Seele kaufen können. Es ist mir tatsächlich gelungen … bis dass der Krebs kam.»

Fabia schwieg. Valérie hatte auch das in den Rapport geschrieben. Brustkrebs. Über diese Sache hatte Chiara Cottichini bei einem früheren Zeitpunkt bereits gesprochen. «Was hat Pfarrer Armando Negroni mit Ihnen gemacht?», wiederholte Fabia ihre Frage.

Chiara Cottichini streckte ihren Körper und wischte sich die Tränen aus dem Gesicht. «Er hat das Böse aus meinem Leib geholt.»

✳ ✳ ✳

Das psychiatrische Sanatorium «Anima Mea» lag an bester Lage über dem Vierwaldstättersee in der Nähe von Brunnen und war ein Bau aus der Jahrhundertwende. Die Fassade wie mit rosa Puder angehaucht, ein Turm, der das Satteldach optisch entzweite, und eine pompöse Terrasse rundeten das Harmonische dieser ausserordentlichen Architektur ab. Der weitläufige Park lud zum Verweilen ein. Im Hochsommer musste im Schatten alter Bäume ein wahres Paradies sein. Jetzt breiteten sich die Blätter, vom letzten Sturm fortgetragen, wie ein Teppich über die Wiese aus.

Louis fuhr über die Rampe der Zulieferung. Hinter der Klinik befand sich der Eingang. Er hatte Serina Dahlberg auf der «Ärzteliste» der Website gefunden und sich mit seinem Kollegen Leo auf den Weg gemacht. Er stellte seinen Wagen in der Nähe einer Betonmauer ab, welche einen grossen Parkplatz umschloss. Später läutete er an der verschlossenen Glastür, die augenscheinlich vor unbefugtem Zutritt schützen sollte. Louis vermutete, eher vor der Flucht von innen.

Das Foyer wirkte steril und der dunkelbraune Empfangstresen wie ein Schiffsrumpf auf gefliesten weissen Böden.

«Guten Tag, wie kann ich Ihnen helfen?», grüsste die Sekretärin, wahrscheinlich mit ihrem Standardsatz. Hinter dem schweren Möbel sah sie etwas verloren aus.

«Wir würden gern mit Frau Dr. Dahlberg sprechen.» Louis wies sich aus und nannte seinen Namen.

«Darf ich erfahren, in welcher Angelegenheit?»

«Das möchten wir ihr gern persönlich mitteilen.»

«Oh …» Die Sekretärin widmete sich dem Bildschirm ihres Computers. «Sie ist auf Station sechs. Aber da können Sie nicht einfach hin.»

«Bestellen Sie sie bitte an den Empfang.»

Die Sekretärin wählte eine Nummer auf ihrem Telefon. «Ich werde sie gleich herbeten.»

Louis ging Richtung Cafeteria, während sein Kollege beim Eingang stehen blieb. Es roch nach Kaffee. An den Tischen sassen wenige Leute. Klassische Musik berieselte den Raum.

Serina Dahlberg war von ausgemergelter dünner Gestalt, und sie hatte winzige Hände und vermutlich ebenso kurze Füsse. Vermutlich fand sie ihre Kleider in der Kinderabteilung. Dennoch ging von ihr etwas Energisches aus. Louis schätzte sie auf Mitte fünfzig. Ihr kurzes Haar, das einmal schwarz gewesen sein musste, wurde von silbergrauen Strähnen durchzogen. Ein gräulich blaues Augenpaar hatte sich auf Louis gerichtet, und er wusste nicht, ob sie ihn ansah oder durch ihn hindurch. Ihr Wesen war nicht zu fassen.

«Sie wollten zu mir?» Sie liess die Hände in den Taschen ihres Arztkittels verschwinden.

«Wir müssen Sie bitten, mit uns zu kommen.»

Ihr Mund öffnete sich, schnappte wieder zu. Sie sah aus wie ein Fisch mit Atemnot. «Mit welcher Begründung?»

Louis reichte ihr eine schriftliche Vorladung. «Wir hätten sie Ihnen gern zugesandt. Aber die Zeit eilt uns voraus. Bitte begleiten Sie uns auf den Sicherheitsstützpunkt. Wir werden Sie nach der Befragung zurückfahren.»

Sie las das Schriftstück. Ihre Augen weiteten sich. «Brauche ich einen Anwalt?»

«Wir werden Ihnen bloss ein paar Fragen stellen.»

«Dazu dieser Aufwand?» Serina Dahlberg runzelte die Stirn. «Kann ich mich wenigstens umziehen?»

«Sie haben sicher einen Mantel. Wenn Sie mir sagen, wo sich dieser befindet, wird ihn mein Kollege holen.»

Serina Dahlberg sträubte sich nicht dagegen. Sie hatte sicher gelernt, dass sich den Dingen zu widersetzen nichts brachte und sie die Lage abschätzen musste, bevor sie rebellierte. Sie meldete sich beim Sekretariat ab.

Auf dem Weg nach Biberbrugg sprach sie kein Wort.

Mit einer scharfen Bremsung fuhr Louis auf dem Gelände des SSB vor und wunderte sich, Carlas Kleinwagen anzutreffen. Er sah, wie sie ausstieg und stehen blieb.

Während Leo Serina Dahlberg zum Eingang begleitete, nahm Louis Carla zur Seite. «Was hast du hier zu suchen?» Er freute sich, sie zu sehen, fand den Moment jedoch nicht passend.

«Ich wollte dich zum Mittagessen abholen.»

«Das ist lieb von dir. Aber es geht jetzt nicht. Ich habe eine Befragung.»

«Die Frau dort?» Carla wies Richtung Eingang, hinter dem die Psychotherapeutin verschwand. «Die kenne ich.»

«Du kennst sie?» Louis war baff.

«Sie ist die Assistentin von Dr. Frigo, der in Einsiedeln als Psychiater praktiziert.»

«Du musst sie verwechseln. Sie ist eine Doktorin.»

Carla tippte sich mit dem Zeigefinger an die Stirn. «Mein Erinnerungsvermögen ist messerscharf. Sie hat mich letzthin in die Villa des Arztes gelassen, als ich ihn besuchte. Kommt dazu, dass man eine Physiognomie wie ihre nicht einfach vergisst. Sie sieht aus wie ein unterernährter Junge.»

«Hat sie ihren Namen genannt?»

«Nein, den allerdings kann ich dir nicht sagen.» Carla hängte sich bei ihm ein. «Soll ich uns einen Tisch in unserem Lieblingsrestaurant reservieren?»

‹Tut mir leid. Es geht nicht. Unser Fall fordert uns.»

«Hast du etwas dagegen, wenn ich allein hinfahre?»

Louis küsste sie auf den Mund. «Wir können heute Abend

etwas zusammen kochen», sagte er und wusste im selben Augenblick, dass es ein leeres Versprechen war.

∗

Valérie richtete das Mikrofon. Sie hatte vorgeschlagen, die Befragung von Serina Dahlberg zu übernehmen, während Louis das Protokoll führte. Er hatte Valérie über Carlas Feststellung vorab informiert.

«Frau *Dr.* Dahlberg.» Valérie hatte den Eindruck, vor einer Ausgehungerten zu sitzen. Nichts an ihr war weiblich. Ein ausgezehrtes Androgyn ohne Fett und Muskeln, mit Armen, die wie Tentakeln an ihr herabhingen. Über ein fahles Gesicht sträubten sich die Haare, waren an einigen Stellen ausgedünnt. «Wissen Sie, warum Sie hier sind?»

«Sie werden es mir sicher gleich sagen.» Serina Dahlberg liess ihren Blick pausenlos auf Valérie ruhen. Nichts schien sie aus der Fassung zu bringen.

«Sie sind als Zeugin hier. Wir ermitteln in einem Fall, in dem es um drei Morde geht, und im Fall einer vermissten Person. Der Kreis der Verdächtigen zieht sich enger um einen Ihrer ehemaligen Patienten.»

«Ist das die Ausgangslage?» Serina Dahlberg hinterliess einen ruhigen Eindruck, doch der Schein täuschte darüber hinweg, dass sie sehr nervös war. Sie riss Häutchen an ihren Fingernägeln auf.

«Sie praktizierten bis 2002 in der Klinik von Professor Joller in Lachen. Ist das richtig?»

«Bis 2005. Ich verliess die Klinik, als der Nachfolger von Professor Joller, sein Sohn übrigens, ohne meine Hilfe die Klinik weiterführen konnte.» Dabei ging ein Ruck durch ihren Körper.

«Das war vor sechzehn Jahren. Wohin gingen Sie danach?»

«Ich war fünf Jahre im Schwarzwald und drei Jahre am Bodensee. 2013 kehrte ich in die Innerschweiz zurück. Seit acht Jahren praktiziere ich als Psychotherapeutin im Sanatorium ‹Anima Mea› in Brunnen.»

«Wie kommt es, dass Sie gleichzeitig bei Dr. Frigo angestellt sind – als Arztgehilfin?»

Es war ein kaum wahrnehmbares Flackern in ihren Augen, welches eine erste Unsicherheit verriet. Serina Dahlberg schluckte leer, doch dann schien sie sich zu sammeln. «Dr. Frigo befindet sich mitten im Aufbau seiner eigenen Klinik. Ich habe mich bei ihm beworben und arbeite heute schon vierzig Prozent bei ihm, betreue auch Patienten von ausserhalb. Aber das soll vorerst nicht an die grosse Glocke gehängt werden.»

«Und warum Praxisassistentin und nicht Psychotherapeutin im Ärzteteam?» Valérie wies auf die ausgedruckte Website des Sanatoriums «Anima Mea». «Sie sind unter den Ärzten aufgeführt.»

Serina Dahlberg räusperte sich. «Noch halte ich mich im Hintergrund.»

«Weiss die Führung des Sanatoriums über Ihre zweigleisige Tätigkeit?»

«Selbstverständlich.»

«Auf Ihren Namen, Frau Dr. Dahlberg, ist ein Fahrzeug der Marke Opel Mokka zugelassen.»

«Ein zuverlässiges Auto.» Über ihr mageres Gesicht huschte ein Lächeln, was sie unwesentlich schöner machte.

«Sind Sie die einzige Person, die den Wagen fährt?»

Ihr «Ja» kam mit Verzögerung.

«Haben Sie den Schlüssel bei sich?»

«Zufällig in meiner Manteltasche.» Serina Dahlberg legte ihn unaufgefordert auf den Tisch, wo ihn Louis entgegennahm. «Er steht auf dem Parkplatz vor dem Sanatorium.»

Louis verschwand vor die Tür.

«Wir müssen Ihr Auto auf Spuren untersuchen. Wir haben verschiedene Hinweise, dass Ihr Mokka im Zusammenhang mit den Verbrechen steht, in denen wir ermitteln.»

«Wie ist das möglich?»

«Kennen Sie Elisha Fox?»

Ein Hauch von Röte überzog ihr Gesicht. «Er war mein Patient in Lachen.»

«Wie war er?»

Serina Dahlberg zog die Augenbrauen hoch und räusperte sich erneut. «Das fällt unter meine ärztliche Schweigepflicht.»

«Wir werden Sie davon entbinden müssen, wenn Gefahr für Leib und Leben besteht.»

«Dann werde ich eine entsprechende Anweisung gern abwarten.»

«Es geht um einen Dreifachmord», sagte Valérie leicht perplex. Sie hatte keine andere Antwort, so doch etwas mehr Verständnis erwartet. «Um einen versuchten Mord und um eine Entführung. Sagt Ihnen der Name Armando Negroni etwas?»

«Nein, nie gehört. Wer soll das sein?»

«Er ist der vermisste Pfarrer.»

Valérie war nicht zufrieden. Als es klopfte und Louis zurückkam, war sie erleichtert. «Der Mokka wird vom KTD in Brunnen abgeholt», sagte er und legte zwei Bescheinigungen auf den Tisch.

Valérie griff danach, las sie durch, war überrascht, wie schnell der Richter entschieden hatte. Sie wandte sich an Serina Dahlberg. «Sie müssen uns alles, was Sie über Elisha Fox wissen, erzählen. Sie können es gleich tun, oder wir geben Ihnen einen neuen Termin.»

Serina Dahlberg stiess sichtlich verärgert Luft aus. «Wegen dieses Wischs?» Sie deutete auf das Blatt Papier, überlegte sich augenscheinlich, dass es wenig Sinn hatte, sich zu wehren, und stiess genervt Atem aus. «Gut, fragen Sie. Dann habe ich es hinter mir.» Von ihrer Beherrschung war nichts mehr zu spüren.

«Vorab ein paar Fragen zu Ihnen. Wo waren Sie am Freitag, den siebzehnten September? Eine Gedankenstütze, es war zwei Tage vor dem Eidgenössischen Bettag.»

Serina Dahlberg holte ihr Handy aus der Tasche, tippte den Kalender an und wischte mit dem Finger darüber. «Ich befand mich im Haus von Dr. Frigo und half ihm, die Bibliothek zu gestalten.»

«War jemand bei Ihnen?»

«Nein, ich war den ganzen Tag allein. Ich staubte Bücher ab und ordnete sie nach Alphabet und Zugehörigkeit ein.»

«Wo befand sich zu der Zeit Ihr Wagen?»

Kleine Pause. «Vor der Villa.»

«Hatte jemand anderer einen Schlüssel dazu?»

Stille. «Nicht, dass ich wüsste.»

«Seit wann sind Sie bei Dr. Frigo … beschäftigt?»

Ein wiederholtes Zögern. «Seit einem Jahr.»

«Kennen Sie seine Patienten?»

Serina Dahlberg liess ein paar Sekunden verstreichen. «Ja, ich kenne sie. Ich führe die Patientenakten.»

«Elisha Fox?»

«Was ist mit ihm?» Serina Dahlberg verschränkte ihre dünnen Arme, was ihr das Aussehen eines Insekts verlieh. Ihr von Natur aus blasser Teint hatte die Farbe von einem weissen Laken angenommen.

«Welche Krankheitsdiagnose hatte er, als er unter Ihre Obhut kam?»

«Er litt unter einer Psychose.»

«Erklären Sie es mir?»

«Er hatte die typischen Symptome, wie paranoides Wahnerleben. Oder Halluzinationen. Es sind Sinneswahrnehmungen ohne reale Reizgrundlage. Der Verdacht bestand, schizophren zu sein. Er wurde mit Medikamenten therapiert. Nach zwei Jahren entliessen wir ihn. Er musste die Medikamente unter Beaufsichtigung seines Hausarztes weiter einnehmen. Später kam er zu uns zurück, und wir versuchten ihn im Rahmen einer Eingliederung in unsere Arbeitswelt aufzunehmen. Er arbeitete als Hilfspfleger in seiner vertrauten Umgebung. Als ich die Klinik verliess, verlor ich ihn aus den Augen.»

«Sie haben nie wieder etwas von ihm gehört?»

«Nein.»

::*

«Das Motiv muss Rache sein», sagte Fabia überzeugt.

Valérie wollte dies noch vorsichtig in den Mund nehmen. Sie hatten sich zu einer weiteren Teamsitzung an diesem Freitag eingefunden. «Noch wissen wir nicht, wo sich Elisha Fox aufhält. Seine ehemalige Mentorin konnte es mir nicht sagen. Ihr Auto befindet sich beim KTD.»

«Und wenn sie lügt?» Fabia steckte sich einen Kaugummi in den Mund.

«Warum sollte sie lügen?», fragte Valérie. «Solange wir keine übereinstimmenden Spuren sichergestellt haben, wird es schwierig sein, ihr etwas nachzuweisen.»

«Und falls es Spuren im Auto gibt?» Fabia liess keine Ruhe, und fast unverschämt kaute sie den Gummi.

«Warten wir die Resultate ab», sagte Valérie. «Vorher können wir nur spekulieren.»

«Als hätten wir es nicht schon immer getan.» Fabia blies den Kaugummi zu einem Ballon auf, bis dieser platzte.

«Hast du eine bessere Idee?» Louis vermochte Fabias zynische Bemerkung offenbar nicht nachzuvollziehen.

«Hier steht», Oliwia Maria verwies auf das neueste Protokoll, «dass Elisha Fox unter einer Psychose litt. Vielleicht wiederholt sich alles.»

«Passt», fuhr Fabia ihr über den Mund. «Er hat während seiner psychotischen Schübe Menschen getötet. Er rächt sich, weil er als Kind missbraucht wurde.»

«Du bringst etwas durcheinander.» Oliwia Maria liess sich augenscheinlich nicht aus der Ruhe bringen. Sie sah die Sachlage aus zwei Perspektiven – aus der Sicht der Psychologin und der der Fallanalytikerin. «Noch wissen wir nicht, was genau im Haus auf dem Etzel passiert ist. Halten wir uns an die Faktenlage. Bekannt ist, dass im November 1981 in diesem Haus eine Frau unter unerklärlichen Umständen gestorben ist. Da es keine Patientenakte von ihr gibt, kennen wir ihre Krankheit nicht. Dr. Haltiner und Pfarrer Negroni waren mit grosser Wahrscheinlichkeit in die Geschehnisse involviert. Eventuell auch der ehemalige Lehrer Lazarus Kreienbühl. Henry Vischer besucht ihn gerade. Ich habe mit dem behandelnden Arzt vereinbart, dass er Kreienbühl eine weitere Nacht im Spital behält, in der Hoffnung, dieser redet endlich. Falls, was Fabia vermutet, Elisha

Fox Zeuge von etwas Furchtbarem geworden und er der Sohn der namenlosen Familie ist, besteht tatsächlich die Möglichkeit, dass er sich rächt.»

«Aber?» Fabia war nicht zufrieden.

Valérie hätte sie gern in ihre Schranken gewiesen. So aufgebracht hatte sie sie seit Längerem nicht mehr erlebt. Grund war wohl der Druck, der momentan auf allen lastete. Der eine konnte besser, der andere schlechter damit umgehen.

«Mir passt das Bild der Psychose nicht zum kaltblütigen Mord.» Oliwia Maria sah nachdenklich an die Pinnwand mit den Fotos. «Es muss etwas viel Perfideres dahinterstecken. Vischer ist gleicher Meinung. Also sollten wir das Resultat seines Gesprächs abwarten.»

«Parallel dazu würde ich mir gern einmal die Klinik von Dr. Frigo ansehen.» Valérie sah auf die Armbanduhr an ihrem rechten Handgelenk. Halb vier. Sie wandte sich an Fabia. «Begleitest du mich?» Sie hielt inne. «Und bitte, Louis, kläre ab, in welcher Klinik im Schwarzwald und am Bodensee Serina Dahlberg gearbeitet hat. Dann brauchen wir ihr Handy und … nochmals eine Befragung von Mathilda Kälin. Ich bin mir sicher, sie hat uns noch nicht alles gesagt, was sie weiss.»

∗ ∗ ∗

Die Tür quietschte in den Angeln. Der Ton ging ihm durch Mark und Bein. Es hörte sich wie das Aufziehen eines Fallbeils an, und einen Moment glaubte er, die letzte Stunde seines Daseins sei angebrochen.

Armando fühlte sich unwesentlich kräftiger. Er hatte gegessen, Fleisch und Gemüse. Einmal hatte er sogar ein Glas Wein bekommen. Nichts hatte einen Sinn.

Unter dem Türrahmen erschien der Fremde.

«Bald kannst du mitkommen», sagte er, mit einer Stimme, die Armando nicht kannte. «Es ist so weit. Die Dinge sind bereitgestellt. Wie damals. Erinnerst du dich? Wir werden das Ritual durchführen, wie du es getan hast. Nur werden wir allein sein.

Du und ich. Ich werde dir assistieren. Wir werden es gemeinsam tun.»

Die Gestalt verschwand, das Rauschen des Umhangs, das Licht von draussen. Der Geruch nach Weihrauch blieb zurück.

Armando ging zur Tür. Es musste einen Weg geben, um dem Schrecklichen zu entkommen. Verzweifelt versuchte er, sich gegen das Türblatt zu stemmen. Es war genauso zwecklos wie die Meinung, hinter den Holzbrettern an der Wand ein Fenster zu finden. Er hatte sich die Finger blutig gekratzt, als er damit begonnen hatte, die Beschläge wegzureissen.

❊ ❊ ❊

Valérie liess den Streifenwagen durch die Allee gleiten wie ein Boot über einen Kanal. Zwischen hohen Pappeln hindurch. Durch einen Tunnel farbiger Blätter, an dessen Ende eine altertümliche Villa in die Höhe wuchs. Im diesigen Licht des vergehenden Tages wirkte sie wie ein verwunschenes Schloss aus dem Mittelalter. Carla hatte sie ihr freundlicher beschrieben. Vielleicht aber lag es an diesem schlechten Wetter, das nicht enden wollte.

«Sieht krass aus», fand auch Fabia. «Und das soll eine Klinik für psychisch Kranke werden? Ha, da kommt man als Gesunder an und verlässt sie als Kranker.»

«Ist sicher aufwendig, ein solches Anwesen instand zu halten. Es soll unter Denkmalschutz stehen.»

«Erstaunlich, für was die Leute sich begeistern und Geld ausgeben.» Fabia drückte die Nase an der Windschutzscheibe platt. «Wollen wir dort wirklich hinein?»

Valérie parkte schmunzelnd unterhalb der Treppen, die linksund rechtsseitig auf eine Terrasse führten. Sie kannte Fabias Hang zur Phantasie und dass ihr diese oft im Weg stand, wenn es galt, Entscheidungen zu fällen. Sie stellte den Motor ab und sah die Fassaden hoch. Hinter den mit Sprossen versehenen Fenstern war es dunkel. Das Haus schien unbewohnt, fast abweisend. Valérie und Fabia stiegen aus. Valérie läutete auf der angebrachten Sonnerie.

Gefühlte fünf Minuten warteten sie auf Einlass.

«Meinst du, er ist zu Hause?» Fabia vermochte nicht, still zu stehen. Sie schritt die Rabatte ab, die sich an der Eingangsseite befand. Die Blumen waren einem hartnäckigen Unkraut gewichen. Die kraftlosen Astern und Dahlien lösten sich in dessen Schatten auf und kämpften vergebens für ihre Daseinsberechtigung. «Da müsste wieder mal ein Gärtner her.»

Der Mann stand plötzlich da. Er hatte die Tür geöffnet und füllte den Rahmen in der Grösse fast aus. Auf seinem Gesicht standen Verwunderung und ein Anflug von Lächeln.

«Valérie Lehmann, meine Kollegin Fabia Ulrich. Wir sind von der Schwyzer Kantonspolizei. Sie sind sicher Dr. Frigo.» Valérie wies sich aus.

«Was verschafft mir die Ehre?» Ein humorvoller Mensch. Er musterte die Besucherinnen. «Ja, der bin ich. Bitte treten Sie ein. Erschrecken Sie nicht. Ich befinde mich mitten im Umbau. Aber es braucht Zeit. Und ehrlich gesagt, habe ich, was das betrifft, zwei linke Hände.»

«Es gibt gute Bauunternehmen», sagte Fabia, nicht auf den Mund gefallen.

Valérie konnte ihre Gedanken nachvollziehen und grinste in sich hinein.

«Für das Gröbste habe ich einen guten Architekten», sagte Frigo. «Aber die Feinarbeit erledige ich gern selbst.» Womit er sich gerade widersprach.

«Wir halten Sie nicht lange auf», sagte Valérie. «Wir möchten bloss ein paar Auskünfte.»

‹Treten Sie ein›, forderte er sie zum zweiten Mal auf, ohne nach dem Grund zu fragen.

Der Lüster über ihr fiel ihr zuerst auf. Der Staub an den Glasfragmenten schien das Licht zu schlucken. Die Möbel wirkten schwer und verbreiteten eine depressive Stimmung. An den dunklen Wänden hingen Bilder aus einer Zeit, in der man die Porträts der Ahnen gern präsentiert hatte. Heute verströmten sie nicht einmal den Glanz der einstigen Hochblüte.

«Wie Sie sehen, ist noch viel zu tun.» Frigo ging voraus in

einen Raum, der einst ein Gesellschaftszimmer gewesen sein musste. Hier hatte er sein Büro und die Bibliothek untergebracht. Mit Büchern, die Serina Dahlberg sortiert haben musste.

Frigo schwang sich hinter sein pompöses Pult im altenglischen Stil. «Was möchten Sie von mir erfahren? Nehmen Sie bitte Platz.» Er wies auf zwei Sessel.

Valérie und Fabia blieben stehen.

«Wir haben Frau Dr. Dahlberg kennengelernt.» Valérie beobachtete ihr Gegenüber, das keine Anzeichen von Überraschung zeigte. «Ihre gute Seele.»

«Ein grosses Glück, dass wir uns begegnet sind. Sobald die Villa renoviert ist, werden wir die Klinik gemeinsam eröffnen.»

«Sie war einst die Mentorin von Elisha Fox. Sagt Ihnen der Name etwas?»

«Selbstverständlich. Er ist einer meiner stationären Patienten.»

Valérie sah sich instinktiv um. «Sie beherbergen Patienten?»

«Die schwierigsten Fälle. Menschen, die sonst nirgends sein können.»

«Frau Dr. Dahlberg sagte uns überdies, dass sie die Patientenakten führe. Von Elisha Fox wusste sie nichts. Sie weiss nicht, dass er hier ist?»

«Gut möglich, dass er noch nicht eingetragen ist.» Valérie fiel sein Zögern auf. Er hatte seine Stirn in Falten gelegt, schien zu überlegen. «Er ist seit einem halben Jahr bei uns. Ich gebe zu, dass mir der Umbau über den Kopf wächst. Dann vergesse ich, Akten zu kontrollieren. Ich werde mich diesem annehmen und Serina darauf hinweisen.» Er legte eine Pause ein. «Sie arbeitet erst vierzig Prozent bei mir. Ihr und Elishas Weg müssen sich noch nicht gekreuzt haben.»

«Befindet er sich zurzeit im Haus?»

«Elisha? Ich glaube nicht. Ich habe ihn am Nachmittag weggehen sehen. Bislang ist er nicht zurückgekehrt. Sie sind Polizistinnen? Liegt etwas gegen ihn vor?»

«Ist es möglich, uns sein Zimmer anzusehen?», fragte Fabia.

Frigo stemmte sich an der Seitenlehne des Stuhls ab und

erhob sich. «Wenn es Sie nicht stört, durch eine halbe Baustelle zu gehen. Bitte, folgen Sie mir.»

Wenn alles einmal renoviert und hell gestaltet war, würde das Positive in die Mauern zurückkehren, war sich Valérie sicher. Noch bewohnten die Geister der Vergangenheit die langen Korridore, das düstere Treppenhaus, welches drei Stockwerke nach oben führte. Lange, unheimliche Schatten verschlangen Ecken und Nischen. Die Türen zu den Zimmern waren geschlossen, und Valérie rätselte, was sich dahinter verbarg. Die alte Villa vergrub längst vergessene Geschichten und Schicksale. Schlimmes und Schönes, Erfreuliches und Betrübtes. Hätten die Wände bloss sprechen und das verlautbaren können, was sie in den Jahrzehnten gehört und mitbekommen hatten. Kinderlachen vielleicht, das Stöhnen sterbender Menschen. Weinen und Singen, Streit und Versöhnung.

«So, da wären wir.» Frigo klopfte an. Dann öffnete er einen Spaltbreit die Tür, spähte hinein. «Er ist nicht da.»

«Vielleicht ist er essen gegangen», sagte Fabia.

«Wir haben eine eigene Küche», erwiderte Frigo. «Serina und ich wechseln uns beim Kochen ab. Manchmal kocht auch Elisha, wenn er möchte. Unser Ziel ist es, ihn in den Alltag einzugliedern.»

Valérie stutzte. Jemand log, das war nun offensichtlich. Frigo oder Dahlberg. «Sie sagen, dass Sie gemeinsam kochen. Dann müsste Frau Dahlberg Elisha Fox begegnet sein.»

«Tut mir leid, da kann ich Ihnen nicht weiterhelfen. Es kommt selten vor, dass ich koche. Kann sein, dass dann nur Elisha am Tisch sitzt ...» Dr. Frigo beendete den Satz mit einem tiefen Seufzer.

Er berief sich wenig später auf das Arztgeheimnis und stellte die Frage, die Valérie längst erwartet hatte. «Warum interessieren Sie sich so für Elisha Fox?»

«Er ist der Hauptverdächtige in einem Mordfall.» Valérie betrat das Zimmer.

Alles, was sich hier befand, schrie den Schmerz eines Gepeinigten hinaus. Ein altes Bett, eine Kommode, ein Schrank, der in einem Antiquitätengeschäft die bessere Falle gemacht hätte. Ein Pult und davor ein Holzstuhl in der Art, wie er heute von Liebhabern solcher Möbel gesucht wurde. Das kleine TV-Gerät wirkte deplatziert. Valérie entnahm ihrer Jackentasche ein paar Vinylhandschuhe. «Darf ich?» Sie hatte den Griff der Schublade bereits in der Hand, als Frigo sie auf die richterliche Durchsuchungsbescheinigung aufmerksam machte. Fabia ihrerseits liess ein Papier aus der Kommode in ihrer Tasche verschwinden. Frigo hatte es nicht bemerkt.

«Ihnen ist hoffentlich bewusst, dass wir dann mit einem Grossaufgebot von Polizisten hier eintreffen werden, falls der Richter grünes Licht gibt.»

«Man soll sich nicht gegen die Staatsgewalt wehren.» Frigo setzte eine versöhnliche Miene auf. «Mord, sagten Sie?»

«Sie haben sicher davon gelesen.» Fabia hatte sich an die Wand neben dem Bett gelehnt. «Die Medien haben es lang und breit geschlagen.»

«Elisha steht in Verdacht, damit etwas zu tun zu haben?» Frigos Stimme verlor an Resonanz. «Es ist schwierig, sich das vorzustellen. Was kann ich tun?»

«Rufen Sie uns an, sobald er zurück ist», sagte Fabia.

«Oder haben Sie eine Ahnung, wo er sich aufhalten könnte?», fragte Valérie.

«Nein, tut mir leid. Er ist ja nicht interniert. Ich kann ihn nicht einsperren. Er *muss* unter die Menschen gehen.»

«Ist Ihnen in letzter Zeit aufgefallen, dass er sich verändert hat?» Valérie hatte von diesem Besuch mehr erwartet.

«Der Heilungsprozess wird dauern», wich Frigo der Frage aus. «Wir tun unser Bestes.»

«Wissen Sie, wo Elisha Fox war, bevor er zu Ihnen gekommen ist?» Valérie liess Dr. Frigo nicht aus den Augen. Der Arzt kam ihr je länger, desto undurchschaubarer vor. «War er in anderen Kliniken?»

«Ich gehe davon aus.»

«Aber Sie wissen es nicht.»

«Nein. Wenn Patienten zu mir kommen, so untersuche ich

sie unvoreingenommen. Alles andere würde mich in meiner Diagnose beeinflussen.»

Valérie ging in den Korridor. «Kann es sein, dass sich Elisha Fox das Auto von Dr. Dahlberg ausgeliehen hat?»

«Das müssten Sie meine Kollegin selbst fragen. Ich habe keine Ahnung.»

«Wie denn?», flüsterte Fabia. «Sie weiss nicht einmal, dass Fox hier ist. Aber ich glaube, *sie* hat uns angelogen.»

Später sassen sie im Auto und schauten einander eine Weile schweigend an, bis Fabia das Schweigen brach. Sie holte die Notiz aus ihrer Tasche, die sie in Elisha Fox' Zimmer eingesteckt hatte. Sie faltete das Papier auf ihren Knien auseinander. «Sieh dir das an. Was ist das?»

«Du hast es heimlich eingesteckt?» Valérie griff nach dem Zettel, der sich von selbst wieder zusammenrollte. Sie fuhr mit dem Finger darüber. Die erste senkrechte Linie enthielt die Zahlenfolge von eins bis sechs. In der zweiten Linie erschienen unterschiedliche Zahlen, auch zweistellige.

«Fünfzehn, zehn, neun, achtzehn, eins, dreizehn. Hm, sieht nach einer Nummerierung aus. Aber wovon?»

«Was wissen wir, was in einem kranken Gehirn vor sich geht? Komisch ist es schon. Der Zettel lag auf einer Peitsche. Diese hatte ich just bemerkt, als ich nach dem Papier griff.»

«Eine Peitsche? Sonderbar.» Valérie rollte den unteren Streifen auf. «Was steht darunter? ‹Satan wird entlarvt›.»

«Das ist unheimlich», sagte Fabia und bekreuzigte sich.

Valérie durchfuhr ein Stromstoss. Fabias Reaktion erschreckte sie.

«Was ist?» Fabia legte die linke Hand aufs Herz. «Weil ich das Kreuzzeichen mache? Dem Bösen kann man nur so entgegenwirken.»

VIERZEHN

Der erste Anruf an diesem Samstagmorgen kam von Henry Vischer auf ihr iPhone.

«Bist du im Büro?», fragte er.

«Seit sieben Uhr.» Valérie hatte eine unruhige Nacht hinter sich. Die Begegnung mit Dr. Frigo hatte sie lange beschäftigt, und Fabias Reaktion auf den sonderbaren Zettel war ihr ziemlich eingefahren. Valérie konnte von sich behaupten, dass sie eine Realistin war, obwohl sie sich manchmal von ihrem Bauchgefühl leiten liess. Doch seit gestern fühlte sie sich wie paralysiert. Fabias Verhalten liess sie nicht kalt.

«Leider war es nicht möglich, mit Lazarus Kreienbühl zu sprechen.»

Valérie kehrte in die Gegenwart zurück. «Gab es einen Zwischenfall?»

«Kann man so sagen. Gemäss seinem behandelnden Arzt hatte er ein Blutgerinnsel, ausgelöst durch den Schlag auf den Hinterkopf. Sie mussten ihn ruhigstellen.»

«*Merde*, das hat uns gerade noch gefehlt.» Valérie startete ihren PC auf. «Weisst du, wann wir mit ihm reden können?»

«Wir werden benachrichtigt. Vorerst bleibt er im Spital.»

«Warum fiel das nicht früher auf? Mir schien Kreienbühl sehr normal zu sein, als ich mit ihm sprach.»

Vischer wusste darauf keine Antwort, und Valérie beendete frustriert den Anruf.

Sie hatte sich an das beklemmende Gefühl gewöhnt, dass nie etwas reibungslos ablief, als wäre es ein Naturgesetz. Kaum meinte sie, sich auf einem Hoch zu befinden, kamen die Rückschläge. Hatte sie etwas Wichtiges übersehen? Sie wählte Oliwia Marias Nummer. Ihre Kollegin musste bereits auf dem SSB sein. Sie gehörte wie Valérie zu den Frühaufstehern.

«Valérie, guten Morgen. Ich hoffe, du hast besser geschlafen als ich.»

«Dann haben wir etwas gemeinsam.»

Oliwia Maria quittierte dies mit einem Lachen, welches langsam abklang und einer ernsten Stimme Platz machte. «Hast du das von Kreienbühl gehört?»

«Ja, leider. Ich bedaure es zutiefst, dass ich nicht mehr aus ihm herausgebracht habe, als er einigermassen bei Verstand war. Wir müssen heute dringend mit der Fahndung nach Elisha Fox raus. Er ist spurlos verschwunden. Bislang hat mich Dr. Frigo nicht angerufen. Aber ich werde nachfragen.»

«Bist du okay?» Oliwia Maria klang besorgt.

«Ich weiss nicht. Etwas ist in der Luft, was ich nicht greifen kann. Fabia und ich waren gestern bei Frigo in Einsiedeln. Elisha Fox ist sein Patient. Obwohl Selina Dahlberg unter demselben Dach arbeitet, will sie nichts von Fox wissen. Ich habe kein gutes Gefühl. Entweder will Frigo nicht, dass Selina Dahlberg von seinem Aufenthalt erfährt, oder sie lügt wie gedruckt.»

«Du glaubst, Frigo will Elisha schützen?»

«Du kennst das doch. Für einen Psychiater ist der schlimmste Mörder ein Mensch, den man therapieren kann. Vielleicht will der Arzt uns etwas beweisen.»

«Falls Elisha Fox der Täter ist, den wir suchen, wird Dr. Frigo kaum etwas über seine Verfehlungen wissen. Sollte er in Erfahrung bringen, dass sein Patient Menschenleben auf dem Gewissen hat, muss auch er es der Polizei melden. Arztgeheimnis hin oder her.»

«Du gehst davon aus, dass er keine Ahnung davon hat?» Valérie konnte es nicht nachvollziehen. «Bist du jetzt im Haus? Ich möchte dir etwas zeigen.»

«In fünf Minuten kann ich bei dir sein.»

☆☆☆

Es war Nacht. Es war Morgen oder Mittag. Es konnte alles sein. Armando hatte geschlafen, sich keiner Zeit bewusst. Selbst die innere Uhr lief falsch. Er fühlte sich schwach und krank und wurde von einem starken Husten geplagt. Als die Tür aufging, schrak er hoch. Heute würde er zum Henker geführt werden. Es musste einen Grund geben, weshalb er hier war, in diesem Keller, der ob seiner Ausscheidungen so fürchterlich stank, dass es ihm den Atem raubte. Stechend scharf stieg der Geruch nach Urin und Kot in seine Nase. Er kannte es. Die Erinnerung daran kehrte mit jeder Minute, die er länger in diesem Loch steckte, mit aller Wucht zurück.

Der Fremde trat auf ihn zu. Er hatte ein Tuch in den Händen, das er einrollte und ihm über die Augen um den Kopf band. Armando brauchte nicht zu fragen, was nun mit ihm geschehen würde. Der Mensch, der ein Ungeheuer war, würde ihn aus dem Keller führen und zum Schafott bringen.

Armando betete.

«Sei still.» Er zog ihn mit sich, vermutlich aus dem Keller, denn es wurde wärmer.

«Wirst du mich töten?» Armando fühlte zum ersten Mal Gleichgültigkeit. Andererseits war die Sehnsucht nach Sterben noch nie so intensiv gewesen.

Sie gingen über eine Treppe. Es roch sonderbar, wie ein Korken eines verdorbenen Weins oder in einem feuchten, ungelüfteten Raum. Eine Tür fiel ins Schloss.

«Zieh dich aus», befahl der Fremde.

Armando vernahm ein Plätschern wie der Wellenschlag an einem Kieselstrand. Wo immer er sich befand, der Geruch, der ihn jetzt umgab, war angenehm, fast lieblich in seiner Art. «Warum soll ich mich ausziehen?»

«Ich habe dir ein Bad einlaufen lassen. Du sollst rein sein, wenn du das Ritual vollziehst.»

«Grosser Gott, vergib mir meine Sünden.» Armando zog sich langsam aus.

✳✳✳

Es klopfte. Oliwia Maria steckte den Kopf durch den Türspalt. «Kann ich reinkommen?»

«Ich habe dich erwartet.» Valérie sah kurz auf.

«Hm ... Es duftet nach Kaffee. Darf ich?» Oliwia Maria schritt zur Kaffeemaschine und bediente sich. «Die Fahndung ist gestern raus. Gian Luca wollte nicht länger warten.»

Valérie schluckte leer. Sie mochte es nicht, wenn Caminada Entscheidungen traf, ohne sie zu informieren, zumal sie ihn in den letzten Tagen nur ab und zu gesehen hatte. Für Diskussionen hatte er keine Zeit gefunden.

«Was wolltest du mir zeigen?» Oliwia Maria kam mit der vollen Kaffeetasse zum Pult.

«Das hier.» Valérie legte die Notiz aus Fox' Zimmer vor sich hin. «Ein Rätsel, das wir in der Kommode von Elisha Fox gefunden haben.»

«Du hast es einfach mitgenommen?»

«Mir ist klar, dass es als Beweismittel nicht gilt.»

«Ich gehe davon aus, dass nicht *du* den Zettel eingesteckt hast ...»

Valérie lächelte in sich hinein.

«... und du deinen Rücken hinhältst für die Verfehlungen anderer.»

«Ich will es nicht kommentieren.» Valérie wies nochmals auf den Zettel. «Weisst du, was diese Zahlen bedeuten?»

«Fünfzehn, zehn, neun, achtzehn, eins, dreizehn. Kaum Geburtsdaten.» Oliwia Maria schüttelte den Kopf, begann von unten. «Dreizehn gilt als Unglückszahl. Eins? Keine Ahnung. Achtzehn? War nicht der Brand in der Hurden-Kapelle an einem achtzehnten?»

«Der Bettag war am neunzehnten September», korrigierte Valérie.

«Fünfzehn?» Oliwia Maria fuhr mit dem Finger über ihre Lippen. «Zehn, neun.» Sie schniefte. «Wir sollten jemanden zuziehen, der sich mit der Bedeutung von Zahlen auskennt. Ich bin mir sicher, dass etwas dahintersteckt, sonst stünde *das* hier nicht darunter: ‹Satan wird entlarvt›. Passt zu unseren kognitiven Wahrnehmungen, dass sich der ganze Fall um *eure* Religion dreht.»

«Die Eins», sagte Valérie, «steht in China für das ursprüngliche Chaos, in dem sich die Urmaterie Qi bildet.» Sie liess die Bemerkung bezüglich Oliwia Marias Ansicht sein.

«Sehr aufschlussreich.» Oliwia Maria fletschte die Zähne, vermochte jedoch nicht, ein Lachen zu unterdrücken. «Die Eins ist die Zahl der Einheit. Aber diese Zahlen hier», sie deutete auf die Ziffern, «haben vielleicht einen religiösen Hintergrund.»

«Ausgerechnet *du* kommst auf so eine Idee.» Valérie kannte mittlerweile Oliwia Marias Aversion gegen alles, was mit Religion zu tun hatte. Sie hatte ihr erzählt, wie gebrandmarkt sie als Kind gewesen war. Ihre Eltern hätten sich gegenseitig die Hölle auf Erden gemacht und am Sonntag die Kirche besucht, wo sie sich in die vorderste Bankreihe setzten. Sie seien zur heiligen Kommunion gegangen und hätten am lautesten gesungen. Kaum zu Hause, habe alles von vorn begonnen, als wäre der Besuch der Messe eine Absolution für ihre Bösartigkeiten gewesen. «Und wenn Elisha Fox uns damit etwas mitteilen will?»

«Du vergisst, dass der Zettel in der Kommode lag. Er rechnete kaum damit, dass er gefunden wird. Mit den Zahlen hat er sich selbst eine Aufgabe gestellt.»

«Für mich ist er der Hauptverdächtige», sagte Valérie. «Ob es mit den ermordeten Männern etwas zu tun hat?»

«Zerbrich dir nicht den Kopf darüber. Für solche Dinge gibt's Spezialisten. Ich kenne jemanden, der sich mit der Numerologie auskennt, ein guter Freund von mir. Wenn du willst, kann ich ihn gleich anrufen. Danach werden wir Gewissheit haben, oder?» Sie sah nachdenklich vor sich hin, liess den angefangenen Satz im Raum stehen.

Valérie war sich nicht sicher, ob Oliwia Maria es ernst meinte, und konterte: «Müsste da nicht ein Mathematiker ran?» Sie wartete neugierig auf ihre Erwiderung.

Oliwia Maria zuckte die Achseln. «Er versteht etwas von Zahlen und deren Deutung. Ich werde ihm eine SMS schreiben und ihn für eine sofortige Information bitten.» Sie holte ihr Smartphone aus der Jackentasche.

Valérie willigte ein, obwohl sie ihr Augenmerk nicht explizit auf die Zahlen richten wollte.

* * *

Armando hatte die Augenbinde abnehmen dürfen. Jetzt sass er in der Badewanne, die ihn an seine Kindheit erinnerte, eine frei stehende Wanne mit alten Armaturen und Kalt- und Warmwasserhähnen. Es war eine Kunst, die richtige Temperatur einzustellen. Jeden Samstag hatten er und sein Bruder baden dürfen. Die Wanne hatte in der Waschküche gestanden, neben einer Kupferschwinge, die zu den neuen Anschaffungen der Familie Negroni gehört hatte. Später war eine Waschmaschine dazugekommen, ein wahrer Luxus für die damalige Zeit.

Die Wärme des Wassers löste ein wenig seine Verkrampfungen, die Gliederschmerzen liessen nach. Trotzdem wollte sich keine Entspannung einstellen. Was folgte dem Bad?

Ja, er hatte sich versündigt zu einer Zeit, in der es ihm nicht bewusst gewesen war. Als junger, aufstrebender Priester hatte er alles getan, was ihm Gott näherbrachte. Er war im Licht gewandelt und hatte frohe Botschaften verkündet. In der Schweiz und auf seinen Besuchen in Italien.

Er hatte sie gesehen. In der Klosterkirche Einsiedeln. Direkt vor ihm in der drittvordersten Bankreihe. Er hatte sie gleich erkannt – Chiara, seine Nichte. Wie gern wäre er mit ihr in ein Gespräch gekommen, um all diese entsetzlichen Dinge, die er ihr angetan hatte, zu thematisieren. Er hatte sich nicht getraut, zu feige war er gewesen.

Ob er ihretwegen in dieser Wanne lag? Wollte sie sich an ihm rächen? Mittels einer Drittperson? Sie hatte krank ausgesehen. Von der glamourösen Frau, die sie einst gewesen war, war nichts als ein Schatten geblieben.

Hätte er bloss die Jahre zurückdrehen können.

Jetzt war es zu spät, und heute würde er vielleicht auf dem Scheiterhaufen landen.

Der Fremde betrat den Raum. Er trug eine Kutte, und die Kapuze hatte er so über sein Gesicht gezogen, dass man ihn unmöglich erkannte. «Du kannst rauskommen und dich anziehen.» Er legte ein paar Kleidungsstücke auf die Ablage neben der Wanne. «Ich warte draussen. In einer Stunde beginnt das Ritual.»

**

«Fünfzehn, zehn, neun, achtzehn, eins, dreizehn.» Oliwia Maria legte den ausgedruckten Papierbogen auf Valéries Pult.

«Das ging aber rassig.» Valérie schrieb an einem Rapport und erledigte alle die Dinge, die in den letzten Tagen liegen geblieben waren. Am Donnerstag hatte die Polizei wegen eines Verdachts auf häusliche Gewalt ausrücken müssen. Als sie in der Wohnung des Mehrfamilienhauses in Pfäffikon angekommen war, stand eine Frau mit dem heissen Bügeleisen unter der Tür. Sie hatte auf ihren Mann eingedroschen und ihn mittelschwer verletzt. Sie war sturzbetrunken gewesen.

«Interessiert es dich nicht?» Oliwia Maria tippte mit dem Zeigefinger auf den Ausdruck.

«Natürlich.» Valérie beendete den Satz und zog das Blatt in ihre Nähe. «Ich beginne mal von hinten. ‹Die Dreizehn gehört zur Zwölf und gilt als Glückszahl› … Ha.» Sie sah auf. «‹Zwölf und eins ist ein Götterpaar.› Klingt romantisch. Bist du sicher, dass dein Freund es richtig ausgelegt hat?»

«Lies weiter!»

«Okay, die Eins war klar. ‹Sie ist Zeichen für Einheit.› Achtzehn ist bedeutungslos? Eine Art Code?» Pause. «Die Interpretation der Neun ist stark. ‹Sie ist in verschiedenen Kalendersystemen zerlegt, in dreimal drei, und multipliziert mit drei, ergibt es den Tag, an dem sich Mond und Sonne die Bestimmung teilen.› Das tönt eher nach einem keltischen Ritual, dürfte aber falsch sein. Ein Mondphasenzyklus dauert mehr als siebenundzwanzig Tage. Was ist mit der Zehn? … ‹Die Zehn ist die Zahl des Marduk› … Noch nie gehört, ‹im weitesten Sinn die untergehende Sonne.›» Valérie atmete heftig durch den Mund aus. «Jetzt kommt's: ‹Die Zahl fünfzehn ist der Ruhetag im Mondlauf.› Ich denke, hier wird der Neumond beschrieben. Die Hälfte von dreissig respektive von den neunundzwanzig Komma fünf Tagen im Zyklus. ‹Der Nebukadnezar baute in fünfzehn Tagen seinen Palast. Ninive hat fünfzehn Tore.›» Valérie sah auf. «Sag mal, will uns dein Freund veräppeln? Was sollen wir damit anfangen?»

«Einen Versuch war es wert. Diesen guten Freund habe ich seit Jahren nicht mehr gesehen. Jetzt gibt es einen Grund für ein Treffen.» Oliwia Maria lächelte vor sich hin.

«Warst du mal verliebt in ihn? So, wie du guckst.» Valérie fuhr mit der Hand über das Papier. «Keine Ahnung, wer der Nebukadnezar ist, genauso wenig wie Ninive. Einzig aufgrund der untergehenden Sonne und dem Mondlauf lässt sich vielleicht etwas herauslesen. Aber dafür habe ich echt keine Zeit.» Valérie erhob sich. «Ich muss an die frische Luft. Kommst du mit?»

«Geht nicht. In einer halben Stunde treffe ich mich mit Henry. Wir müssen die psychologischen Aspekte der Taten ausleuchten. Ich muss mich darauf vorbereiten.»

Valérie wartete, bis Oliwia Maria den Raum verlassen hatte. Sie liess einen Kaffee aus der Maschine und lehnte sich mit der Tasse in der Hand ans Fenster. Sie hatte etliche Büros von Polizistinnen gesehen. Schwere Aktenschränke und billige Schreibtische, Stühle aus dem Baumarkt und Linoleumböden, die mit der Zeit die Farbe verloren hatten. Ihr Arbeitsraum war lichtdurchflutet, verfügte über leichte Aluminiumschränke und ein grossflächiges Pult ohne Plastikabdeckung. Der Boden war mit einem Teppich belegt, und eine Yucca-Palme sorgte dafür, dass es hier nicht allzu steril aussah. Trotzdem verwies ihr Büro auf die wahre Bestimmung ihres Jobs. Sie gehörte nach draussen, auf die Strasse, an die schauerlichen Orte, wo sie Fälle löste und Kriminelle verhaftete. Doch sie sass oft tagelang im geheizten Zimmer, allein, und brütete über Berichte, die ihr von ihren Leuten zugetragen wurden. Sie versuchte, die Taten zu verstehen, den Auslöser oder deren Weg dorthin. Oft gelang es ihr, einen Einblick in die dunklen Abgründe der verlorenen Seelen zu nehmen oder über deren Motivation zu sinnieren, ohne Hass oder Empathie aufkommen zu lassen. Sie hatte gelernt, die Fälle neutral zu betrachten. Aus allen Perspektiven, die ihr die Ermittlungen boten.

Der aktuelle Fall war anders.

Rache als Motiv zu sehen bereitete Valérie Mühe. Obwohl vieles darauf hinwies, dass die heiligen Requisiten mit den Morden etwas zu tun hatten, wollte Valérie nicht mehr daran glauben. Es passte nicht zusammen. Doch bislang hatte sie keinen Beweis gefunden, was ihren Verdacht widerlegte. Sie nahm noch einmal den Zettel mit den Zahlen zur Hand. Es fiel ihr auf, dass die Sechs unterstrichen war. Eine Addition? Die Zahlen ergaben das Resultat von einundzwanzig. Valérie addierte die zweite Zahlenreihe. Sechsundsechzig. Sie überlegte. Was bedeuteten einundzwanzig und sechsundsechzig? Einundzwanzig *mal* sechsundsechzig? Sie griff nach ihrem iPhone, tippte den Rechner an, multiplizierte die Zahlen. Tausenddreihundertsechsundachtzig. 1386! Eine Jahreszahl? Aber wovon? 1386. Sie kam ihr auf einmal bekannt vor. 1386 war die Schlacht bei Sempach gewesen. Schweizer Geschichte. Valérie erinnerte sich daran, weil dies vor nicht langer Zeit ein Thema am Familientisch gewesen war. Doch die Kämpfe zwischen den Habsburgern und den Eidgenossen hatten mitnichten etwas mit Elisha Fox zu tun.

Die Erleuchtung kam wenig später.

Valérie spürte einen unsäglichen Schmerz unter ihrer Brust. Das musste es sein. Die erste Reihe bezeichnete die Anzahl Zahlen der zweiten Reihe. Sechs und dann sechsundsechzig – sechshundertsechsundsechzig. Eine Zahl, die im Zusammenhang mit der Offenbarung des Johannes aus dem Neuen Testament stand. Die Zahl des Tieres, die Zahl des Antichristen.

Ein Teilerfolg, suggerierte Valérie sich ein. Diese Zahl sagte noch nicht alles aus. Etwas verbarg sich dahinter. Buchstaben? Valérie ordnete jeder Zahl einen Buchstaben im Alphabet zu. Fünfzehn für O, Zehn für J, Neun für I, Achtzehn für R, Eins für A und Dreizehn für M.

Was hatte Carla in ihrem Bericht geschrieben? ‹Das Kreuz steht Kopf›?

Valérie griff zum Telefonhörer und rief Zanetti an. Er nahm nach dem zweiten Klingelton ab.

«Valérie hier. Wir brauchen *tout de suite* einen Gerichtsbeschluss. Ich weiss, wo wir Elisha Fox finden.»

＊＊＊

Das Zimmer war abgedunkelt, die Fenster mit schweren roten Draperien verhängt. In der Mitte des Raumes stand eine Liege, darauf lag ein Holzkreuz. Auf einem fünfarmigen Kerzenständer brannten schmale schwarze Kerzen, deren Schein Figuren an die Wände malte wie Puppen aus dem chinesischen Schattentheater. Aus einer unsichtbaren Musikbox erklang eine monotone Melodie, eine Drehorgel in der Oper des Grauens. Die Luft war erfüllt mit dem Geruch nach Weihrauch und verbranntem Öl.

Die Erinnerung kam wie eine Welle, eine rollende Wand, die in dem Moment brach, als der Fremde eine Frau herbeiführte. Sie legte sich nieder. Willenlos und still lag sie da, bedeckt nur mit einem langen Leinenhemd, das ihre dünne Gestalt abzeichnete.

Ein Schauder durchfuhr seinen Körper. Vierzig Jahre war es her, und er befand sich mitten im Geschehen. Eine Inszenierung, herbeigerufen durch die dunklen Mächte, gegen die er sich stets gewehrt hatte. Armando knetete seine Fingerknöchel weiss, presste die Lippen aufeinander.

Die Bilder erschienen so real, als befände er sich in diesem Zimmer im kleinen Haus am Etzel. Die junge Frau auf ihrem Bett, abgemagert bis auf die Knochen und in ihren eigenen Ausscheidungen liegend. Dr. Haltiner war anwesend und der Ehemann der Kranken, am Fussende das Kind.

An der Schranktür fehlte der Spiegel. Die Frau hatte ihn zertrümmert, im Augenblick eines hysterischen Anfalls.

Der Fremde reichte ihm das Kreuz. «Sprich!»

Armando trat an die Liege heran. Seine Hände zitterten. Er sah nichts an der Frau, die mit geschlossenen Augen vor ihm lag, was verwerflich gewesen wäre, nichts Böses in ihrem Gesicht.

«Sprich!»

Armando schluckte den schweren Kloss in seinem Hals hinunter. Er nahm das Kreuz in seine Hand und hob es an. «Glorreichster Fürst der himmlischen Heerscharen, heiliger Erzengel Michael, verteidige uns im Kampf gegen die Fürsten und Gewalten, gegen die Weltherrscher dieser Finsternis, gegen die bösen Geister unter dem Himmel. Komm den Menschen zu Hilfe, die Gott nach seinem Ebenbild erschaffen und aus der Tyrannei des Teufels um einen hohen Preis erkauft haben.» Armando musste nach Luft schnappen. Seine Kehle fühlte sich trocken und wie zugeschnürt an. «Dich verehrt die heilige Kirche als ihren Schutzherrn; dir hat der Herr die Seelen der Erlösten übergeben, damit du sie an den Ort der himmlischen Seligkeit führst. Bitte den Gott des Friedens, dass Er Satan unter unseren Füssen vernichte, damit er nicht mehr imstande ist, die Menschen gefangen zu halten und der Kirche zu schaden.»

✳✳✳

Von der Strasse aus gesehen, teilten sich die Pappeln und Sträucher die Zufahrt zur Villa, die sich wie ein mächtiger Schemen aus dem Schatten schälte. Die Wolken hatten aufgerissen, ein Fragment des abnehmenden Mondes schimmerte im Wettlauf mit den Laternen beim Treppenaufgang.

Drei Polizeiwagen der Spezialeinheit fuhren vor. Louis war ihnen in seinem Combi gefolgt. Im Wagen sassen Valérie, Fabia und Zanetti. Louis stoppte auf dem Kiesplatz direkt vor dem Haus.

Alles still. Valérie verliess den Wagen. Sie hatte wie ihre Truppe die Schutzweste angezogen und ihre Neun-Millimeter-Glock ins Holster gesteckt. Niemand wusste genau, was sie in der Villa erwartete.

Während die «Luchse» und Louis sich um das Gebäude verteilten, verschaffte sich Valérie Zutritt durch die unverschlossene Kellertür, die sie über eine lange schmale Treppe erreicht hatte.

Fabia, die neben ihr ging, bemängelte ihre Vorgehensweise. «Es wäre besser gewesen», flüsterte sie, «wir hätten geläutet.»

«Es hat alles seine Richtigkeit.»

«Gefahr im Verzug?»

«Du musst es nicht extra betonen.» Valérie fand ihre Bemerkung lächerlich.

Hinter der Tür gähnende schwarze Leere. Ein Korridor, der ins Nirgendwo führte. Valérie knipste ihre Stableuchte an. Der Lichtkegel zuckte eine Mauer entlang, die mit senkrechten Holzstreben versehen war. Ein Kabel verband eine nackte Glühbirne mit dem dunklen Schlund des Hauses. Valérie folgte ihm und landete in einem Vorhof, der mit Kartons überstellt war. Es roch muffig.

«Ist Emilio im Auto geblieben?», fragte leise Fabia, die dicht hinter Valérie herging. Offenbar wollte sie sich zerstreuen. In diesem Keller musste sie sich unwohl fühlen, zumal ihr Louis auf der Hinfahrt gesteckt hatte, sie würden heute dem Satan begegnen.

«Er hält die Stellung.»

Sie erreichten eine morsche Treppe. Der Moder hier unten war so präsent wie der faulige Atem des Todes. Die Luft dicht und abgestanden, als hätte jahrelang niemand gelüftet. Valérie stieg über die Stufen nach oben. Das Atmen fiel ihr mit jedem Schritt schwerer. Sie stiess auf eine Tür, tastete nach dem Griff und drückte ihn nach unten. Die Tür gab nach. Dunkel auch hier. Valérie berührte unbeabsichtigt das feine Gewebe eines Spinnennetzes. Der Lichtstrahl traf ein wahres Kunstwerk ineinandergewobener Fäden, und mittendrin sass eine fette Spinne, deren schwarze Punktaugen sie zu erkennen glaubte.

«Gibt es hier kein Licht?», fragte Fabia.

Valérie liess den Lichtkegel durch den Korridor gleiten. Allem Anschein nach befanden sie sich noch immer unter dem Boden. Sie ging vorsichtig weiter, darauf gefasst, auf kleine Tiere zu stossen, die bei Fabia einen Schock ausgelöst und sie zum Hyperventilieren gebracht hätten. Valérie richtete die Stablampe nach oben, wo sich ein nicht allzu hohes Gewölbe ausdehnte.

Weiter vorne wieder eine Tür. Sie schritt behände darauf zu. Auf dem Boden ein leises Klacken. Durch den Türspalt endlich etwas Helles. Sie drückte den Griff, die Tür ging auf. Sie stand im Entrée mit dem Lüster, in dessen verstaubten Glastränen sich der schwache Schein aus dem Wartezimmer reflektierte. Valérie deutete Fabia, sich hinter ihr zu halten. Sie selbst ging bis zum Durchgang. Sie zog ihre Glock aus dem Holster und entsicherte sie so leise wie möglich. Trotz aller Vorsicht hallte der daraus entstandene Ton laut in ihren Ohren. Sie blieb abrupt stehen.

Einatmen. Ausatmen.

Sie sprang hinter der Ecke hervor.

Frigo sass an seinem Pult. Er hatte seine Lesebrille über die Nase geschoben. Überrascht schien er nicht zu sein, oder es gelang ihm, dies zu verbergen. Er wies auf die Pistole. «Was haben Sie vor?»

«Sie sagen uns auf der Stelle, wo sich Elisha Fox aufhält.»

***

Lazarus Kreienbühl sass am Fenster und sah ihnen entgegen, als Oliwia Maria mit Vischer das Krankenzimmer betrat.

«Guten Abend, Herr Kreienbühl.» Oliwia Maria nannte ihrer beider Namen und reichte die Hand. «Wir haben gehört, dass es Ihnen den Umständen entsprechend besser geht.»

Kreienbühl zeigte auf seinen Arm, in dem eine Infusionsnadel steckte. «Ich werde mit Blutverdünner versorgt und muss mich schonen. Ja, der Schlag war wohl heftiger, als ich gedacht hatte.»

«Danke, dass Sie sich für ein Gespräch bereit erklärt haben. Wie Sie sicher wissen, steht der Angriff auf Sie mit dem Verschwinden von Pfarrer Negroni in Zusammenhang.»

«Ja. Anscheinend auch mit den drei Morden an unschuldigen Opfern.» Kreienbühl drehte den Kopf Richtung Fenster. «Es ist ein sonderbares Gefühl, im Fokus eines Mörders zu stehen. Mir ist es erst in den letzten Stunden richtig bewusst geworden.»

«Sie hatten Glück, wurde der Täter vertrieben.» Oliwia Maria folgte Kreienbühls Blick zum Dorf Einsiedeln mit den dominanten Türmen der Klosterkirche und zu den lieblichen Hügeln im Hintergrund, auf deren vorderem Buckel der Wald sich anschmiegte wie ein schlafender Delphin. Trotz der Wolken sah man bis zum Grossen Mythen.

«Wir müssen dort weiterfahren, wo Frau Lehmann letzthin das Gespräch mit Ihnen beendet hat», sagte Vischer und schob einen Stuhl in Fensternähe.

«Pfarrer Negroni, Dr. Haltiner und Sie, Herr Kreienbühl, haben 1981 eine italienische Familie im Haus am Etzel besucht.» Oliwia Maria stellte den Aufnahmemodus ihres Smartphones in Betrieb. «Schildern Sie uns, was sich genau dort zugetragen hat und was vorausgegangen war. Erzählen Sie uns alles, was Sie über diese Familie wissen.» Oliwia Maria setzte sich. Sie befand sich auf Augenhöhe mit dem Befragten. «Wenn es Sie zu sehr anstrengt, können wir Pausen einlegen. Aber es ist wichtig, dass Sie sich erinnern. Von Anfang an.»

«Die Familie wohnte zuerst in Schwyz.» Kreienbühl rutschte in eine bequeme Haltung. Er legte die Hand mit der Infusion wie zur Demonstration auf den kleinen Tisch. «Sie bestand aus dem Ehepaar, einem fünfjährigen Jungen und der Mutter des Mannes. Die Nonna, wie sie alle nannten, war eine resolute, aber unheimlich wirkende Frau, die mit knapp sechzig Jahren aussah wie eine Greisin. Aber das mochten ihre schwarzen Kleider ausgemacht haben. Sie trug zudem zu jeder Tages- und Jahreszeit ein schwarzes Kopftuch. Als ich ihr zum ersten Mal begegnete, standen mir die Haare zu Berge, das müssen Sie mir glauben. Die vergesse ich nicht so schnell. Von ihr ging etwas Düsteres und Gefährliches aus.» Kreienbühl hielt inne. «Die junge Frau, wahrscheinlich nicht einmal dreissig Jahre alt, war von zarter, schöner Gestalt. Doch sie war krank und verlor an Lebensfreude und an Gewicht. Soviel ich weiss, bestand ihr Ehemann darauf, einen Pfarrer zuzuziehen. Er rechnete wohl damit, dass sie bald stirbt.»

Oliwia Maria unterbrach ihn. «Wissen Sie, woran sie gelitten hat?»

«Nein, das wusste niemand. Das Problem war die Verständigung. Deshalb wurde Pfarrer Negroni aus Einsiedeln herbeigerufen. Er fand einen Umzug von Schwyz nach Einsiedeln das Beste und setzte sich dafür ein, dass die Familie in das Haus am Etzel kam. In Schwyz war ich nur einmal als Übersetzer zwischen der Familie und dem Pfarrer der Sankt-Martins-Kirche anwesend. Doch die Begegnung mit der jungen Frau hat sich mir eingebrannt.»

«Inwiefern?»

«Ich hatte nie zuvor in meinem Leben eine Frau dermassen schreien gehört. Es war, als hätte eine andere Stimme als die ihrige aus ihr geschrien.»

Oliwia Maria sah Vischer schweigend an. Sie wusste, wie es sich anhörte, wenn Frauen aus Verzweiflung schrien. Da veränderten sich schon mal Stimmen.

«Kaum auf dem Etzel, begann die wirkliche Tragödie», fuhr Kreienbühl fort. «Dr. Haltiner war jede Woche zweimal oben und Pfarrer Negroni mehr als das.»

«Und Sie?»

«Ich wurde jeweils für die Übersetzung zwischen Dr. Haltiner und Pfarrer Negroni zugezogen. Pfarrer Negroni sprach und verstand vor vierzig Jahren unsere Sprache schlecht. Er war im Tessin aufgewachsen und hatte das Theologiestudium in Französisch absolviert und kam erst danach nach Trachslau. Leider lag für mich nicht mehr als einmal pro Woche drin. Ich unterrichtete in der Zeit in der Herrengasse in Schwyz.» Kreienbühl griff nach dem Wasserglas, welches halb voll auf dem Tischchen stand. Er trank es aus, während Schweissperlen über seine Stirn rannen.

«Möchten Sie eine Pause einlegen?», fragte Vischer.

«Geht schon.» Kreienbühl stellte das Wasserglas zurück. Er vermochte offensichtlich nicht, das Zittern seiner Hände zu verbergen. «Ich weiss nicht genau, was Dr. Haltiner der Frau verabreicht hatte. Es ging ihr nie besser. Im Gegenteil: Sie fing an zu wüten, zerschlug Geschirr, fauchte ihren Ehemann an und schrie sich die Seele aus dem Leib.»

«Und der Junge?», fragte Oliwia Maria. «Wie war sie zu dem Jungen?»

«Sie ging liebevoll mit ihm um. Wenn der Kleine in ihrer Nähe war, beruhigte sie sich. Manchmal dachte ich, die Frau leide unter einem enormen seelischen Druck. Es existierte etwas, das sie in sich hineinfrass.»

«Wann haben Sie die Frau zum letzten Mal gesehen?»

«Es war der achtzehnte November 1981, ein Mittwoch.»

«Sie erinnern sich an das Datum?» Oliwia Maria vermochte nicht, es ihm zu glauben.

«Es ist mein Geburtstag», sagte Kreienbühl. «Ich hatte unterrichtsfrei und fuhr gegen Abend auf den Etzelpass.» Er schloss die Augen. «Schon von Weitem sah ich, dass etwas anders war als sonst. Vor dem Haus standen gleich drei Autos. Der Wagen von Dr. Haltiner, das Auto, welches Pfarrer Negroni hingefahren hatte –»

«Moment, Pfarrer Negroni wurde hingefahren?»

«Ja, von seiner Haushälterin. Er selbst hatte nie einen Führerausweis gehabt.»

Oliwia Maria hatte das Protokoll von Milena Rossis Aussage gelesen. Darin bestritt sie, von Pfarrer Negronis Aktivitäten etwas gewusst zu haben. Wenn sie den Priester jedoch auf den Etzel begleitet hatte, musste sie über die Vorkommnisse im Bild gewesen sein. «Das Auto von Milena Rossi also, und welches noch?»

«Das Auto, das, wie ich später erfuhr, dem Hausbesitzer gehörte.» Kreienbühl machte eine Sprechpause. «Ich ging ins Haus. In der Küche sassen Frau … Rossi und die Nonna. Diese hielt mich davon ab, ins Elternschlafzimmer zu gehen. Sie sagte, dass der Teufel endgültig von ihrer Schwiegertochter Besitz ergriffen habe. Sie habe es seit Monaten vorausgesehen und ihren Sohn gewarnt. Ich weiss nicht, wie ich auf diesen Vergleich kam, aber damals dachte ich an Schneewittchen und die böse Stiefmutter … vielleicht sollte ich recht bekommen. Die Alte war ein Teufel und darauf aus, die Harmonie dieser Familie zu zerstören. Wenn sie nicht gewesen wäre, hätte die junge Frau sicher weitergelebt. Das Böse ging von der Alten aus. Ich ging trotz ihrer Einwände nach oben. Magdalena lag auf dem Bett –»

«Magdalena?», unterbrach Oliwia Maria. «Haben Sie Magdalena gesagt?»

«Ja, die Frau hiess Magdalena ... Ich erinnere mich wieder.» Die Pause danach wirkte bedrückend.

«Bitte fahren Sie fort», forderte Oliwia Maria Kreienbühl auf.

Er brauchte eine Weile, bis er die Worte wiedergefunden hatte. «Neben dem Bett brannten Kerzen auf einem fünfarmigen Ständer, Pfarrer Negroni stand da, hielt ein Holzkreuz über Magdalena und sprach schauerliche Gebete, während Dr. Haltiner der Patientin den Nacken mit heissem Öl salbte.»

«War der Hausbesitzer auch anwesend?»

«Ich erinnere mich, dass er das Haus verliess, als ich es betrat.»

«Und wo befanden sich der Ehemann und der Junge?»

«Der Ehemann stand mit einigem Abstand neben dem Fenster, und der Junge ... Der Junge war auch im Zimmer. Ich glaube, er spielte mit einer schwarzen Katze.»

Vischer machte sich durch ein Husten bemerkbar. «Ohne vorzugreifen, aber das klingt nach einer Teufelsaustreibung.» Er wandte sich an Kreienbühl. «War Pfarrer Negroni ein Exorzist?»

Oliwia Maria entging nicht, wie blass Kreienbühl wurde. «Heilige Mutter Maria», sagte dieser. «Ich glaube, er hatte die Fähigkeit dazu.»

Oliwia Maria erwiderte nichts darauf. Der Katholizismus war ihr seit jeher suspekt.

∗∗∗

Louis hatte zusammen mit den Männern der Spezialeinheit über Umwege das Dachgeschoss erreicht. Sie waren durch ein Fenster auf der Rückseite des Hauses eingestiegen und hatten sich auf drei Stockwerke verteilt.

Nichts erinnerte an ein Bewohntsein der Villa. Vom Durchgang aus gingen je vier Türen in entgegengesetzter Richtung weg. Von aussen gesehen, lagen hier die Mansarden. Louis stiess jede einzelne Tür auf, steckte den Kopf hinein, vergewisserte sich, dass sich niemand im Zimmer aufhielt, und trat ein. Stickige

Luft und Staub kitzelten ihn in der Nase. Sechs von den acht Zimmern befanden sich in einem desolaten Zustand. Eisenbetten standen quer, und die Matratzen lagen auf dem Boden. Von den Wänden hatten sich die Tapeten gelöst wie die Haut auf einem aufgeschürften Körper.

Zwei Zimmer waren identisch eingerichtet. Louis zog sich Vinylhandschuhe an, öffnete in beiden Räumen die Schränke und fand dieselben Kleider vor. Er riss in einem der Zimmer die Schubladen auf und entdeckte zuoberst eine Peitsche. Louis holte sie hervor. Am Kunststoffstiel befanden sich drei Lederriemen. Hatte der, der das Zimmer bewohnte, Selbstkasteiung betrieben? Es gab Staaten, in denen die Peitsche als Züchtigungsinstrument im Strafvollzug und im Rahmen der Körperstrafe diente. Nicht selten wurden verhängte Todesstrafen in Hunderte von Peitschenhieben umgewandelt. Louis fuhr es kalt über den Rücken, und er wollte die Peitsche wieder in die Schublade zurücklegen, als er einen Zettel entdeckte. Er zog ihn vorsichtig heraus. Er faltete ihn auseinander und las: «Friede für Frigo.»

Was hatte dies zu bedeuten? Er wandte sich an seinen Kollegen, streckte ihm den Zettel hin. «Sagt dir das etwas?»

Dieser konnte darauf auch keine Antwort geben.

Eine Etage tiefer überprüften die «Luchse» die verschiedenen Zimmer. Alles ging ruhig vor sich. Kaum ein Laut war zu vernehmen. Schloss Louis die Augen, hörte er bloss ein leises Schleifen, ab und zu ein Klacken.

Bis jemand von unten «aufgespürt» rief.

Louis steckte den Zettel ein und rannte hinunter auf den zweiten Stock. Mattes Licht wies ihm den Weg zur Tür, vor der vier Männer in Vollmontur standen. Louis ging an ihnen vorbei.

Das Zimmer war abgedunkelt. Fünf schwarze Kerzen verbreiteten mehr Schatten als Licht. Auf einem Bett in der Zimmermitte lag eine Frau wie tot. An ihrer rechten Seite stand ein altes, verschrumpeltes Hutzelmännchen in einer braunen Kutte. Es hielt ein Kreuz auf Brusthöhe. Am Kopfende salbte ein Mann in einem ähnlichen Umhang den Nacken der Frau ein.

Die Szenerie wirkte wie eingefroren. Wie ein schauerliches

Stillleben, von einem Künstler gemalt oder der Schnappschuss eines Fotografen. Die Protagonisten waren erstarrt unter den Pistolenmündungen, die auf sie gerichtet waren.

Von den drei Personen ging keine Gefahr aus. Dies checkte Louis in Sekundenschnelle. Nach seinem von der Situation bedingten Schock fasste er sich wieder und wies sich aus. «Wir sind von der Polizei.»

«Das haben Ihre schwarzen Männer bereits gesagt.» Der alte Mann legte das Kreuz auf den Boden. Die Gewehre senkten sich. «Gott sei Dank. Der Herr sei mit euch. Man hat mich in einem Keller festgehalten.» Er machte ein Kreuzzeichen in Louis' Richtung. «Gott hat meine Gebete erhört.»

«Sind Sie Pfarrer Negroni?» Louis hatte ihn sich anders vorgestellt. Nicht so klein und greisenhaft.

«Gott sei mit euch», wiederholte er.

Louis forderte ihn auf, sich zu setzen, derweil er versuchte, den Puls der Frau zu erspüren. Ihre Haut war kühl, und einen Moment glaubte er, sie sei gestorben. Sein Herz raste, und schwach fühlte er das pulsierende Blut. «Sie lebt.» Er atmete auf und wandte sich an einen der «Luchse». «Ist die Ambulanz verständigt?» Wieder sah er auf das Gesicht der Frau. Sie kam ihm bekannt vor.

«Die ist unterwegs.»

«Kennen Sie ihren Namen?» Louis wandte sich an Pfarrer Negroni.

«Serina Dahlberg», sagte er, sichtbar gezeichnet von der Gefangenschaft der letzten Tage.

Louis wies nickend ans Kopfende. Serina Dahlberg. Er hatte sie in der Klinik abgeholt. «Und das ist Ihr Peiniger?»

«Ich weiss es nicht. Ich sehe sein Gesicht zum ersten Mal.»

FÜNFZEHN

«Wie bist du auf Dr. Frigo gekommen?», fragte Caminada am Sonntagmorgen früh im Sitzungszimmer des SSB.

Valéries Leute hatten gemeinsam mit der Truppe der «Luchse» die ganze Nacht durchgearbeitet. Obwohl sie nicht geschlafen hatte, war sie hellwach, was der Aufregung der vergangenen Stunden geschuldet war. «Ein zweiter Zettel mit einem seltsamen Satz ist im Zimmer von Elisha Fox aufgetaucht», holte Valérie aus. Es gab Erklärungsbedarf, zumal sie nicht auf ihr Bauchgefühl angesprochen werden wollte. «Louis hat das hier gefunden.» Sie heftete die vergrösserte Kopie des Zettels an die Pinnwand. «Friede für Frigo.» Sie liess ein paar Sekunden verstreichen, bis sie auch Caminadas Aufmerksamkeit hatte. «Langsam, aber sicher komme ich auf die Bedeutung dieser Wörter. Sie stehen im Zusammenhang mit den Zahlen auf dem ersten Zettel.» Valérie heftete auch diesen im selben Format an. Sechshundertsechsundsechzig ist die Zahl des Tieres, des Satans. Sechshundertsechsundsechzig ergibt sich auch aus den Anfangsbuchstaben von ‹Friede für Frigo›. Der Buchstabe F ist der sechste Buchstabe im Alphabet.»

«Das ist doch an den Haaren herbeigezogen», fand Louis, pragmatisch wie immer. «Und warum Frigo?»

Valérie wusste, dass der weitere Verlauf der Ermittlungen von einer fundierten Begründung abhing. Um Mitternacht hatten sie Frigo festgenommen, im Verdacht, von den seltsamen Vorkommnissen in seinem Haus gewusst und sie absichtlich verschwiegen zu haben. Noch hatte er nicht gesprochen, sich aber kommentarlos abführen lassen. Pfarrer Negroni und Serina Dahlberg waren mit der Ambulanz ins Spital Einsiedeln gebracht worden. Die dritte Person, deren Namen niemand kannte, sass in einem der Vernehmungszimmer. Er war beim Eintreffen der Polizei so durch den Wind gewesen, dass keiner auch bloss ein Wort aus ihm herausbrachte. Man hatte ihm die Fingerabdrücke abgenommen. Schuler und zwei seiner Leute schoben eine Nachtschicht ein, um die Spuren in der Villa zu sichern.

«Hinter jeder Zahl, die ihr hier seht», Valérie wies auf die Pinnwand, «steckt ein Buchstabe. «Fünfzehn für O, Zehn für J und so weiter …»

Okay.» Louis dehnte das Wort. «Ojiram … Komisches Wort.»

«Lies es rückwärts», forderte Fabia ihn auf.

Louis griff sich an die Stirn. «Marijo … Klar, heisst nicht Frigo mit Vornamen so? Und warum umgekehrt?»

«Dies weist ebenso auf den Satan hin», sagte Fabia. «Die Umkehr, das Kreuz, welches kopfsteht. Man braucht nur die Apokalypse des Johannes zu lesen, um daraus einen Sinn zu erkennen.»

«Geht's auch in der Kurzform?», frotzelte Louis.

Weder Valérie noch Fabia reagierten darauf.

«Ich werde Dr. Marijo Frigo vernehmen», sagte Valérie, bündelte ihre Dokumente und schob sie in die Mappe. «Bis zur Neun-Uhr-Pause weiss ich mehr.»

✳✳✳

«Es tut mir leid.» Frigo war untröstlich. «Ich habe von den Geschehnissen in meinem Haus nicht den blassesten Schimmer. Serina muss hinter meinem Rücken etwas organisiert haben.»

Valérie hatte den Psychiater mit den Details konfrontiert. Sie installierte das Aufnahmegerät und parallel dazu die Videokamera. «Dr. Dahlberg ist nicht Täterin, sie ist Opfer», korrigierte sie. «Wir werden es herausfinden. Auch, wer der unbekannte Mann ist.»

«Was geht hier vor sich?»

«Haben Sie nie Nachrichten gehört?»

«Ehrlich gesagt, nein. Ich bin zurzeit einfach zu sehr mit dem ganzen Umbau und meinen wenigen Patienten beschäftigt, dass ich abends bloss Musik höre und auf diese Art versuche abzuschalten.»

«Wir haben ein Problem.» Valérie beobachtete ihr Gegenüber kritisch. Obwohl sie sich eine gute Menschenkenntnis attestierte, Frigo war für sie nicht durchschaubar. Aber dieses Gefühl hatte sie bereits bei ihrer ersten Begegnung mit ihm gehabt. Er sah für ihr Empfinden gut aus, ein Mann Mitte vierzig mit angegrautem Haar und ungebändigten Augenbrauen, welche die dunklen Augen unterstrichen. Eine interessante Physiognomie, die neugierig auf den Mann machte. Sie hatte seine Vita gelesen, die verschiedenen Auszeichnungen als Psychiater. Er hatte in Zürich Medizin studiert und nach zweijähriger Praxis im Spital Einsiedeln eine sechsjährige Fachausbildung gemacht. Bis vor zwei Jahren hatte er in einer Gemeinschaftspraxis für Psychiatrie und Psychotherapie in Einsiedeln gearbeitet, bis er die Villa erwarb. Ein fast kometenhafter Aufstieg, mit dem Ziel, selbstständig zu praktizieren.

«Ein Problem?» Frigo liess seine Hände baumeln, was für Valérie dieselbe Interpretation auslöste wie verschränkte Arme. Als Psychiater musste er genau wissen, wie er sein Gegenüber auf falsche Schlüsse brachte. Valérie liess sich nicht blenden.

Sie legte die beiden Zettel, die sie in Elisha Fox' Zimmer gefunden hatten, auf den Tisch. «Gibt es dazu eine Erklärung?»

Frigo griff danach. «Ein Zahlenrätsel?» Beim zweiten Zettel verfinsterte sich sein Gesicht. «‹Friede für Frigo›, was ist denn das für ein Blödsinn?»

«Sagen *Sie* es mir. *Sie* sind der Spezialist.»

«Wenn diese Zeilen tatsächlich von Elisha stammen, gibt es bloss eine Auslegung.»

«Die wäre?»

«Er ist besessen davon, dass das Böse unter uns ist. Elisha ist streng nach den Massstäben der Siebenten-Tags-Adventisten aufgewachsen und immer noch auf der Suche nach dem richtigen Weg. Wenn Sie es verlangen, werde ich Ihnen die Unterlagen zu seinem Krankheitsbild aushändigen.»

«Darum herum kommen Sie nicht», sagte Valérie mit ein wenig Schadenfreude. «Der Kriminaltechnische Dienst ist dran, Ihre Villa auf Spuren zu untersuchen.»

«Was gibt Ihnen das Recht?» Frigo hielt seine aufsteigende Wut augenscheinlich im Zaum.

«Es besteht der Verdacht, dass in Ihrem Keller Pfarrer Negroni gefangen gehalten wurde.»

***

Oliwia Maria befand sich im Vernehmungszimmer drei. Sie hatte darauf bestanden, mit dem unbekannten Mann zu sprechen. Ein Arzt hatte ihm Blut abgenommen, nachdem die richterliche Verfügung eingetroffen war. Er hatte unter Verdacht auf Alkohol- oder Drogenmissbrauch gestanden, was ihn in der vergangenen Nacht lethargisch gemacht hatte. Die Resultate lagen nun vor.

Vor ihr sass ein Mann zwischen vierzig und fünfzig, ein gepeinigtes, eingeschüchtertes Wesen, das nicht vermochte, ihr in die Augen zu sehen. Sie kannte diese Art von Menschen, die sie in der Vergangenheit nie mit brutalen Tätern in Verbindung gebracht hatte. Sie schätzte ihn hochsensibel ein. Etwas in seinem Leben hatte ihn in die Knie gezwungen. Möglicherweise erforderte es therapeutische Massnahmen.

«Mein Name ist Oliwia Maria Woźniak.» Sie richtete das Mikrofon. «Bislang haben Sie uns Ihren Namen verschwiegen.»

«Dr. Frigo kennt meinen Namen.»

Ja, dachte Oliwia Maria. Dieser Dr. Frigo hatte den Mann, der neben Pfarrer Negroni die Vorbereitungen für eine Teufelsaustreibung getroffen hatte, nicht identifizieren können. Serina Dahlberg war bis heute Morgen nicht ansprechbar gewesen. In ihrem Blut waren Benzodiazepine nachgewiesen worden, in einer Menge, die einen halben Elefanten flachgelegt hätten. Eine geringe Menge des Barbiturates hatte man auch im Blut des Fremden nachweisen können.

«Erinnern Sie sich an das ‹Heilig Hüsli›?» Vielleicht schaffte sie es auf diesem Weg, in seine Seele vorzudringen. Sie stellte die rote Kassette auf den Tisch, öffnete sie und holte die Kopie der Maria hervor. «Sagt Ihnen diese Zeichnung etwas?»

Der Mann schaute mit glasigem Blick darauf. «Sie ist die Mutter von Jesus Christus, die Mutter gegen alles Böse. Sie hilft uns, gegen die dunklen Mächte anzutreten.»

«Haben Sie sie deswegen fotografiert und in diese Kassette gelegt?» Provokation, dachte Oliwia Maria. Sie diente ihr dem Kennenlernen des Gegenübers. Sie wollte herausfinden, ob sie mit ihrer Vermutung richtiglag. Ob er sich angegriffen oder missverstanden fühlte? Oder blieb er gleichgültig, weil er nichts damit zu tun hatte?

Er beugte sich nach vorn. «Ich musste die Rituale vollziehen, denn sie sind mitten unter uns.»

«Wer ist mitten unter uns?» Oliwia Maria versuchte, mit ihrem Gegenüber Blickkontakt aufzunehmen. «Fühlen Sie sich verfolgt?»

«Sie sind überall. Sie wüten in den Kirchen, die entweiht wurden. Ich habe sie zum ersten Mal gespürt, als ich zur Messe in die Kirche Sankt Paulus in Pfäffikon gehen wollte. Die Kirche gibt es so nicht mehr. Heute befindet sich dort ein Restaurant und oben auf der Galerie eine Bar, wo halb nackte Menschen servieren. Satan hat die Kirche eingenommen.»

Oliwia Maria musste das zuerst verdauen. Sie kannte solche Kirchen vor allem aus den Staaten von Amerika und hatte es als eine gute Idee gefunden, aus den verwaisten Gotteshäusern lukrative Gebäude zu machen. Sie selbst hatte einmal eine Diskothek besucht, die früher eine Kirche gewesen war. Die Akustik war phantastisch gewesen. «Aber die Heiligen helfen, sie zu vertreiben, ist das richtig?»

Es war, als taute der Mann auf, als stiege er von seinen dunklen Abgründen hinauf ins Helle. Seine Gesichtszüge veränderten sich, und ein Lächeln spielte um seinen Mund. «Das Ritual besagt, dass man das Kreuz mit der heiligen Maria austauschen muss. Auf diesem Weg werden die positiven Energien freigesetzt und verbreitet. Der Jakobsweg ist besonders prädestiniert für diese religiöse Handlung.»

«Sie sprechen das Kreuz in der Hurden-Kapelle an?» Oliwia Maria war es sich gewohnt, mit Erwachsenen auf dem Niveau eines zehnjährigen Kindes zu sprechen. Die jetzige Situation forderte sie dennoch heraus. «Sie haben das Hurden-Kreuz in die Meinrad-Kapelle auf dem Etzel getragen?»

«Ich habe mir dazu das Auto von Serina Dahlberg ausgeliehen.»

«Wusste sie davon?»

«Nein.»

«In der Folge haben Sie den heiligen Meinrad mit dem heiligen Nepomuk getauscht.»

«Der heilige Nepomuk fand einen neuen Platz in der Kapelle Sankt Gangulf.»

«Was bedeutet das Blut?»

«Blut?»

«Sie haben mich schon richtig verstanden.»

«Ich … Man hat es mir mitgegeben. Ich musste es tun. Ich habe das Blut ausgeleert als Zeichen der Reinigung.»

«Haben Sie dazu Katzen getötet?»

«Nein, nein. Wieso?»

«Geht es weiter?» Oliwia Maria beugte sich ihrerseits über den Tisch. «Wohin bringen Sie die Statue der heiligen Maria mit dem sterbenden Jesus?»

«Das weiss ich nicht. Möglicherweise nach Trachslau in die Kirche Sankt Stephan.»

«Wo befindet sich die Statue jetzt?»

«Ich habe sie im Keller versteckt.»

«Wer hat Sie damit beauftragt, dies zu tun?»

«Es ist die Klausel für den eigenen Schutz», antwortete der Fremde. «Wenn wir es nicht tun, wird die Teufelsbrut Überhand gewinnen.»

«Und wer hat Ihnen diese Klausel eingeredet?»

Es klopfte. Kein passender Zeitpunkt. Oliwia Maria glaubte, den Mann bald so weit zu haben, dass er ihr den Namen verriet. Sie erhob sich, öffnete die Tür und trat in den Flur. «Fabia, hast du etwas für mich, was einen Unterbruch der Befragung rechtfertigt?»

«Sorry, Caminada meinte, es habe höchste Priorität. Die Re-

sultate der Fingerabdrücke sind da.» Fabia hielt ihr einen Papierbogen hin. «Die Fingerabdrücke des Mannes, den du gerade
befragst, stimmen mit den Fingerabdrücken vom ‹Heilig Hüsli›
und mit denen auf dem Hurden-Kreuz und auf dem Adventis-
ten-Amulett überein.»

«Dann sitzt Elisha Fox bei mir.» Oliwia Maria hatte es geahnt. Doch Frigo hatte sie mit der Aussage, den Mann nicht zu
kennen, verunsichert. Sie griff nach dem Papier und überflog
den Bericht. «Es gibt auch Fingerabdrücke von ihm im Wagen
von Serina Dahlberg.» Offensichtlich hatte der Mann im Vernehmungszimmer nicht gelogen, was den Mokka betraf.

«Freust du dich nicht?» Fabia verschränkte die Arme. «Er ist
es. Er ist der Mörder von Kälin, Wyss und Haltiner.»

Oliwia Maria stiess Luft aus. Dennoch blieb die Entspannung
aus.

«Um elf findet die Teamsitzung statt.» Fabia drehte sich auf
dem Absatz um. «Ich habe noch einen Termin im Spital Einsiedeln. Man sieht sich.»

«Bis dann bin ich fertig.» Mit gemischten Gefühlen ging Oliwia Maria zurück ins Zimmer.

Sie setzte sich. Nun sass sie also vor einem Dreifachmörder,
und trotzdem wollte sich keine Befriedigung einstellen. In ihrem
Geist hatte sie den Täter längst analysiert. Jetzt, wo der Name
bekannt war, würde sie seine Krankenakte anfordern und sie
mit ihrer Analyse vergleichen können.

«Elisha Fox», sagte sie.

Er zuckte zusammen.

«Es hat keinen Zweck, sich zu verstecken. Früher oder später
werden wir herausfinden, wer Sie wirklich sind.» Sie wollte ein
Exempel statuieren. «Warum haben Sie Zahir Kälin getötet?
Warum Benjamin Keller und Thomas Haltiner?» Sie legte die
Fotos der ermordeten Männer auf den Tisch.

«Wer ist Thomas Haltiner?»

* * *

Durch die schräg gestellten Rollläden sickerte das Licht von draussen, neblig wie ein Omen der letzten Tage. Im Zimmer war es düster. Die Lampen waren aus.

Pfarrer Negroni lag allein hier. Neben seinem Bett sass Milena Rossi und tupfte sich mit einem Taschentuch die Wangen trocken. Sie hatte geweint, was ihre geröteten Augen verrieten.

Als Louis und Fabia die Tür hinter sich ins Schloss fallen liessen, erhob sich die Haushälterin so abrupt, als hätte ihr jemand das Kommando dazu gegeben.

«Sie können gern sitzen bleiben.» Louis schenkte ihr ein Lächeln.

«Ich bin so froh, haben Sie ihn gefunden.» Milena Rossi nahm Pfarrer Negronis Hand und tätschelte sie.

«Wir hätten ihn sicher früher gefunden, wenn Sie, Frau Rossi, uns die Wahrheit gesagt hätten.» Fabia stellte sich ans Bettende.

«Welche Wahrheit?» Milena Rossi war blass geworden, liess sich wieder auf den Besucherstuhl fallen, ohne den Priester loszulassen.

«Sie hatten Kenntnis davon, was vor vierzig Jahren auf dem Etzel geschah. Sie hatten laut einer Zeugenaussage Pfarrer Negroni zum Haus gefahren und sich zur Nonna in die Küche gesetzt.»

«Das ist eine infame Unterstellung.» Milena Rossi geriet ausser sich.

«Versündige dich nicht», sagte Pfarrer Negroni. Er wandte sich an Louis. «Sie kann nichts dafür. Ich hatte noch nie einen Führerausweis und war immer auf Milena angewiesen. So kam es, dass sie mich zwangsläufig auf den Etzel fuhr, wenn ich keine andere Fahrgelegenheit fand. Ich hatte ihr verboten, über die ‹Dinge› zu reden.»

Fabia nahm ihr Smartphone zur Hand. «Wir werden unser Gespräch aufnehmen.»

«Darf man das hier im Spital?», fragte Milena Rossi, wollte offensichtlich die Befragung umgehen.

«Wir haben die Befugnis.» Fabia legte den entsprechenden Gerichtsbeschluss auf die Bettdecke.

«Erzählen Sie uns von Ihrem Ritual gestern», forderte Louis den Priester auf.

«Man hat mich dazu gezwungen … Ich musste all das tun, was ich im Haus auf dem Etzel getan hatte.»

«Wer hat Sie gezwungen?»

«Ich habe dessen Gesicht nicht gesehen.»

«Wir müssen es wahrscheinlich als Racheakt betrachten, vermutlich der eines Gepeinigten. Sie haben den Verlauf Ihrer Gefangenschaft bereits zu Protokoll gegeben. Grundlos hat man Sie nicht eingesperrt, Herr Pfarrer.» Louis sah, wie Milena Rossi in sich zusammensackte.

«Lass gut sein», sagte Pfarrer Negroni und streichelte Milena Rossi über die Hand. «Ich bin ein alter Mann. Meine Tage sind gezählt. Gott hat mir eine Gnadenfrist gegeben, damit mir Zeit bleibt, die Wahrheit zu sagen.» Er zog sich am Triangel hoch. «Ich habe den Exorzismus bei einem Bischof erlernt, nachdem ich glaubte, in meiner eigenen Familie eine Besessene zu haben, eine Tante von mir. … Es war meine erste Teufelsaustreibung.»

Und wie viele folgten wohl, auch später, nach Chiara?, dachte Louis bei sich. Er sah, wie schwer es Pfarrer Negroni fiel, darüber zu sprechen. «Und in der Schweiz lernten Sie die italienische Familie kennen.»

«Ich wurde nach Schwyz gerufen, weil der dortige Pfarrer die Sprache der Leute nicht verstand. Ich konnte die Familie dazu überreden, nach Einsiedeln zu ziehen. Es war ein grosses Glück, dass wir das Haus am Etzel für sie fanden. Die Miete war zahlbar, und ich dachte, die gesunde Luft und das Landleben würden der gebeutelten Familie guttun.» Pfarrer Negroni holte tief Luft. Sein Atem pfiff. «Aber die junge Frau wurde zusehends kränker. Sie war bei Dr. Haltiner in Behandlung. Er rief mich eines Tages an und sagte mir, dass er mit seinem Latein am Ende sei.»

«Weshalb?», fragte Fabia.

«Trotz seiner medizinischen Hilfe ging es der Frau immer schlechter.»

«Hätte man nicht einen Spezialisten zuziehen müssen?» Louis

konnte es nicht nachvollziehen. 1981 war weder Mittelalter noch das neunzehnte Jahrhundert, als man kranke Menschen in die Hände von Scharlatanen gegeben hatte. Die Medikamentenversuche für Depressive hatten nach den 1970er Jahren geendet. «Zum Beispiel einen Psychiater?»

«Es war bereits zu spät. Das Einzige, was half, war die Konfrontation mit dem Bösen, welches den Geist der Frau heimgesucht hatte. Dies zeigte sich darin, dass sie Dinge im Zimmer zertrümmerte, mit ihren blossen Gedanken –»

«Haben Sie es mit eigenen Augen gesehen?»

Pfarrer Negroni stockte. «Nein … Nein, die Schwiegermutter hat es mir geschildert. Aber sie war längst überzeugt davon, dass Magdalena, die Frau ihres Sohnes, vom Teufel besessen war. Ich wollte doch nur helfen …» Pfarrer Negroni liess den Kopf schwer ins Kissen sinken. «Ich war jung und ehrgeizig.»

«Und haben die Frau damit endgültig in den Tod getrieben», sagte Louis. «Gab es Zeugen bei den Ritualen?»

«Der Ehemann war immer zugegen, Anthony … Ja, so hiess er … Dr. Haltiner hin und wieder und –»

«Und?»

«Der fünfjährige Sohn. Er … war immer anwesend. Er wollte bei seiner Mutter sein, hat fürchterlich geweint, wenn ich mit dem Kreuz auf Magdalena niederfuhr. Ich musste den Satan aus ihrem Körper treiben.»

«Erinnern Sie sich an den Namen dieses Kindes?»

Pfarrer Negroni schloss die Augen und schluckte leer. «Ja, ich erinnere mich.»

***

«Er ist es nicht.» Oliwia Maria trat an Valéries Seite. «Er entspricht nicht dem typischen Bild.»

«Wir werden es gleich erläutern.» Valérie hatte sich nach der Kaffeepause mit einem Teil ihres Teams im Sitzungszimmer eingefunden.

Caminada und Zanetti waren ebenso anwesend wie Schuler

und Vischer. Sie sassen um den langen Tisch und verpflegten sich weiter mit Kaffee und Gipfeli. Valérie brauchte bloss in ihre Gesichter zu sehen, um herauszufinden, wie müde alle waren. Doch jetzt galt es, den Fall zu einem Abschluss zu bringen.

«Sind Louis und Fabia noch nicht zurück?» Valérie hielt vergebens nach ihnen Ausschau.

«Sie befinden sich im Spital Einsiedeln», sagte Vischer. «Sie befragen Pfarrer Negroni.»

«Okay, wir beginnen trotzdem.» Valérie wandte sich an Oliwia Maria. «Du hattest ein Gespräch mit dem Mann, den wir in der Villa nebst Pfarrer Negroni und Serina Dahlberg aufgegriffen haben.»

«Elisha Fox», sagte sie. «Gemäss Abgleich der Fingerabdrücke ist er derjenige, den wir seit Tagen suchen. Was ich aus unserem Gespräch herausgelesen habe, hat er die Kassette mit dem Heiligenbild, das Hurden-Kreuz und die verschiedenen Statuen versetzt.»

«Er war geständig?» Caminada hob die Augenbrauen, war, wie es schien, überrascht.

«Wir haben ja die Beweise, dass er es war … Die Fingerabdrücke.»

Valérie sah, dass Oliwia Maria Caminadas Bemerkung nicht nachvollziehen konnte.

«Ich habe ihm die Fotos von Zahir Kälin, Benjamin Wyss und Thomas Haltiner gezeigt. Er erzählte mir, dass er mit Kälin und Wyss Theologie studiert habe, was mit den Zeugenaussagen übereinstimmt. Thomas Haltiner hingegen hatte er noch nie gesehen. Dass er die Wahrheit sagte, erkannte ich an seiner Reaktion. Er war wie ein offenes Buch. Ich halte fest …» Oliwia Maria liess ein paar Sekunden verstreichen. Die Luft im Sitzungszimmer war zum Zerschneiden dick. «Elisha Fox kann unmöglich der Mörder sein. Seine ganze Physiognomie spricht dagegen. Ich muss davon ausgehen, dass seine psychische Krankheit dazu missbraucht wurde, um die Morde an Kälin, Wyss und Haltiner zu vertuschen. Die Spur wurde absichtlich falsch gelegt.»

«Oder er hat Kälin und Wyss umgebracht», sagte jemand von den Ermittlern, «und ein anderer Haltiner.»

«Sie wurden auf dieselbe Art ermordet.»

«Und wie kommen Fox' Fingerabdrücke in den Mokka?»

«Er hatte den Wagen entwendet, um das Hurden-Kreuz auf den Etzel zu bringen, hat er zugegeben. Ich glaube ihm.» Oliwia Maria blieb ruhig.

«Der Mokka wurde auch im Zusammenhang mit dem Mord an Thomas Haltiner gesichtet, was eindeutig ein Beweis ist … Fox muss der Täter sein.» Der Kollege gab nicht auf.

«Die Einwände sind berechtigt», sagte Oliwia Maria. «Aber spätestens nach einer neutralen psychiatrischen Analyse werden wir feststellen, dass Fox keine kriminellen Energien hat. Er ist labil, manipulierbar und hat eine grosse Angst vor einem unsichtbaren Monster. Er ist überzeugt, dass der Teufel unter uns ist.»

Schuler meldete sich zu Wort. «Wir haben in seinem Zimmer etwas gefunden, das deine Überzeugung untermauert.» Er übergab Oliwia Maria ein Buch.

Sie betrachtete das Cover. Eine grüne Iris mit einem gelben Zentrum und die Pupille schwarz und senkrecht, wie das Auge einer Katze oder des Teufels, über einer verschwommenen Erde. Oliwia Maria las laut. «‹Die geheime Weltherrschaft der Reptiloiden›.» Sie hielt das Buch in die Höhe. «Sagt das jemandem etwas? ‹Ihr Ursprung, ihr Sternzeichen und ihr Wirken auf unserer Erde›. Sie bot den Kollegen auf, der sie vorhin angesprochen hatte. «Ich möchte, dass du das Buch querliest. Vielleicht werden wir verstehen, weshalb Elisha Fox davon besessen ist, dass das Böse auf der Welt grassiert.»

Louis und Fabia kamen zurück. «Wir haben den Namen», sagte Fabia, kaum hatte sie den Raum betreten. «Pfarrer Negroni erinnerte sich an den Namen des Jungen, der bei der Teufelsaustreibung dabei gewesen war. Es handelt sich um Marijo Frigo.»

✳✳✳

«Du oder ich?», fragte Valérie nach der Teamsitzung.

«Wir beide», entgegnete Oliwia Maria. «Ich glaube, wir können unsere gegenseitige Unterstützung gut gebrauchen.»

Sie sassen in Valéries Büro und teilten einen gemischten Salat, den Oliwia Maria von zu Hause mitgebracht hatte.

«Was ist mit deinem TT?», fragte Oliwia Maria. «Du bist gestern und heute mit Zanetti gefahren.»

«Die Aufhängung des rechten Rads ist beschädigt. Ursache unbekannt. Wir hatten Glück», sagte Valérie pragmatisch. Es war nichts passiert, und daran denken, was hätte geschehen können, wollte sie nicht. Sie hatte ihr Auto in die Werkstatt gefahren. Eine Stunde später hatte sie bereits Bescheid bekommen, dass eine Reparatur teuer zu stehen käme, man müsse die Verbindung zwischen der Karosserie und dem Rad ersetzen. Sie wollte bis Montag Bedenkzeit. «Ich überlege mir, ob ich mir einen neuen Wagen kaufe.»

«Hoffentlich kein Elektromobil.» Oliwia Maria hob die Hände. «Sorry, wie immer möchte ich dir nicht zu nahe treten.»

«Tust du nicht. Aber ich fange an, über Dinge nachzudenken, die mich früher nicht interessiert hatten.» Valérie griff sich ins Gesicht. «Zum Beispiel die hier. Mich selbst stört die Narbe längst nicht mehr. Ich sehe mich nicht, ausser im Spiegel, am Morgen und am Abend, wenn ich die Zähne putze. Emilio dagegen sieht mich immer. Und alle meine Mitarbeiter. Na ja, man sollte nicht alles zur Gewohnheit werden lassen.» Sie sah auf die Uhr. «In einer halben Stunde beginnt das Verhör. Vischer wird nebst dem Protokollführer auch anwesend sein. Ich hoffe, das ist okay für dich. Bei solchen Psychopathen ziehe ich es vor, wenn er mit seiner blossen Anwesenheit meinen Rücken stärkt.»

«Du hast ja mich.» Oliwia Maria pulte mit dem Finger ein Salatblatt aus einem Zahnzwischenraum. «Bist du nun entspannter? So, wie es aussieht, ist unser Fall bald gelöst. Das Motiv ist überschaubar, und die Beweise liegen vor, respektive es gibt Zeugen.»

«Da bin ich mir nicht ganz sicher. Es existieren keine unmittelbaren Zeugen. Die Aussage von Pfarrer Negroni basiert auf einem Ereignis, das vierzig Jahre zurückliegt, und unsere Vermutungen bauen sich darauf auf. Ein wackeliges Konstrukt.»

«Wir werden das Geständnis aus Marijo Frigo kitzeln. Ansonsten bleibt es bei den Indizien.»

＊＊＊

Zwei Wochen seit dem Brandanschlag in der Hurden-Kapelle und dem ersten Toten in der Trilogie des Schreckens waren vergangen. Es gab Fälle, deren Auflösung sich Monate, wenn nicht Jahre dahinzog. Valérie war ein wenig stolz auf ihr Team, und dank der guten Zusammenarbeit mit Oliwia Maria konnte sie heute einen kleinen Erfolg verzeichnen. Ob sie richtiglagen, würde sich in den nächsten Stunden zeigen.

Im Vernehmungszimmer eins sass Dr. Frigo. Man hatte ihn erkennungsdienstlich erfasst. Die Angaben über ihn lagen auf dem Tisch bereit neben dem Aufnahmegerät, einer Wasserflasche und drei Gläsern.

Valérie und Oliwia Maria setzten sich dem Psychiater gegenüber. Valérie besah sich die Dokumente. Seine Grösse fiel ihr zuerst auf. Einen Meter siebenundachtzig. Unwesentlich kleiner als Elisha Fox. Im Grunde konnte man sie verwechseln. Sie waren beide im gleichen Alter. Valérie hatte mit Oliwia Maria und Vischer vereinbart, dass sie das Gespräch führte. Frigo hatte das Zuziehen eines Anwalts abgelehnt.

«Warum Zahir Kälin?» Valérie hielt sich an die Indizien. Sie wusste, wie schwierig es mit der Beweislage würde, mit dem wenigen, das sie hatten.

«Ich kenne ihn nicht.»

«Und Benjamin Wyss?»

«Keine Ahnung, wer er ist.»

«Elisha hat die beiden Namen in den zahlreichen Therapiestunden, die er bei Ihnen hatte, mehrmals erwähnt. Dies sehen wir in seiner Krankenakte. Sie haben darüber akribisch Buch geführt.»

«Es sind Namen. Bloss Namen.» Frigo hob mit einer Gleichgültigkeit die Achseln, dass Valérie befürchten musste, ihn niemals aus der Reserve locken zu können. Sie zählte auf Oliwia Maria und Vischer, die verbal eingreifen würden, falls es nötig wurde.

«Thomas Haltiner war eine Art Ersatz für dessen Vater Dr. Edwin Haltiner, ist das richtig? Dr. Haltiner hat in Ihren Augen Böses getan. Sein Sohn musste dafür büssen. Die Erbsünde, haben Sie daran gedacht?»

Keine Antwort.

«Wie sind Sie auf ihn gekommen? Er steht nämlich nirgends in den Akten von Elisha Fox.»

Schweigen. Ein Aufeinanderpressen der Lippen. Ein verdächtiges, dennoch kaum wahrnehmbares Zucken um den Mund. In den vielen Befragungen und Vernehmungen in der Vergangenheit hatte Valérie gelernt, worauf sie achten musste. Früher oder später verrieten sie sich alle.

«Dr. Edwin Haltiner war der Arzt Ihrer Mutter Magdalena», sagte sie.

Beim Namen Magdalena flatterten die Augenlider. Die Antwort blieb aus.

«Dr. Haltiner zog Pfarrer Negroni hinzu, als er nicht mehr weiterwusste. Der Priester, der Ihre Familie nach Einsiedeln geholt hatte, führte mehrere Exorzismen bei Ihrer kranken Mutter durch. Unterbrechen Sie mich, falls ich falschliege.»

Frigo rührte sich nicht.

«Ihre Grossmutter war der Ansicht, dass Ihre Mutter von einem Dämon besessen war.» Valérie hatte das Gefühl, Frigo nahm sie nicht wahr. «Hören Sie mir zu?»

«Sie machen einen Überlegungsfehler.» Frigo erwachte endlich aus seiner Lethargie. «Und ich überlege mir, weshalb mir nicht aufgefallen ist, dass mein Patient Elisha Fox sich auf einen Weg des Tötens und der Zerstörung gemacht hatte. Hätte ich früher erfahren, was passiert ist, hätte ich reagieren können. Er ist der Meinung, dass der Teufel unter uns ist.»

Valérie musste leer schlucken. Oliwia Maria schien ihre Verunsicherung zu spüren und ergriff das Wort. «Elisha Fox ist ein hochsensibler Mensch. Das hätte Ihnen auffallen müssen. Er kann sich schwer verständigen, wenn es um konkrete Dinge geht. Er lebt in seiner eigenen Welt, hat jedoch die Gabe, zwischen Gut und Böse zu unterscheiden. Er ahnte schon lange, dass Sie seine psychische Krankheit für Ihre Zwecke missbrauchen.»

Über Frigos Gesicht huschte ein diabolisches Lächeln. Einen Moment glaubte Valérie, vor dem Leibhaftigen zu sitzen. «Haben Sie Kenntnis von den Büchern, die Elisha Fox liest?», fragte Oliwia Maria. «Sagt Ihnen der Titel ‹Die geheime Weltherrschaft der Reptiloiden› etwas?»

«Fantasy.» Frigo grinste vor sich hin. «Aber es passt zu allem, woran Elisha glaubt.»

Verriet er sich mit dieser Aussage gerade selbst?

«*Sie* haben ihm das Buch geschenkt.»

«Wie kommen Sie darauf?» Frigos Überheblichkeit bekam einen Knicks.

Oliwia Maria legte die Bestellung einer Buchhandlung in Einsiedeln auf den Tisch. «Vor einem halben Jahr wurde das Buch auf Ihren Namen bestellt, weil es nicht an Lager war, und später von Ihnen abgeholt.»

✦✦✦

Vor Carlas Augen flimmerte es. Sie hatte zu viele Stunden vor dem Computer verbracht. Nachdem Forster ihr uneingeschränkten Zugriff auf sein geheimes digitales Archiv gewährt hatte, durchforstete sie es verdrossen nach alten Berichten über Marijo Frigo. Louis hatte kurz mal angetönt, dass man ihn festgenommen habe. Carla musste es vorerst für sich behalten. Es fiel ihr schwer. Was das Haus auf dem Etzel betraf, waren ihr ebenso die Hände gebunden, denn sie hatte Louis das Versprechen geben müssen, nichts darüber zu schreiben. Ihr Wissensdrang war ungebremst. Nach wie vor hatte sie das Gefühl, ihrem Chef etwas beweisen zu müssen.

Frigos Erwähnung von einer Hetzkampagne gegen seine

Familie war plötzlich ein Thema. Sie hatte gewiss nichts mit den Vorkommnissen auf dem Etzel zu tun.

Carla scrollte sich durch die seitenlangen Berichte, einzelnen Artikel, persönlichen Notizen von Forster und die Korrespondenzen mit Anwälten. Forster hatte sie tatsächlich digitalisiert.

Sie suchte unter dem Namen Anthony Frigo zwischen den Jahren 1981 und 2000. Im Gegensatz zu den neueren Daten war die Suchfunktion nicht programmiert. Ärgerlich, dachte Carla. Sie würde Stunden, wenn nicht Tage dafür investieren, um auf Schlagzeilen zu kommen, die über diese Hetze berichteten. Sie wusste ja nicht einmal, worum es genau ging. Verflixt! Sie musste an Louis' Daten ran. Carla erhob sich. Sie tigerte durchs Zimmer, äugte auf den Rechner, der auf dem grossen Pult stand. Louis' Reich, was er ihr unmissverständlich zu verstehen gegeben hatte, nachdem sie wieder bei ihm eingezogen war. Sollte ihre Beziehung in Zukunft eine Chance haben, dürfte sie Louis nicht mehr als Quelle benutzen. Leichter gesagt als getan. Carla ging zum Fenster und bemerkte den Schatten hinter dem Vorhang gegenüber. Der Nachbar stand vor seinem Teleskop und betrachtete die Sterne, auch am Tag, wie er neulich erzählt hatte. Sterne auf der Unterwäsche von Lena schräg gegenüber, ging Carla durch den Kopf. Irgendwann würde sie den Voyeur zu einem Thema in der Zeitung machen.

Sie betrat die Küche, liess einen Kaffee aus dem Automaten, gab Milch dazu. Sie nahm die Tasse und schritt durch den Flur. Unter dem Türrahmen zum gemeinsamen Büro blieb sie stehen. Louis' Bildschirm stand im Ruhemodus. Carla drückte auf die Tastatur. Das Feld für die Code-Eingabe flackerte auf. Ob Louis das Passwort geändert hatte? Weil er Carla nicht traute? Sie fühlte sich miserabel.

Was hatte Forster gesagt? Man müsse auch verbotene Wege gehen, um die Wahrheit zu erfahren.

Sie versuchte es mit dem alten Passwort. Wider Erwarten funktionierte es. Carla kam sich schäbig vor. Gerade missbrauchte sie Louis' Vertrauen – einmal mehr. Auf dem Bildschirm erschienen verschiedene Icons, auch verschlüsselte.

Das war neu. Louis misstraute ihr also doch. Carla sah keine Möglichkeit, die grafischen Symbole zu öffnen. Doch aufgeben wollte sie nicht. Vielleicht hatte Louis etwas nicht gesichert, und es erschien in einem anderen Anwendungsprogramm.

Nach einer gefühlten Stunde gab sie erfolglos auf. Sie ging zurück zu ihrem Tisch und setzte sich an den Laptop. Mittlerweile war sie im Jahr 1988 angekommen.

Eine Todesanzeige, schlicht und unauffällig, vom fünften März fiel ihr ins Auge. Giovanna Frigo. Sie war siebenundsechzig Jahre alt geworden. In stiller Trauer waren lediglich Anthony und Marijo Frigo. Bingo! Carla konnte endlich einschränken. Sie gelangte auf eine weitere Todesanzeige im Zusammenhang mit der Familie Frigo. Diesmal war es bloss ein Zweizeiler, möglicherweise von der Kirche verfasst: Anthony Frigo. Gestorben drei Wochen nach seiner Mutter. Marijo musste etwa zwölf Jahre alt gewesen sein.

Okay. Marijo Frigo war Vollwaise mit zwölf. 1988 war die Vormundschaftsbehörde zuständig für verwaiste unmündige Kinder gewesen. Das lag dreiunddreissig Jahre zurück. Carla sah keine Möglichkeit, herauszufinden, ob Marijo zu einer Pflegefamilie gekommen war. Vielleicht war er in einem Heim gelandet, was eher zutraf. Allenfalls hätte er den Namen der neuen Familie angenommen.

Woraus hatte die Hetze bestanden?

Carla arbeitete sich weiter durch die endlosen Bahnen von Geschriebenem. Schliesslich landete sie bei einer Kurzmeldung der Polizei. «Jugendlicher unter Verdacht, seine Grossmutter und den Vater umgebracht zu haben.» Mit steigendem Interesse las Carla die nachfolgenden ketzerischen Berichte der Boulevardzeitung. Man habe einen zwölfjährigen Italiener in Gewahrsam genommen, nachdem man ihn verdächtigt hatte, seinen Vater auf einer gemeinsamen Wanderung auf den Etzelpass in den Tod gestürzt zu haben. Es sei nicht ausgeschlossen, dass er auch seine Grossmutter getötet habe. Weiter vorne dann der Bericht, man habe den Jungen wieder auf freien Fuss setzen müssen, da es weder Indizien noch Beweise gab.

Carla suchte mit vergeblicher Mühe nach einer neuen Spur, um zu erfahren, wo Marijo gelandet war. Jemand musste sich um ihn gekümmert haben, ansonsten hätte er nie das Gymnasium geschafft und Medizin studieren können.

Ob die Polizei etwas darüber wusste? Carla speicherte die Seiten in einem ihrer Ordner ab. Sie öffnete Outlook, hängte die Dateien an und sandte die E-Mail an Louis. Sie teilte es ihm über WhatsApp mit.

***

«So wird er nie ein Geständnis ablegen.» Valérie stand auf dem Korridor. Sie hatte eines der Fenster aufgerissen und atmete die kühle Luft ein.

Oliwia Maria neben ihr zündete sich eine Zigarette an.

«Du rauchst?»

«Nur heute. Nikotin beruhigt meine Nerven.»

«Wir haben praktisch nichts gegen ihn in der Hand. Bislang keine Fingerabdrücke, Schuler ist noch dran. Keine Zeugen … *rien du tout*. Ausser diesem Hinweis eines Labilen.»

Die Lifttür ging auf. Louis trat aus der Kabine. «Zu euch wollte ich.» Er hatte sein Smartphone in der Hand. «Soeben erreichte mich eine Nachricht von Carla.» Louis übergab Valérie das Gerät. «Das ist starker Tobak. Schau, was sie herausgefunden hat.»

Valérie sah mit gemischten Gefühlen auf das Display. Wenn Nachrichten von Carla auftauchten, hiess das, dass sie sich nicht an ihre Abmachungen gehalten hatte. Sie las ihre Mail. «Marijo Frigo … Er war mit zwölf Vollwaise? Wo hat er denn gelebt?»

«Scroll nach unten», sagte Louis. «Er wurde vom Boulevard ziemlich durch den Dreck gezogen.»

Valérie reichte das Smartphone weiter. «Dazu müssten die Akten noch vorhanden sein.» Sie war auf sich sauer, weil sie nicht selbst darauf gekommen war.

«Er soll seinen Vater und die Grossmutter umgebracht haben?» Oliwia Maria schnippte die halb abgebrannte Zigarette über den Fenstersims. «Das wird ja immer abenteuerlicher.» Sie sah Louis an. «Wie lange brauchst du, um die Akten herauszusuchen?»

«Wenn ich das ungefähre Datum kenne, sollte es kein Problem sein.» Glücklich sah Louis nicht aus. «Wären sie jüngeren Datums, würde es die Suche vereinfachen.»

«Wir müssen die Vernehmung abbrechen», sagte Valérie, «und uns die Ermittlungen in den Todesfällen Giovanna und Anthony Frigo näher ansehen. Vielleicht gibt es Parallelen. Doch ich mache erst mal Feierabend.»

SECHZEHN

Ein knatterndes Motorengeräusch riss sie aus dem Schlaf. Unmittelbar unterhalb ihres Zimmers musste jemand mit einem Motorrad zugefahren sein und, bevor er den Motor abstellte, absichtlich ein paarmal aufs Gaspedal gedrückt haben. Valérie drehte sich auf die Seite, schlug ihre Augen auf und erschrak. Der Wecker zeigte fünf nach acht an. Zanetti schlief trotz des Lärms noch immer tief. Valérie rüttelte an seinen Schultern. «Emilio, aufstehen. Wir haben uns verschlafen.»

Sie sprang auf, suchte nach dem iPhone, fand es nicht. Gestern Abend war es spät geworden. Sie war nach Mitternacht ins Bett gefallen und gleich eingeschlafen. Die Erschöpfung der letzten Tage sass auch nach sieben Stunden Schlaf in ihrem Nacken.

Zanetti setzte sich auf, wuschelte die Haare durch. Eine vertraute Geste. «Ich werde gleich anrufen und die Sitzung verschieben.»

«Hast du mein Handy gesehen? Ich muss es verlegt haben.»

An der Haustür läutete es.

«Erwartest du jemanden?», fragte Zanetti, bevor er ins Badezimmer trat. Die Frage wegen des Mobiltelefons verneinte er.

«Vielleicht die Post. Ein Expresspaket? Hast du etwas bestellt?»

«Nein, ich wüsste nicht, was.»

Valérie schlang sich ein Frotteetuch um, tappte barfuss über die Treppe nach unten und öffnete. Ein weiterer Schreck fuhr ihr in die Glieder. «Du?»

«Wo ist Colin?» Angela betrat das Entrée, wütend wie eine Furie. Selbst in diesem aufgebrachten Zustand sah sie gut aus. Ihre Lederkombi schmiegte sich wie eine zweite Haut an ihren schlanken Body. Ihre blonden Haare fielen ungebändigt ins Gesicht, was ihr etwas Wildes anhaften liess.

«Du kannst lange suchen. Er ist nicht da.» Ein bisschen Genugtuung konnte nicht schaden. «Ist etwas vorgefallen?» Valérie kam gegen ihre Aversion nicht an. Seit sie wusste, was Angela in Colin angerichtet hatte, hätte sie die junge Frau eigenhändig im Fleischwolf drehen können. Von einer Dreissigjährigen hätte sie mehr erwartet. Wahrscheinlich war es Angela nie um Colin gegangen denn viel mehr um ihre Eigeninszenierung. Colin war passé, eine zwanzig Jahre ältere Frau musste jetzt hinhalten. Hauptsache, abnormal und auffällig.

«Allerdings.» Angela stützte die Hände in die Seite. «Wir haben abgemacht, dass er die Hälfte der Monatsmiete übernimmt, bis ich ausziehe. Die Wohnung ist per Ende November gekündigt. Er hat nichts überwiesen.»

«Wie bitte?» Valérie spürte das Bedürfnis, Stellung für Colin zu beziehen. «Ihr wohnt nicht mehr zusammen.»

«Das heisst nicht, dass er von seinen Verpflichtungen entbunden ist.»

«Kann das nicht deine Freundin übernehmen?»

Angela war perplex. «Das ist also bereits durchgesickert.» Sie lachte verächtlich. «Hätte ich mir denken können, dass das Muttersöhnchen zu Mami rennt.»

Valérie sah auf einmal rot. Sie verlor die Beherrschung. Sie holte aus und scheuerte Angela eine. «Lass dich hier nie mehr blicken.» Wut und Frust, Eifersucht und Enttäuschung brachen in diesem Moment unkontrolliert über sie herein.

Angela war genauso überrascht ob der Ohrfeige, dass sie vorerst keinen geraden Satz herausbrachte. «Das … Das», stotterte sie. «Das wird ein Nachspiel haben.» Sie wandte sich um, schritt resolut auf den Eingang zu und drehte sich nicht mehr um.

«Solltest du mich wegen der Ohrfeige anzeigen, so steht Aussage gegen Aussage», rief Valérie ihr hinterher und warf einen Blick nach oben. «Du hast Hausfriedensbruch begangen», murmelte sie vor sich hin. Zanetti hatte weder etwas gesehen noch gehört. Trotzdem kam sie sich kindisch vor. Was war bloss in sie gefahren?

Draussen dröhnte der Motor der 1000er-Kawasaki. Valérie liess es sich nicht nehmen, Colins Ex-Freundin hinterherzusehen. Sie blieb auf dem Weg zum Garagentor stehen und wartete, bis Angela mit ihrer Maschine hinter der Abzweigung auf die Grepperstrasse verschwand. Valérie nahm sich vor, Colin von diesem Zwischenfall nichts zu erzählen. Sie schämte sich masslos.

Halb zehn. Louis brachte sämtliche Unterlagen ins Sitzungszimmer. Valérie befürchtete, er habe die ganze Nacht durchgearbeitet. Unter seinen Augen lagen dunkle Schatten. «Entschuldige die Verspätung», sagte sie. «Du bist sicher froh, dich bald aufs Ohr legen zu können.»

Louis gähnte. «Dank dir habe ich mir gerade ein Powernapping gegönnt. Zehn Minuten Tiefschlaf, dann war ich wieder fit.» Sein bemühtes Grinsen widerlegte die Aussage.

Valérie grüsste in die Runde. Oliwia Maria, Fabia, Vischer und Caminada waren anwesend. «Tut mir leid. Das ist mir echt noch nie passiert, dass ich mich verschlafe.» Sie schielte zu Zanetti hinüber, der die Augen verdrehte. Von dem Disput mit Angela hatte er nichts mitbekommen. Er hatte auch nicht weiter danach gefragt, wer vor der Tür gewesen war. Auf dem Weg nach Biberbrugg hatte er geschlafen, und Valérie hatte sich weiterhin Gedanken über ihr verschwundenes iPhone gemacht.

«Bevor wir die zweite Vernehmung mit Frigo durchführen», sagte Valérie, «würde ich gern die Akten einsehen, die Louis herausgesucht hat.» Ob Angela Colin von diesem Disput erzählte? Verdammt, sie hätte sich nie auf sie einlassen sollen. Aber sie war einfach ins Haus getreten, frech, wie sie war. Valérie hatte keine andere Wahl gehabt.

«Worum geht es?» Caminada schwang sich auf einen Stuhl und griff nach der Thermoskanne und einer Tasse in der Tischmitte. Er schenkte Kaffee ein. «Will sonst noch jemand?»

Ausser Zanetti bejahten alle.

«Marijo Frigo ist bei der Schwyzer Polizei bereits aktenkundig», sagte Louis.

«Und warum hat das niemand bemerkt?», fragte Caminada.

«Weil er nie im Fokus unserer Ermittlungen stand», antwortete Louis und nahm Valérie damit die Wörter aus dem Mund. «Nachdem Anthony Frigo mit seiner Mutter und seinem Sohn vom Etzel weggezogen war, kam er in einer Sozialwohnung in Einsiedeln unter.»

«Und das wissen wir erst jetzt?» Caminada drehte die Kaffeetasse in seinen Händen.

«Hellsehen können wir nicht», warf Fabia ein und kassierte von Zanetti einen verbissenen Blick.

Kein Wunder, hatte sich Gereiztheit niedergeschlagen. Seit zwei Wochen arbeiteten sie am Limit. Die Morde rissen an den Nerven, die Thematik forderte schlaflose Nächte und Erschöpfungszustände, die ein klares Denken je länger, desto mehr verunmöglichten. Eine Ohrfeige. Sie hätte ihr bloss die Tür vor der Nase zuschlagen müssen. Die Wirkung wäre dieselbe gewesen.

Valérie bat Louis, mit seinen Ausführungen weiterzufahren.

«Am fünften März 1988 fand man Giovanna Frigo tot in ihrer Wohnung, die sie mit Anthony und ihrem Enkel teilte. Der Verdacht, sie umgebracht zu haben, fiel auf Anthony und Marijo gleichzeitig. Dennoch fehlten Beweise. Vater und Sohn schützten sich gegenseitig. Als drei Wochen später Anthony Frigo sich auf dem Etzel angeblich das Leben nahm, wurde Marijo verhaftet. Wieder fehlte es an Indizien und an Beweisen, dass er etwas damit zu tun haben könnte. Nach einem psychiatrischen Gutachten wurde Marijo Frigo auf freien Fuss gesetzt. Er kam in ein Heim für Waisen und startete eine beispiellose Karriere.»

«Also wurde er nie mehr renitent», sagte Fabia.

«Es klingt vielleicht vermessen», meldete sich Oliwia Maria zu Wort, «aber als Psychiater hat er eine Ahnung, wie man Menschen manipuliert. Selbst wir liessen uns von ihm blenden. Er wird weiterhin versuchen, Elisha Fox zu denunzieren. Auf dessen Krankheit hat er sein bösartiges Spiel errichtet. Er hat eine falsche Fährte gelegt. Mit Zahir Kälin und Benjamin Wyss, mit zwei unschuldigen Opfern, mit denen er persönlich nie etwas zu tun hatte, um vom Mord an Haltiner abzulenken. Das ist Willkür. Es liegt an uns, ihn mit den Fakten zu einem Geständnis zu bewegen. Es wird uns nur gelingen, wenn wir seine Vergangenheit lebendig machen und mit ihm dorthin zurückkehren, wo alles begonnen hat. Nach Schwyz und auf den Etzel.»

«Haltiner ist genauso unschuldig wie Kälin und Wyss», insistierte Fabia.

«Er musste stellvertretend für seinen Vater sterben», sagte Vischer. «Denn Dr. Haltiner gibt er die Schuld am Tod seiner Mutter.»

✲✲✲

«Montag, vierter Oktober. Es ist zehn Uhr fünfundvierzig. Zweite Vernehmung von Marijo Frigo im Fall ‹Etzelpass›. Anwesend sind der Angeklagte Marijo Frigo, Oberleutnant Valérie Lehmann, der Polizeipsychologe Henry Vischer sowie die Protokollführerin Leutnant Fabia Ulrich. Die Vernehmung leitet Oberleutnant Oliwia Maria Woźniak.»

«Das heisst jetzt Angeklagter. Interessant.» Frigo sah vor sich hin. Er hatte die Nacht in der Untersuchungshaft verbracht und weiterhin auf einen Rechtsvertreter verzichtet.

«Friede für Frigo.» Oliwia Maria deutete auf die vergrösserte Kopie des Zettels. «Was sagt Ihnen das?»

«Dass es jemand gut mit mir meint.»

Sie liess sich wegen dieser Antwort nicht aus der Ruhe bringen. Gewiss würde er im Verlauf des Verhörs mit weiteren abstrusen Bemerkungen aufwarten. «F-F-F steht für die Zahl Sechshundertsechsundsechzig. Bitte erklären Sie mir, wie Ihr Patient in Bezug auf seinen Mentor auf diesen Vergleich gekommen ist.»

«Er leidet unter einer Psychose. Solche Aussagen sind nicht ungewöhnlich.»

Oliwia Maria liess es so stehen. So, wie sie Fox mittlerweile einschätzte, hatte dieser auf subtile Art auf Frigo hingewiesen. Er musste gespürt haben, dass etwas nicht stimmte. «Gut, tauchen wir einmal ein ins Leben von Elisha Fox.» Sie nannte absichtlich Fox' Namen. Frigo sollte sich in Sicherheit wiegen, und sie wollte ihm vorgaukeln, dass es hier um seinen Patienten und nicht um ihn ging. «Er wurde im Jahr 1976 geboren und wuchs mit seinem Vater und seiner Mutter …» Oliwia Maria switchte jetzt auf Frigos Vita, «in Italien auf.» Sie hatte ihre eigenen Methoden für die Befragung.

«Das ist möglich.» Erstes Zögern. «So weit zurück sind wir bislang nicht gekommen», sagte Frigo.

«Im Jahr 1980 kam die Familie mit dem Kleinen nach Schwyz. Seine Mutter musste da bereits krank gewesen sein.»

Frigos Adamsapfel hüpfte auf und ab. «In Schwyz hat die Apokalypse begonnen», sagte er kaum hörbar.

Hatte sie ihn bereits in der Hand? In so kurzer Zeit jemandes Willen zu brechen, hatte sie bislang nicht geschafft. Ob er müde war? Müde von seinen jahrelangen Lügen, seiner Falschheit? «Schildern Sie uns, was in Schwyz geschah», forderte Oliwia Maria ihn auf. Ihre Nerven waren gespannt wie Drahtseile. Eine unpassende Äusserung, und Frigo würde sich wieder verschliessen. Sie war nicht sicher, ob er sich in Anwesenheit von drei weiteren Personen in seine Kindheit zurückführen liess. Sie wollte nichts aufs Spiel setzen, jetzt, wo sie sich ihrem Erfolg ganz nah wähnte. Sie befand sich in Augenkontakt mit Frigo, als sie Valérie, Vischer und Fabia bat, sie mit Frigo allein zu lassen. «Ich möchte mit Dr. Frigo unter vier Augen sprechen.»

Valérie und Vischer erhoben sich wortlos. Sie hatten offenbar verstanden, worum es hier ging. Mehr Mühe damit bekundete Fabia. Sie verliess als Letzte das Zimmer.

Leise klickte die Tür ins Schloss. Oliwia Maria setzte unbemerkt den Aufnahmemodus ihres Handys in Betrieb und stellte das Mikrofon so ein, damit das Gespräch im Raum nebenan mitgehört werden konnte.

«Für den kleinen Jungen waren die Dinge, die damals geschahen, nicht fassbar», fuhr Oliwia Maria fort. Auf Frigos Antwort wartete sie umsonst. «1981 zog die Familie von Schwyz in die Nähe von Einsiedeln. Erinnern Sie sich an das Haus am Etzel? Der Junge war damals fünf Jahre alt.»

«Tinka war an allem schuld.»

«Tinka? Wer ist Tinka?»

«Nonna hat sie umgebracht.»

«Wer ist Tinka?»

«Meine Katze. Sie wurde nur sieben Jahre alt. Sie hätte länger leben können. Aber Nonna hat sie eines Tages getötet. Auf den Braten am Abend habe ich verzichtet. Seither esse ich kein Fleisch mehr.» Es war, als würde in diesem Moment eine Transformation stattfinden. Frigo wurde zum kleinen Jungen, zu einem eingeschüchterten, von Ängsten geplagten Kind.

«Woran war Tinka schuld?»

«Sie war vom Teufel besessen. Nonna hat es mir gesagt. Sie sei schuld am Tod meiner *Mammina*. Der Teufel hatte von Tinka Besitz ergriffen. Man konnte es an ihren Augen sehen. Das Böse hatte *Mammina* heimgesucht. Nonna hat es mir jeden Tag erzählt … Dann brachte sie die Katze um. Damals war ich zwölf.»

Oliwia Maria liess die Sätze nachwirken. Keine falsche Erwiderung, was ihn in die Gegenwart geholt hätte. Er befand sich in einem tranceähnlichen Zustand, den sie ausnutzen musste. «Die Nonna war böse, nicht wahr?»

«Nonna hat Tinka getötet.»

«Dann hat sich der kleine Junge gerächt.»

Frigo sah durch sie hindurch. In seinen Augen schimmerten Tränen. «Der Junge war zwölf, als er sich gerächt hat.»

«Er hat die Nonna getötet. Sie hat es verdient, nicht wahr?»

Die Tür ging unter einem ohrenbetäubenden Krach auf. Unter dem Rahmen stand Caminada, sichtbar erbost. «Kann ich dich mal sprechen?»

Oliwia Maria spürte Wut im Bauch. Sie hätte Frigo bald so weit gehabt, dass er ein Geständnis ablegte. Sie erhob sich, ging zur Tür und liess einen verstörten Mann zurück.

«Du manipulierst ihn.» Caminada war ausser sich. «Das geht so nicht.»

«Ich bin als Amtshilfe da», erwiderte Oliwia Maria. «In meine Befragungsmethoden lasse ich mir nicht dreinreden.» Was bildete sich Caminada ein?

«Vor dem Richter wird es nicht zählen.»

«Wenn ich erfahre, was sich auf dem Etzel zugetragen hat,

wird es den weiteren Verlauf der Vernehmungen erleichtern.» Oliwia Maria wollte nichts auf ihre Taktik kommen lassen. Bis anhin war sie gut damit gefahren.

«Wir haben jedoch weitere Resultate aus dem Labor.» Caminada renkte sich etwas ein. «Die Forensiker haben im Mokka von Serina Dahlberg nebst Fox' DNA auch Spuren von Marijo Frigo gefunden. In einem der vielen Kellerabteile der Villa wurde ein Kreuz sichergestellt mit der DNA der ermordeten Männer. Zudem liegt der Beweis vor, dass Pfarrer Negroni dort eingesperrt war.»

«Okay, okay.» Oliwia Maria hob ihre Hände. Es war nicht ihre Art, Caminada herauszufordern. Sie bewegte sich auf dünnem Eis. «Elisha Fox hat in Dr. Frigos Villa gelebt. Das sagt zu wenig aus. Er selbst hätte ebenso gut den Pfarrer einsperren können. Ich will ein Geständnis des Angeklagten. Lass mir ein paar Minuten.»

Sie zweifelte plötzlich daran, an ein erfolgreiches Ende zu kommen. Die Unterbrechung schadete mehr, als sie nützte, und sie würde wieder von vorne beginnen müssen.

Mit Caminadas Einverständnis ging sie zurück. Wider Erwarten fand sie einen schier aufgelösten Mann vor. Frigo hatte die Arme auf den Tisch und den Kopf auf die Arme gelegt. Er sah auf, als Oliwia Maria sich setzte. Er hatte geweint. Der einst stolze Psychiater war zusammengebrochen, was immer der Auslöser gewesen war. Die Energie war weg. Oliwia Maria würde ihn im Zustand völliger Aufgelöstheit zur Aussage bewegen können. Sie griff nach seinen Händen, zog sie über den Tisch.

Frigo zuckte unter ihren Berührungen zusammen.

«Erzählen Sie mir, wie der Junge seine Nonna umgebracht hat.»

Frigo starrte sie an. Seine Gesichtszüge wurden weich. «Er hat sie mit einer Teigrolle getötet.»

«Hat sein Vater zugesehen?»

«Ja, sein Vater hat es gewusst. Er hat die Teigrolle verschwinden lassen. Weder ihm noch seinem Sohn konnte etwas nachgewiesen werden. Aber der Junge traute ihm nicht. Auf einer

Wanderung am Etzelpass stiess er den Vater in die Teufels-
schlucht. Später sagte man, es sei Selbstmord gewesen, weil er
seine eigene Mutter auf dem Gewissen hatte und nicht damit
umgehen konnte.»

Oliwia Maria streckte ihren Rücken. Sie musste sich für die
nächste Frage überwinden. «Marijo Frigo, geben Sie zu, am fünften März 1988 Ihre Grossmutter Giovanna Frigo umgebracht
zu haben?»

Frigo nickte ergriffen.

«Bitte sagen Sie es laut und deutlich.»

«Ich gestehe, meine Grossmutter Giovanna Frigo getötet zu
haben.»

«Gestehen Sie auch, dass Sie am siebenundzwanzigsten März
1988 Ihren Vater Anthony Frigo in den Tod gestossen haben?»

«Ich bekenne mich zum Tod meines Vaters. Ich habe ihn in
die Sihl gestossen.»

Oliwia Maria hatte den schwierigsten Teil noch vor sich. Sie
überlegte sich, wie sie eine Brücke zwischen den Geständnissen
und den Toten im aktuellen Fall schlagen konnte. Sie brauchte
Zeit und durfte den Angeklagten nicht überfordern. Noch gab
es keine Verbindung zwischen Frigo und Kälin und Wyss. Aber
wenn sie die Vernehmung ein weiteres Mal abbrach, würde es
schwieriger werden, alles zu einem sauberen Abschluss zu bringen. Sie reichte Frigo ein Glas Wasser und wartete, bis er es
leer getrunken hatte. Sie überlegte lange, ob sie doch eine kurze
Pause einlegen wollte. Schliesslich erhob sie sich, orderte einen
Wachmann und verliess den Raum.

✳✳✳

Valérie erwartete Oliwia Maria im Nebenzimmer. Sie hatte die
Vernehmung über den Lautsprecher mitverfolgt. «Ich gratuliere
dir.» Sie freute sich über den Erfolg ihrer Kollegin. «Somit wäre
der Fall, der im Jahr 1988 wegen mangelnder Beweise ad acta
gelegt wurde, gelöst. Wer hätte das gedacht?»

Oliwia Maria hinterliess dennoch keinen glücklichen Eindruck. «Noch fehlt das Geständnis in Bezug auf die Ermordung von Zahir Kälin, Benjamin Wyss und Thomas Haltiner. Sollte Dr. Frigo aber die Taten nicht gestehen, haben wir mittlerweile genug Indizien, die gegen ihn sprechen.»

Valérie war sich nicht sicher. Sie hatte sich den Kopf darüber zerbrochen, warum Frigo die Hurden-Kapelle hätte anzünden sollen. Es ergab keinen Sinn. Noch hatte sie keine Antwort auf die in Ethanol getränkten Strohballen. Man hatte bisher angenommen, das Feuer stünde im Zusammenhang mit Kälins Tod. Valérie glaubte nach wie vor an diese Theorie. Der Brand diente der Vertuschung von Spuren. Aber Frigo passte hier definitiv nicht rein. «Lassen wir das Kreuz und die Statuen mal ausser Betracht», sagte sie.

«Wovon sprichst du?» Oliwia Maria vermochte offensichtlich nicht, ihr zu folgen. «Ich möchte an deinen Gedanken von Anfang an teilhaben.» Sie lachte. «Wir sind uns sehr ähnlich. Tausend Sachen im Kopf, und wenn wir sie verlautbaren, versteht sie keiner.»

«Entschuldige. Ich meinte, dass wir das Kreuz und die Statuen vergessen sollten. Blenden wir sie aus.» Sie wartete Oliwia Marias Erwiderung nicht ab. «Die verbrannte erste Leiche auf einem Teilstück des Jakobswegs. Kein unmittelbarer Zeuge. Der zweite Mord geschah in der Nähe des Museums, wo früher der Jakobsweg durchführte. Keine Zeugen.»

«Die Tötungen wurden jedoch auf die gleiche brutale Art durchgeführt», insistierte Oliwia Maria.

«Noch einmal: Vergessen wir das Kreuz und die Statuen», schob Valérie nach. «Was bleibt?»

«Der Jakobsweg.»

«Genau. Die Verbindung zum Jakobsweg fehlt beim dritten Mord. Gemäss Zeuge kommt hier zum ersten Mal ein Opel Mokka ins Spiel.»

«Der tauchte doch schon bei der Hurden-Kapelle auf.»

«Aber nicht unmittelbar während des Brandes.»

«Du machst es einem nicht einfach.» Oliwia Maria blähte ihre Wangen und pustete die Luft wieder aus. «Wo hinaus willst du?»

«Dr. Frigo hatte keinen Grund, Kälin und Wyss zu töten.»

«Steht er nicht im Verdacht, dadurch vom Mord an Haltiner abgelenkt zu haben?»

«Das dachte ich auch. Aber warum hätte er sich die Mühe nehmen sollen, einen solchen Aufwand zu betreiben … lapidar gesagt. Ich habe den Bericht von Stieffel wiederholt gelesen. Es gibt Unterschiede in der Art der Verletzung.»

«Ach ja? Was für Unterschiede?»

«Beim ersten und zweiten Opfer wurde im Minimum zehnmal auf den Kopf eingeschlagen. Gemäss Stieffel beim dritten Opfer zweimal. Er geht davon aus, dass die Schlagkraft grösser war.

«Du glaubst, Elisha Fox könnte trotz allem für die beiden ersten Morde verantwortlich sein?» Oliwia Maria schüttelte den Kopf. «Das passt nicht zu seinem Krankheitsbild.»

«Ich meine nicht Elisha Fox.»

«Wen dann?»

Valérie überreichte ihr ein Dokument. «Es beinhaltet das, was Louis für mich herausgesucht hat.»

Oliwia Maria nahm das Papier entgegen, las und riss die Augen auf. «Das ändert dann wohl einiges.»

∗ ∗ ∗

Der Blick Richtung Norden fiel auf die Schanzenanlage von Einsiedeln und auf weite Felder, auf denen sich die Bauernhöfe wie Spielzeuge verteilten. Das Gebimmel weidender Kühe verbreitete eine Idylle, die trog.

Die Zimmer auf dieser Seite lagen ruhig. Valérie näherte sich dem Krankenbett und sah durchs Fenster. Erinnerungen brachen über sie herein, an den Fall der zerstückelten Leichen und die Verfolgungsjagd auf der grossen Schanze. Es war wie ein Flashback, der ihr einen Moment des Innehaltens bescherte. Ihre Missionen waren selten ungefährlich. Manchmal musste sie ans Limit gehen, auch körperlich.

Heute gestaltete sich ihre Ermittlung etwas anders. Ihre geistigen Fähigkeiten waren gefragter denn je. Und sie musste Oliwia Maria, die sie begleitet hatte, davon überzeugen, dass sie mit ihrer Vermutung richtiglag.

Serina Dahlberg befand sich in einem Privatzimmer und tat so, als schliefe sie. Valérie berührte ihren linken Arm, in dem eine Kanüle für die Infusion steckte. Die Patientin würde sich hüten, mit dem Infusionsständer Reissaus zu nehmen, ging ihr gerade durch den Kopf.

Serina Dahlberg schlug die Augen auf. «Ach, Frau Lehmann.» Sie setzte eine verdrossene Miene auf.

«Wie geht es Ihnen?», fragte Valérie.

«Ich bin noch immer sehr müde. Warum sind Sie hier?»

«Um Ihnen ein paar Fragen zu stellen.»

«Dürfen Sie das?»

«Der zuständige Arzt hat es uns erlaubt.»

Serina Dahlberg hatte sich am Triangel hochgezogen. Sie sank wieder ins Kissen zurück und wandte den Kopf ab.

«Wenn Sie sich kooperativ zeigen, sind Sie uns schnell wieder los. Kommen wir zurück auf den Tag, als man Sie im Zimmer in der Villa zusammen mit Pfarrer Negroni fand. Was war vorausgegangen? Warum wollte Dr. Frigo eine Teufelsaustreibung an Ihnen vornehmen?»

«Eine Teufelsaustreibung?» Serina Dahlbergs Augen wurden gross wie Wagenräder. «Ich weiss es nicht. Er hat mir ein Barbiturat verabreicht. Mir ging es an diesem Tag nicht gut. Mir war bereits nach dem Frühstück schlecht.» Sie überlegte, zog ihre Stirn kraus. «Was weiss ich, was er mir in die Milch gemischt hat. Marijo brachte mich später in dieses Zimmer. Ich musste mich auf einen Schragen legen. Was danach geschah, daran erinnere ich mich nicht.»

«Fürchteten Sie sich nicht davor, dass er Sie töten könnte?»

«Warum hätte er das tun sollen?»

«Weil Sie sein Geheimnis kannten.» Valérie liess den Satz nachwirken.

«Ich … Nein. Er hat keine Geheimnisse vor mir.»

«Aber Sie vor ihm!» Valérie liess Serina Dahlberg nicht aus

den Augen. «In Ihrem Appartement im Mitarbeitertrakt der Klinik ‹Anima Mea› haben wir Ethanol gefunden und Spuren von Stroh sichergestellt.»

Serina Dahlberg entsetzte sich. «Wer gab Ihnen das Recht, in meinem Zimmer zu schnüffeln?» Alle Farbe war aus ihrem Gesicht gewichen.

«Es hat alles seine Richtigkeit.» Valérie wartete, bis Oliwia Maria sich auf einen der Besucherstühle gesetzt hatte. «Warum haben Sie die Kapelle angezündet?»

«Das habe ich nicht.»

«Warum gibt es dann eine Anleitung für in Ethanol getränkte Strohballen in Ihrem Zimmer?»

«Ich möchte einen Anwalt.» Serina Dahlberg kniff den Mund zu einem dünnen Strich zusammen.

Für Valérie war der Wunsch nach einem Rechtsvertreter ein halbes Geständnis. Sie liess vom Thema ab. «Als Sie in der Klinik von Professor Joller arbeiteten, lernten Sie Elisha Fox kennen.»

«Davon habe ich Ihnen erzählt. Er war mein Patient.»

«Sie hatten mit ihm eine innige Beziehung, die leider nicht erwidert wurde. Als Sie Ihre neue Stelle bei Dr. Frigo fanden, begegneten Sie Elisha Fox wieder.»

«Entschuldigung, ich habe es nicht erwähnt …»

«Sie hatten es abgestritten.»

«Gut, ich fand es einfach nicht wichtig. Aber, was hat dies mit den Morden zu tun, in denen Sie ermitteln?»

«Sie arbeiteten vorab im Büro, während Dr. Frigo ein paar wenige Patienten betreute, die von ausserhalb kamen. Elisha Fox jedoch lebte im Haus. Sie haben für ihn gekocht, und Sie haben miteinander gegessen. Elisha hatte sogar zwei identisch gleiche Zimmer. Mittlerweile ist uns der Grund bekannt. Frigo hat für den Worst Case vorgesorgt. Falls die Polizei auftauchen sollte und Fox' Zimmer sehen wollte, musste er den Patienten nicht ausser Haus schicken, sondern konnte ihn im zweiten Zimmer einsperren und so heikle Fragen umgehen und die Gefahr minimieren, dass er einfach auftaucht.» Valérie liess ein paar Sekunden verstreichen, in denen Serina Dahlberg schwieg. «Sie hatten Akteneinsicht und trugen die Patienten ein, kontrollierten die Medikamentenausgabe, und nun wollen Sie uns weismachen, dass Elisha Fox nirgends vermerkt war. Ich glaube eher, dass Sie seine Akten bewusst haben verschwinden lassen. Nicht nur für Dr. Frigo, auch für Sie kam Elisha Fox wie gelegen … unabhängig voneinander. Dr. Frigo erzählte Ihnen von Fox' Krankheitsbild. Er wollte Ihre Meinung dazu. Das wäre normal. Aber Sie haben gemerkt, dass Fox sich nur auf Dr. Frigo fixierte und Sie aussen vorliess. Er wollte nichts mehr mit Ihnen zu tun haben. Sie galten einst als Liebespaar. Professor Jollers Sohn hat dies bestätigt.»

Serina Dahlberg sagte noch immer kein Wort, fasste jedoch an den Triangel.

Valérie nahm es zur Kenntnis. «Sie wussten alles über ihn und sannen auf Rache. Es ist einfach, einem geistig angeschlagenen Menschen eine Tat in die Schuhe zu schieben. Aber Sie gingen noch weiter. Sie wussten, wie Elisha Fox von seinen ehemaligen Freunden enttäuscht war. Dies hatte sich in ihm manifestiert. Sie glaubten wohl, ihm einen Gefallen zu tun, wenn Sie diese Freunde töteten, hofften sogar, dass er dann zu Ihnen zurückkommen würde.» Valérie sah auf die Anrufliste, die sie von IT-Müller bekommen hatte. «Sie hatten Zahir Kälin frühmorgens an diesem verhängnisvollen Bettag in die Kapelle bestellt. Wir haben eine Aussage von seiner Witwe, dass Sie eine Woche vor seinem Tod mit ihrem Mann Kontakt aufgenommen hatten.»

Serina Dahlberg lief rot an und drückte den Klingelknopf. «Wollen Sie damit sagen, dass ich Zahir Kälin und Benjamin Wyss umgebracht habe?»

«Genau das wollte ich hören. Sie haben nämlich Thomas Haltiner vergessen. Von seinem Tod können Sie nichts wissen. Wir hatten absolute Nachrichtensperre, was diese Tat betraf. Dr. Frigo hingegen ahnte Ihre kriminellen Handlungen und hat sich einen Vorteil daraus gezogen. Das Holzkreuz, Frau Dahlberg. Wir haben es im Keller von Dr. Frigos Villa gefunden. Ihre Fingerabdrücke sind drauf. Sowie die DNA der Ermordeten.»

«Ihre Phantasie ist bemerkenswert. Warum hätte ich jemanden töten sollen?» Ihre Stimme war leiser geworden.

Die Tür ging auf. Eine Pflegerin trat ins Zimmer. «Sie haben geläutet?»

«Ja, die Herrschaften möchten jetzt gehen. Ich bin müde.»

∗∗∗

«Leutnant Louis Camenzind.» Er liess sich dem Arzt gegenüber auf den Stuhl fallen. Valérie hatte ihn gebeten, die Vernehmung mit Frigo zu einem Abschluss zu bringen. Es war nicht üblich, die Gesprächspartner innerhalb einer laufenden Befragung auszutauschen. Es war Valéries Idee gewesen. Henry Vischer und eine Protokollführerin waren anwesend.

Louis richtete sich an Frigo. Von seinem Stolz hatte er verloren. Auf seinem Gesicht zeichneten sich tiefe Linien ab, die sich wie die Verästelung eines Flussdeltas über Stirn und Wangen zogen. «Sind Sie sicher, dass Sie noch immer auf einen Anwalt verzichten wollen?»

«Ich wüsste nicht, was er besser machen könnte. Sie haben mein Geständnis. Frau Woźniak hat es aufgenommen. Im Alter von zwölf Jahren habe ich zuerst meine Nonna, dann meinen Vater umgebracht. Wollen Sie mich deswegen in die Jugendstrafanstalt stecken?»

Louis warf Vischer einen Blick zu, den dieser mit hochgezogenen Brauen erwiderte. «Wir haben neben dem Keller, in dem Sie Pfarrer Negroni festgehalten haben, ein Kreuz gefunden. Es wurde gestern ins forensische Labor gebracht. Die abschliessenden Resultate sind eingetroffen.» Louis legte Akten auf den Tisch. «Ihre Fingerabdrücke, Dr. Frigo, wurden darauf sichergestellt.»

«Gut möglich, weil ich das Kreuz in den Keller getragen und es auf das Gestell gelegt habe. Es lag in Serina Dahlbergs Wagen …» Er lächelte vor sich hin. «Ein Kreuz, auch Bücher und Gläser habe ich in den Keller gebracht. Die Requisiten befanden sich einst im Keller auf dem Etzel. Es ist das Einzige, was mein Vater mitgenommen hatte.»

Louis liess sich nicht beirren. «Die DNAs der ermordeten Männer wurden ebenso eruiert, die von Zahir Kälin, von Benjamin Wyss und von Thomas Haltiner. Das beweist, dass die Opfer mit diesem Kreuz niedergeschlagen wurden.»

«Was für ein bemerkenswerter Zufall.» Frigo verzog seinen Mund zu einer Schnute. «Sie können nichts beweisen.»

«Die Beweislage ist erdrückend», bluffte Louis und hoffte auf ein Wunder.

SIEBZEHN

«Es reicht für eine Festnahme.» Zanetti liess einen Kaffee aus der Maschine. In den letzten vierundzwanzig Stunden hatten sich die Ereignisse überschlagen. Um acht Uhr abends hatte man Serina Dahlberg aus dem Spital Einsiedeln geholt, nachdem ihre Transportfähigkeit abgeklärt worden war. Nun sass sie in einer der Zellen im Untersuchungsgefängnis und wartete auf die Fortsetzung der Befragung. Er wandte sich an Valérie. «Traust du es dir zu, Serina Dahlberg anzuhören? Sie hat einen Anwalt aufgeboten.» Zanetti sah auf seine Armbanduhr. «Um zehn wird er in Biberbrugg sein. Wir müssen uns auch auf den Weg machen.»

«Warum sollte ich es mir nicht zutrauen?» Valérie verstand die Bemerkung nicht. «Weil ich kaum geschlafen habe?» Sie unterdrückte ein Gähnen.

«Ich habe gestern mit Angela gesprochen.»

Die Wucht der Worte fühlte sich wie eine Detonation an.

Valérie drehte sich zur Kaffeemaschine um. Zanetti sollte nicht sehen, wie seine Äusserung sie erschreckte. «Was hat sie gewollt?» Sie liess ihre Stimme desinteressiert klingen.

«Sich dafür entschuldigen, weil sie sich dir gegenüber ungezogen benommen hat.»

«Ach ...» Valérie spürte einen Kloss in ihrem Hals. Nicht nur die Befragung von Serina Dahlberg hatte sie in der letzten Nacht um ihren Schlaf gebracht, auch der handgreifliche Disput mit Angela. Wenn sie daran dachte, wie ihr die Hand ausgerutscht war, bekam sie Schweissausbrüche. Das hätte niemals geschehen dürfen. Es war kindisch und nicht entschuldbar und die Begründung hanebüchen. Warum hatte sie sich dermassen gehen lassen? War es Eifersucht? Die Tatsache, dass sie ihre besten Jahre hinter sich hatte und sich im Schatten einer Jüngeren sah, die Colin für sich eingenommen hatte? Oder Wut, weil Angela ihren Sohn dermassen behandelte? Sie kam auf keinen Nenner.

«Hat sie sonst noch etwas gesagt?» Valérie wandte sich erst jetzt Zanetti zu, glaubte, auf seinem Gesicht etwas herauslesen zu können.

«Sie hat Blumen vorbeigebracht.» Zanetti wies auf den Strauss roter und orangener Astern in der Vase auf dem Wohnzimmertisch.

«Blumen? Keinen Kaktus?» Diese Sprache hätte Valérie verstanden. Das wäre eine faire nonverbale Kommunikation gewesen. Anstatt dessen bat Angela um Entschuldigung. Die junge Frau zeigte Charakterstärke, wo Valérie versagte. Sollte sie es als Überheblichkeit betrachten? «Hat sie eine Karte dazugelegt?»

«Nein. Sie hat nur gesagt, dass sie sich über ein Gespräch freuen würde.»

Valérie vergewisserte sich, wie spät es war. Halb neun. Auf dem Handy würde sie Angela gut erreichen. Sie hatte einen Job, der ihr ermöglichte, während der Arbeit zu telefonieren. Was sollte sie bloss tun? Einerseits hatte Valérie nicht das geringste Bedürfnis, inmitten ihrer Ermittlungen ein privates Problem zu lösen, andererseits würde sie sich, wenn sie sich nicht meldete, immer tiefer in etwas hineinmanövrieren, auf das sie hätte verzichten können. Letztlich würde es auch zwischen ihr und Colin stehen.

«Du wirkst nachdenklich.» Zanetti zog seine Schuhe an. «Damit ich es nicht vergesse: Dein Handy liegt auf der Garderobe.» Stille. «Bist du dir wirklich sicher, dass du heute die Vernehmung von Serina Dahlberg führen willst? Oliwia Maria springt sicher für dich ein. Zudem steht ein Gespräch mit Elisha Fox an.»

Genau das machte es aus: Valérie bekundete selten Mühe, sich auf problematische Vernehmungen einzulassen. Sie behielt immer einen kühlen Kopf. Die Sache mit Angela betraf sie persönlich, und es bereitete ihr grosse Mühe, dabei cool zu bleiben. «Nein, *ich* werde sie vernehmen. Oliwia Maria wird dabei sein. Das ist eine abgemachte Sache. Und später knöpfe ich mir Fox vor.» Valérie ging in die Garderobe, wo sie sich für die Fahrt nach Biberbrugg bereit machte. Es war *ihr* Fall.

Auf halbem Weg entschied sie sich, Angela anzurufen. Zanetti fuhr. Er würde alles mithören. Es kostete sie Überwindung. Sie wählte die Nummer, liess es ein paarmal läuten, wollte schon abbrechen, als Angela sich meldete.

Allein ihre Stimme löste ein Schaudern in ihr aus. «Hallo, Valérie, schön, dass du anrufst.»

Valérie räusperte sich. «Ich danke dir für die Blumen. Emilio sagte mir, dass du gestern bei uns warst. Schade, war ich nicht da. Ich …», sie zögerte, «es tut mir leid, was geschehen ist. Es ist unverzeihlich.»

«Ist schon okay. Ich glaube, wir waren beide gereizt. Ich habe gehört, wie tief du in einem Fall drinsteckst. Mein Auftritt war unpassend, deine Reaktion verständlich.»

«Ich verachte meine Reflexe.» Valérie sandte einen Blick zu Zanetti, der geradeaus auf die Strasse starrte. «Es tut mir leid. Es war …» Wegen Colin, aber das sagte sie nicht laut. Nein, es ging sie nichts an. Sie durfte sich nicht ins Leben ihres Sohnes einmischen. Es stand ihr nicht zu, Angela wegen der Trennung anzusprechen, noch weniger, sie wegen ihres Liebeslebens auszuhorchen. Es war tabu. «Ich hoffe, wir können diese Geschichte abhaken.»

«Auf jeden Fall.» Es entstand eine Pause. «Ich finde dich eine bemerkenswerte Frau», schob Angela nach.

«Ich dich auch.» Valérie verabschiedete sich, hätte sich jedoch wegen der letzten Bemerkung am liebsten auf die Zunge gebissen. Angela erinnerte sie an ihre eigene Rebellion, aber da war sie zehn Jahre jünger gewesen als Angela heute. Mit zwanzig hatte sie sämtliche Register gezogen und alles über den Haufen geworfen, was sie an ihr Elternhaus erinnerte.

«Ärger?», fragte Zanetti.

«Hat es danach geklungen?» Valérie ahnte, dass noch nicht alles ausgestanden war, aber sie behielt es für sich. «Nein, es gab bloss eine kleine Unstimmigkeit zwischen Angela und mir. Sie ist behoben.»

∗∗∗

Serina Dahlberg wartete im Vernehmungszimmer zusammen mit ihrem Anwalt.

Eine Hürde mehr, dachte Valérie, als sie die Tür hinter sich zuzog. Sie schritt zum Tisch, legte ihre Mappe ab und setzte sich. Oliwia Maria sass bereits da und hatte das Aufnahmegerät und eine Videokamera installiert.

«Nur dass es klar ist», sagte der Anwalt, bevor er seinen Namen nannte. «Meine Mandantin wird nichts sagen.»

«Ich bin Oberleutnant Valérie Lehmann. Danke, dass Sie gekommen sind, Herr ... Wie ist Ihr Name?»

«Sorry, ich dachte, das wüssten Sie.» Es schien, als beendete der Anwalt sein arrogantes Verhalten. «Ludwig Metzler. Ich weiss nicht genau, was Sie meiner Mandantin vorwerfen.» Sein jungenhaftes, faltenloses Gesicht liess eine gewisse Unerfahrenheit erahnen. Er war kaum dreissig. Vielleicht vertrat er zum ersten Mal eine Klientin, woraus seine Nervosität schliessen liess. Er machte sie jedoch mit seinem Mundwerk wett. Seine braunen Haare waren kurz und gepflegt, die Hände manikürt und die Fingernägel lackiert. «Mit welcher rechtlichen Grundlage wurde Frau Dr. Dahlberg aus dem Spital geholt?»

«Wenn wir schon dabei sind, haben Sie die Vollmacht zur Vertretung von Frau Dahlberg?» Valérie sah ihm in seine grossen grauen Augen, die etwas kindlich Naives ausstrahlten.

Metzler fiel die Kinnlade runter. «Wir haben es ... geregelt.»

«Ist das so, Frau Dahlberg?»

Die Angesprochene nickte.

Valérie richtete sich an Metzler. «Dürfte ich die Vollmacht sehen?»

«Die liegt auf meinem Pult in der Kanzlei. Dann wäre das geklärt.» Metzler plusterte sich auf. «Was rechtfertigt die Inhaftierung meiner Mandantin?», wiederholte er.

«Das ist ein Missverständnis», entgegnete Valérie. «Noch liegen weder eine Anklage noch ein Haftbefehl vor. Es geht hier lediglich um die Fortsetzung der Befragung.»

«Warum dann die Zelle?» Metzler krauste seine Stirn und warf Serina Dahlberg einen kritischen Blick zu.

Leider haben wir keine Suiten, dachte Valérie, riss sich im letzten Moment zusammen, um es nicht laut zu sagen. «Es ist der einzige Raum, der über eine Liegefläche verfügt. Ich ging davon aus, dass Frau Dahlberg von den Strapazen der letzten Stunden noch geschwächt ist.»

Metzler beugte sich zu Serina Dahlberg hinüber und flüsterte ihr etwas ins Ohr. Sie schluckte schwer und straffte ihren Rücken. «Eine Befragung also?», bemerkte er.

«Wir haben nie etwas anderes kommuniziert.» Valérie richtete sich an Serina Dahlberg. «Meine Vermutung lautet: Sie waren auf einem Rachefeldzug gegen Elisha Fox *und* Dr. Marijo Frigo.»

«Ich bitte Sie. Gibt es Beweise?» Serina Dahlberg sah zu Metzler, der eifrig Notizen machte.

«Auf dem Kreuz im Keller befand sich die DNA der Opfer sowie Ihre Fingerabdrücke.» Valérie verschwieg, dass man auch die Fingerprints von Frigo sichergestellt hatte. Sie wollte es darauf ankommen lassen, dass sich die Verdächtige selbst verriet.

«Und wie ist die DNA von diesem … diesem Haltiner an das Kreuz gekommen?», fragte Serina Dahlberg, sichtbar erregter als zuvor. Sie riss plötzlich ihre Hände vors Gesicht. Offenbar war sie sich ihres Versprechers bewusst geworden.

Metzler legte ihr die Hand auf den Arm. «Sie sind nicht verpflichtet, etwas dazu zu sagen.»

Es war zu spät.

Valérie spürte Genugtuung. «Weil Sie es in Ihrem Wagen liegen hatten. Am Tag als Thomas Haltiner ermordet wurde, hatten Sie Dr. Frigo den Mokka ausgeliehen. Sie ahnten, was er vorhatte, lange bevor Sie Zahir Kälin umbrachten. Sie waren Dr. Frigo auf die Schliche gekommen. Sie kannten seine Geschichte. Wir haben auf Ihrem Laptop Hinweise auf sein Vorhaben gefunden, den Plan für seinen Rachefeldzug gegen Haltiner, Pfarrer Negroni und Kreienbühl.» Valérie war nervös. Das, was sie laut sagte, basierte bloss auf einer kurzen Mitteilung von Louis. Sie sah Oliwia Maria an. Diese nickte einvernehmlich. «Als Sie in der Klinik von Professor Joller praktizierten, gingen Sie mit Ihrem Patienten Elisha Fox eine sexuelle Beziehung ein – oder haben

Sie ihn genötigt? Elisha ist nach den Kriterien der Adventisten streng erzogen worden ... Keine sexuelle Beziehung vor der Ehe.»

Serina Dahlberg schnappte nach Luft. «Nein! Was erlauben Sie sich? Gehört dieses Thema überhaupt hierher?»

Valérie überging es. «Damit es nicht auffiel und Sie ihn als Patient entlassen konnten, stellten Sie ein gefälschtes psychologisches Gutachten aus. Fox galt als geheilt und kam Monate später zurück in die Klinik, wo er als Hilfspfleger arbeitete. Sie hatten sich sehr dafür eingesetzt. Fox aber wollte nichts mehr von Ihnen wissen. Er brach Ihnen das Herz. Dazu haben wir die Aussage von Dr. Joller junior.» Valérie legte entsprechenden Text vor. «Sie litten so sehr darunter, dass sie selbst nicht mehr fähig waren, Ihre Patienten zu therapieren.»

«Dieser Idiot.» Serina Dahlberg vergrub ihr Gesicht in den kleinen Händen, offenbar war sie über ihre Aussage erschrocken. «Ich habe nicht mehr lange zu leben», schrie sie plötzlich und legte ihre Hände auf den Tisch zurück. «Schauen Sie mich an. Die Stelle bei Dr. Frigo half mir darüber hinweg, ständig an meine Krankheit zu denken. Bei der Klinik ‹Anima Mea› bin ich in gekündigter Anstellung. Noch einen Monat, dann ist es vorbei. Bis dahin will ich alles geben.» Sie schluchzte auf. «Elisha war mein Ein und Alles.»

«Frau Dr. Dahlberg, bitte ...» Metzler wusste nicht, wie ihm geschah. Augenscheinlich hatte er nicht besonders viel Ahnung von seiner Mandantin und ebenso wenig Verständnis für ihr Gebaren.

Serina Dahlberg redete, als wäre ihr rechtlicher Vertreter nicht anwesend. «Ich bin dem Tod geweiht», rief sie. «Ich werde nicht mehr lange leben.»

Valérie liess sich nicht blenden. Serina Dahlberg versuchte gerade, auf die Tränendrüsen zu drücken, glaubte wohl, ihr gesundheitlicher Zustand würde sie von einer Anklage entbinden. Ein verzweifelter Versuch, sich aus dem Dilemma zu retten. «Wir haben von der Klinik im Schwarzwald, wo Sie angeblich gearbeitet haben, die Krankenakte eingesehen.»

«Wie kommen Sie dazu?» Metzler zeigte sich zusehends wütender.

«Es ist legitim, das sollten Sie wissen. Wir haben die richterliche Verfügung, nachdem der Verdacht gegeben war, dass Gefahr für Leib und Leben besteht.» Valérie schob ein weiteres Dokument über den Tisch.

Metzler las es und schwieg.

Valérie richtete sich an Serina Dahlberg und fuhr fort. «Sie waren dort zur Behandlung ... als Patientin. Dasselbe gilt für die Klinik am Bodensee. Sie leiden unter einem Borderlinesyndrom, begleitet von einer massiven Essstörung.»

«Das ist nicht wahr.» Serina Dahlberg schnellte auf. Der Stuhl hinter ihr kippte um. «Was soll das? Ich bin eidgenössisch anerkannte Psychotherapeutin.»

Man brauchte keine besonderen Fähigkeiten, um Dahlbergs Reaktion als Zeichen ihrer Lügen zu deuten. Valérie liess etwas Zeit verstreichen.

«Mit ergaunertem Titel», setzte Oliwia Maria nach. «Der Doktor steht Ihnen nicht zu. Sie haben weder eine medizinische Approbation noch einen legitimierten Doktortitel.»

Stille. Bloss die hektischen Atemzüge der Anwesenden waren zu vernehmen.

«Allein für dieses Vergehen werden Sie ins Gefängnis wandern», sagte Valérie.

«Ich werde bald sterben», sagte Serina Dahlberg von Neuem, ungeachtet dessen, was Valérie verlautbart hatte.

Valérie entnahm ihrer Mappe den Austrittbericht des Spitals Einsiedeln. «Ihr Körper ist völlig in Ordnung. Bitte hören Sie auf zu lügen.»

«Das dürfen die nicht ...» Serina Dahlberg setzte sich, nachdem Oliwia Maria den Stuhl aufgestellt hatte, und klammerte sich an Metzlers Arm. «Herr Anwalt, warum sagen Sie nichts?»

Metzler flüsterte ihr wieder etwas zu, worauf Serina Dahlberg ihr Gesicht in den Händen vergrub.

«Sie geben Elisha die Schuld an Ihrem Schicksal», wandte Valérie ein.

«Ich habe alles versucht, um ihm ein normales Leben zu ermöglichen.» Serina Dahlberg verschränkte die Arme. «Das ist der Dank …» Dann verbarg sie ihr Gesicht erneut.

«Das reicht fürs Erste.» Valérie blinzelte zu Oliwia Maria hinüber. «Ich werde Zanetti informieren.» Sie forderte Serina Dahlberg auf, sich zu erheben.

«Ich soll aufstehen?» Ihr Blick raste zwischen Metzler und Valérie hin und her. Auf ihrem Gesicht erschienen rote Flecken. Langsam erhob sie sich. Aus ihren Augen sprühte blanker Hass.

Valérie umrundete den Tisch, bis sie auf Dahlbergs Höhe stand. «Ich verhafte Sie wegen des dringenden Tatverdachts, Zahir Kälin und Benjamin Wyss erschlagen zu haben. Alles, was Sie von jetzt an sagen, kann gegen Sie verwendet werden. Sie haben das Recht, zu schweigen und die Mithilfe zu verweigern.»

**

Elisha wurde von einem uniformierten Polizisten in eines der nüchternen Zimmer geführt. Grelles Neonlicht verbreitete eine kalte und unpersönliche Atmosphäre. Seit dem seltsamen Ritual in Frigos Villa verstand er die Welt nicht mehr. Warum hatte sein Mentor Serina mit dem Kreuz schlagen lassen? Während einer Zeremonie, die alles andere als göttlich gewesen war? In der letzten Therapiestunde hatte Dr. Frigo erwähnt, dass er an Serina einen sogenannten Exorzismus durchführen würde, weil sie besessen sei. Dr. Frigo war plötzlich in eine andere Richtung gekippt. Von dieser verstörenden Seite hatte Elisha ihn vorher nicht gekannt. Seine Ahnung, dass hinter Dr. Frigo etwas Abtrünniges steckte, hatte ihn jedoch nicht getäuscht. Elisha hatte ihm von Anfang an nicht getraut, wenn er es genau nahm. Er war der Anführer der dunklen Mächte. Er, der sich nicht zu erkennen gegeben hatte. Und ihm hatte er alles erzählt.

Er hatte nur am Rande mitbekommen, was in dem abgedunkelten Zimmer geschah. Bevor er dorthin geführt worden war, musste er eine Tablette schlucken und eine schwarze Kutte anziehen. Der Pfarrer hatte ihm eine Flasche mit Öl überreicht, um

Serina während der Gebete an ihrem Nacken zu salben. Trotz seines betäubten Zustands war es Elisha unangenehm gewesen, er hatte sich sogar geekelt. Sie war mager und hässlich geworden. Die Knochen standen von ihr ab. Nichts war mehr an dieser Frau, die er einst begehrt hatte.

Dann waren diese schwarzen Männer gekommen – die Spezialeinheit der Polizei, wie er später im halben Delirium erfuhr.

Eine Frau betrat den Raum. Eine blassviolette Narbe zog sich über ihre linke Gesichtshälfte.

«Ich bin Valérie Lehmann.» Sie setzte sich ihm gegenüber. «Wie geht es Ihnen?»

Dr. Frigo hatte ihm oft dieselbe Frage gestellt. Was sollte er dieser Frau antworten? Er kannte sie nicht. Ob sie eine Gesandte der Reptiloiden war? Er starrte in ihre Augen. Diese waren schwarz. Kein Schimmer weder von Grün noch von Gelb. Sie war in guter Absicht hier. Vielleicht würde er ihr vertrauen, überhaupt jemandem richtig vertrauen können, nachdem er in letzter Zeit das Gefühl gehabt hatte, man würde ihn benutzen.

«Mir geht es gut», sagte er aus einem Impuls heraus.

Valérie Lehmann legte zwei Zettel auf den Tisch. «Diese beiden Papiere haben wir in der Kommode in Ihrem Zimmer gefunden. Erinnern Sie sich daran?»

Elisha besah sich den ersten Zettel. Dann widmete er sich dem zweiten. «Ein Zahlenrätsel», sagte er. «Eines Morgens stand ich auf, und meine Hand schrieb wie von allein diese Zahlen. Ich kann es mir nicht erklären. Es war, als hätte mich eine höhere Macht geführt. Vielleicht hat man es mir nachts eingeflüstert, in meinen Träumen. Was ist das schon, die Realität? Wir lassen uns täuschen, Tag für Tag, und irreführen von Satan. Er ködert uns mit schönen Worten, mit glänzendem Schmuck, mit Geld. Wir wollen immer mehr davon, das gefällt ihm.»

Valérie Lehmann sah ihn eine Weile wortlos an. Vielleicht überlegte sie sich, was er damit meinte.

«Sechshundertsechsundsechzig. Es ist die Zahl des Teufels. Jedes Wort, jeder Name, der sechs Buchstaben hat, weist darauf hin. Man muss es näher betrachten. Jedem Buchstaben im Alphabet ist zudem eine Zahl zugeordnet. Wenn die sechs Buchstaben in der Addition sechsundsechzig ergeben, weiss man, dass der Teufel seine Hände im Spiel hat.»

«Dr. Frigo kooperiert Ihrer Meinung nach mit dem Satan?» Valérie Lehmann sah aus, als glaubte sie ihm nicht.

Elisha hatte dem nichts hinzuzufügen. Sie würde nie begreifen, was auf dieser Welt gerade geschah, dass sich Ausserirdische unter die Menschheitsfamilie gemischt hatten und sie von innen heraus manipulierten. In den letzten Jahren hatte er alles genau beobachtet. Es waren die kleinen, unscheinbaren Dinge gewesen, die nicht hätten auffallen sollen. Aber er, Elisha, kannte die Wahrheit.

«Was hat es mit diesem Text auf sich?» Valérie Lehmann zeigte auf den andern Zettel. «‹Friede für Frigo›? Widersprechen Sie sich nicht mit diesem Satz?»

«Der stammt nicht von mir.»

«Nicht?»

«Nein.»

«Von wem dann?»

Elisha spürte, wie eine kalte Klaue nach seinem Hals griff. «Als mich Dr. Frigo zu sich in die Villa holte, wusste ich nicht, dass Serina für ihn arbeitet. Früher, als ich jünger war, waren wir ein Paar. Aber sie bestimmte mein Leben. Ich machte Schluss mit ihr. Mit dem konnte sie nicht umgehen … Bei der Anmeldung in der Villa begegnete ich ihr wieder. Wir waren beide überrascht. Ich vor allem, weil sie so dünn geworden war. Früher war sie richtig schön.» Die Erinnerungen kehrten zurück. Die Zeit in Lachen. Serina hatte sich an ihn herangemacht, war in der Folge ständig wie ein Schatten hinter ihm her gewesen. «Sie sprach mich auf meine Vergangenheit an und auf die Gespräche, die ich mit ihr einmal geführt hatte. Sie muss gespürt haben, wie sehr mich die Situation mit Zahir und Benjamin belastete. Sie sagte mir, dass sie mir helfen könne. Besser als Dr. Frigo, dem sie bloss Friede wünsche. Eines Tages fand ich den Zettel auf meinem Kopfkissen und wusste, dass sie genauso vom Teufel besessen war. Serina. Der Name sagt es.»

«Ihr Name?»

«Zählen Sie die Zahlen der ihnen zugeordneten Buchstaben zusammmen … Sie werden sehen, was daraus entsteht.»

Valérie Lehmann schrieb etwas auf ihren Schreibblock, das er nicht entziffern konnte. «Kommen wir auf Serina Dahlberg zu sprechen», sagte sie. «Haben Sie Dr. Frigo von ihr erzählt?»

«Nein, er wusste nichts von unserer Vergangenheit.»

«Könnten Sie sich vorstellen, dass Serina Dahlberg Zahir Kälin und Benjamin Wyss etwas angetan hat?»

«Das weiss ich nicht.» Elisha versuchte, Valérie Lehmanns Worte zu verstehen. «Sie sind tot, nicht wahr?»

«Sie wurden ermordet.» Es folgte eine lange Zeit des Schweigens. «Warum haben Sie die Kapelle ‹Heilig Hüsli› verwüstet?»

«Die Kapelle am Brückenkopf des historischen Wegs bei Rapperswil. Es war Dr. Frigos Idee gewesen. Ich habe sie nicht verwüstet. Ich habe lediglich das Gitter aufgebrochen und das Marienbild fotografiert. Danach habe ich es in eine rote Kassette gelegt und diese in die Hurden-Kapelle gebracht, wie Dr. Frigo mir befohlen hatte. Am gleichen Tag musste ich das Kreuz aus der Kapelle entfernen und es später in die Meinrad-Kapelle bringen. Dr. Frigo sagte mir, dass ich Rituale auf dem Jakobsweg vollziehen müsse, damit ich zur Ruhe komme. Er gab mir eine Flasche mit auf den Weg. Ich solle es vor dem Kreuz und den Statuen auf den Boden leeren. Es sei das Blut des Herrn Jesus Christus, hatte er gesagt … Aber damals wusste ich noch nicht, dass er auch zu Satans Gefolge gehört.» Elisha holte tief Luft. Im Raum war es stickig heiss, und ein schwefliger Geruch breitete sich langsam aus, schien aus den Ecken zu strömen wie ein Nebel aus tödlichem Gas. Er musste da raus. Aber er würde ruhig und besonnen bleiben. «Ich hatte es geahnt, aber erst sein Name hat mich darauf gebracht.»

* * *

«Er ist psychisch schwer angeschlagen.» Valérie hatte eine Pause eingelegt. Sie befand sich im Sitzungszimmer, wo sie auf Oliwia

Maria traf. «Die letzte halbe Stunde hat mich ziemlich ausgelaugt. Ich hatte bei meinen Fragen den Ball flach gehalten, um nur einigermassen in seine kranke Seele zu dringen. Die weiteren Schritte unternimmt jetzt Henry Vischer. Aber es zeichnet sich langsam ab, wohin das Ganze führt.»

«Ich habe Fox beobachtet», sagte Oliwia Maria. «Er hinterlässt einen äusserst unsicheren Eindruck. Er hat Angst und versucht, diese mit seinen Wahnvorstellungen zu kompensieren. Zwischendurch hat er jedoch klare Momente.»

«Du hattest recht mit deiner Meinung, dass man sich nicht zu sehr auf ihn konzentrieren darf.»

«Er passt nicht ins Täterprofil. Die Dynamik der Morde weist eher von ihm weg, als dass sie zu ihm hinführt. Obwohl er unschuldig ist, war der Verdacht auf ihn gefallen. Genau das, worauf Frigo und Serina Dahlberg ihre Verbrechen konstruierten. Hätte ich mich nicht dem Glauben an einen Gott entsagt, müsste ich zugeben, dass etwas zwischen Himmel und Hölle existiert, dem wir nicht ausweichen können. Die dunklen Energien sind allgegenwärtig. Und wenn ich das, was auf unserer Erde geschieht, näher betrachte, könnte man tatsächlich davon ausgehen, dass das Böse die Welt regiert. Nun», Oliwia Maria seufzte, «ich sehe alles mit einem gewissen Pragmatismus. Es geht immer ums nackte Überleben. Jeder kämpft für sich allein …»

Valéries iPhone klingelte. Sie meldete sich, ohne Oliwia Maria aus den Augen zu lassen.

«Frau Lehmann?»

«Am Telefon.»

«Geisseler von der Autowerkstatt, in die Sie Ihren Audi TT gebracht haben.»

Ob er eine gute Nachricht hatte? «Vor ein paar Tagen, das ist richtig.»

«Aufgrund der Informationen unseres Servicemonteurs muss ich Ihnen leider mitteilen, dass die Beschädigung der Aufhängung an Ihrem Wagen nicht wegen Materialermüdung entstanden ist.»

«Sondern?» Valérie fröstelte es.

«Sie wurde angesägt. Unser Versicherungsagent war hier und hat den Rapport aufgenommen. Wir müssen uns natürlich absichern, schon unserer Firma wegen.»

«Ich verstehe. Sind Sie sicher, dass es Sabotage war?» Valérie spürte den harten Schmerz in ihrer Brust verzögert. Die Bilder des Unfalls jagten durch ihr inneres Auge.

«Sie hatten riesiges Glück. Wäre sie auf der Autobahn geborsten … hätte es einen Totalschaden gegeben.»

Valérie führte sich den Baum vor Augen, den sie um Haaresbreite nicht geschrammt hatte. «Das wäre dann auch für meine Beifahrerin und mich nicht gut ausgegangen.»

«Gelinde gesagt …»

«Ich werde gleich jemanden vom Kriminaltechnischen Dienst vorbeischicken, der sich den TT ansieht.»

«Also keine Reparatur?»

«Nein, auf keinen Fall. Stellen Sie den Wagen sonst wohin, aber lassen Sie keinen Ihrer Mechaniker mehr ran. Sie hören so bald wie möglich von mir.» Valérie bedankte sich und legte auf.

«Was?» Oliwia Marias Blick durchbohrte sie.

«Manchmal glaube ich, dass es einen Gott gibt.»

※※※

Serina war auf die schmale Pritsche geflüchtet, wo sie sich zusammengekauert in die Ecke drückte. Sie befand sich in Untersuchungshaft. Das, hatte Ludwig Metzler ihr mitgeteilt, würde sie in Kauf nehmen müssen, bis er über alles im Bilde war. Er hatte ihr versprochen, sie aus diesem engen Raum zu holen, den sie mit einer hässlichen Frau teilte.

Elisha. Wenn sie an ihn dachte, kamen ihr die Tränen. Sie war jung und voller Pläne gewesen. Alles hatte seinen normalen Verlauf genommen. Nach dem Masterabschluss in Klinischer Psychologie hatte sie bei Professor Joller eine dreijährige Ausbildung als Psychotherapeutin machen können. Doch schon bald hatte sie gespürt, dass etwas nicht mit ihr stimmte. Sie schrieb es der Arbeit zu, dem Druck, den ihr die Patienten auferlegt hatten, den menschlichen Schicksalen. Sie hatte nie vermocht abzuschalten, und die verschiedenen Gespräche hatten sie stets bis ins Schlafzimmer begleitet. Ihr Rucksack war kontinuierlich schwerer geworden.

Eines Tages war Elisha auf ihrer Station eingezogen, ein junger, gut aussehender Mann mit einer grossen Labilität. Er hatte gerade einen Suizidversuch hinter sich gehabt. Serina hatte sich in ihn verliebt und es sich zur Aufgabe gemacht, ihn zu heilen. Es war eine intensive Zeit gewesen, nicht bloss körperlich, auch geistig hatten sie einander gefordert. Dadurch waren Serinas eigene Nöte in den Hintergrund gerückt, und sie hatte sich auf eine Person konzentrieren können.

Sie dachte an die gefälschte Psychoanalyse. Elisha war trotz Verdachts auf Schizophrenie entlassen worden. Serina hatte für ihn gekämpft und ihn Monate später in die Klinik zurückgeholt. Elisha aber hatte nichts mehr von ihr wissen wollen.

Das war der Anfang vom Ende, ging Serina durch den Kopf. Sie selbst war psychisch massiv ausgelaugt gewesen und hatte das Essen verweigert, sodass sie in eine Schwarzwaldklinik kam und später in ein Sanatorium am Bodensee. Ihre Arbeitskollegen waren zu ihren Therapeuten geworden. Sie hatte sich erniedrigt gefühlt, als wäre alles ein nie endender böser Traum.

Jemand öffnete die schwere Tür. Die hässliche Frau betrat den Raum und musterte sie, als wäre sie auf einer Viehschau. Hinter ihr rastete das Schloss ein. Es klang wie ein Todesurteil. Serina legte ihre Arme über den Kopf. Sie verspürte kein Bedürfnis, mit der Mitinsassin zu sprechen. Sie wollte allein sein mit ihren traurigen Gedanken, mit den Erinnerungen an die Vergangenheit.

Jahrelang war sie in den verschiedenen Sanatorien eingesperrt gewesen. Ohne Lichtblick in ihre Zukunft. Und sie hatte sich geschworen, es nie mehr so weit kommen zu lassen. Sie hatte ein Lügengebäude errichtet und letztlich nicht mehr zwischen Wahrheit und Lüge unterscheiden können. Immer tiefer hatte sie sich darin verstrickt.

Irgendwann hatte man sie als geheilt entlassen. Trotz ihrer Vorgeschichte hatte sie im Sanatorium «Anima Mea» eine neue

Anstellung gefunden, mit Papieren, die sie bewusst gefälscht hatte. Dr. Serina Dahlberg. Elisha jedoch hatte sie aus den Augen verloren, bis zu diesem Tag, als sie ihn bei Dr. Frigo traf. Dass es ihm schlechter ging als je zuvor, hatte in ihr Genugtuung ausgelöst. Und als sie sich zum ersten Mal nach unendlich langer Zeit wieder gegenüberstanden, hatte Serina gewusst, dass sie alles für Elisha tun würde, damit sie wieder sein Herz gewann. Sie hatte sich an die endlosen Gespräche erinnert, an die Freunde, die Elisha einst begleitet und ihn später so enttäuscht hatten.

Zahir Kälin und Benjamin Wyss. Für Serina waren es Schlüsselfiguren gewesen. Sie hatte sie beseitigen müssen. Nur mit deren Tod gab es Gerechtigkeit.

Die Idee, die Männer töten zu müssen, damit der Weg für Elisha frei wurde, hatte sie bis zum neunzehnten September und darüber hinaus begleitet.

Eine Woche vor dem Eidgenössischen Buss- und Bettag war sie Zahir begegnet, diesem afrikanischen Sigrist, der sich wegen seiner Lichtinstallationen so wichtig nahm. Es hatte nicht viel gebraucht, um sich bei ihm einzuschmeicheln. Er war ein ruhiger, aber neugieriger Mensch gewesen. Innerhalb einer Woche hatte Serina den Entschluss gefasst, mit einer grossen Sache auf sich aufmerksam zu machen.

Die Hurden-Kapelle sollte brennen.

Zahir sollte sein ultimatives Feuerwerk bekommen. Sie hatte Strohballen gebastelt und sie in Ethanol getränkt. In der Nacht vom achtzehnten auf den neunzehnten September hatte sie Zahir angerufen und ihn nach Hurden gebeten.

Serina beobachtete die hässliche Frau, die kaum jünger war als sie. Ob sie auch jemanden getötet hatte? Serina schloss die Augen. Manchmal hatte man keine andere Wahl, als jemanden zu beseitigen. Tod bedeutete Befreiung. Und Befriedigung. Sie hatte es selbst erlebt.

Zahir war um drei Uhr in der Kapelle gewesen. Zu früh. Zu vorwitzig. Er hätte sie niemals sehen dürfen, als sie damit beschäftigt war, die Vorbereitungen für das grosse Feuerwerk zu treffen. Innen und aussen. Sie hatte alles akribisch geplant. Es war seine Idee gewesen, vor dem Altar ein Feuer zu machen. Aber ihre Hilfe für dessen Verwirklichung war ihm gelegen gekommen. Sie hatte ihn mit seinem eigenen Fanatismus geködert.

Sie war zu ihrem Wagen gegangen und hatte ein Holzkreuz daraus geholt. Das Sammlerstück, das sie in Frigos Keller gefunden hatte. Zurück in der Kapelle, hatte sie Zahir von hinten angegriffen, noch bevor er sie entdeckte. Einmal. Zweimal … Zehnmal hatte sie das Kreuz auf seinen Hinterkopf geschlagen, bis er auf den Boden sank. Er hatte keine Chance gehabt, sich zu wehren. Wenn er erwachen würde, hatte sie gedacht, würde er sich in einer Lichtanimation wiederfinden, die er nie für möglich gehalten hatte. Serina hatte seinen Körper unter den Altar gezogen, sein Gesicht mit dem nassen Tuch zugedeckt. Mit Wasser aus dem See.

Wie in Trance hatte sie das Gotteshaus in Brand gesetzt, die flammenden Ballen von aussen auf das Dach katapultiert und jede Bankreihe im Innern angezündet. Ungeahnte Kräfte waren es gewesen, die sie zu dieser Tat angestachelt hatten. Feuer und Liebe. Sie hatte getanzt, bis der Rauch ihre Lungen erreichte. Gesungen im Angesicht der Madonna und sich frei gefühlt. Feuer und Liebe und Elisha.

Niemand hatte sie gesehen. Diese halbe Stunde zwischen drei und halb vier hatte ganz ihr gehört.

Am nächsten Tag war sie Elisha begegnet. So ruhig und entspannt hatte sie ihn selten gesehen. Doch sie war sich sicher, dass ihre Tat bereits Wirkung zeigte.

Benjamin Wyss' Tod ein paar Tage später war bereits Routine gewesen. Sie hatte ihn nach Einsiedeln gebeten, in die Nähe des Botta-Gebäudes. Mindestens zehnmal hatte sie zugeschlagen. Für jedes verlorene Jahr einmal. Sie hatte das Kreuz im Wagen liegen lassen.

Es war ein Fehler gewesen, keine Handschuhe getragen zu haben.

✷✷✷

Caminada war zufrieden. Zanetti hatte beim Richter Anklage wegen Mordes in zwei Fällen erhoben. «Das war richtig gutes Teamwork», lobte der Kripochef. Anstelle der Kaffeebrühe in der Thermoskanne hatte er zwei Flaschen Weisswein in die Tischmitte gestellt. Fabia verteilte die Gläser. «Und was mich freut, dass der Fall von 1988 geklärt ist, quasi ein Geschenk für unsere Leistungen.» Caminada blieb dennoch ernst. «Marijo Frigo hat zugegeben, seinen Vater und seine Grossmutter umgebracht zu haben. Vor einer halben Stunde hat er ein Geständnis abgelegt, dass er auch Thomas Haltiner ermordet und Lazarus Kreienbühl krankenhausreif geschlagen hat.» Caminada gab das Wort an Louis weiter.

Louis lehnte sich siegessicher im Stuhl zurück. «Es ist eigentlich schon alles gesagt. Frigo gestand, den Sohn des damals praktizierenden Arztes getötet zu haben. Er nannte es Blutsfehde. Auch den versuchten Totschlag an Kreienbühl gab er zu. Der Lehrer habe assistiert, als Pfarrer Negroni auf bestialische Art mit dem mutmasslichen Dämon im Leib seiner Mutter in Kontakt getreten sei und das Böse über mehrere Wochen regelrecht aus ihr geprügelt habe. Des Weiteren habe er Pfarrer Negroni im Keller seiner alten Villa eingesperrt. Er gab zu, für den Mord an Haltiner das Holzkreuz verwendet zu haben, welches er im Auto von Frau Serina Dahlberg fand, und dass das Kreuz ebenso die Schlagwaffe bei Kreienbühl gewesen sei.» Louis holte tief Luft. «Wenn ihr mich fragt, haben diese Seelenklempner doch alle selbst eine Schraube locker.»

«Das sollte man nicht pauschalisieren», insistierten Caminada und Zanetti fast zeitgleich.

Caminada warf Vischer einen Seitenblick zu. Dieser hob nur die Augenbrauen, wunderte sich wohl über Louis' unüberlegte Bemerkung.

«Das macht mir Angst», sagte Fabia. «Es ist eine verkehrte Welt. Man kann bald niemandem mehr trauen. Aber …» Sie fixierte Louis mit starrem Blick. «Als man seine Mutter exorziert hatte, war er kaum fünf Jahre alt. Wie will er sich daran erinnern?»

«Seine Grossmutter hatte auch nach dem Tod seiner Mutter

die Meinung hochgehalten, dass der Teufel in seine Mutter gefahren sei», meldete sich Oliwia Maria zu Wort. «Frigo wuchs unter der ständigen Angst auf, dass Satan existiert. Als Elisha zu ihm kam, weckte es in ihm Erinnerungen an seine eigene Kindheit, und er begann, Nachforschungen nicht nur in seiner, auch in Elisha Fox' Vergangenheit anzustellen. Die Beweise haben wir auf seinem Laptop gefunden.»

Valérie spürte zum ersten Mal so etwas wie Genugtuung. «Zumindest was Dr. Frigo und Serina Dahlberg betrifft, haben wir alle eine Toparbeit geleistet. Gegen Dahlberg haben wir nun genug Beweise. Ihre Fingerabdrücke sind überall. Die verschmähte Liebe hat sie zu diesen ausserordentlichen Taten geführt. Wenn ich bloss wüsste, was in ihrem Kopf vorging. Sie war schon lange krank. Daraus entwickelte sich ein Lügengebäude. Anfangs liessen wir uns von ihr hinters Licht führen.»

«Sie wird sich wegen Brandstiftung und wegen Mordes an Zahir Kälin und Benjamin Wyss vor Gericht verantworten müssen», ergänzte Zanetti. Sein Lob bezeugte, wie sehr er sich über die Entwicklung freute. Er begutachtete das Weinglas fast ein wenig ungeduldig, als sehnte er sich nach dem ersten Schluck daraus.

«Ob man sie zur Verantwortung ziehen kann, bleibt offen.» Louis sah Valérie an. «Wir kennen doch das Prozedere. Anwälte und Psychiater werden zugezogen. Sie alle werden auf Unzurechnungsfähigkeit plädieren. Nicht bloss bei Serina Dahlberg, auch bei Marijo Frigo.»

«Dann werden sie therapiert», sagte Fabia, «auf Kosten der Steuerzahler.»

Valérie winkte ab. «Es liegt nicht in unserem Ermessen, darüber zu diskutieren. Der Entscheidung, ob und wie ein Patient therapiert wird, gehen oft wochenlange Expertisen voraus. Nicht selten werden verschiedene Psychiater zugezogen. So einfach ist das nicht.»

«Übrigens», ergänzte Louis, ohne auf Valéries Äusserung einzugehen, «Frigo hat seinen Patienten Elisha Fox auf keiner Abrechnung aufgeführt.»

«Wenn wir von Fox sprechen …», sagte Caminada. «Weiss jemand, wo er sich aufhält?»

«Er befindet sich in der Psychiatrie.» Vischer griff seinerseits nach einem Weinglas. «Ich hoffe inständig, dass man ihm helfen kann und er diesmal in gute Hände kommt. Ich habe mit Professor Joller Kontakt aufgenommen. Fox war zwei Jahre Patient bei ihm. Es bedingt, dass anhand seiner Krankheit ein neues und unabhängiges psychiatrisches Gutachten gemacht wird. Jollers Sohn hat sich bereit erklärt, dies zu übernehmen.» Vischer verwies auf seine Akte, die er vor sich auf dem Tisch liegen hatte. «Mittlerweile habe ich herausgefunden, wo sich Elisha Fox aufgehalten hat, nachdem er von der Klinik in Lachen wegging und vor dem Aufenthalt bei Dr. Frigo. Er arbeitete als Hilfskraft auf einem Bauernhof im Muotatal. So, wie es aussieht, hatte man nie nach seiner Herkunft gefragt. Er war deshalb bei der Behörde nicht gemeldet.»

«Okay», sagte Valérie verwundert. «Das wären dann die Fälle, die möglicherweise Schwarzarbeit fördern. Wir werden es an unsere Kollegen von der Fahndung weitergeben.»

«Eines ist noch nicht klar.» Fabia musste die Frage auf der Zunge brennen. Sie kaute einen Kaugummi und renkte sich dabei fast den Kiefer aus. «Warum hat Elisha Fox den Zirkus mit der Teufelsaustreibung mitgemacht?»

«Zirkus nennst du es?» Valérie guckte ihre Kollegin amüsiert an. «Hat sich deine Gesinnung gewandelt?»

«Diese Teufelsaustreibung in der Villa war doch inszeniert.» Fabia runzelte die Stirn. «Also, weshalb hat er dem Pfarrer geholfen?»

Valérie nahm ihr Glas zur Hand. «Das bleibt wohl immer ein Geheimnis.» Sie hob es an – *«À votre santé, alors!»* – und wandte sich an Oliwia Maria: «Schade, wirst du uns wieder verlassen. Ich habe mich an dich gewöhnt.» Sie lächelte. «Ich danke dir für das, was du geleistet hast … Ich glaube, im Namen aller.» Valérie sandte ihren Blick in die Runde, bekam Bestätigung. «Was hast du als Nächstes vor?»

Oliwia Maria strich sich mit den Händen übers Haar. «Ich

werde Urlaub machen und an die Nordsee fahren. Wollte dort schon immer hin. Zu den Ostfriesischen Inseln. Borkum soll sehr schön sein.»

Valérie sah zu Zanetti hinüber. Ferien, dachte sie ein wenig traurig, etwas Illusorisches. Zanetti schien zu grübeln. «Und wir so?», fragte sie.

«Eine Woche Teneriffa. Ich habe den Flug und eine Finca gebucht.» Trotz der freudigen Nachricht machte Zanetti ein verdrossenes Gesicht. «Können wir unter vier Augen sprechen?» Er kam auf Valérie zu, nahm sie beim Arm und zog sie von den andern weg. «Mir ist da etwas zu Ohren gekommen», flüsterte er.

Valérie wandte ihr Gesicht ab. Sie wusste, was kommen würde und dass Zanetti, wenn sie Pech hatte, darin sicher einen Grund fand, die Ferien zu annullieren. «Ist es wegen des Unfalls?» Wohl war ihr nicht dabei, und sie hatte plötzlich den Verdacht, Oliwia Maria habe ihn davon in Kenntnis gesetzt.

«Louis hat mir die Akte auf den Tisch gelegt. Er sagte, du hättest ihm den Auftrag für die Ermittlung erteilt … ohne mir etwas davon zu erzählen. Glaubst du, du könntest die Staatsanwaltschaft einfach umgehen? Ich kenne dich gar nicht von dieser Seite.»

Valérie entfuhr ein tiefer Seufzer. «Der Fall ‹Etzelpass› hat mich dermassen gefordert, dass ich alles andere ausgeblendet habe. Aber jetzt weisst du's. Wenn wir aus Teneriffa zurück sind, werde ich mich selbst darum kümmern.»

Zanetti drückte ihr einen Kuss auf die Wange. «Manchmal bist du einfach nicht zu retten.»

Glossar

Exorzist – Teufelsaustreiber

Ministrant – Messdiener

Monstranz – kostbar verziertes Behältnis, in dem die Hostie
gezeigt wird

Oblate – Hostie

Sigrist – Kirchendiener

Tabernakel – «Schrank» hinter dem Altar für Kelch, Ziborium
und Hostienschale

Ziborium – Behältnis für gesegnete Hostien/Oblaten

Anmerkung und Dank

Dieses Buch ist eine Herzensangelegenheit, ein einziger Guss. Entstanden in zwei Monaten intensivster Arbeit. Während der Schreibphase bin ich untergetaucht, was für meine mir nahestehenden Menschen nicht immer einfach gewesen ist.

Vielen Dank an alle, die mich bei meiner Arbeit unterstützt haben, sei es beim Zuhören, Gegenlesen oder für ihr Verständnis. An meine Lektorin Irène Kost, auf die ich mich immer verlassen kann. Danke auch an meinen Verleger Hejo Emons und das gesamte Team. Ich weiss, welch grosse und präzise Arbeit in der Entstehung eines Buches steckt.

Danke an Nina Menghini, die Theologie studiert hatte und mir bei Unklarheiten eine Hilfe war. An Christian Leschhorn vom Gasthaus Sankt Meinrad für die Beantwortung meiner letzten Fragen. An Justine und Silvan, deren Hündin Fay ich als «Cameo» auftreten lassen durfte.

Einen ganz besonderen Dank spreche ich an meine Leserinnen und Leser aus. Danke für die vielen positiven Rückmeldungen, Briefe, Mails und Anrufe und die guten Gespräche. Sie alle haben Valérie Lehmann über die Jahre begleitet und machen es möglich, dass die Protagonistin auch in Zukunft weiterermitteln kann.

Die Erfolgsserie der Bestsellerautorin Silvia Götschi:

Alle Titel sind auch als eBook erhältlich.

Allegra-Cadisch-Reihe:

Jakobshorn
ISBN 978-3-95451-260-7

Mattawald
ISBN 978-3-95451-482-3

Bärentritt
ISBN 978-3-95451-777-0

Valérie-Lehmann-Reihe:

Herrengasse
ISBN 978-3-95451-713-8

Klausjäger
ISBN 978-3-95451-988-0

Muotathal
ISBN 978-3-7408-0053-6

Einsiedeln
ISBN 978-3-7408-0318-6

Itlimoos
ISBN 978-3-7408-0509-8

Lauerzersee
ISBN 978-3-7408-0784-9

www.emons-verlag.de

Max-von-Wirth-Reihe:

Bürgenstock
ISBN 978-3-7408-0413-8

Engelberg
ISBN 978-3-7408-0625-5

Interlaken
ISBN 978-3-7408-0929-4

Davosblues
ISBN 978-3-7408-1119-8

Weitere Kriminalromane:

Der Teufel von Uri
ISBN 978-3-7408-0179-3

111-Orte-Reihe:

**111 Orte im Kanton Schwyz,
die man gesehen haben muss**
ISBN 978-3-7408-0116-8

**111 Orte in Nidwalden,
die man gesehen haben muss**
ISBN 978-3-7408-0566-1

www.emons-verlag.de